Nadin Maari wurde in Deutschland geboren, wuchs allerdings in Österreich auf und lebt heute mit ihrer eigenen Familie wieder in Deutschland. Begeistert stöbert sie nach Worten, ersinnt Figuren und webt Geschichten – am liebsten mit einem Glitzerkörnchen Magie und Glücksende.

NADIN MAARI

Liebe, Eis und Himbeerstreusel

Überarbeitete Neuauflage April 2022

Liebe, Eis und Himbeerstreusel

ISBN 978-3-98637-719-9
E-Book-ISBN 978-3-98637-681-9
Hörbuch-ISBN 978-3-96087-930-5

Dies ist eine überarbeitete Neuausgabe des bereits 2019 bei dp Verlag, ein Imprint der dp DIGITAL PUBLISHERS GmbH erschienenen Titels Liebe, Eis und Himbeerstreusel (ISBN: 978-3-96087-617-5).
Covergestaltung: Anne Gebhardt
Umschlaggestaltung: ARTC.ore Design
Unter Verwendung von Abbildungen von
stock.adobe: © seesulaijular, © Poramet, © ArTo, © Vlad Ivantcov
elements.envato.com: © PixelSquid360, © nanoagency
Lektorat: SL Lektorat
Satz: dp DIGITAL PUBLISHERS GmbH
Druck und Bindung: Books on Demand GmbH, Norderstedt

A day without ice cream is like ...

Just kidding. I have no idea.

Kapitel 1

L wie Lügen

Limetten-Eis

Fruchtige Säure umgarnt süßes Rahmeis, durchzieht das cremige Weiß mit saftigem Grün, umarmt uns in einem Rausch vollen, süßen Glücks.

Gibt es etwas Magischeres als den Frühlingsanfang? Außer cremigem Vanilleeis natürlich. Und Schokoeis. Himbeer-Mascarponeeis. Honig-Mirabellen-Rahmeis. Na gut, und noch Zillionen anderer unwiderstehlicher Eissorten. Aber davon einmal abgesehen ist der Frühlingsanfang doch einfach das Größte.

Der imposante Lindenbaum vor dem *Schneeflöckchen* streckt sich einem strahlend blauen Märzhimmel entgegen, seine neuen Knospen sprenkeln saftig grün die uralten Äste, auf denen sich Amseln zwitschernd gegenseitig die kleinen Seelen zu Füßen legen. Die klare Luft streicht mir sanft über die Haut, während Sonnenstrahlen Millionen von Sommersprossen auf lächelnden Gesichtern erwecken. Komm Welt, lass dich umarmen.

Zusammen mit meiner guten Laune breite ich auf den Tischen inmitten der heidelbeerblauen Stühle pinkrosa-weiß karierte Tischtücher aus. Ab heute werden sich meine Gäste ihr Lieblingseis auch wieder draußen schmecken lassen.

»Du hast deine doppelte Portion Optimismus wohl schon zum Frühstück genossen, meine liebe Sunny!«

Mit Schwung streiche ich die letzte Falte aus dem Stoff und drehe mich zu Beatrice herum. Bis zur Nasenspitze in ihren Mantel eingemummelt, steht meine Nachbarin vor mir und blickt mit gerunzelter Stirn auf mein einladendes Meisterwerk.

»Heute ist Frühlingsanfang«, strahle ich sie an.

»Mag sein, heute sind es aber auch bescheidene 1,3 Grad Celsius, gefühlt würde ich sogar noch ein Minus davor setzen.«

»Aber die Sonne scheint.« Um Beatrice darauf aufmerksam zu machen, zeige ich auf die wundervolle gelbe Königin über uns.

»In der Tat scheint Klärchen heute prächtig, nur leider vergaß sie, ihrem Licht auch ein wenig Wärme mitzugeben.« Ihren Worten Nachdruck verleihend, richtet Beatrice den sibirischen Fellhut auf ihrem Kopf, sodass nur noch ihr grauer, geflochtener Zopf herauslugt.

Ich gebe es ja zu, ein wenig recht hat sie vielleicht. Meine Nasenspitze fühlt sich ein klitzekleines bisschen so an, als hätte ich sie über Nacht im Eisschrank vergessen. Selbst Beatrices Dalmatinerdame Flora verweigert den Gang vor die Tür und steht lieber warm und trocken in der Kunstgalerie neben der Eisdiele.

Aber bitte, wer wären wir, wenn wir uns dem Wetter beugten! Ich unterdrücke den Impuls, meine Arme wärmend um mich zu schlingen, und stecke die Hände in die Jeanstaschen am Po. »Warte kurz, ich hole dir ein Eis, das den Frühling in dir zum Glühen bringt.«

»Ein Eis!«, quiekt Beatrice. »Kind, du weißt, ich liebe dein Eis, aber im Moment will ich nichts mehr als eine heiße Schokolade, und das im Inneren deiner Eisdiele.« Ihr Blick gleitet von mir zu der weit offenstehenden Tür, die in mein Eisparadies führt, und weiter zu den offenen Fenstern, die ebenso den Frühling einlassen. »Und das bitte bei geschlossenen Türen und Fenstern!«

Lachend gehe ich ins *Schneeflöckchen* und kann es nicht verhindern, dass mich ein Schauer unter meinem erdbeerroten und leider kurzärmeligen Shirt erzittern lässt. Brrr, mich fröstelts.

Beatrice folgt mir und lässt es sich nicht nehmen, persönlich Tür und Fenster zu schließen. Und die Heizung wieder aufzudrehen, die ich gestern Abend in Erwartung des Frühlings abgestellt habe. »Kind, Kind, wie konntest du bisher nur so groß werden«, murmelt sie derweil vor sich hin.

In Erwartung des großen Tages war ich heute schon besonders fleißig und habe neben den aktuellen Sorten zwei wunderbare neue Eissorten kreiert, die meine Gäste dahinschmelzen lassen werden. Von einer nehme ich eine perfekte Eiskugel und richte sie in einem langstieligen Glasbecher für Beatrice an. Herbsüß duftet das Eis in der Farbe von frischem Birnensorbet und lädt dazu ein, genüsslich verspeist zu werden.

Beatrice setzt sich auf einen der hohen Hocker vor der Eisbar, und ich sehe, wie ihr Wunsch nach einer heißen Schokolade sich in Wohlgefallen auflöst bei dem Anblick des wunderschönen Eises.

»Lass es dir schmecken.« Ich gönne mir ebenfalls ein halbes Kügelchen, denn ich kann ja nicht wissen, ob es jetzt noch genauso gut schmeckt wie vorhin, als ich es in die Eistheke gestellt habe.

Fest starrt Beatrice auf die zartgelbe Köstlichkeit vor sich, während sie sich die Mütze vom Kopf zieht und auf ihrem Schoß drapiert. Mit einem Seufzen greift sie nach dem Löffel und taucht ihn in die Eiskugel. Sie leckt sich genießerisch über die Lippen, kostet, rollt mit den Augen und schließt sie kurz. Löffel um Löffel schleckt sie das Eis auf.

»Oh Sunny, ich weiß, ich sage das jedes Mal, aber du hast dich wieder selbst übertroffen. Und du hast recht, es ist völlig egal, dass da draußen arktische Temperaturen herrschen, was nebenbei gesagt einem Skandal um diese Zeit des Jahres gleichkommt. Dein Eis schmeckt nach Frühling.« Während sich Beatrice mit der einen Hand Luft zufächelt, öffnet sie mit der anderen den Mantel. »Und entweder hast du sämtliche Sonnenwärme hineingezaubert oder ich habe schon wieder eine Hitzewallung. Wobei letzteres nicht sein kann, da ich heute nette dreiunddreißig Jahre bin und weit von hitzigen Wellen entfernt.«

»Mit deinen Hitzewallungen habe ich nichts zu tun. Aber mit den Sonnenstrahlen hast du recht.« Ich lehne mich über die Eistheke und zeige durch die bodentiefen Fenster hinaus in die strahlende Märzsonne. »Dieses außergewöhnliche Eisrezept habe ich vor ein paar Tagen in einem uralten, mythischen Buch gefunden, das Generation um Generation von dem irischen Feenvolk gehütet wurde. Doch je kälter unsere Winter wurden, desto mehr geriet das Buch in Vergessenheit, und eines Tages ließ es das Feenvolk einfach liegen. Es wurde von einem armen Bauernmädchen gefunden, das damit sein Glück in der Stadt versuchte und siehe da, die Rezepte fingen das Sonnenlicht ein. Mit allerlei Speisen daraus machte das Mädchen die Menschen glücklich. Das Buch wanderte nach und nach durch viele Hände und landete schließlich bei mir. So war ich heute früh in der glücklichen Lage, die ersten Frühlingsstrahlen zu pflücken und zusammen mit cremigem Rahm und spritzigen Limetten in diesem Eisgenuss zu vereinen, der dich jetzt so wohlig von innen wärmt.«

Mein Blick wandert von den saftig-grünen irischen Hügeln meiner Vorstellung zurück in meine Eisdiele inmitten Berlins, und ich lächele Beatrice an, die mich mit glasigen Augen ansieht.

»Dieses Eis schmeckt nicht nur nach Frühling, es ist der Frühling.«

»Oder einfach eine gut dosierte Portion Ingwer, um dem Eis die warme Würze zu verleihen.«

Ich zucke leicht zusammen und drehe mich um. Hinter mir steht meine Cousine Alma mit schief geneigtem Kopf und einem schelmischen Grinsen. Während ich mit Beatrice in Irland weilte, muss Alma von hinten durch das Eislabor hereingekommen sein. Manchmal lässt meine Aufmerksamkeit doch ein wenig zu wünschen übrig.

Aber wie auch immer, nun, da Alma den Bann gebrochen hat, rappelt sich Beatrice auf und greift nach ihren Kleidungsstücken. »Ich sollte dann auch mal so langsam starten. Flora wird die Galerie nicht allein öffnen. Bis nachher, Mädels.«

Und kaum öffnet sie die Tür des *Schneeflöckchens*, strömen schon die ersten Gäste des Tages herein und der vormittägliche Eissturm beginnt.

Nach gefühlten siebenhundert Kugeln Eis in den Sorten Vanille, Schokolade, Erdbeer, Zitrone, Kiwi und Co. lasse ich mich auf dem Hocker hinter der Theke nieder, um ein paar Eisideen zu notieren, die mir im Lauf des Vormittags durch den Kopf geflattert sind. Feine Gänsehaut überzieht meine Füße in den Sandalen, trotz der Tatsache, dass ich mich in den letzten vier Stunden ziemlich aktiv auf ihnen mal hierhin und mal dorthin bewegt habe. Nun gut, vielleicht sollten es morgen doch lieber wieder feste Schuhe sein.

Außer die Temperatur klettert über Nacht noch in Höhen, in die sie im Frühling hingehört.

Fest wickele ich die Beine umeinander, um meine kalten Füße zu wärmen, und nehme den Buntstift aus dem Mund, den ich schon wieder aufknabbern will. Dieser Moment ist einer derjenigen im *Schneeflöckchen*, der mich am glücklichsten macht. Gibt es etwas Magischeres als lächelnde Gäste, die ihre köstlichen Eisbecher genießen und mit sich und der Eiswelt zufrieden sind, während ich mir neue Eisbilder ausdenken darf?

Vier der sechs Tische sind besetzt, frei ist nur der karibiktürkise und der mohnblumenrote. Draußen auf dem Vierwaldplatz vor der Eisdiele ist es ruhig, wie gewöhnlich für einen frühen Dienstagnachmittag. Der Springbrunnen in der Mitte des Platzes, der wie eine uralte Eiche dort thront, funkelt im kalten Sonnenlicht, wenn auch aus seinen Zweigen noch kein Wasser sprenkelt. Erst zu Ostern würde es wieder plätschern.

Eben rumpelt Alma am Brunnen vorbei und schiebt ein Wägelchen, vollbeladen mit Vanilleeis und Himbeerstreuseln, zum Hotel *Zum Vierwaldplatz* schräg gegenüber. Die Hotelgäste dürfen sich heute Abend auf ein famoses Dessert freuen. Die Himbeerstreusel habe ich extra mit einer nicht unbeträchtlichen Portion Waldhimbeer-Likör verfeinert, weil mir einfach danach war.

Ich konzentriere mich wieder auf das regenbogenbunte Papier vor mir und versuche eine Waffel in Form einer Erdbeere zu zeichnen, da klingelt sanft das Schlittenglöckchen über der Tür und kündigt mir weitere Gäste an. Flott springe ich vom Hocker und begrüße die Neuankömmlinge mit einem Lächeln.

Das Lächeln der Dame vor mir ist recht spitz, was mir bei ihrem verkniffenen Mund auch nicht anders machbar scheint. Der Mund des Jungen an ihrer Hand steht hingegen kugelrund offen.

»Was darf ich dir Gutes tun?« Mit meinem Lieblings-Eisportionierer mit dem Eiswaffelgriff in der Hand strahle ich meinen jungen Gast an.

Doch seine Begleitung kommt ihm zuvor. »Eine Kugel Avocadoeis im Becher zum Mitnehmen, bitte.«

»Darf ich bitte lieber eine Kugel Schokoeis haben, Mami?« Der Blick des Jungen klebt an dem Begehrten und sein Finger stupst gegen die Glaswand der Kühltruhe, als würde er ihn am liebsten in die Leckerei stecken. Was ich voll und ganz nachvollziehen kann. Mein Avocadoeis ist eine cremige Verführung aus aromatischen Luna Avocados, verbunden mit sahniger Kokosmilch aus Sri Lanka. Abgerundet durch karamelligen Kokosblütenzucker und einige Krümel Meersalz. Eine Leckerei ganz nach meinem Geschmack und dem meiner Gäste. Aber Schokoeis ist nun mal Schokoeis, vor allem, wenn man erst vier Jahre alt ist.

Der Eisportionierer schwebt bereits über dem dunklen, glänzenden Braun, doch die erwartete Zustimmung von Frau Mama bleibt aus.

»Wilhelm, nein. Du weißt, da ist viel zu viel böser Zucker darin.«

Welch eine Frechheit! In keiner meiner Sorten ist auch nur annähernd etwas Böses drin! Okay, ganz ruhig Sunny, durchatmen. »In meinem Eis ist nichts Böses! Schon gar kein Zucker.«

Die Augenbrauen der Spitzmund-Mama heben sich in ungeahnte Höhen. »In Ihrem Eis befindet sich kein Zucker?«

Ähm, nicht ganz. »Selbstverständlich benutze ich Zucker. Allerdings handverlesenen Muscovado und feinen Kokosblütenzucker, immer in genau der richtigen Menge für jede Sorte.«

»Eine Kugel Avocadoeis im Becher zum Mitnehmen, bitte.«

Ich könnte Miss Avocadoeis ablenken und dem kleinen, zuckerlosen Kerl stattdessen ein Kiwieis in den Becher legen. Die dunklen Kernchen könnte ich als geröstete Sesamkerne ausgeben. Wobei Kiwieis nun auch nicht gerade Schokoeis ist.

Nach einem letzten Blick zu der Dame forme ich eine wunderschöne, extragroße Kugel Avocadoeis und fülle sie in einen himmelblauen Pappbecher, dann stecke ich ein rotes Lichtschwertlöffelchen hinein.

Avocadoeis ist definitiv kein Schokoeis, aber es wird dem kleinen Mann trotzdem schmecken.

Nach dem Bezahlen begleite ich Mutter und Söhnchen nach draußen, um die Tischdecken von heute Morgen wieder abzunehmen, denn mittlerweile frischt der Wind auf und die Decken sind kurz davor, von dannen zu segeln. Wenigstens habe ich mir dieses Mal die Jacke vom Haken neben der Tür geschnappt.

»Könnten Sie wohl einen Moment auf meinen Wilhelm aufpassen, dann kann ich kurz in der Bäckerei Brot holen?«, wendet sich Avocadoeis-Mama an mich. »Mit so einem Klebeeis gehört es sich schließlich nicht, in einen Laden zu gehen.«

Na, wenn das so ist und sich dies nicht gehört, komme ich ihrer Bitte doch gern nach. »Selbstverständlich, Wilhelm kann sich gern hier zu mir setzen und in Ruhe sein Eis futtern.«

»Nein, bitte nicht hinsetzen, dazu ist es zu kalt. Sie wissen schon, Blasenentzündung und so.«

Ähm, nein, das weiß ich eigentlich nicht.

Einträchtig stehen Wilhelm und ich nebeneinander und sehen seiner Frau Mama hinterher, während ich überlege, wie ich ihm einen Happs Schokoeis in seinen Becher schummeln kann. Da sieht er mich mit großen Augen an. »Das Eis ist so letter. Das will ich jetzt immer.« Ich muss gar nicht darüber sinnieren, ob das Wort *letter* für lecker steht, denn er löffelt das Eis schwungvoll in sich hinein. Fast ein wenig zu schwungvoll – und da ist es auch schon geschehen. Die bedenklich in Schieflage geratene Kugel verliert ihren Halt, als der kleine Kerl seinen Löffel hineinbohrt, und klatscht auf das Kopfsteinpflaster.

Das Gesicht des Kleinen verzieht sich zu einer Grimasse des reinsten Unglücks und mit Überdruck sprudeln Tränen aus seinen Augen. »Mein sönes Eis!«

»Hey, Wilhelm, das ist doch gar nicht schlimm.« Was für ein blöder Satz, natürlich ist ein heruntergefallenes Eis schlimm! »Obwohl, du hast recht, das ist wirklich schlimm.«

Bei meiner rationalen Einschätzung der Lage weint der Junge leider nur noch mehr. Und nun?

»Weißt du was, Wilhelm, du hast gerade eine ganz großartige Heldentat vollbracht.« Ich knie mich vor den Jungen und sehe ihn ernst und, wie ich hoffe, dankbar an.

Und es scheint zu wirken, denn für den Moment hört er auf zu schluchzen. »Habe ich?«

»Aber sicher!« Nachdrücklich nicke ich, sodass mein kurzer Zopf bedeutungsvoll hin und her schwingt. »Siehst du all die Ritzen zwischen den Steinen hier überall?«

Wilhelm blinzelt mehrfach, wobei sich seine Stirn kräuselt. Die Tränen glitzern noch in seinen Augen, aber es scheinen keine neuen nachzukommen. Gut so.

»In diesen Ritzen leben ganz viele Tierchen wie Ameisen und Käfer und Spinnen, und die lieben Eis und freuen sich jetzt ganz doll darüber, dass du ihnen ein so leckeres Avocadoeis schenkst.«

»Mami sagt, ich soll teine wilden Tiere füttern, weil die vom Menschenessen danz trant werden.«

»Wilde Tiere?« Plötzlich sehe ich Ameisen in der Größe von Kaninchen aus den Ritzen krabbeln und Spinnen, die sogar Harry Potter das Leben schwermachen würden. Na schönen Dank, heute Nacht werde ich bestimmt gut schlafen.

Doch für nähere Fantasien habe ich keine Zeit, denn der kleine Rasensprenger vor mir dreht wieder auf. »Mein sönes Eis!«

Nun gut, keine wilden Tiere, die mit gezähmten Nahrungsmitteln gefüttert werden. Was dann? »Nein, nein, nein, nicht weinen, Wilhelm, das ist noch nicht alles! Das Beste kommt noch.«

Skeptisch wie ein alter Kater sieht er mich an.

»Die kleinen, gar nicht wilden Tiere wollen das Eis nicht selbst verspeisen. Sie freuen sich so sehr darüber, weil sie es dem Volk unter den Pflastersteinen schenken. Hier auf dem ganzen Platz lebt unter jedem Stein ein magisches Wesen. Diese sorgen dafür, dass sich im Sommer die Steine warm unter unseren nackten Füßen anfühlen und dass im Winter die wunderschönsten Schneeflocken darauf liegen bleiben. Des Nachts, wenn wir schlummern, schweben sie empor und wispern mit dem Wind Gute-Nacht-Lieder für uns.«

Ganz ruhig sieht mich Wilhelm an, die linke Hand, die vermutlich gerade auf dem Weg zu seiner Schnuddelnase war, verharrt in der Luft. Selbst das Tränchen auf seiner Wange fließt nicht weiter. Ich könnte mir einreden, er würde völlig aufgehen in meiner Geschichte, aber dazu sieht er zu starr aus.

»Ist das Eis etwa heruntergefallen?« Frau Mama kommt zu uns und betrachtet die Schererei zu unseren Füßen. »Wilhelm, ich habe dir schon hundert Mal gesagt, du sollst vorsichtig ...«

Doch wie es aussieht, will Wilhelm keine einhundertundeinte Lektion in Vorsichtigkeit, denn er heult schrecklich auf und schnappt verzweifelt nach Luft. »Die Frau hat desat ... hat desat ... hier sind Deister in den Steinen ... Mami, ich will teine Deister ...«

Erschrocken springe ich auf, derweil die Mutter in die Knie geht und Wilhelm fest in die Arme zieht. Liebevoll küsst sie ihm die Tränen von den Wangen und flüstert im ins Ohr.

Sie erhebt sich schließlich mit dem Kleinen auf dem Arm. Wilhelm verbirgt das Gesicht in ihrem Schal und klammert sich an ihrer Jacke fest. Mir gelingt es nicht mehr, einen Blick von ihm zu erhaschen. Dafür sieht mich die Mutter streng wie eine Ordensvorsteherin an und lässt mich kopfschüttelnd neben dem Avocadoeishäufchen stehen.

Es dauert zwei Minuten, ehe ich mich aufraffe und umdrehe, um ins *Schneeflöckchen* zu gehen. Schließlich ist es an mir, das Eis wegzuwischen, und nicht an irgendwelchen Ameisen oder magischen Wesen.

»Ein neues Eis hätte es auch getan.«

Ich sehe von meinen bläulich schimmernden Füßen in den silbernen Sandalen auf und zu Tom hin, der in der offenen Tür seines Radladens lehnt, der direkt an die Eisdiele grenzt, nur getrennt durch ein Mäuerchen, das ins Nichts der Hauswände führt.

Spöttisch mustert er mich und zwinkert mir zu, während er sein breites Grinsen ungeniert zur Schau stellt. Er tippt sich wie zum Gruß an einen nicht vorhandenen Hut auf den schwarzen Haaren und geht zurück ins *Veloziped.*

Genervt stoße ich die Tür zum *Schneeflöckchen* auf und mit mir stürmt Alma hinein, die von ihrer Hotellieferung zurückkommt. »Draußen sieht es schon wieder nach einem Eisunfall aus, das wäre dann schon der zweite in dieser Woche. Vielleich sollten wir anfangen, das Eis mit Schokolade festzukleben.«

»Das kannst du gern jetzt machen. Ich gehe ins Eislabor und fange mit dem Herzkirscheis an.«

Mehr, als dass ich es sehe, spüre ich Almas Blick in meinem Rücken, doch sie versteht und lässt mich den Rest des Nachmittages allein im Eislabor werkeln.

Bald schon gewinnt meine Ausgeglichenheit wieder die Oberhand, und zum Feierabend hin überrasche ich meine Cousine mit einem Herzkirschensorbet, das nicht nur unsere Zungen, sondern auch unsere Herzen streichelt.

Gemeinsam sitzen wir an der Eistheke und genießen den fruchtigen Traum, dabei erzähle ich Alma von dem Wilhelm-Desaster.

Sie lacht so sehr, dass sie sich den Bauch hält. »Ach Sunny, ohne dich und deine magischen Wesen unter den Pflastersteinen wäre das hier ein echt langweiliger Platz mit zwar großartigem Eis, aber großartigem Eis ohne Seele.«

»Das sah mir vorhin nicht so aus.«

»Na ja, manchmal wäre der direktere Weg vielleicht die bessere Wahl, aber da du Umwege über deine Fantasie nun mal so liebst, ist es halt, wie es ist.«

War das nun ein Kompliment oder doch eher Kritik? Aber Kritik kann doch auch ein Kompliment sein. Also ist es beides, oder?

»Apropos Umwege«, unterbricht Alma meine Gedanken. »Rate mal, wen ich heute gesehen habe?«

»Das weiße Kaninchen? Hat es sich mal wieder verlaufen auf dem Weg zur Teeparty beim Hutmacher?«

»Nö, das ist dieses Mal auf direktem Weg ins Wunderland geplumpst.«

Da Alma nicht weiterspricht, sehe ich sie mit hochgezogenen Brauen an. »Und? Wen hast du nun gesehen?«

»Leo. Gestern Abend, am Potsdamer Platz.«

Kapitel 2

I wie Ineinander

Ingwer-Eis

Eisige Kälte und warme Würze treffen sich in einer Cremigkeit aus Rahm und Ingwer, umschmeicheln einander und uns.

»Meinen Leo?« Passen die beiden Worte nicht wunderschön zusammen? Wie Bonnie und Clyde oder Romeo und Julia. Obwohl, das sind keine guten Beispiele, lieber wie Susi und Strolch.

»Na ja, wenn wir von dem Leo reden, den wir beide kennen, würde ich nicht unbedingt von deinem Leo sprechen.« Alma wackelt mit dem Zeigefinger vor meinem Gesicht herum und schenkt mir einen ihrer seriösen Erwachsenenblicke. »Leo ist seit zwei Jahren nicht mehr *dein* Leo!«

Nachdrücklich schnipse ich gegen ihren belehrenden Finger. »Das ist so nicht ganz korrekt, meine liebe Alma.«

»Ach ja? Dann kläre mich doch bitte auf, meine liebe Sunny.« Sie reibt sich mit vorwurfsvollem Blick den

Finger. »Und wenn machbar bitte ohne allzu viel Grünzeug und Schleifchen rundherum.«

»Wir sind füreinander bestimmt!« Das ist doch vollkommen klar!

»Und?«

»Nichts und.«

»Warum hast du ihm dann vor zwei Jahren den Laufpass gegeben?«

Entschieden schüttele ich den Kopf, dabei löst sich die Spange, die meinen Zopf zusammengehalten hat. Mit einem Klirren fällt sie zu Boden. »Wir sind doch nicht beim Militär! Ich habe Leo keineswegs den Laufpass gegeben. Ich habe ihn freigegeben.«

Alma bückt sich nach der Spange und hebt sie auf. »Und freigegeben ist nicht zufällig das Gleiche wie jemandem den Laufpass geben?« Sie hält sich die Spange an ihre langen weichen Haare, die dieselbe Farbe haben wie unser Portweineis, schüttelt leicht den Kopf und schiebt sie mir dann hin. »Oder lass mich die Frage lieber selbst beantworten. In deiner Welt gibt es da natürlich monströse Unterschiede, nicht wahr?«

So entschieden, wie ich gerade den Kopf geschüttelt habe, nicke ich jetzt. »Den Laufpass geben heißt ja, dass ich ihn nicht mehr will. Aber Leo freizugeben zeigt ihm meine Liebe. Es ist schließlich die nobelste aller Gesten, den geliebten Menschen freizugeben. Denn gibt es etwas Magischeres als die Verbundenheit zweier ferner Seelen?«

»Oh Sunny, entschuldige bitte, ich würde an dieser Stelle sehr gern heftig mit den Augen rollen, aber ich habe Angst, mir dabei so richtig wehzutun!«

Ich springe vom Sitz und räume laut klirrend die leeren Eisbecher zusammen. Es hätte mir klar sein müssen, dass meine vernunftüberbegabte Cousine für die hehre Liebe kein Verständnis hat. Sie tänzelt von Blümchen zu Blümchen. Wobei Blümchen es nicht ganz trifft, sie tänzelt von Eiche zu Eiche und küsst mal hier und mal da. Vielleicht besinnt sie sich ja auf die echte Liebe, wenn ich ihr beweise, wie beeindruckend meine Geste Leo gegenüber unser beider Leben Glanz verleiht.

Mit Schwung stelle ich die Eisbecher zurück auf die Theke und sehe Alma tief in die Augen. »Ich habe Leo vor zwei Jahren klipp und klar gesagt, dass ich ihn freigebe und er hinausziehen soll in diese Welt, um Menschen zu retten und Edles zu vollbringen ...«

»Und du meinst, unser lieber Herr Doktor Rationalius hat das gleiche Verständnis von Freigeben wie du?«, unterbricht mich Alma und zieht die linke Augenbraue beeindruckend nach oben. Dass sie aber auch immer alles so nüchtern betrachten muss!

»Aber sicher doch!« Denke ich zumindest. Immerhin kannte er mich zu diesem Zeitpunkt schon eine Weile, wir waren schließlich zwei Jahre lang ein Paar. Vielleicht nicht immer so ganz einer Meinung mit unseren Ansichten über die Welt, aber in dem einen oder anderen ergänzten wir uns ziemlich gut. Ich probiere gern verschiedene Wege aus oder suche mir Strecken, wo noch kein Weg ist, er hingegeben schnappt sich die Gebrauchsanleitung und studiert diese gründlich von Seite eins bis siebenundneunzig. Und wieder zurück. »Du kannst deine Augenbraue wieder herunterziehen!«

Da schnellt auch Almas zweite Augenbraue in ungeahnte Höhen. »Warum ist Leo dann nicht hier?«

So sehr ich es liebe, in meinem *Schneeflöckchen* zu sein, so sehr liebe ich auch meine freien Mittwoche. Ausschlafen steht an diesen Tagen an erster Stelle. Allerdings muss ich mir regelmäßig sagen lassen, dass es nicht als Ausschlafen gilt, morgens um sieben Uhr frisch und munter aus dem Bett zu hüpfen. Ich finde schon. Der Tag liegt weiß und klar vor einem, die

Stunden warten darauf, gefüllt zu werden, alles ist möglich, alles in Reichweite.

Die Stunden nach dem Frühstück verbringe ich meist damit, ein wenig Ordnung in der Wohnung zu schaffen. Denn so wichtig mir auch die Hygieneregeln in der Eisdiele sind, so wichtig ist es mir, in meiner Wohnung herumzuschlumpern. Warum sollte alles einen festen Platz haben? Wieso sollte sich die Enzyklopädie *Gelatino* immer im dritten Fach von rechts im Bücherregal langweilen? Weshalb das orangene Sofakissen stets neben dem apfelgrünen faulenzen? Das Ordnung schaffen erschöpft sich meist auch ganz schnell darin, den Geschirrspüler zu füllen – und vergessen anzustellen – oder die Waschmaschine zu füttern und bis zum nächsten Mittwoch völlig zu vergessen, weil ich dringend irgendwohin muss.

Die meisten Mittwoche vergehen so schnell wie sie anfangen, doch sie alle eilen zum späten Nachmittag hin auf einen Höhepunkt zu. Abwechselnd bei mir oder meiner Mutter – bis vor einem halben Jahr drehten sich in diesem Rad auch meine Tante Marietta und Alma mit – treffen wir uns zum Filme gucken. Ich liebe Filme! Egal ob schwarzweiß und von 1927 oder knallbunt aus dem Jahr 3017, ob auf Deutsch, Englisch oder Walisisch, ob gezeichnet, geschauspielert oder getrickst, ich mag sie alle.

Heute darf meine Mutter den Film der Woche wählen, und bis zur Nasenspitze gefüllt mit Neugier reiße ich die Wohnungstür auf, um sie hereinzulassen.

»Tada!« Mit einem breiten Grinsen hält sie eine Blu-Ray hoch, auf der ein stattlicher Mann in roter Jacke prangt. »Darf ich vorstellen: Mister Hugh Jackman alias P.T. Barnum.«

Bei uns Spatz-Frauen kommen noch echte Filme auf echten silbernen Scheiben ins Haus. Wir streamen nicht, wir playen. Schließlich möchte ich die Filme mit ihren großartigen Covern nach dem Ansehen hübsch ins Regal stellen – oder zumindest im Wohnzimmer verteilen. Aber definitiv nicht in den digitalen Weiten irgendeiner Wolke verlieren.

»Der *Greatest Showman*! Wo hast du den denn schon wieder her? Den gibt es doch noch gar nicht zu kaufen.«

»Tja, es geht nichts über gute bis hervorragende Kontakte, mein liebes Kind. Aber möchtest du mich nicht hereinbitten? Oder wollen wir den Film stattdessen im Flur ansehen?«

Ich beuge mich hinunter und umarme meine Mutter herzlich. Ihre wilden Locken kitzeln mich dabei wie immer im Gesicht. Mein süßes Sonnenblumenhonigeis mit Mascarponekern hat exakt dieselbe Farbe wie unsere Haare. Nur wurden bei meiner Mutter alle verfügbaren Locken ausgeschüttet, wohingegen es bei mir nicht eine einzige auf den Schopf geschafft hat. C'est la vie.

»Nimm Platz, ich hole nur noch schnell das Espresso-Marzipan-Eis, das du unbedingt kosten sollst.« Ich helfe meiner Mutter aus dem Mantel und weise in Richtung Wohnzimmer. »Ach, und die Zeitschriften auf dem Sofa leg einfach auf den Boden, ich wollte vorhin anfangen sie zu sortieren, aber dann ...«

»... fiel dir wie immer etwas Besseres ein. Ich weiß, mein Kind, ich weiß.«

»Na, wenn Espresso und Edelmarzipan in Form einer Eiskugel nicht etwas Besseres ist, dann weiß ich auch nicht.« Schnell husche ich in die Küche, nicht, dass mich noch der Hauch eines schlechten Gewissens einholt, weil ich wieder nicht so richtig aufgeräumt habe.

Zwei Eisgläser stehen schon bereit und ich betupfe sie nur noch mit einem Hauch Mandelsirup und wenigen Tropfen Kona Espresso. Zufrieden mit mir und der Eiswelt gehe ich zu meiner Mutter ins Wohnzimmer, die ganz mütterlich mit flinken Bewegungen Ordnung in mein buntes Chaos bringt. Wie sie das immer hinbekommt! Für ihr Ergebnis würde ich Wochen brauchen.

Gemeinsam sinken wir auf das wieder aufgetauchte, erdbeerrote Sofa und schnuppern an den Eisbechern. Gespannt beobachte ich meine Mutter, wie sie den ersten Löffel zum Mund führt – und die Augen für einen langen Moment schließt. »Himmlisch. So einen kräftigen Espresso mit einer solch zarten Marzipancreme harmonisch in einem Eis zusammenzubringen gelingt nur dir.«

»Alma brachte mich gestern auf den Gedanken, als ihr ein Klecks Marzipaneis in den Espresso plumpste. Es sah so wunderschön aus, wie sich dieses transparente Cremegelb in das herrlich dunkle Mokkabraun gemischt hat und die Crema ein feines Blumenmuster darum zog. Alma meinte zwar, es schmecke nach Marzipanbrot in Kaffeepulver getunkt, aber im richtigen Verhältnis sind die beiden Komponenten doch wie geschaffen füreinander. Das war Eisliebe auf den ersten Blick.«

Der Blick meiner Mutter wandert zu ihrem Eisbecher, gerade so, als wolle sie das zartbeige Eis mit den Espressoschlieren darin zum Schmelzen bringen. »Apropos Alma, Marietta lässt sich für heute entschuldigen.«

Genau wie schon die Woche davor und die Woche davor und den Monat davor und die vier Monate davor ebenso. Und meine Mutter tut weiterhin stur so, als wäre das alles nur eine Lappalie. Was ich ihr ja auch gern durchgehen lasse, Hauptsache wir reden nicht darüber. Aber so langsam mag ich das Schweigen nicht mehr hinnehmen. »Meinst du nicht, es ist endlich an der Zeit ...«

»Entschuldige mich bitte einen Moment, liebe Susanna, ich möchte mich kurz frisch machen.« Betont langsam und gründlich stellt meine Mutter ihren

Eisbecher auf den Sofatisch, steht auf und schlendert aus dem Wohnzimmer.

Es dauert eine Weile, ehe das Rauschen und Klappern im Bad aufhört. Vermutlich ist jetzt auch mein Seifenspender wieder aufgetaucht. Das herrliche Espresso-Marzipan-Eis im Glas meiner Mutter schmilzt indessen einsam vor sich hin.

»Stell dir vor, wen ich heute Vormittag getroffen habe!« Als hätte meine Mutter mir vor gut einer Viertelstunde nicht den Satz abgewürgt, kommt sie zurück ins Wohnzimmer, nimmt ihren Becher und löffelt die Eissoße genüsslich aus.

»Tante Marietta?« Die Worte entschlüpfen mir, ehe ich es verhindern kann. Erschrocken lege ich mir die Hand auf den Mund.

»Leo.«

Oh! Prima! Das nenne ich eine geglückte Retourkutsche.

Ich räuspere mich und zupfe mir den Haargummi vom Zopf. Leicht massiere ich die Stelle, wo er zu stramm gesessen hat. So ist es viel besser. »Leo ist wieder da, ich habe es schon gehört. Alma hat ihn gestern am Potsdamer Platz gesehen.« Da ist eine Fluse auf meiner Jeans. Das geht aber nicht, bedächtig zupfe ich sie ab. »Und? Hast du mit ihm gesprochen?«

»Ich habe ihn nur aus dem Auto heraus gesehen. Du kennst doch diese unmögliche Ampel an der Birnenallee, die, die für Autofahrer immer nur fünf Sekunden grün ist. Er ging vor mir über die Straße und hat mir zugewunken und ich ihm.«

»Dann wird er ja sicher bald mal im *Schneeflöckchen* vorbeikommen.«

Kopfschüttelnd sieht mich meine Mutter an. »Warum sollte er? Er war doch bereits abgereist, als du die Eisdiele eröffnet hast, und außerdem hast du ihm damals den Laufpass gegeben.«

Genauso wie beim Espresso brühen und vor allem beim Schneiden des Tante-Marietta-du-hast-ihm-den-Laufpass-gegeben-Gugelhupf.

Trotz des kalten Wetters finden Gäste über Gäste den Weg ins *Schneeflöckchen,* und wie es aussieht, bin ich nicht die Einzige, die den Frühling so genießen möchte, wie es sich gehört: mit Wärme, Sonne und Eis. Zur Not halt auch ohne Wärme.

»Eine Kugel Vanilleeis bitte«, haucht der Jüngling vor mir und blickt konsequent auf einen Punkt am Ansatz meiner Haare. Wenn ich nicht ziemlich genau wüsste, dass dort alles in Ordnung ist, wäre ich für einen Moment verunsichert. Aber so schiebe ich es lediglich auf eine ausgeprägte Ader an Schüchternheit.

»Gern. Mit Sahne?«

»Wie viel kostet das?«

»Die Sahne kostet 80 Cent zusätzlich.«

Er öffnet seine rechte Faust und zählt verstohlen die Münzen darin. »Nein, danke«, flattert schließlich ein Murmeln in meine Richtung.

Zurück hinter der Eistheke richte ich das Vanilleeis für den Jüngling an. Irgendwie kommt er mir bekannt vor. Verloren hockt er an dem mandarinenorangen Tisch und starrt hinaus auf den belebten Vierwaldplatz, wo heute besonders die Touristen von unserem schönen Standesamt angezogen werden. Die Schlange vor dem Eingang reicht fast bis zu dem Hotel an der Ecke, welches sich imposant neben dem Restaurant *Le Meilleur* in den blauen Himmel reckt.

Da der arme Kerl so einsam wirkt und doch äußerst auf den Cent bedacht sein muss, streue ich ihm über das herrliche Vanilleeis großzügig Himbeerstreusel. Rosa besprenkeln diese das zartgelbe Eis und der Duft nach Glück umfängt meine Nase. Genauso muss es sein.

Nach dem Servieren setze ich mich an den kornblumenblauen Tisch zu ein paar Stammgästen und lausche den Neuigkeiten aus unserem Viertel.

In meinem Blickfeld sitzt der verschüchterte junge Mann und löffelt mit verzücktem Blick sein Vanilleeis mit Himbeerstreuseln. Und ich kann es ihm an der Nasenspitze ansehen, er hat sich verliebt. Und diese Liebe wird für immer halten.

Kapitel 3

E wie Ex

Erdbeer-Eis

Erdbeeren verführen uns mit ihrer Süße, ihrem Duft, ihrer Farbe, ihrem ganzen Selbst. Umarmt von Sahne und Mascarpone entsteht so Eisliebe für die Ewigkeit.

Die meisten Tage im *Schneeflöckchen* starten damit, dass ich acht verschiedene Eissorten herstelle. Meine Eiskarte enthält zwar ein paar fixe Sorten wie Vanille und Erdbeer und Schokolade, aber den Rest mische ich frei nach Lust und Laune und Sonnenschein – und mit den besten Zutaten, die es gerade gibt.

Für heute rühre ich ein paar Extraportionen an, die ich gleich hinüber in das Standesamt bringen werde, wo Herr Sonthofen eine seiner stolzen Führungen für Schüler und Kitakinder veranstaltet.

Nur leider kämpft er regelmäßig damit, dass nicht jedes Kind so begeistert auf seine Vorträge über Buntglasfenster und Standesamtrituale reagiert, wie er es sich wünscht. In seiner Leidenschaft lässt er sich doch gern zu längeren Monologen hinreißen, was dann nicht nur die Kinder nach Fluchtmöglichkeiten suchen lässt, sondern auch so manch einen Lehrer und Erzieher. Aber er meint es nur gut. Und hier komme ich ins Spiel.

Etwa vor einem Jahr, vor einer Führung, ließen sich ein paar Schüler bei mir ein Eis schmecken und hörten sich anschließend die Führung glücklich und völlig mit sich und dem Standesamt zufrieden an. Es gab wohl sogar die eine oder andere Zwischenfrage – zum Thema und nicht dazu, wo sich die nächste Toilette zum Verstecken befände.

Seit diesem Zeitpunkt bringe ich regelmäßig vor den Führungen Eis für die Gäste ins Standesamt und sorge in ihrem Interesse dafür, dass auch Herr Sonthofen ein Kügelchen nascht. So sind alle bestens aufgelegt und die Führungen mittlerweile stadtbekannt und gern besucht.

Für heute hat sich eine Kindergartengruppe angemeldet, und dementsprechend bunt wähle ich die Papphüllen für die Waffeln aus, die ich heute Morgen frisch gebacken habe.

Jetzt fehlen nur noch die Himbeerstreusel. Gestern habe ich die herrlich süße Masse mit dem unwiderstehlichen Himbeerduft zubereitet und über Nacht in feinsten Linien trocknen lassen. Nun muss ich sie nur noch gleichmäßig in Form schneiden und in eine Schüssel füllen – köstlich.

Gibt es etwas Magischeres als aromatische, saftige, edle Goldkind Himbeeren, die sich in rosafarbene Zuckerstreusel verwandeln?

»Eine Himbeere für deine Gedanken.«

Aufgeschreckt stelle ich die Schale mit den Himbeerstreuseln unbeabsichtigt heftig auf den Tisch vor dem *Schneeflöckchen*. »Tom! Musst du dich immer so anschleichen!«

»Wenn du in deinem Eisland wandelst, muss ich mich gar nicht anschleichen, dann könnte ich auch mit einer Dampflok an dir vorbei rattern und du würdest mich nicht zur Kenntnis nehmen.« Breitbeinig und mit verschränkten Armen steht er vor dem *Veloziped* und grinst mich an. Sein Steinzeitfahrrad lehnt lässig an seiner Hüfte.

»Als wenn du etwas anderes fahren würdest als dein Klapperding da.«

»Nun beleidige mal bitte nicht Charly, das ist immerhin das zuverlässigste und beste Fahrrad weit und breit.« Er klopft wohlwollend auf den knautschigen Ledersattel.

Ich schlendere die fünf Schritte zu dem Mäuerchen zwischen unseren Läden, das stufenförmig in ein Nichts an der Hausfassade führt. Ein wenig wie das Gleis 9 3/4. »Und warum muss der gute alte Charly dann immer brav zu Hause im Stall bleiben, wenn du mit deinen coolen Radbuddys auf Touren gehst?«

Tom zuckt leichthin mit den Schultern. »Weil die jungen Wilden für die rasanten Fahrten in mallorquinischen Bergen und auf französischen Alpenpässen besser ausgebildet sind. Wann hast du denn das letzte Mal auf einem Fahrrad gesessen? Vermutlich, als du noch Stützräder brauchtest.«

»Ich«, flink klettere ich auf die zweite Stufe des Mäuerchens, um mit Tom auf Augenhöhe zu sein, »komme bestens ohne Rad zurecht. Schließlich habe ich zwei gesunde Füße.«

Tom beugt sich zu mir herüber und kommt mir dabei ausnehmend nah. Sein Blick trifft meinen. Wie jedes Mal, wenn ich in seine blauen Augen sehe, glaube ich, das süße Heidelbeereis zu riechen, an das mich ihre Farbe erinnert. »Und ein vielbeschäftigtes Auto.«

Mein Herz tanzt Freestyle in meiner Brust, während mein Puls sich an einem Rock 'n' Roll versucht. Hat er mir gerade eine freche Antwort gegeben? Wahrscheinlich, weil er das immer macht, aber ... was wollte ich noch gleich?

Egal. Elegant, wie es eine solche Situation erfordert, hüpfe ich von der Mauer und winke Tom nonchalant zu. »Salut.«

Mit einem schiefen Grinsen nimmt er sein Rad und geht zum Eingang des *Velozipeds*.

Ein Klopfen hinter mir an der Scheibe des *Schneeflöckchens* reißt meinen Blick von Toms Schultern los und lenkt ihn zu einer wild gestikulierenden Alma. Sie zeigt auf ihre Armbanduhr und ich sehe hinüber zu der Turmuhr auf dem Standesamt. Ich habe noch genau siebenunddreißig Sekunden.

Schnell rolle ich den Wagen, den wir immer zum Transportieren nehmen, unter dem Tisch hervor und stelle die drei schweren Eisbehälter darauf. Mist! Gestern ist der falsche Wagen aus dem Hotel zurückgekommen. Dieser hier hat nur eine Ebene, wo soll ich nun mit den Waffeln und Himbeerstreuseln hin? Ein Blick ins *Schneeflöckchen* lässt Alma als Tragehilfe ausscheiden, denn sie hat alle Hände voll zu tun, die Gäste zu bedienen. Ich könnte zwei Mal laufen ...

»Tom!«

Tom will eben die Tür zum Radladen schließen und steckt noch einmal seinen Kopf heraus. »Ist etwas mit deinen zwei gesunden Füßen?«

»Ja. Und zwar, dass ich noch ein weiteres Paar gut gebrauchen könnte.« Ich klimpere mit den Wimpern und lächele ihn so süß an, wie mein goldenes Honigmeloneneis schmeckt. »Und zwei starke Arme.«

Sein Blick wandert von meinen Armen zum Wagen und weiter zu den Schüsseln auf dem Tisch. »Du willst mal wieder die Kinder bestechen, damit sie Oskar über unser Wunderbauwerk von Standesamt lauschen?«

Ich nicke und schlucke schwer an einer pampigen Erwiderung seiner Unterstellung, ich würde hier kleine Kinder bestechen wollen.

»Kannst du nicht einfach zweimal laufen, ich meine, es ist ja nun keine Marathondistanz. Es ist nicht einmal Kurzstrecke, und ich muss in den Laden.«

»In dem Jan schon seit zwei Stunden an den Rädern schraubt. Komm schon, bitte, du sagst selbst, es ist nicht einmal Kurzstrecke. Du bist in drei Minuten wieder da.«

Daran, wie Tom seinen Mund verzieht, sehe ich, dass ich gewonnen habe. Einen Moment später ist es auch ihm bewusst.

»Danke, du bist ein Schatz.« Ich schiebe den Wagen um das Mäuerchen herum zu ihm und gehe zurück, um mir die beiden Schüsseln unter die Arme zu klemmen. »Und los. Wir sind schon spät dran.«

»Wir?« Tom verzieht den Mund kurz in die andere Richtung, was mich fast an meinem Sieg zweifeln lässt, aber dann setzt er sich doch in Bewegung.

Oskar Sonthofen fliegt uns auf den Stufen zum Standesamt entgegen. »Ihr Lieben, ihr Lieben, nun aber bitte schnell. Die Kinder warten bereits im *Kleinen Salon*. Was gibt es denn heute Schönes? Die Kinder sind schon eminent aufgeregt, das wird eine grandiose Führung. Haben Sie auch wieder Ihre weltberühmten Himbeerstreusel mitgebracht, liebe Sunny?«

»Selbstverständlich. Für die Kinder und Sie packe ich nur das Beste ein.« Ich drücke Oskar Sonthofen die Schüsseln in die Arme und schleppe zusammen mit Tom den Wagen die fünf Eingangsstufen empor. Wobei meine Arme schon kurz vor der dritten Stufe am Boden schleifen. Ich wünschte, Eis wäre so leicht wie Zuckerwatte! Vielleicht, wenn ich ein zartes Sorbet, eventuell auf Basis fruchtiger Limonen, zusammen mit luftigen Zuckerfäden verschmelzen lasse und dann Luft ...

»Frau Spatz! Könnten wir die letzte Stufe dann auch noch schaffen? Oder soll Oskar die Kinder herunterbitten und sie bedienen sich selbst, während wir weiterhin rumstehen und Krafttraining mit Eisbehältern machen?«

Das federleichte Limonen-Zuckerwatte-Sorbet löst sich in Luft auf und gibt den Blick auf Toms gerunzelte Stirn frei. Ich kann ein Stöhnen nicht unterdrücken, als ich den Wagen endlich oben abstelle. Zuckerwatte-Sorbet hin oder her, jetzt warten erst einmal die kleinen Gäste darauf, sich erdbeerig verwöhnen zu lassen.

Oskar Sonthofen hält mir die imposante Tür auf, die einem kunstvoll geschnitzten Schlosstor gleicht, und ich schreite mit meinem Wägelchen erhobenen Hauptes hindurch. Ein jedes Mal fühle ich mich ein klitzekleines bisschen wie eine der wunderschönen Bräute, die hier regelmäßig hineinspazieren und auf Händen getragen, bejubelt und bestaunt wieder hinausgetragen werden.

Mein Kleid wäre mindestens genauso märchenhaft wie ...

»Bis nachher, Sunny.«

Toms Talent, meine Gedanken zu stören, kommt heute besonders ausgeprägt zur Geltung.

»Tom!« Oskar Sonthofen hält ihn am Arm zurück und betupft sich mit seinem neongelben Einstecktuch die Stirn. »Sie sollten vielleicht noch ein wenig zum Tragen zur Verfügung stehen. Ähm, die Paternoster, Sie wissen schon ... «

»Nein, weiß ich nicht.« Tom sieht gemeinsam mit mir auf die beiden Paternosteraufzüge, die sich nicht bewegen, und dann zu der wundervoll geschwungenen Treppe daneben, die mit vielen glänzenden Marmorstufen nach oben führt in die erste Etage und von dort weiter in die zweite und selbstverständlich auch in die dritte, wo sich das beliebte Vermählungszimmer mit seinen großartigen Buntglasfenstern und kunstvollen Bleispiegeln sowie der *Kleine Salon* befinden.

»Der ist halt schon ziemlich in die Jahre gekommen und benötigt hin und wieder ein Päuschen.« Oskar Sonthofen macht sich gar nicht erst die Mühe, das Einstecktuch zurückzustecken, und betupft sich neben der Stirn auch die Nase, den Nacken und seine roten Wangen.

»Können wir die Kinder nicht einfach herunterbitten? Hier unten ist doch der hübsche Warteraum und dort gibt es Tische und Stühle.« Mit Schwung schiebe ich den Eiswagen in Richtung des besagten Warteraumes. Doch ein Aufschrei von Oskar Sonthofen lässt mich in meiner Bewegung einfrieren.

»Sunny! Keine meiner Führungen beginnt in dem Wartezimmer! Wo kämen wir denn da bitte hin! Meine Ansprachen und Ausführungen wurden in jahrelanger, detaillierter Feinstarbeit zu einem großen Ganzen von mir höchstpersönlich zusammengefügt und dulden keinerlei Abweichung. Der Rundgang mit den Kindergartenkindern beginnt im *Kleinen Salon* neben dem Trauzimmer! Und wenn ich selbst jedes Löffelchen Eis einzeln hinauftragen muss!«

»Na, dann kann ich ja endlich zu meiner eigenen Feinstarbeit gehen.« Tom tippt sich zum Gruß an den schwarzen Haarschopf und wendet sich zum Gehen.

»Sie mit Ihren trockenen Scherzen, mein lieber Tom.« Mit einem lauten Lachen weist Oskar Sonthofen auf die Eisbehälter. »Mit Ihren starken Radfahrerarmen schaffen Sie sicherlich zwei der Behälter auf einmal und Sunny, Sie nehmen den dritten. Sie sind es gewöhnt, die Dinger hin und her zu tragen, das sehe ich an Ihren Oberarmen.«

Tom und ich sehen uns kurz an und entscheiden, über die konfusen Bemerkungen unseres Oberstandesbeamten zu lachen. Wir schnappen uns die zugewiesenen Behälter und erklimmen mit einem letzten Blick in Richtung des Warteraumes die vielen, vielen Stufen.

»Sunny, Sie brauchen gar nicht so sehnsüchtig zum Warteraum schielen. Dort sitzt nämlich obendrein ein in Liebe gebundenes Paar, das gleich zusammen mit Hedwig das Trauzimmer besichtigen wird.«

Oh, wie schön! Gibt es etwas Magischeres als zwei Menschen, die sich gefunden haben und ihr Leben miteinander teilen mögen?

Noch bevor wir ganz oben – die Eine mehr schnaufend als der Andere – in der dritten Etage ankommen, hören wir das lustige Geplapper der Kinder. Doch in dem Moment, in dem wir den *Kleinen Salon* betreten, verstummt selbst das lauteste Gekicher. Ein Dutzend Minimenschen starrt mit kugelrunden Augen zu Oskar Sonthofen, der mit seinem blaurot karierten Anzug einen wahren Anziehungspunkt für die Blicke darstellt.

Erst nach und nach nehmen die Kinder das Eis wahr und das Gezappel nimmt wieder Fahrt auf.

»Wer von euch möchte ein leckeres Erdbeereis?« Lächelnd schaue ich den Kindern dabei zu, wie sie ihre Ärmchen in die Luft recken. Und auch Oskar Sonthofens Arm bleibt nicht unten. »Und wer möchte dazu eine kugelige Portion süßen Schokoeises?« Die meisten Kinder heben nun auch ihren zweiten Arm. »Wenn ihr das alles so gern mögt, schafft ihr dann auch noch etwas von dem cremigen Vanilleeis?«

Quietschende Stimmchen versichern mir nachdrücklich die Machbarkeit.

»Mit Himbeerstreuseln?«

Nun gibt es kein Halten mehr, die Jungs und Mädchen springen auf und drängen sich um mich herum. Oskar Sonthofen schließt die Tür, augenscheinlich um das Paar nicht allzu sehr zu irritieren, welches von Hedwig fröhlich schnatternd zum Trauzimmer geführt wird. Ich kann gerade noch einen Blick auf die schwarze Lockenpracht der zukünftigen Braut werfen, ehe mich die Kinder voll und ganz in ihren Bann ziehen. Die Braut würde wie eine Märchenprinzessin in ihrem weißen Kleid aussehen. Wie wundervoll!

Um der eishungrigen Meute Herr zu werden, ziehe ich aus meiner Gürteltasche zwei Eisformer und drücke einen davon Tom in die Hand, der für einen Moment irritiert auf das pinke Wunderwerk starrt, sich dann aber doch recht schnell seinem Schicksal beugt.

Bald schleckt ein jeder im Raum glücklich ein Eis, Tom eingeschlossen, und ich lächele zufrieden in die Runde.

Ein blondes Mädchen mit einer entzückenden Zahnlücke grinst mich an. »Die Streusel sind so lecker. Kochst du die selbst?«

»Sunny und kochen ...« Tom verschluckt sich bei seinem Lachversuch nicht nur an dem Kommentar, sondern auch an einem Löffel Vanilleeis, und ich haue ihm gnädig zwischen die Schulterblätter, um ihm bei seinem Hustenanfall zu helfen. Besonders doll zu helfen.

»Oh nein! Himbeerstreusel werden nicht gekocht, Himbeerstreusel werden herbeigezaubert. Wisst ihr das gar nicht?« Mit großen Augen sehe ich die Kinder an, die heftig ihre Köpfe mit den verschmierten Mündern schütteln. »Soll ich euch erzählen, wo eure Himbeerstreusel herkommen?«

Das Schütteln wandelt sich schnell in Nicken. Leise zieht sich auch Oskar Sonthofen einen Stuhl heran und setzt sich zu den Kindern. Tom neigt nur den Kopf und kräuselt den Mund, dabei lässt er mich keine Sekunde aus den Augen. In dem angenehm warmen Raum wird es still, und das wohlige Aroma des Vanilleeises sowie die fruchtige Süße der Himbeerstreusel verwandelt ihn in eine mit bunten Blumen gesprenkelte Wiese.

»Es war einmal zu einer Zeit, als es noch echte Prinzessinnen in echten Schlössern gab, da lebte unsere Himbeerprinzessin. Sie hieß so, weil bei ihr im Schlossgarten das ganze Jahr über die allerschönsten, die allerprallsten und die allersüßesten Himbeeren wuchsen. Zusammen mit ihrem besten Freund, dem Himbeerprinzen, buk sie aus den Früchten sättigendes Himbeerbrot und presste nahrhaften Himbeersaft. Gemeinsam verteilten die beiden die Gaben an alle in ihrem Volk, die es gerade benötigten.

Doch eines Tages fand der bitterböse Drache Stoneheart den Weg in das wundervolle Himbeerreich und vernichtete aus schierer Gemeinheit alle Himbeersträucher mit seinem Feueratem. Indessen, das war gar nicht das Allerschlimmste, denn er stahl obendrein noch den Himbeerprinzen, der sich ihm tapfer in den Weg stellte und einfach an seinen tiefschwarzen Haaren von dem Drachen mit dessen spitzen Krallen emporgehoben und davongetragen wurde.«

Ich blicke in die Runde, ein wenig vorsichtig durch die Episode mit Klein-Wilhelm. Doch mich starren nur ein Dutzend Mädchen und Jungen mit offenen Mündern an, ohne die winzigsten Anzeichen einer nahenden Angstattacke. Die beiden Erzieherinnen nicken mir unisono wohlwollend zu, und auch aus Toms Gesicht ist alles Stirnrunzeln verschwunden. Sein Blick liegt warm auf mir.

»Und weiter?«, flüstert Oskar Sonthofen, seine halb aufgegessene Waffel fest in der Hand.

»Die Himbeerprinzessin rannte dem Drachen Stoneheart schnell wie der Wind hinterher, doch der Drache war schneller. Sie versuchte sich ebenso in die Lüfte zu erheben, doch es misslang ihr und sie schlug hart auf dem Boden auf. Trotz ihres blutenden Knies stand die Prinzessin auf und rannte und rannte, war dieses Mal schneller als der Wind, und schließlich gelang es ihr: Sie flog hinauf zu Stoneheart und entriss dem Drachen ihren Freund.

Indessen war das Volke angelockt von dem Lärm herbeigeeilt, und gemeinsam verjagten die guten Leute den bösen Drachen.«

»Aber die schönen Himbeeren, sind die jetzt alle weg?« Das Zahnlückenmädchen pult einen letzten Himbeerstreusel von ihrem Eis und zieht eine Schnute.

»Oh ja, die schönen Himbeeren waren alle weg. Auch die Himbeerprinzessin wusste das und stampfte vor Wut auf den Drachen so doll mit ihrem verletzten Bein auf – dort, wo ehemals die feinen Früchte wuchsen. Und das tat ihr so weh, dass ihr Tränen aus den Augen flossen. Doch das waren keine gewöhnlichen Tränen! Nein! Es waren himbeerfarbene, süße Tränen. Und überall, wo diese Tränen hintropften, wuchsen augenblicklich neue, wunderschöne, starke und prächtige Himbeerpflanzen mit den besten aller Früchte. Und zwischen diesen Himbeersträuchern wuchs noch eine andere Pflanze, himbeerrot und über und über bewachsen mit honigsüßen Himbeerstreuseln.«

»Auf Wiedersehen, Sunny. Auf Wiedersehen, Tom. Ihr Equipment können Sie gern nachher abholen, ich möchte jetzt meinen jungen Freunden unser wundervolles Standesamt zeigen.«

Kaum treten Tom und ich durch die Tür aus dem *Kleinen Salon*, schließt Oskar Sonthofen diese auch schon wieder hinter uns. Es ist still in dem Vorraum mit den silberdurchwirkten Wänden, und wir laufen ein paar Schritte auf dem dicken, weichen Teppich, auf dem ich mich immer ein wenig fühle, als könne ich schweben.

Unter der Glaskuppel bleibt Tom stehen und ich mit ihm. Bunte Lichter von den kunstvollen Scheiben über uns tanzen auf seinen Wangen und seine Augen schimmern golden.

»Danke für dieses außergewöhnliche Eis«, raunt Tom, und warm umfängt mich seine Stimme. Ich suche in seinen Augen nach dem Spott, der nun folgen müsste. Und finde ihn nicht.

»Immer wieder gern.«

Tom hebt die Hand und berührt mich sacht am Haaransatz. »Du hast hier noch einen magischen Himbeerstreusel.«

»Ich wollte schon immer einmal mein schnödes Blond gegen himbeerrosa Haare tauschen.« Langsam lege ich meine Hand auf seine und die Wärme, die er mir dabei schenkt, strömt durch meinen Körper.

»An dir ist nichts Schnödes, Sunny.«

Verführt von Toms Wärme und dem leichten Hauch seines Atems sehe ich ihm in die Augen, sehe den Glanz darin, die winzigen hellen Sprenkel.

Nicht nur an mir ist nichts Schnödes.

»Susanna! Was für eine nette Überraschung.«

In Zeitlupe drehe ich mich von Tom weg, für einen Moment wankt die Welt und ich verliere die Orientierung, verliere den Sinn dafür, wo oben und wo unten ist.

»Leo!«

Kapitel 4

B wie Bitter

Buttermilch-Eis

Weiche, sahnige Buttermilch mit einem Hauch feinster Säure bildet die Basis für ein Eis, welches auf der Zunge kribbelt und süß den Gaumen streichelt.

Da ist er! Mein Leo!

So oft schon, seit dem Tag, an dem ich ihn freigegeben habe, stellte ich mir diesen Moment vor: Leo, wie er gerührt vor mich tritt, mit glänzenden Augen und einem Lächeln, das nur für mich gemacht ist; Leo, wie er mich stürmisch in seine starken Arme reißt, durch die Luft wirbelt, mich leidenschaftlich küsst, bis uns schwindelig wird; Leo, wie er sich von hinten an mich heranschleicht und mir einen Kuss in den Nacken haucht und mich fragt, ob ich ihn endlich heiraten möchte, denn er sei jetzt wieder da.

Für immer.

Nur kam in keiner dieser Varianten – und davon gibt es noch Zillionen mehr – eine zierliche Frau mit einer schwarzen Lockenflut und Schneewittchenhaut in seinem Arm vor! Auch keine mit glatten schwarzen Haaren. Oder roten. Oder überhaupt. Da waren nur er und ich.

Allerdings kam auch Tom in meinen Wiedersehensvisionen nicht vor. Zumindest meistens nicht. Nur manchmal, am Rande.

Aber ich bin ja äußerst flexibel. Gut möglich, dass Leo einfach nur seine Schwester wiedergefunden hat. Ich weiß zwar nichts von einer verloren gegangenen Schwester, aber zwei Jahre sind eine lange Zeit, da kann man schon mal das eine oder andere verlieren.

»Susanna, darf ich dir Julia vorstellen?«

Nein, darfst du nicht.

Schon streckt mir die Schneewittchen-Elfe ihr rechtes Händchen entgegen, während sie mit dem linken weiterhin meinen Leo fest umklammert hält.

Sie drückt meine Finger erstaunlich fest und lächelt mich mit ihrem Kussmund zuckersüß an, wobei das Lächeln ihre dunklen Augen strahlen lässt. »Wie schön, dich kennenzulernen. Leo hat mir schon viel von dir erzählt.«

Da haben wir es! Ihr hat er von mir erzählt, aber mir nicht von ihr. Eindeutiger kann er seine Prioritäten doch gar nicht setzen: Ich bin in seinen Gedanken und nicht sie.

Drei Augenpaare starren mich jetzt an. Ich weiß, dass ich mit dem Text weitermachen müsste, aber all die Zeilen, die ich mir zurechtgelegt habe, finde ich gerade ein wenig unpassend. Weder mein leidenschaftliches *Leo, küss mich weiter, jetzt und überall*, noch mein gehauchtes *Leo, natürlich möchte ich dich heiraten* scheint mir angemessen.

»Hi. Julia. Richtig? Ja, hi.« Ehe ich noch mehr Haie heraufbeschwöre, wende ich mich an Leo, sehe in seine braunen Augen, die von feinen Fältchen umrahmt werden, die vor zwei Jahren noch nicht da gewesen waren. Sein weiches braunes Haar trägt er kürzer als früher und Tante Marietta hat recht: Er sieht umwerfend aus, noch attraktiver, verwegener.

»Leo.« Wie ich es liebe, diesen Namen auszusprechen. »Du bist wieder da.«

»In der Tat. Vor zwei Wochen sind wir aus Indonesien zurückgekehrt.«

Vor zwei Wochen schon! Und WIR! Und wie er SIE noch fester an sich heranzieht, wie unziemlich! Und das hier, auf einem Standesamt! Das ist immerhin ein öffentliches Gebäude!

Die Erkenntnis boxt mir mit einer gekonnten Linken, auf die eine präzise Rechte folgt, voll in den Magen. Ich habe Mühe, aufrecht stehenzubleiben.

Um nicht doch noch in die Knie zu gehen, greife ich nach Toms Arm und umklammere ihn mit aller Kraft, die mir zur Verfügung steht. Die Wärme seines Körpers lindert ein wenig die Eiseskälte, die der Schlag in mir freigesetzt hat und die nun schmerzhaft in mir zirkuliert.

Ich spüre Toms Blick auf mir, und auch Leo und Julia sehen mich abwartend an.

»Ich möchte euch auch jemanden vorstellen. Tom, das sind Leo und Julia.« Ihren Namen laut auszusprechen, kratzt mir im Hals. »Leo, Julia. Das ist Tom. Mein Verlobter. Wir heiraten im Sommer. Gibt es etwas Magischeres als eine Hochzeit im Sommer? Die Wärme der Sonne auf den Schultern, ein tieforanger Sonnenuntergang, der die Feier am Abend mit seinem goldenen Licht übergießt, und hunderte Lämpchen, die in den Zweigen der Bäume leuchten. Ich liebe Hochzeiten.« Ich blinzele ein paar Mal, doch Leos unverbindliches Lächeln bleibt bei meiner Hochzeitsankündigung unverbindlich. Wenn überhaupt, wird es eher noch strahlender, als würde er sich so richtig für mich freuen. »Und ich liebe natürlich Tom. Über alles!«

»Das hoffe ich doch.« Und endlich, endlich lässt Leo Miss Schneewittchen los und umarmt mich fest. Und ich passe so perfekt in seine Umarmung, wenn ich mich ein wenig auf die Zehenspitzen stelle. Sein Aftershave ist dasselbe wie früher, elegant und würzig. Und intensiv. Ich rieche kaum den echten Leo dahinter. Das war schon damals so, als ich ihn nicht dazu überreden konnte, doch mal all die Wässerchen und Gele und Duschcremes zu reduzieren. Egal. Das hier fühlt sich gut an. »Herzlichen Glückwunsch, Susanna.«

Schon stehe ich wieder allein da und Leo hält Julia fest, während er Tom die Hand reicht. »Auch Ihnen, Tom. Mit Susanna haben Sie eine großartige Frau an Ihrer Seite.«

Tom nickt Leo zu und wendet sich dann mit einer halben Drehung an mich. »Die habe ich.« Seine Augen verdunkeln sich, sie glitzern und er tritt näher an mich heran. Außerordentlich nah. Sein Duft, so völlig rein, trifft mich und mein Herz vibriert in der Brust. Plötzlich umfassen seine Hände meine Wangen und seine Lippen treffen meine. Es ist kein scheuer Kuss, kein Kuss zum ersten Mal küssen, kein Kennenlernkuss. Tom küsst mich, als hätte er nie etwas anderes getan. Und ich küsse ihn.

Mit einem Mal ist alles vorbei. Schwindelig stehe ich vor Tom. Meine Lippen prickeln und meine Wangen brennen da, wo er mich mit seinen rauen Händen berührt hat.

»Verlobt zu sein gefällt mir.« Toms spöttisches Grinsen ernüchtert mich und mein erhitztes Blut beginnt zu kochen.

»Und es gefällt anscheinend nicht nur Ihnen.« Julia zwinkert mir doch tatsächlich zu.

Wenn verlobt sein immer so leidenschaftlich ist, dann will ich sofort verlobt sein. Aber doch bitte nicht mit Tom! »Warum sollten wir uns auch verloben, wenn es uns nicht gefallen würde, nicht wahr?«

»Richtig so, ihr zwei. Wer heiraten möchte, soll dies gern tun, und wer nicht, der nicht.« Mit einem bestätigenden Nicken küsst Julia meinen Leo auf die Wange. Ganz schön züchtig. Das können Tom und ich aber besser. Oder Leo und ich, meine ich natürlich.

Hinter mir geht die Tür zum *Kleinen Salon* auf und Oskar Sonthofen scheucht die Kinderschar aus dem Raum. »Sunny, Tom, Sie sind ja noch hier. Wie gut, dann können Sie gleich die leeren Eisbehälter mit zurücknehmen.«

Leo sieht mich anerkennend an und nickt. »Du hast deinen Traum von einem eigenen Eiscafé also wahrgemacht. Ich komme aus dem Gratulieren gar nicht mehr heraus.«

»Eisdiele«, murmele ich automatisch.

»Gut gemacht.« Leichthin klopft er mir auf die Schulter und sieht dann auf seine Armbanduhr. »Wir müssen jetzt auch los. Es war schön, dich wiederzusehen, Susanna. Tom, es hat mich gefreut, Sie kennenzulernen.«

Mit großen Schritten entfernt sich Leo von mir. An seiner Seite Julia.

»Lass uns die Eisbehälter holen und dann nichts wie weg hier!« Harsch laufe ich an Tom vorbei in den *Kleinen Salon* und stapele lautstark die drei Behälter ineinander. Die leere Himbeerstreuselschale schmeiße ich oben hinein. Eine rosa Ecke der zarten Porzellanschale bricht dabei ab. »Mist!«

Tom legt seine Hand auf meine. »Lass, ich nehme den Rest.«

»Ich kann das allein!«

»Das weiß ich. Ich möchte dir trotzdem helfen.«

Mit Wucht drücke ich Tom die gestapelten Behälter gegen die Brust und lasse so schnell los, dass sie fast herunterfallen. Er greift gerade noch rechtzeitig danach. Ich schnappe mir die leere Schale, in der die Eiswaffeln gelegen haben. Typisch! Immer müssen alle alles aufessen. Wie egoistisch!

Ich renne mehr, als ich gehe durch den Vorraum und die drei Etagen nach unten, hinaus aus dem Standesamt, hinein in den blendenden Sonnschein und die schneidend kalte Luft. Dort werde ich von einer Horde Stadtrundgängern gestoppt, die mir im Weg stehen.

Tom holt mich ein und manövriert mich am Arm durch die quasselnde Menge.

»Lass das. Ich kann allein gehen!« Ich reiße meinen Arm los und stoße prompt mit einem glatzköpfigen Dickbauch zusammen. »Passen Sie doch auf!«

»Hascht g'hört, Erna. Die Berlinerin do, hot misch ordentlisch angemeggert, obwohl se misch angerembelt hot. Wie ses uns alle g'sagt ham!«

»Moch gleich en Fodo, Erwin!«

Doch ehe Erwin sein Kompaktkamerachen in die richtige Position gebracht hat, bin ich aus seinem Fokus verschwunden. So weit kommt es noch!

Was für ein blöder Tag!

Endlich kann ich mich aus dem Menschenknäuel herausschieben, während Tom noch mittendrin einer Dame mit Hut eine Frage nach dem Weg beantworten muss, zumindest verrät das die Weise, auf der er mit den Eisbehältern in den Händen zu gestikulieren versucht.

Nur noch dreihundert Meter, dann bin ich in meinem sicheren *Schneeflöckchen*, weit weg von allen Ernas und Erwins dieser Welt. Und weit weg von Leo und seiner Verlobten.

Wie kann er nur! Wie kann sie nur! Leo ist doch mein Leo!

Noch einhundertfünfzig Meter!

»Das ist doch wohl nicht Ihr Ernst! Vanille ist unsere Hauptsorte! Sunny, sag ihm, dass das ein blöder Wetteinsatz ist und wir das nicht machen!«

»Also wirklich, das ist nun kein Spaß mehr!« Beatrice schüttelt heftig den Kopf.

Fritz Ludewig indessen grinst mich mit schief geneigtem Kopf an. »Angst zu verlieren?«

Ein bisschen schon, so ganz, ganz tief innen. Ich sollte mein Eisglück vielleicht nicht über Gebühr herausfordern.

»*Fräulein* Spatz?«

»Abgemacht!«

Kapitel 5

E wie Etwas

Elfen-Eis

Mit Morgentau benetzte Kirschblüten, vereint mit dem Herz der Vanille, übergossen mit reinstem Waldnektar, finden zusammen in einem zartschmelzenden Eis voller Magie.

Es gibt eine Menge Dinge, die ich lieber mag, als meine Mittwoche zu opfern, um meine Wohnung zu putzen. Das *Schneeflöckchen* zu putzen, zum Beispiel. Das Schöne daran ist, dass es hier so gut wie nie ernsthaft etwas aufzuräumen gibt, da es mir wie magisch gelingt, alles tipptopp in Ordnung zu halten. Nun gut, und weil Alma hilft. Aber davon abgesehen ist es mir ein Vergnügen, in meiner Eisdiele zu werkeln, und sei es nur, die Eisbehälter blitzblank zu putzen, bis sie funkeln und darauf warten, mit einer neuen, köstlichen Eissorte befüllt zu werden. Wird es ein wundervolles Parfait aus Mandarinen sein? Oder ein klares Sorbet von süßer Honigmelone? Oder doch lieber cremiges Stracciatella?

Für dieses schwebt mir eine leichte, frühlingshafte Variante vor. Wie wäre es mit belizianischer dunkler Vollmilchschokolade? Gilt Stracciatella eigentlich als Vanilleeis? Dann wären auch mein Trüffeleis und mein Schokokekseis ein Vanilleeis. Und erst recht das Umpa-Lumpa-Eis!

Seit dieser blöden Wette vor zwei Tagen finde ich ständig in mehr und mehr Eissorten meine geliebte Vanille. Und selbst wenn nur diese eine Grundsorte auf dem Spiel stünde, sähe meine Eistruhe ziemlich leer aus. Und erst die Eisbecher! Ich mag es mir gar nicht vorstellen, ein Becher *Fruchtige Erdbeere,* zwar randvoll mit süßem Erdbeereis, aber ohne warme Vanille. Oder eine *Cassata* aus himmlischem Bitterschokoladen-Eis, doch ohne die Würze der Vanille!

»Du siehst aus, als würdest du schon wieder leere Eisbecher vor dir sehen. Teenager sehen so aus, wenn man vor ihren Augen ihre Smartphones ausschaltet.« Kichernd stürmt Alma ins *Schneeflöckchen* und schließt die Tür hinter sich. »Aber ich glaube, das, was du gleich zu kosten bekommst, wird dich beruhigen und deine Eisbecher gedanklich wieder füllen, bis zum Rand und darüber hinaus.«

Ich schnappe mir zwei leere Schälchen samt Löffel und gehe um die Eisbar herum, um mich dort mit Alma hinzusetzen. »Du hast eine Kostprobe ergattern können? War es doll schwierig?«

Alma schüttelt mit Schwung den Lockenkopf. »Nicht ein bisschen. Glück für uns, dass der alte Ludewig vor ein paar Wochen rumgetönt hat, mittwochs immer in seiner *megaerfolgreichen* Kochshow aufzutreten. Und clever von uns, die Lehrlinge vom *Le Meilleur* mit unserem guten Eis gefüttert zu haben. Die überschlagen sich regelrecht vor Liebenswürdigkeit mir gegenüber.« Alma grinst breit in die Schüssel hinein, die sie auf die

Eisbar stellt, und verteilt das eidottergelbe Eis darin auf unsere Schälchen.

»Aber wie bist du denn überhaupt an die Jungs rangekommen, die sind doch niemals vorn im Gastraum?«

»Och, einer von den Anzugträgern im Restaurant war ganz nett.« Alma winkt nonchalant ab und greift nach einem Löffel. »Lass uns probieren, ehe das Zeug zu warm wird. Allerdings sieht mir die Konsistenz nicht so aus, als würde dieses Eis jemals schmelzen können.«

Im Prinzip muss ich gar nicht kosten. Was da vor mir in der Schale dahindümpelt ist nichts, was ich auf meinem Löffel, geschweige denn in meinem Mund haben möchte. Allein die grobkörnige Beschaffenheit zusammen mit der farbkastenartigen gelben Farbe und dazu der aufdringliche chemische Geruch nach nachgebauter Vanille lassen mir die Lust auf Eis vergehen. Und das ist bei mir, selbst im Angesicht eines Magen-Darm-Infektes, ein Ausnahmezustand.

Nur als ich Leo vor zwei Jahren freigab, verzichtete ich ein paar Tage, es können auch ein paar Stunden gewesen sein, auf Eis. Quasi als Reminiszenz an ihn als Nicht-Eis-Esser. Aber das hat mir nicht gutgetan. Ich meine, wer verzichtet schon freiwillig auf das Atmen. Und Eis essen ist wie Atmen.

Alma beobachtet mich, wie ich über dem Löffel mit Eis in meiner Hand brüte, während sie ihren vorsichtig mit den Lippen berührt. Sie zieht eine Augenbraue effektvoll nach oben und grinst schelmisch. »Und? Hast du noch Bedenken?«

Gezielt drücke ich den Löffel zurück in die Mitte des gelben Breis. Ich muss das hier nicht kosten. »Und wenn er es bis zum Wettessen verbessert? Immerhin sind es noch knapp fünf Wochen bis dahin.«

Almas Locken hüpfen bestätigend auf und ab, als sie vehement den Kopf schüttelt. »Sunny, egal, was der Ludewig mit diesem *Eis* anstellt, und ich setze das

Wort Eis hier ganz bewusst in doppelte Hochkommas, es kann nicht besser werden. Hier hilft nur wegschmeißen und neu machen. Und wenn er das könnte, hätte er es schon längst getan. Dieses Gerangel um sein und um unser Eis geht nun schon seit zwei Jahren so.«

»Aber er war sich so sicher.« Meine Zweifel wollen ob Almas durchaus plausibler Theorie nicht so recht platzen. »Immerhin gilt er nicht ohne Grund als einer der besten Köche des Landes. Er kennt doch den Unterschied zwischen unserem und seinem Vanilleeis besser als wir.«

Alma hüpft resolut von ihrem Stuhl und sammelt die Schälchen und Löffel ein. »Womit es einmal wieder bewiesen wäre, Eis machen ist nicht kochen.«

»Na dann hoffe ich, dass das die Eisgöttin auch weiß und uns gewogen bleibt.«

»Die Eisgöttin bist du, mein Liebe, und dir selbst bleibst du doch wohl hoffentlich gewogen.« Mit einem Knuff in meinen Oberarm schlendert Alma an mir vorbei, um das benutzte Geschirr in die Küche zu bringen.

Optimismus ist durchaus mein zweiter Vorname, aber irgendwie ...

Ein lautes Rumpeln vor der Eisdielentür schreckt mich aus meiner Grübelei auf. Fröhlich klopft mein Vater an die Glastür. Ich eile los, um sie aufzuschließen.

»Na, was sagst du!« Anstatt einer formellen Begrüßung bekomme ich eine Umarmung, in der ich bis zum Scheitel verschwinde. Mein Vater ist der Meinung, er könnte glatt als deutscher Zwillingsbruder von Dwayne »The Rock« Johnson durchgehen. Die meisten anderen zweifeln daran nicht unwesentlich. Nun gut, ein bisschen passt es vielleicht, so als ganz, ganz kleiner Bruder. Adoptiert.

Mit einem karierten Taschentuch, welches stets griffbereit in einer der unzähligen Taschen seines Holzfällerhemdes steckt, wischt sich mein Vater über die imposante Glatze. »Schade, dass die Kälte wieder vorbei ist, das ist schon wieder eine Hitze da draußen.«

Genau, die vollen fünf Grad Celsius, die das Thermometer über null anzeigt, sind die Vorboten einer kommenden Hitzewelle, auch bekannt unter dem Namen Frühling in kühlgemäßigten Klimazonen. Mein Vater hat es nicht so mit Wärme.

»Aber egal!« Donnernd klatscht er sich in die Hände. »Sieh nur, was für ein Prachtstück wir dir heute mitbringen.«

Mein Vater tritt zur Seite und zum Vorschein kommt ein runder, wunderschöner, vergissmeinnichtblauer Stehtisch, auf dem sich mein Onkel Ole abstützt. »Grüß dich, Sunny.«

»Papa! Das ist ja eine Überraschung.« Neben mir taucht Alma auf und begutachtet den Tisch. »Dann kommt mal rein in die gute Stube und lasst uns ein passendes Plätzchen für dieses blaue Wunder finden.«

Papa und Onkel Ole heben den Tisch gemeinsam an, der, wie ich meinen Vater kenne, aus bestem Vollholz von ihm gezimmert wurde und entsprechend schwer ist. Wobei es bei meinem Vater aussieht, als würde er drei Viertel des Tisches mit einem Finger tragen und Onkel Ole den Rest mit all der Kraft seines eher zierlich geratenen Männerkörpers.

Alma dirigiert ihren schnaufenden Vater und meinen pfeifenden an die linke Wand der Eisdiele, von wo aus unsere Gäste an dem neuen Stehtisch einen netten Blick über den Vierwaldplatz vor dem Fenster genießen werden. Die Ausbuchtung ist wie geschaffen für dieses Schmuckstück, und ich freue mich jetzt schon darauf, dort herrliche Eisbecher servieren zu dürfen. Wie wäre es mit einem *Shell by Pink*, das wäre ein famoser Kontrast zu dem lebendigen Blau des Tisches. Eventuell sollte ich das dunkelrosa Himbeereis leicht mit Wildblaubeereis durchziehen und es miteinander verwirbeln ...

»Na, welchen Eisbecher klüngelst du für unseren neuen Tisch aus?« Der dunkelrosa-tiefviolette Eiswirbel löst sich auf und ich sehe in drei lachende Gesichter.

Alma legt ihren Kopf schief. »Soll ich vielleicht kurz einen Gast hereinbitten, damit du den Tisch standesgemäß einweihen kannst und nicht extra bis morgen warten musst?«

Eine hervorragende Idee, wenn ich mir die Spaziergänger draußen so ansehe. Die haben bestimmt Lust auf eine süße Köstlichkeit.

»Nein Sunny, das war ein Scherz. Wir haben heute Ruhetag! Und dabei bleibt es!«, beendet Alma unbeirrt meine Überlegungen. »Auch du benötigst mal eine Eispause. Und im Übrigen habe ich dir genug Papierkram zum Durchsehen mitgebracht, dass dir heute nicht langweilig werden sollte.«

»Schon wieder?« Entsetzt ziehe ich die Nase kraus, als würde allein der Gedanke an den Schreibkram wie etwas riechen, was ich nicht einmal anfassen wollte.

»Schon wieder! Wie schnell doch so ein Quartal herum sein kann. Also es ist ja wirklich nicht zu fassen.«

Zu meiner krausen Nase gesellt sich jetzt noch ein zum Flunsch verzogener Mund. Das kann ich gut. »Aber meinen Videoabend mit Mama muss ich nicht wieder opfern, oder?«

Alma zuckt mit den Schultern. »Das liegt an dir, mein Liebchen.«

»Wenn es mal so wäre, Miss Ich-kann-von-administrativen-Arbeiten-nicht-genug-bekommen. Allerpünktlichst werde ich heute Abend bei Mama auf dem Sofa sitzen, schließlich lässt frau Chris Pine niemals warten.«

»*Star Trek*?«

»Und *Star Trek Into Darkness.* Und *Beyond.*«

»Dann muss ich mir mein Abendessen heute wohl wieder selbst zusammensuchen«, brummt mein Vater und lässt die mächtigen Schultern hängen.

»Lass uns doch zusammen ins *Wank* gehen und Schnitzel essen.« Onkel Ole massiert sich durch sein weißes Hemd hindurch die Oberarme, die offensichtlich durch die Schlepperei von eben zwicken. »Alma, du bist doch ohnehin bei Marietta zu eurem Filmabend, oder?«

Alma nickt.

»Und was seht ihr euch an?« Meine Frage soll leicht klingen, kommt aber sehr leise daher.

Genau wie Almas Antwort. »*BFG.*«

»Oh! Was für ein schöner Film. Ich wünschte, wir ...« Aber es gibt für den *Big Friendly Giant* kein *Wir* mehr, und traurige Stille legt sich über uns vier.

Mit mehr Zuversicht, als ich eigentlich spüre, klopfe ich schließlich auf meinen neuen Lieblingstisch, schließlich muss seine besondere Farbe doch etwas Gutes zu bedeuten haben! »Lasst uns einen Haselnuss-Eiskaffee trinken und endlich einmal darüber sprechen. Ich finde, es wird Zeit, dass wir etwas unternehmen!«

Mein Vater knetet tüchtig sein Taschentuch und sieht von mir zu Alma, weiter zu Onkel Ole und wieder zurück zu mir. »Ich weiß nicht so recht, das wird deiner Mutter gar nicht gefallen. Wenn sie das rausfindet ...«

»Sie wird es nicht rausfinden!« Alma streckt sich und legt einen Arm um meine Schulter. »Und meine Mutter ebenso wenig. Das bleibt ganz einfach unter uns. Genauso wie die Vorbereitungen für ihre Geburtstagsfeier Ende April. Sunny hat voll und ganz recht, wir müssen endlich handeln, die beiden hatten genug Zeit, ihre Wunden zu lecken. Stellt euch nur mal die

Geburtstagsfeier vor, wenn die beiden sich dann immer noch meiden und so tun, als gäbe es die andere nicht!«

Skeptisch sehen sich die beiden Männer an, aber ihr Unbehagen scheint angesichts meiner und Almas Überzeugung zu schmelzen. Logischerweise sind mein Vater und Onkel Ole nicht unbeträchtlich von dem Streit ihrer Ehefrauen betroffen. Schließlich dürfen sie sich nicht gemeinsam erwischen lassen, denn sonst würden meine Mutter und Tante Marietta ihnen gehörig die Leviten lesen. Immerhin gilt der Grundsatz der Ehe: Mitgehangen, mitgefangen.

»Ich vermisse unsere gemeinsamen Abende, Berno. Die Mädels haben recht, lass uns gemeinsam eine Route in Richtung Schwestern-Versöhnung austüfteln.« Onkel Ole strafft seine schmalen Schultern und fährt sich durch sein volles braunes Haar, welches Almas so ähnelt. Als Privatpilot mit natürlicher Autorität gesegnet, lotst er uns zu dem butterblumengelben Tisch am Fenster, und wir lassen uns darum herum nieder. Nur kurz springe ich noch einmal auf, um die Eiskaffees herzurichten. Jedoch verpasse ich nicht viel von dem Gespräch, da sie sich ideenlos anschweigen.

Nach der Hälfte unserer Eiskaffees schweigen wir uns noch immer an. Und als wir am Boden der Gläser kratzen, sind wir von einer ereignisreichen Gesprächswendung so weit entfernt wie zuvor.

Ich bin erstaunt, wie leicht ich trotz des drückenden Schweigens aufspringe, als Beatrix an die Scheibe der Durchreiche klopft. Froh über die Unterbrechung öffne ich flink die Verriegelung und schiebe die Scheibe zur Seite. Im Sommer steht dieses Fenster immer weit offen, denn von hier aus verkaufen wir Eiskugeln in knusprigen Waffeln an vorbeischlendernde Gäste.

»Sunny, mein Schatz, kannst du mir bitte ein paar deiner fantastischen Schokoladenwaffeln überlassen? Ich führe gerade Galeriebesucher durch die Ausstellung und sie hätten gern etwas zum Knabbern zu ihrem Espresso.«

»Sicher, gern. Ich muss nur kurz ins Eislabor, um welche zu holen. Möchtest du so lange hereinkommen? Die Tür habe ich vorhin offen gelassen.«

Beatrice schüttelt den Kopf und kramt nervös in ihren Manteltaschen. »Danke, ich warte lieber hier. Ein bisschen frische Luft und so, du weißt schon.«

Ich kneife die Augen zusammen und sehe, wie ich hoffe, meine Nachbarin ernst an. »Du wirst doch wohl nicht eine Zigarette rauchen wollen!«

Beatrice lacht schrill auf und ihre Hände verschwinden fast bis zum Ellenbogen in den Taschen. »Ich? Iwo, wo denkst du hin. Ich und rauchen. Ha!«

»Ich meine ja nur, du wirkst so nervös.«

Beatrice beugt sich bis fast zur Durchreiche vor. »Diese Besucher treiben mich in den Wahnsinn«, zischt sie. »*Frau Koenig, welch erlesene Kunstwerke*, schleimt mich der Typ mindestens einmal im Vierteljahr an, wenn er mal wieder einer seiner neuen untergewichtigen Flammen imponieren will. Dabei kann er seinen Pinsel nicht von einem Malerpinsel unterscheiden!«

»Beatrice!«

Lachend gehe ich durch das *Schneeflöckchen* in das Eislabor und hole das Gewünschte. Als ich zurückkomme, steht Alma an der Durchreiche und amüsiert sich über Beatrices Ereiferungen ihres aktuellen Galeriebesuchers.

»Hier, bitte schön, deine Ausrede, mal kurz die Galerie zu verlassen.«

»Ist das so offensichtlich?«

Alma winkt ab. »Ach, kaum«, prustet sie.

»Na ja, bei euch sieht es aber auch nicht gerade nach einer erfolgreichen Party aus.« Beatrice nickt in Richtung der beiden zusammengesunkenen Männergestalten an dem gelben Tisch.

»Wir grübeln gerade über eine Strategie nach, meine und Almas Mutter wieder zu versöhnen.«

Beatrice pfeift anerkennend. »Das wollte ich sowieso schon lange einmal wissen. Warum haben sie sich eigentlich gestritten?«

Alma und ich starren erst Beatrice an, als würde sie uns danach fragen, wie der Strom aus der Steckdose kommt, und dann sehen Alma und ich uns an.

Wir haben absolut und überhaupt keine Ahnung, was zwischen den Zwillingsschwestern vorgefallen ist.

Zwei Stunden später sind wir der Lösung des Rätsels kein Stück nähergekommen, obwohl wir es aus allen nur erdenklichen Blickrichtungen betrachten und wenden und auf den Kopf stellen und wieder zurückdrehen. Der Nachmittag schreitet voran, und die kostbare Zeit unseres konspirativen Treffens verstreicht immer mehr.

»Und ich bleibe dabei, es muss etwas mit dem Backwettbewerb zum besten Schokoladenkuchen von dieser Zeitschrift, dieser Dings, dieser *Wir* oder so zu tun haben.« Mit verschränkten Armen lehnt sich mein Vater auf seinem Stuhl zurück. Schon mehrfach ist die Backwettbewerb-Theorie während unserer jetzt wesentlich muntereren Diskussionsrunde aufgetaucht. Und wieder ab.

»Du meinst die *WeSelf*?« Ich stehe auf und gehe zu unserem Zeitschriftenständer, wo sich auch ein Exemplar der aktuellen *WeSelf* befindet. Nachdenklich blättere ich darin, als würde ein netter Artikel mir des Rätsels Lösung verraten. Doch trotz der durchaus interessanten Themen finde ich natürlich nichts zu unserem Mütter-Dilemma.

Alma dreht sich zu mir um. »Miela hat dort mal gearbeitet, bevor sie mit ins *Teetässchen* eingestiegen ist.«

»Ja, aber das war lange vor letztem Herbst.«

»Vielleicht kennt sie dort noch jemanden, der etwas weiß.«

»Ich könnte Marietta auch einfach noch mal fragen. Es ist nun doch schon eine Weile her, seit sie und Marie beschlossen haben, das Thema als unerwünscht aus der Welt zu schaffen.« Onkel Ole sitzt kerzengerade auf seinem Stuhl, die Hände locker auf dem Tisch gefaltet. Ich nehme ihm fast ab, dass er es ernst meint.

Mein Vater haut sich lachend auf den Schenkel, ehe er wieder ernst wird. »Ole! Lass das, wenn dir dein und wohlgemerkt auch mein Leben lieb ist. Und bitte keine Scherze mehr darüber.«

»Und nun?« Mit der Zeitschrift in der Hand setze ich mich zurück an den Tisch. »Vermutlich ist es wirklich so, dass dieser Schokokuchen-Backwettbewerb etwas damit zu tun hat. Mir will nur nicht so recht in den Sinn, was. Immerhin haben sie beide wie ein Herz und eine Seele zusammen das Rezept entwickelt und diesen genialen *Gâteau de Nancy* gebacken.«

»Und gewonnen haben sie auch.« Alma spitzt zum Nachdenken die Lippen. »Dann verliert sich die Spur.«

»Lust auf einen Tee?« Ich sehe Alma an und sie versteht mich, denn sie signalisiert mir mit erhobenem Daumen ihre Zustimmung.

»Wann?«

»Gleich morgen.«

»Und ihr meint, bei einer Tasse Tee fällt euch mehr ein als bei einem Eiskaffee?« Mein Vater schnipst gegen sein leeres Kaffeeglas.

»Wenn ihn die richtigen Leute servieren schon.« Ich zeige auf die *WeSelf* auf dem Tisch. »Erinnerst du dich noch an diesen magischen Adventsmarkt in den Hackeschen Höfen?«

Mein Vater tippt sich an die Stirn und lächelt breit. »Diese Teestube meinst du, wo die aus den Teeblättern lesen und wo nebenan dieser geniale Schreiner wohnt?

Eine hervorragende Idee. Die könnte glatt von mir sein. Ich komme mit.«

Wir sehen alle zu Onkel Ole, doch der winkt ab. »Ich habe morgen früh einen Flug nach Mailand und komme erst am Abend wieder zurück.«

»Apropos Mailand«, wendet sich mein Vater an Alma und mich. »Ratet mal, wen ich gestern Abend im *Adlon* getroffen habe, während ich schnell ein paar Not-Oliven aus dem *MaMa* hingebracht habe.«

Genervt rolle ich mit den Augen. »Ja, ja, wir wissen es schon. Leo ist wieder da. Und seine *Verlobte.*« Dieses Wort schmeckt echt unappetitlich. »Und nein, ich habe ihm damals nicht den Laufpass gegeben, sondern lediglich frei.«

Onkel Ole nickt und mein Vater beugt sich interessiert vor. »Leo ist wieder da? Aber den Jungen meine ich gar nicht, sondern diesen Dings, diesen bayrischen Backmenschen, den deine Mutter und Marietta so vergöttern.«

»Wow, Christoph Kramer, mit dem Sahneschnittchen würde ich auch gern mal backen.« Verträumt stützt Alma ihr Kinn auf die Hand.

»Du kannst doch gar nicht backen«, weise ich sie grinsend darauf hin. »Aber für den lohnt es sich allemal, backen zu lernen.«

»Ich habe noch versucht, Mariechen zu erreichen, aber da war der Bäckerbursche schon weg. Die Stimmung danach zu Hause war nicht gut, kann ich euch sagen. Hätte ich mal lieber so getan, als hätte ich nichts und niemanden gesehen.«

»Ach Paps«, tröste ich meinen Vater und muss mir das Lachen arg verkneifen im Angesicht seiner Eifersucht dem *Bäckerburschen* gegenüber. »Du weißt doch, die Liebe einer Frau zu ihrem Bäcker ist eine ganz besondere, aber die Liebe einer Ehefrau zu ihrem Ehemann überragt alles.«

Kichernd winkt Alma über meinen Kopf hinweg jemandem zu. Ich drehe mich in Erwartung neuer Beatrice-Geschichten mit einem vorfreudigen Strahlen um, doch nicht die Galeristin fängt es quer durch das *Schneeflöckchen* auf. »Tom.«

»Guten Abend zusammen. Störe ich?«

Alma steht auf und bietet Tom ihren Stuhl an, der neben meinem steht. »Lass mich raten, die Lust auf ein feines Feierabendeis führt dich in unsere bunte Hütte.«

Tom lächelt schelmisch, und ich spüre mit voller Wucht wieder seine Lippen auf meinen. Leider nur in meiner Fantasie. Allgemein wird mir ein Übermaß an Fantasie nachgesagt, wobei ich das nicht nachvollziehen kann. Schließlich ist die Welt, wie sie ist, bunt und schillernd, und unser Leben so voller Möglichkeiten, die umarmt werden wollen.

»Ertappt. Ist es sehr unverschämt, mir an eurem freien Tag eines zu erbetteln?«

»Du darfst so unverschämt sein, wie du möchtest.« Alma sieht ihn mit blitzenden Augen an und legt ihre Hand auf seine Schulter. Meine Güte, dass sie aber auch immer so schamlos flirten muss. »Wie wäre es mit ein wenig sündiger Vanille?«

»Davon nehme ich auch ganz viel, wenn du hast.«

»Aber für dich doch immer.« Wie sie mit ihren langen dunklen Wimpern klimpert! Pff. Und das vor ihrem Vater.

Alma legt ihre andere Hand auf meine Schulter und umarmt mich quasi mit Tom. »Für dich auch ein wenig Sünde, meine Liebe?«

Mein Vater feixt über das ganze Gesicht und Onkel Ole hat offensichtlich gerade den unbändigen Drang, aus dem Fenster zu sehen. Ich hingegen spüre den Drang, die Fenster aufzureißen, denn mir ist heiß. So ein kühlendes Eis wäre jetzt genau das richtige.

lachen und sie werden mich beglückwünschen, welch tollen Streich ich mir doch ausgedacht habe. Die drei Tage bekomme ich das locker noch mit Tom hin. Nur küssen lasse ich mich nicht mehr von ihm. Auf gar keinen Fall. Also nur, wenn es unbedingt sein muss, um unsere Rollen aufrecht zu erhalten.

Und Leo werde ich erklären, dass die Verlobung mit Tom ein tragischer Herzensirrtum war, den ich aus Liebeskummer beging.

So ist es doch auch!

Pfeifend wickele ich mir den Schal locker um und stecke die Handschuhe in die Jackentasche. Der Frühling macht heute echt Fortschritte, gegenüber gestern haben wir ganze fünf Grad Celsius mehr auf dem Thermometer. Zwar in der Sonne und mit ein bisschen zusätzlichem Anwärmen, aber diese modernen Hochpräzisionsgeräte lügen schließlich nicht, die Zahl ist eindeutig auf meinem Eiswaffel-Thermometer zu sehen.

»Danke noch einmal, dass du im *Schneeflöckchen* die Stellung hältst. Gegen zwei bin ich wieder da und um die Mittagszeit ist es momentan recht entspannt. Alle Eissorten für heute stehen in der Kühlung bereit und die Himbeerstreusel habe ich dir neben die roten Kirschwaffeln gelegt. Sollte ein Gast ...«

Lachend schiebt mich meine Tante zur Tür der Eisdiele und öffnet sie. »Bis nachher, Sunny. Ich mache das nicht zum ersten Mal und wie ich hoffe, auch nicht zum letzten Mal. Also du Glucke, geh schon los zu deinem geheimnisvollen Termin und lass dir Zeit, ich helfe euch hier sehr gern.«

Damit schließt sich meine *Schneeflöckchen*-Tür hinter mir und ich stehe im strahlenden Berliner März-Sonnenschein.

Nun gut, auf ins *Teetässchen*, mal sehen, was wir Geheimnisvolles herausfinden. Und dies wird nicht mein letzter Ausflug für heute sein, denn am Abend treffe ich mich ganz offiziell zum Essen mit Leo. Ich! Mich! Mit! Ihm!

Allein, wie ich hoffe. Aber das klang gestern eigentlich so, als wir uns hektisch verabredeten, zwischen Tür und Angel und Alma. Und Tom.

Mein Handy vibriert in der Jackentasche und ich werfe einen Blick darauf. *Papa* blinkt es mir entgegen. Sieben entgangene Anrufe. Oje, der Akku wird nicht mehr lange halten, ich schalte das Telefon lieber schnell aus.

Als ich an dem mächtigen alten Kirschbaum vorbeischlendere, der in der Mitte des bezaubernden Hofgartens thront, in dem das *Teetässchen* sein Zuhause hat, sehe ich bereits Alma an einem der Tische am Fenster sitzen. Neben ihr steht Assa, die sich gerade köstlich über etwas amüsiert, was Alma mit ausholender Gestik beschreibt. Assas knallroter Haarknödel wackelt dabei herzlich mit.

Ich winke den beiden durch die Scheibe zu und gehe in die Teestube. Im Kamin prasselt ein Feuer und der herrliche Duft nach aromatischen Kräutern und süßem Zimt heißt mich willkommen. Die meisten Tische sind besetzt mit murmelnden Gästen und hin und wieder perlt ein Lachen durch den behaglichen Raum.

»Meine liebe Sunny, ich glaube, ich weiß schon, welcher Tee es heute für dich sein darf.« Fest drückt mich Assa an ihren ausladenden Busen in der kanariengelben Tunika mit den giftgrünen Ärmeln.

Ein wenig angequetscht lasse ich mich in einen roten Samtsessel neben meine Cousine fallen. Auf dem Tisch vor uns dampft bereits Almas Tee, und feine Aromen von Himbeere und Goldmelisse mit einem Hauch rotem Pfeffer ziehen durch die Luft.

Alma nimmt ihr Teeglas und sieht mich über den Rand hinweg an. »Na, Verlobte, gut geschlafen?«

»Bestens.« Als ich dann irgendwann wirklich mal eingeschlafen war. »Ist Miela gar nicht hier?«

»Da kommt sie schon.« Alma deutet aus dem Fenster, wo sich Miela gerade von Dana verabschiedet, der das Nähatelier *Eingefädelt* neben dem *Teetässchen* gehört. »Onkel Berno hat mich mehrfach angerufen.«

»So?« Interessiert schaue ich Assa dabei zu, wie sie mehrere der goldenen Dosen aus dem Regal hinter der Tee-Bar nimmt, kurz daran schnuppert und schließlich diverse Kräutlein in ein Teesieb schaufelt. Dabei setzt sie sich mindestens fünf Mal ihre knallrote Brille auf und steckt diese wieder zurück in ihren Haarturban. Assas Hassliebe zu ihren Brillen ist legendär.

»Er hat mich gefragt, warum du nicht an dein Telefon gehst. Das sei so gar nicht deine Art. Immerhin hättest du immer etwas zu erzählen.«

Ich winke ab und zucke zugleich mit den Schultern. »Der Akku, du weißt schon.«

»Du besitzt mindestens drei Akkus und zwei Powerbanks.«

»Stimmt! Das habe ich total vergessen.«

»Dann kannst du ja dankbar sein, dass ich dich daran erinnere.« Alma nippt an ihrem Tee und schließt für einen Moment verzückt die Augen. Für Assa sind ihre Tees das, was mein Eis für mich ist. Perfekte Harmonie.

»Dein Vater grüßt deinen Verlobten und lässt sich übrigens entschuldigen: In der Kita, in der er immer so gern aushilft, ist heute Holzbautag, das hatte er ganz vergessen, da will er aber unbedingt hin. Wir sollen dennoch ohne ihn etwas herausfinden. Er vertraut uns voll und ganz.«

Alma bleibt total ernst, während sie spricht, aber als ich anfange zu lachen, kann auch sie nicht anders. Mein Papa ist schon der Beste.

Miela kommt mit meinem Tee und einem Teller voller bunter Macarons zu uns. »Willkommen im *Teetässchen*, ihr Lieben, ich bin schon total gespannt, bei welch einer heiklen Mission ich euch unterstützen darf. Alma, deine Nachricht gestern Abend hat mich vor lauter Neugierde nicht schlafen lassen. Ich habe Henrik die halbe Nacht mit Vermutungen wachge-halten.« Lachend setzt sie sich uns gegenüber und angelt ein heidelbeerblaues Macaron vom Teller.

»Du erinnerst dich doch bestimmt noch daran, dass Sunny und ich dir mal unsere Mütter vorgestellt haben?«

Miela nickt und winkt einem älteren Herrn zu, der eben das *Teetässchen* betritt. »Aber sicher. Die beiden haben doch sogar den Backwettbewerb der *WeSelf* letzten Herbst gewonnen. Ihr Schokoladenkuchen war einzigartig. Erst war ich etwas pikiert, dass Constanze mich vom Wettbewerb ausgeschlossen hat, immerhin habe ich zu dem Zeitpunkt schon fast ein Jahr nicht mehr für die *WeSelf* gearbeitet, aber dass sie mich in die Jury berufen hat, war natürlich auch cool. Gegen den Schokotraum eurer Mütter hatte sowieso keiner den Hauch einer süßen Chance.«

»Perfekt.« Ich schnipse mit den Fingern und zeige auf Miela. »Und da wären wir schon mittendrin im Thema. Seitdem die beiden den Wettbewerb gewonnen haben, sind sie verkracht.«

»Niemals!« Mielas Teeglas schwebt auf halbem Weg zu ihrem Mund in der Luft.

»Oh doch!«

»Und wie«, fügt Alma weise nickend hinzu.

»Das glaube ich nicht. Dafür gibt es doch gar keinen Grund.« Mit runden Augen sieht uns Miela über ihr erhobenes Teeglas hinweg an.

»Es muss aber einen geben. Irgendetwas ist vorgefallen und wir hoffen, dass du uns zumindest einen

Hinweis geben kannst.« Sacht drücke ich Mielas Hand nach unten, die noch immer mit dem Teeglas in der Luft schwebt.

Schweigend greift Miela nach einem himbeerroten Macaron und knabbert bedächtig daran. »Die Bekanntgabe der Gewinner fand in einem ausgewählten Rahmen in der Redaktion statt. Die beiden haben sich echt gefreut, und auch alle anderen Teilnehmer, die in der engeren Wahl standen, waren gut drauf und begeistert von dem Schokokuchen, den wir als Siegertorte noch einmal präsentierten. Die Stimmung war total ausgelassen und lustig. Eure Mütter schwebten aufgrund ihres Gewinns geradezu vor Freude über dem Boden.«

Jetzt ist es an Alma, mit dem Trinken innezuhalten. Interessiert lehnt sie sich vor. »Was war denn eigentlich der Gewinn?«

»Ein Treffen mit Christoph Kramer.«

Wie zwei Pubertiere quieken Alma und ich uns an.

»Davon hat mir meine Mutter gar nichts erzählt!« Fragend sehe ich Alma an.

Die zuckt mit den Schultern. »Meine auch nicht.«

»Aber dieses Treffen hätten sie sich doch nie und nimmer entgehen lassen! Und normalerweise hätten sie es die ganze Welt wissen lassen.«

Miela leert ihr Teeglas und grinst uns darüber hinweg an. »Vielleicht hat eine der Ladys ein Lächeln mehr von Mister Superpatissier geschenkt bekommen und et voilà ...«

Im Gleichtakt schütteln Alma ich unsere Köpfe.

»Denkst du auch, was ich denke?«

Alma nickt, während Miela fragend die Augenbrauen hochzieht.

»Dieses Treffen hat nie stattgefunden, irgendetwas ist vorher passiert. Und ich bin mir ziemlich sicher, dass dies der Auslöser der ganzen Misere ist.« Nachdenklich drehe ich mein leeres Teeglas hin und her. Vielleicht sollte ich Assa fragen, ob sie mir einen Tee aufbrüht und aus dessen Blättern eine plausible Antwort liest. Immerhin ist sie bekennende Teepsychologin.

Miela reicht Alma und mir den Teller mit den letzten drei Macarons, die verführerisch nach sonnigen Orangen duften. »Was haltet ihr davon, wenn ich mal bei Constanze nachfrage, ob sie weiß, was bei dem Treffen – oder Nicht-Treffen – los war?«

Das wäre auch eine Möglichkeit. »Gern. Es wird wirklich Zeit, dass sich die beiden wieder versöhnen.«

»Allerdings wird es erst nach Ostern etwas werden, da Constanze die halbe Redaktion für einen großen Artikel auf irgendeine einsame Alm gejagt hat, nach dem Motto *Offline ist das neue Online*. Ihr könnt euch gar nicht vorstellen, wie froh ich bin, dem hier in meiner wundervollen Teestube zu entgehen. Und solange in unserer schnöden Muggelwelt die Eulenpost nicht gängiges Mittel der Wahl ist, werden wir wohl warten müssen.«

Nun gut, auf ein paar Tage mehr kommt es jetzt auch nicht mehr an, Ostern naht. Wir sind auf einem guten Weg und hoffentlich auch bald am Ziel.

Jetzt ist es erst einmal mein Ziel, zurück in die Eisdiele zu eilen, Tante Marietta abzulösen und mich dann für mein Treffen mit Leo fertig zu machen.

Und in der Tat bin ich fix und fertig, als ich zum verabredeten Zeitpunkt zum verabredeten Ort haste. Schon vor zwei Jahren habe ich das perfekte Leo-Wiedersehen-Etuikleid sorgsam in meinem Schrank deponiert. Ein Traum aus wasserfallblauer Seide, enganliegend und doch so elegant, dass ich geradewegs bei Tiffany frühstücken könnte. Leider scheinen die Eiskalorien es heimlich über die Jahre hinweg enger genäht zu haben, denn das wunderschöne Gewand und mein Po passen nicht mehr zusammen. Es hat kein

Quetschen geholfen und auch kein Fluchen, das Kleid ließ sich weder von unten noch von oben über meinen Körper streifen.

Und dabei habe ich mir ganz besonders das elegante Abstreifen im flackernden Kerzenschein lebhaft ausgemalt. Leo sah in diesen Träumen aber nicht angestrengt dabei aus, mir das Kleid der Kleider zentimeterweise vom Körper ruckeln zu müssen. Nein, es sollte gleiten, mit einem geheimnisvollen, seidigen Raschelgeräusch, welches die Lust auf das Danach weiter entfacht.

Von wegen Lust! Frust bereitet mir dieses blöde Stück Stoff.

So harre ich nun in einem ungeplanten Kleid dem Wiedersehen mit Leo entgegen. Doch wenigstens sitzt es wie angegossen und sieht hübsch aus mit seinem weit schwingenden Rock und der heidelbeerblauen Farbe, die so gut zu meinen Augen passt. Eigentlich mag ich mein Lieblingskleid ziemlich gern.

Leo erwartet mich bereits vor der Tür des Restaurants und jegliche Gedanken an alles andere verblassen. Ist doch egal, was ich anhabe, Leo liebt mich, wie ich bin, wahrscheinlich nackt noch mehr als in irgendwelchen Kleidern.

Erhitzt von meiner Hektik und vermutlich auch von meinen unkeuschen Gedanken bleibe ich vor ihm stehen. Sein Aftershave umfängt mich und kitzelt mir in der Nase.

Krampfhaft versuche ich den Nieser zurückzuhalten, der sich seinen Weg bahnen will, aber er drängt sich mit Macht in die Freiheit. Super Sunny! Ganz tolle Begrüßung, elegant und sexy.

»Gesundheit, Susanna. Ich hoffe, du wirst nicht krank.«

Verstohlen wackele ich mit der Nase, um das feuchte Danachgefühl in den Griff zu bekommen. »Aber nein, ich doch nicht. Und wenn, habe ich mit dir den besten

Arzt der Welt an meiner Seite.« Oh, das war ein brillanter Gedanke, und ich klimpere zur Unterstreichung meines Komplimentes gekonnt mit den Wimpern, die ich schön schwarz getuscht habe. Zwar jucken meine Augenlider seitdem, aber wer schön sein will, muss auch mal zur Wimperntusche greifen. Normalerweise mag ich meine Wimpern genauso, wie sie sind. Aber heute Abend ist nichts normal.

»Wollen wir?« Galant bietet mir Leo seinen starken Arm an, den ich nur allzu gern ergreife. Wie gut sich das anfühlt. Lächelnd sehe ich zu ihm auf, in seine braunen Augen, und wünsche mir eine Sternschnuppe herbei.

Im Inneren des Restaurants duftet es dezent nach Kräutern und aromatischen Soßen, und ich hoffe auf ein herrliches Rindersteak mit köstlicher geschmolzener Kräuterbutter. Mein Magen knurrt vernehmlich.

Ich tue einfach so, als wäre das nicht von mir gekommen. Es könnte schließlich jeder der hier anwesenden Bäuche gewesen sein.

»Hunger?« Leo grinst mich an. War ja klar, dass er meint, mein Magen hätte geknurrt.

Ich schüttele den Kopf. »Nö. Und du?«

»Ich esse stets so, dass mich kein Heißhunger überwältigen kann, aber auch so in Maßen, dass mein Sättigungsgefühl mich in den richtigen Momenten aufhören lässt. Man muss sich durchaus nicht vollstopfen.«

Wie wahr. Ich habe mich heute auch alles andere als vollgestopft, denn die Macarons am Vormittag im *Teetässchen* waren das Letzte, was ich gegessen habe. Doch ich habe nicht vor, es dabei zu belassen, denn ich habe Hunger. Bärenhunger. Und mein Sättigungsgefühl wird in den nächsten Stunden frei haben.

Wir setzen uns nebeneinander an einen Tisch mit einem halbrunden Sofa in einer gemütliche Nische.

Auf dem weißen Tischtuch flackern drei Kerzen und das Licht und die Umgebung könnten romantischer nicht sein. Gut gemacht, Leo.

Der Kellner reicht uns die Speisekarten, und ich öffne meine begierig. Salate, Vorspeisen und Suppen überblättere ich flink. Genauso Avocados.

Avocados? Eine ganze Seite mit Avocadogerichten. Wie interessant.

Buddha Bowls, sautiertes Gemüse, Gemüse-Currys, Seitan-Variationen, Getreideklassiker, Süß ohne Zucker, Getränke und Schluss.

Irritiert sehe ich auf. »Meine Speisekarte ist nicht vollständig.«

»Zeig mal her.« Leo blättert meine Karte durch und schüttelt den Kopf. »Alles in Ordnung. Dir fehlt doch wohl hoffentlich keine Eiskarte?«

»Natürlich nicht«, verwehre ich mich. Was mir fehlt, ist die Steakseite oder Burger oder Schnitzel, wenigstens ein paar Bratwürstchen oder ein Chili con Carne. Und danach die Eiskarte.

Ein Kellner läuft an unserem Tisch vorbei und trägt einen Teller, auf dem etwas liegt, das nach einem ganzen Brokkoli aussieht. So langsam sickert die fleischlose Wahrheit in mein hungriges Gehirn.

Schwungvoll schließe ich die Speisekarte und lese den Namen des Restaurants: *Vegan Cookbook*.

Wie großartig. Erst das Kleiddesaster, dann meine peinliche Niesbegrüßung, mein unschickliches Magenbrummen, und nun bekomme ich noch nicht einmal etwas Anständiges zu essen!

Leo legt seine spinatgrüne Speisekarte beiseite und lächelt mich an. »Hast du schon gewählt?«

Ich sehe in sein liebes Gesicht, das ich so vermisst habe, und ich sitze so nah bei ihm, dass ich seine Wärme spüre und sein Aftershave mir erneut in der Nase kribbelt. Ist es nicht egal, was ich esse, so lange ich es mit Leo zusammen esse? Zwar sollte er noch wissen, wie ungern ich Gemüse pur mag, aber sicher meint er es nur gut. Immerhin ist Veganes doch bestimmt total gesund.

»Ich nehme das gleiche Gericht wie du.«

»Gute Wahl.« Leo nickt anerkennend und ruft mit einem männlichen Blick den Kellner herbei, um die Bestellung aufzugeben. Wie es sich anhört, bekomme ich gleich wabbelige Zucchini-Spaghetti mit krümeliger Linsenbolognese serviert. Hätte ich mich mal lieber für irgendein Avocado-Dingsda entschieden.

Für einen Moment schweigen wir uns an, und Leo mustert mich aufmerksam. »Du siehst großartig aus, Susanna. Dein Eisladen bekommt dir. Und das Eis auch.«

Und es sprudelt aus mir heraus, wie ich kurz nachdem Leo nach Indonesien gegangen ist, diesen wunderschönen Laden am Vierwaldplatz entdeckte und sofort wusste, dass es mein *Schneeflöckchen* sein würde. Die Liebe, mit der ich alles aufbaute, und wie Alma dazu kam. Und ich erzähle ihm von meinem Eis, welches ich Tag für Tag voller Leidenschaft anrühre.

Mir ist warm und die ersten Strähnen, die sich aus meinem Zopf lösen, streichen mir über die Wangen. »Es ist genau das, was ich schon immer machen wollte.«

Leo legt seine Hand auf meine. »Es klingt, als hättest du die Liebe deines Lebens gefunden. Und dabei wirst du erst heiraten.«

Sehr schön, das ist genau die Vorlage, die ich brauche, um ihm von meiner tragischen, irrtümlichen Verlobung und deren schicksalhaften Auflösung zu erzählen. Und er mir dann bestimmt auch ganz schnell von seiner.

»Leo, ich ...«

Doch zu mehr als diesem Zwei-Wort-Satz reicht es nicht, denn zusammen mit dem Kellner mit unserer

Bestellung tritt Julia an den Tisch, und Leo springt auf, um sie abzuknutschen. »Wie schön, du hast es doch noch geschafft. Dann können wir Susanna gleich gemeinsam unser Verlobungsgeschenk übergeben.«

Und ich übergebe mich gleich in meine giftgrünen Zucchini-Spaghetti. Mit schmerzhaft pochendem Herzen streiche ich über die kalte Stelle an meiner Hand, auf der bis eben noch Leos warme Finger gelegen haben.

Kapitel 7

I wie Indiskret

Ilama-Eis

Tiefrosa Ilamaeis schmilzt samtig zart und säuerlich auf der Zunge und erfrischt gleichermaßen den Gaumen und die Seele.

Seite an Seite kleben mein Leo und seine Julia mit etwas Abstand zu mir auf dem Sofa. Gabel für Gabel pikse ich Linse für Linse aus der *Bolognese*, während die beiden in andächtigem Schweigen ihre Lumumpe genießen. Ab und zu sehen sie einander an, lächeln und widmen sich dann wieder ihrem Essen. Die beiden passen echt zusammen.

Also, ich meine jetzt nicht als Paar oder so, sondern nur so als, als ... na, als Dings halt. Sie sind sich irgendwie ähnlich. Und dass das nicht gut ist für eine Partnerschaft, das weiß doch wohl jeder!

Endlich sind ihre Teller leer und meiner, na ja, zumindest nicht mehr ganz so übervoll. Wenn ich jetzt eine elegante Entschuldigung hinlege, könnte ich mir auf dem Heimweg noch eine leckere Mozzarellapizza mitnehmen.

Stirnrunzelnd blickt der Kellner auf meinen Teller, der geradezu schreit: »Räume mich ab, räume mich ab, ich bin doch längst fertig gegessen!«

»Hat es Ihnen nicht geschmeckt?«

»Oh doch! Es war nur einfach viel zu viel für mich kleine Person.« Ich zeige auf mich und der Kellner runzelt noch mehr die Stirn. Toll. Soll er doch.

Endlich trollt er sich und ich starte meinen Rückzug. »Ja, es war super, mit euch zu essen.«

»Und das Beste kommt noch.« Leo legt seine Hand auf Julias, so richtig schön prominent auf dem Tisch, nicht zu übersehen für alle. »Möchtest du oder soll ich?«

»Mach.« Und damit küsst sie ihn auf die Wange.

»Liebe Susanna, wir haben für dich – und natürlich auch für deinen Verlobten – ein Geschenk, das ihr schon vor der Hochzeit benötigt.«

Ein Hochzeitsgeschenk schon vor der Hochzeit? Jetzt bin ich aber gespannt.

Endlich lässt Leo Julias Hand los, legt aber leider stattdessen seinen starken Arm um ihre Schulter. »Julia ist Hochzeitsplanerin, die beste weit und breit, wenn ich das so unbescheiden sagen darf, und sie wird deine Traumhochzeit organisieren.«

Beide strahlen mich an, als hätten sie eine Überdosis Sonne getrunken.

»Du bist sprachlos. Damit scheinen wir alles richtig zu machen, da du ja sonst eher zum Übersprudeln neigst.«

Eine Hochzeitsplanerin? Ich brauche keine Hochzeitsplanerin! Es gibt eine Trillion Hochzeitsgeschenke, und mein Exfreund schenkt mir zusammen mit seiner zukünftigen Frau ausgerechnet eine Hochzeitsplanerin? »Das ist echt nett«, presse ich luftlos heraus. »Aber ich denke, das wird gar nicht notwendig sein. So eine

Hochzeit organisiere ich doch mit links. Außerdem habe ich noch Alma. Und Tom natürlich.«

Leo lacht herzhaft auf und hebt wie Lehrer Lampe den Zeigefinger. »Oh Susanna, wenn ich eines von dir noch weiß, dann, dass Organisation nicht unbedingt dein bester Freund ist.«

»Eine Hochzeit zu feiern erfordert mehr Planung, als es den meisten Brautleuten im Vorfeld bewusst ist«, mischt sich jetzt auch noch Miss Beste-Hochzeitsplanerin ein. »Zumal, wie Leo mir erzählte, du gewisse Vorstellungen von dir und deinem Leben hast und deine Träume groß sind.«

»Selbstverständlich sind meine Träume groß, aber vielleicht will ich ja eine klitzekleine Hochzeit, ganz intim, nur Tom und ich.«

Julia nickt und zieht aus ihrer Handtasche ein Kalenderbuch vom doppelten Umfang von *Krieg und Frieden.* »Auch eine kleine Hochzeit sollte sorgfältig geplant werden. Sehr schön, mit dieser Entscheidung haben wir eine gute Basis, um ...«

»Halt!«, rufe ich dazwischen und lege die Hand auf ihre Notizseite. »Vielleicht möchte ich doch eine große Hochzeit, mit meiner ganzen Familie, meinen Freunden und überhaupt allen. Vielleicht will ich sogar das komplette Programm mit großem Kleid und Schleier, ich will Tränen der Rührung und Blumenkinder, die die Blüten überall hinstreuen. Ich will, dass der Trauzeuge die Ringe nicht findet und alle hektisch suchen, nur um festzustellen, dass er sie doch eingesteckt hat. Die Brautjungfern sollen abwechselnd mit mir lachen und weinen. Und ich möchte am Arm meines Vaters zu Tom schreiten, der mich mit klopfendem Herzen in den Arm nimmt.«

»Genau wie ich es dir gesagt habe.« Leo schnipst in Richtung Julia, die nicht aufhört, Notizen in ihr

Büchlein zu schreiben. »Susanna hatte schon immer mehr Fantasie als nötig.«

Julia blickt lächelnd auf und ihre dunklen Augen funkeln mich an. »Aber dafür bin ich ja jetzt da. Gemeinsam lenken wir die Hochzeit in geordnete Bahnen.«

Und wenn ich gar keine geordneten Bahnen möchte? Wenn ich stattdessen lieber all die Zufälle und Unabwägbarkeiten eines solchen Tages auskosten will? Halt! Ich habe doch gar keine Hochzeit zu planen!

Zumindest noch nicht.

Und nun?

Rückzug! Genau, irgendwie muss ich elegant dieses Gespräch beenden, und dann kann ich mir in Ruhe etwas überlegen, um die Hochzeit abzusagen. Ich hoffe, Tom ist nicht allzu enttäuscht.

Mein Magen brummt laut und deutlich, und Leo sieht mich fragend an. »Vielleicht hättest du doch lieber ein wenig mehr von deinen Zucchini-Spaghetti essen sollen.«

»Oh nein! Ganz im Gegenteil, irgendwie fühle ich mich nicht ganz wohl, ich habe eher zu viel gegessen.« Vehement nicke ich. Und gegen dieses Unwohlsein wird gleich nichts besser helfen als eine saftige Mozzarellapizza. Demonstrativ blicke ich auf meine Armbanduhr und gähne. »Du meine Güte, schon so spät! Da muss ich jetzt aber wirklich los.«

Schnell klemme ich mir meine Handtasche unter den Arm und krabbele aus der Sitzecke hervor. »Also, ihr Lieben, bis dann. Und vielen Dank für die Einladung.«

Habe ich gerade wirklich *ihr Lieben* gesagt?

Prompt erheben sich Leo und Julia und umarmen mich zum Abschied. Dabei hält mich Leo doppelt so lange fest als es in dieser sozialen Situation notwendig wäre. Mindestens eine Sekunde!

Julia legt mir leicht die Hand auf den Arm. »Und wir treffen uns mal in Ruhe allein, damit wir unser weiteres Vorgehen besprechen können. Ich kann dir dann gern schon ein erstes Konzept mitbringen.«

»Konzept, das klingt spannend. Ich kann es kaum erwarten.«

Und ich kann nur hoffen, dass mir bis dahin ein eigenes, überzeugendes Konzept einfällt, um weiteres Vorgehen in Richtung Nichthochzeit zu unterbinden. Oder dass Julia unseren Termin völlig und total vergisst. Und wenn wir schon dabei sind, könnte sie auch gleich vergessen, meinen Leo zu heiraten.

Der Karfreitag legt endlich den ersehnten Schalter um. Als ich am Morgen weit die Fenster öffne, um die Sonne ungehindert in mein Schlafzimmer zu lassen, erreicht mich nicht nur ihr goldenes Licht, sondern auch ihre Wärme. Und eine Stunde später, beim Aufsperren des *Schneeflöckchens*, prickeln mir die Sonnenstrahlen angenehm warm im Nacken.

Beschwingt vor mich hin summend bereite ich drinnen und draußen die Tische vor und zaubere an diesem Tag für jeden einzelnen Gast den sonnigsten Eisbecher. Mein heutiges Orangeneis mit einem Wirbel aus feinster weißer Schokolade ist eindeutig der Favorit des Tages.

Um die Mittagszeit sind alle Tische besetzt, und ich tanze zwischen ihnen umher. Schöner könnte ein Eistag nicht sein.

Für einen Moment bleibe ich stehen und genieße die Sonnenwärme auf der Haut. Die murmelnden Stimmen neben mir vermischen sich mit dem Brummen einer Hummel, die es sich auf dem blühenden Mandelbäumchen gemütlich macht, das ich auf dem Mäuerchen zwischen dem *Schneeflöckchen* und dem *Veloziped* drapiert habe.

»Meine liebe Sunny, welch eine Freude, dass wir Sie und unseren geschätzten Tom in den wunderbaren Bund der Ehe führen dürfen. Lassen Sie uns Ihnen auf das Herzlichste gratulieren.« Und schon befinde ich mich an Oskar Sonthofens Brust, meine Nase fest an seinen grau in grau in grau gestreiften Anzug gedrückt, der wohl noch heute Morgen ein ausgiebiges Bad in Weichspüler genießen durfte.

Kaum kann ich wieder frische Luft atmen, zieht mich auch Hedwig zu sich herunter, und ich versinke in einer Maiglöckchenwolke. Es würde mich nicht wundern, wenn die Hummel von eben nun extra Appetit bekommt. »Ach Sunny, Oskar und ich haben es schon immer gewusst, dass du und Tom das ideale Paar seid. Eure Liebe hat man euch doch schon seit Jahren an der Nasenspitze angesehen. Wir freuen uns so für euch.«

»Aber, dass Sie das so lange geheim gehalten haben, werden wir Ihnen noch eine Weile übelnehmen.« Oskar Sonthofen wackelt streng mit dem Zeigefinger vor meinem Gesicht, strahlt dabei aber, als hätte er Spaß am Übelnehmen. »Sicher können wir es jetzt verraten, wir haben es ohnehin schon die ganze Zeit gewusst, nicht wahr Hedi?«

Hedi aka Hedwig nickt hoheitsvoll, wobei ihr Riesendutt dem Ganzen den Anschein einer silbernen Krone gibt. Wie kann eine Frau nur so viele Haare ihr Eigen nennen? Wenn ich mir mein schlankes Pferdezöpfchen zu einem Dutt aufdrehen würde, sähe es aus, als hätte ich mir einen blonden Tischtennisball an den Kopf geklebt.

»Tja, nun da mein kleines Geheimnis gelüftet ist, darf ich fragen, wie Sie es erfahren haben?« Tom wird doch wohl nicht ...? »Mein, äh, Verlobter hat doch sicher noch nicht das Aufgebot bestellt, oder?«

»Aber nein!« Oskar Sonthofen strahlt mich an und betupft sich die Stirn mit seinem Einstecktuch des

Tages – beige mit gelben und grünen Punkten, was nicht unbedingt appetitlich aussieht.

Ich atme erleichtert aus.

»Dafür haben Sie doch Ihre formidable Hochzeitsplanerin.«

Und atme tief wieder ein. Fast so, als könnte ich damit die Hochzeitsplanerin verschlucken. »Meine Hochzeitsplanerin, richtig«, presse ich schließlich hervor.

»Und was für eine reizende Dame, so klug und organisiert.« Oskar Sonthofen schlägt vor Entzücken die Hände zusammen.

»Und so apart«, fällt Hedwig in die Lobhudelei ein.

Nun ist es aber gut. Mittlerweile pfeifen es die Spatzen von den Dächern, was für eine Göttin unsere Julia ist.

»Apropos apart«, Hedwigs Blick hakt sich an meinem pinken Shirt mit der knallbunten Eistüte darauf fest. »Du wirst doch sicher ein standesgemäßes Hochzeitskleid tragen? Schön klassisch in Weiß oder zartem Creme und nicht so, so ... pinkig und orangig.«

Oh! An mein Hochzeitskleid habe ich noch gar nicht gedacht. Aber zum Glück weiß ich schon ziemlich genau, was ich mir wünsche. »Es wird auf jeden Fall ein weißer Traum aus Chiffon und Spitze. Und Kristallen. Wie ein Blütenmeer soll das Kleid um mich herumwirbeln und den Boden bedecken.« Mein Blick geht durch Hedwig hindurch und ich sehe mich inmitten des Kleides der Kleider. Anmutig und stolz, dabei aber auch elfenhaft zart. Irgendwie fehlt da ein Farbklecks, so ganz in Weiß ... »Und an der Taille möchte ich einen schimmernden, orangen Gürtel tragen. Vielleicht könnte auch mein Schleier einen Hauch von Erdbeerrosa vertragen.«

»Genau das meine ich, Oskar, genau das.« Hedwig holt mich von meiner Hochzeit zurück in den Ostersonnenschein. »Aber dafür hat sie jetzt Fräulein Julia, die wird schon für das passende Kleid sorgen. Und wenn sie es selbst näht, das kann sie nämlich bestimmt auch.«

»Hedwig, entschuldige bitte, aber mein Hochzeitskleid suche ich mir noch immer selbst aus. *Fräulein* Julia soll bei ihrem eigenen Kleidchen bleiben!« Empört stemme ich die Hände in die Taille und sehe auf Hedwig hinunter.

»Meinst du nicht, bei deinem Hochzeitskleid hat auch dein zukünftiger Mann ein Wörtchen mitzureden?«

Vor Schreck zucke ich zusammen und drehe mich mit mehr Schwung als notwendig um, sodass ich an Toms Brust lande.

»Aber nein, nicht doch! Der Bräutigam sieht das Kleid seiner Braut erst bei der Trauung! Also bitte!« Hedwig schiebt sich an mir vorbei und pikst Tom mit dem Zeigefinger.

Schelmisch blinzelt er sie an. »Aber ein bisschen Einfluss darf ich doch wohl darauf nehmen, was ich meiner Braut in der Hochzeitsnacht von ihrem wunderschönen Körper streifen darf?«

Hedwigs Wangen verfärben sich rosa und sie kichert dezent. »Tom, du Schlingel. Lass dich überraschen. Gerade auch von dem Darunter«, haucht sie.

»Wenn es ein Darunter gibt.« Über Hedwigs Kopf hinweg blickt mir Tom in die Augen.

»Sehr schön, jetzt ist endlich ein Tisch frei. Kommst du, Hedi?« Galant bietet Oskar Sonthofen Hedwig den Arm, an dem sie sich mit einem breiten Lächeln für Tom zum Tisch führen lässt.

Tom indessen beugt sich zu mir, sodass seine Wange hauchzart meine berührt. »Bei der Auswahl des Darunter bin ich dir jederzeit gern zu Diensten, vor allem, wenn es darum geht, dich von überflüssigen Stoffschichten zu befreien«, raunt er mir ins Ohr, und dieses Raunen breitet sich wie eine Hitzewelle in meinem Körper aus.

»Hier, ich habe uns noch einmal eine Portion Vanilleeis vom alten Fritz rausgemogelt.«

Ich sehe nach oben und direkt in Almas lachendes Gesicht.

»Was machst du da unten?«

»Mir ist ein Himbeerstreusel runtergefallen.«

»*Ein* Himbeerstreusel! Dann sieh aber rasch zu, dass du ihn aufhebst, ein Himbeerstreusel auf dem Boden geht nun wirklich überhaupt nicht.« Alma nickt mir überernst zu.

Indigniert suche ich den Boden weiter nach dem rosa Streusel ab und habe schließlich Erfolg. »Das bist du ja, du Schlingel.«

»Am besten, du bringst ihn gleich zum Streuseldoktor, nicht dass ihm noch ein Eckchen abgebrochen ist.« Alma schüttelt den Kopf und setzt sich auf einen Hocker vor der Eistheke. Vor ihr stehen zwei Schälchen mit der altbekannten Vanilleeis-Pampe von Fritz Ludewig.

Wehmütig lege ich den verloren gegangenen Himbeerstreusel in eine Schüssel mit diversen anderen Krümeln, die ich heute im Lauf des Tages eingesammelt habe, um sie nachher liebevoll wegzuwerfen.

Mit gerümpfter Nase ziehe ich mir eines der Schälchen mit dem Pseudo-Vanilleeis heran. »Warum hast du denn das Zeug noch einmal besorgt? Wir wissen doch mittlerweile, wie schrecklich es ist.«

»Ich habe gehört, der alte Fritz macht nichts anderes mehr, als sich an einem essbaren Vanilleeis zu versuchen. Selbst seine letzte Kochshow soll er deswegen geschmissen haben.« Grinsend rührt Alma in ihrer Portion und lässt die Masse immer wieder vom Löffel tropfen.

Ich versenke meinen Anteil an dem Ungenießbaren rasch in der Spüle, nicht, dass noch einer unserer Gäste diesen Pamps sieht und falsche Schlüsse zieht. »Und du meinst, du musst uns jetzt alle zwei Tage mit seinen Fehlversuchen beglücken?«

»Klar! Die Tat eines Verzweifelten sollte man nicht unterschätzen. Und der Ludewig ist verzweifelt.«

Die verklumpte Eiskugel in meinem Magen, die sich bei dem Gedanken an das Vanilleeis-Wettessen immer bemerkbar macht, wächst bei Almas Worten nicht unbeträchtlich.

»Ach, komm schon, wir gewinnen dieses Duell ganz sicher.« Tröstend legt Alma ihre Hand auf meine. »Und schau dir nur dieses herrliche Wetter an. Die Sonne lässt dir gar keinen Platz für trübe Gedanken.«

Abrupt richte ich mich auf. »Wer sind Sie und was haben Sie mit meiner Cousine gemacht?«

Alma reißt die Augen auf und ein feiner Rosaton überzieht ihr Gesicht. Oh! Ich habe eindeutig einen Treffer gelandet. Nur welchen? Eigentlich wollte ich doch nur Spaß machen. Aber ich bin gut und entdecke sogar Geheimnisse bei Alma, von denen sie nicht einmal selbst weiß.

»Wieso fragst du?« Alma richtet sich gründlich ihren Zopf, der so gar nicht schief sitzt.

»Erstens hast du dich darüber lustig gemacht, dass ich vorhin einen einzelnen Himbeerstreusel aufgehoben habe, wobei du schließlich *Little Miss Perfect* bist. Zweitens kommentierst du nie das Wetter, weil du der Meinung bist, es ist so, wie es ist, basta. Und drittens, ähm, siehst du irgendwie anders aus«, zähle ich an den Fingern meiner linken Hand ab. »Hast du eine neue Creme? Und ein neues Shampoo? Alles an dir strahlt irgendwie so.«

Ich beuge mich über die Theke und schnuppere. Sie duftet auch ein wenig anders als üblich, aber nicht doll anders und auch nicht aufdringlich. Alma duftet glücklich, wenn es so etwas gibt, was es offensichtlich tut.

Sie springt vom Hocker auf, wobei ihr die Tasche vom Schoß auf den Boden rutscht. Hektisch bückt sie sich danach und stößt sich beim Hochkommen an der Kante der Eistheke den Kopf. Auf ihren Wangen ist mittlerweile nicht mehr nur ein zarter Hauch Rosa zu bewundern, sondern barbietaugliches Pink. »Muss wohl am Frühling liegen«, grinst sie mich schief an, winkt mir zu und flieht aus dem *Schneeflöckchen*.

»Wollen wir am Sonntag nach der Ostereiersuche mal wieder zusammen im *Jules Verne* essen gehen?«, rufe ich ihr hinterher. Wie gut, dass gerade nur noch draußen ein paar späte Gäste sitzen.

Alma bleibt mitten in der Bewegung stehen, dreht sich aber nicht zu mir um. »Das geht leider nicht, ich bin schon verabredet, also zum Essen und so.«

»Aber du bist doch ständig verabredet, kannst du dein Date nicht verschieben? Es ist doch Ostersonntag.« Kerzengerade steht Alma vor mir. Sie hat wirklich einen überaus hübschen Rücken.

»Leider nicht, dieses Essen findet genau einmal statt, Pop-up-Dinner, du weißt schon. Tschüssi.« Und raus ist sie.

Pop-up-Dinner! Alma gerät aber auch an immer schrägere Typen. Was ist nur aus dem schönen, klassischen Kerzenschein-Rendezvous beim Italiener um die Ecke geworden? Berge von buttrigen Spaghetti, Fleischbällchen zum Teilen, ein samtroter *Amarone* funkelt im Weinglas, ein Geigenspieler seufzt von Amore. Wie sehr ich das auch will.

Ein kräftiges Räuspern, kurz vor der Bronchitis, lässt mich zusammenzucken. Vor mir steht einer der Gäste von draußen, offensichtlich ein etwas genervter Gast seinem wolkigen Gesicht unter den rotblonden Löckchen nach zu urteilen. »Wenn ich dann bitte endlich zahlen könnte.«

»Aber selbstverständlich, ich bin sofort bei Ihnen.« Karamellsüß lächele ich ihn an und folge ihm. Brummend stapft er vor mir aus der Eisdiele zu einem Tisch, an dem ein weibliches, umwölktes Ebenbild sitzt.

»Ach doch schon«, lässt sie mich wissen.

Da ich *alle* meine Gäste liebe, auch diese Art von Grummelgästen, habe ich mir diverse Strategien angewöhnt, denn mein Ehrgeiz ist, dass jeder wiederkommen soll, der einmal im *Schneeflöckchen* war.

Nach dem Abkassieren, als sich das Lockenpaar gerade erheben will, strahle ich sie mit all meiner guten Laune an. »Sie sind heute der einzige *Schwedeneisbecher*, somit bekommen Sie von mir einen Gutschein: Sie können sich Ihre eigene Eissorte ausdenken und ich werde diese für Sie kreieren. Sie werden der Star meiner Eistruhe sein.«

»Das Eis trägt dann unseren Namen?« Die Dame sieht mich aus zusammengekniffenen Augen an.

»Und Sie bekommen die erste Kugel gratis.«

»Was müssen wir tun?«

Ich ziehe aus meiner Schürzentasche einen der Zettel, die ich extra für diese Gelegenheiten vorbereitet habe. »Hier können Sie Ihre Ideen aufschreiben und mir bei Gelegenheit, wenn Sie wieder einmal in der Nähe sind, vorbeibringen. Es wird sicher ein außergewöhnlich gutes Eis.«

Wie außergewöhnlich würde sich zeigen. Die meisten kommen zurück mit Ideen von Kombinationen aus bestehenden Sorten wie Vanille mit Kirscheis oder Haselnusseis mit Vanille. Das bekomme ich immer schnell in den Griff. Schwieriger wird es bei kreativen Einfällen wie Rote Beete mit Spinat oder Steak mit Kartoffelecken.

Die beiden hier sehen eher nach Rum und – was auch sonst – Vanille aus.

Ich winke ihnen zu, als sie miteinander diskutierend gehen. Wie es aussieht, haben sich die Wolken in ihrem Gemüt verzogen.

Schnell kassiere ich noch die drei letzten Gäste ab und richte die Tische wieder her, für einen neuen Start in einen wunderbaren Eistag.

Neben dem *Schneeflöckchen* wird die Tür der Galerie aufgerissen und ein Schwall Kinder ergießt sich auf den Platz davor. Schnatternd warten sie darauf, dass Beatrice die Galerie zuschließt und schielen dabei immer wieder sehnsüchtig zu mir herüber.

Flink renne ich in die Eisdiele und komme wenige Augenblicke später mit einer Dose voller Tütchen gefüllt mit Himbeerstreuseln zurück. Glücklich über die begeisterten Ahs und Ohs der kleinen Menschen verteile ich die fruchtigen Süßigkeiten.

Auch Beatrice biete ich ein himbeerrotes Tütchen an. »Was ist denn bei dir los? Hat der Kindergarten geschlossen?«

Nonchalant winkt sie ab und richtet die verhedderten Fransen an ihrem knielangen Kleid. »Och, nur ein bescheidenes Kunstseminar für die kulturelle Bildung.«

»Für Kindergartenkinder?«

»Für Kunst ist es nie zu früh.«

Ich sehe demonstrativ auf meine Armbanduhr. »Dafür ist es aber schon reichlich spät.«

»Genau, meine Liebe, daher bringe ich jetzt die Kleinen auch rasch zurück in den Kindergarten, da dort sicherlich bereits ihre ungeduldigen Eltern warten. Salut.« Damit klatscht Beatrice in die Hände und die zappelnde Meute setzt sich in Bewegung, begleitet von einer völlig aus dem Häuschen geratenen Flora, die zwischen den Kindern mal hierhin und mal dorthin springt. Fast als hätte der Hund vergessen, dass er kein Känguru ist.

Kapitel 8

S wie Schein

Silber-Eis

Einer alten Legende nach entstand einst aus dem Tau der Silberdisteln ein Eis so süß wie Ambrosia und so zart wie Elfenlachen. Und wer einmal davon kostete, wollte nie wieder etwas anderes speisen.

Gibt es etwas Magischeres als eine neue Eissorte?

Der weltbeste Morgen beginnt damit, dass ich ein sensationelles griechisches Joghurteis mit einer feinen Schokoladen-Honig-Soße kreiere. Dunkel und duftend fließt die glänzende, dunkle Soße an dem weißen, sahnigen Eis entlang. Der würzige Waldhonig umarmt den feinen Criollo-Kakao und vereint sich mit dem frischen Joghurteis zu einem Gedicht auf der Zunge und in der Seele.

Der weltbeste Morgen geht behutsam über in einen weltbesten Vormittag, denn die weltbesten Gäste stehen Schlange nach meinem neuen Eis. Und meinen anderen Sorten. Und Himbeerstreuseln.

Bis die Mittagszeit heranrückt und damit meine Verabredung mit Julia. Ich finde es unschicklich, ihr am Telefon zu kündigen, denn für meine Nichthochzeit benötige ich schließlich auch keine Nichthochzeitsplanerin.

Wenn überhaupt möglich, sieht Alma heute noch ätherischer aus als gestern, und mit einem kribbeligen Gefühl im Bauch verlasse ich das *Schneeflöckchen*, um Miss Mein-Leo in ihrem Büro aufzusuchen.

Warum braucht eine Hochzeitsplanerin eigentlich ein Büro? Was macht eine Hochzeitsplanerin überhaupt?

Besteht eine Hochzeit nicht einfach nur aus zwei liebenden Menschen, zwei hingebungsvoll gehauchten *Ja, ich will* und glitzernden Glückstränen? Und einem wundervollen Kleid. Und Blumen, unbedingt, ein Meer voller pastellfarbener Blumen. Freunde, die mit einem feiern, wären auch großartig ... und erst die Familien! Dazu ein leckeres Essen mit der zauberhaftesten Hochzeitstorte der Welt. Das alles vor einer unvergesslichen Kulisse wie einem Schloss auf einer Anhöhe oder wenigstens einem süßen Schlosshotel an einem azurblauen See. Eine Kutsche, eine süße kleine Kirche, sanfte Musik. Flitterwochen!

Nun gut, wie es aussieht, könnte ein klitzekleiner Plan für meine Hochzeit nicht schaden. Ich meine natürlich meine Nichthochzeit. Doch dafür brauche ich doch eigentlich keinen Plan, oder?

Frustriert brumme ich, sodass die silbergelockte Spaziergängerin, die mir entgegenkommt, mich kopfschüttelnd betrachtet und ihre Miniausgabe eines Hundes enger zu sich heranzieht.

Je näher ich dem Potsdamer Platz komme, desto langsamer gehe ich. Das Straßenbild ändert sich, und wo eben noch Kopfsteinpflasterstraßen mit Berliner Altbauten zu beiden Seiten meinen Weg ausgemacht haben, schieben sich nun die ersten Hochhäuser in mein Blickfeld.

Zum siebzehnten Mal überprüfe ich im Handy die Adresse, die mir Julia geschickt hat, aber es bleibt der Leipziger Platz.

Der moderne Platz passt so gar nicht zu meinem Bild einer romantischen Hochzeitsplanung. Nicht, dass ich etwas gegen den Leipziger Platz hätte, nein, sicher nicht. Der ist prima, wenn ich Stadtaroma schnuppern möchte und schick und großstädtisch ausgehe, aber eine Hochzeitsplanerin braucht doch einen romantischeren Ort. Einen kuscheligen Laden mit hohen Decken in einer versteckten Straße voller Lindenbäume oder einem Häuschen in einem blumenüberwucherten Hofgarten.

Endlich habe ich die richtige Adresse gefunden und sehe an der Glasfassade des imposanten Bürogebäudes hinauf, doch die Sonne blendet mich, ehe mein Blick es ganz nach oben schafft.

Neben einer riesigen doppelten Glastür befinden sich polierte Schilder, und auf einem finde ich auch Julia: *Hochzeitsagentur Julia Grafen*. Schlicht und schnörkellos prangen die goldenen Buchstaben auf dem kupferfarbenen Schild, was, wie ich zugeben muss, elegant aussieht. Ein wenig bekomme ich eine Ahnung davon, wie meine Hochzeit aussehen wird. Nichthochzeit, selbstverständlich!

Ich stemme mich gegen die schwere Tür, doch diese gleitet mühelos auf und ich fliege schwungvoll in die marmorne Eingangshalle. Weil das nicht peinlich genug ist, rutscht mir auch noch meine Henkeltasche vom Arm und ich stolpere worüber auch immer.

Mir jedem meiner Schritte bewusst, stakse ich zu dem Tresen und dem Empfangsmenschen dahinter.

»Ich habe einen Termin bei Julia, ich meine bei Frau Grafen.« Ist dieses Piepsstimmchen meines? Wieso zum Fuchs stelle ich mich so an?

Gut, marmorne Eingangshallen in der Größe von Fußballfeldern und beanzugte Empfangskomitees sind nicht unbedingt meine natürliche Umgebung, aber sei es drum. Schließlich bin ich eine Kundin. Oder Klientin. Bitte, welchen Status hat man bei einer Hochzeitsplanerin?

»Und Ihr Name ist?« Die Hände des Einlassverwalters schweben erwartungsvoll über einer schwarzen Tastatur.

»Susanna Spatz.«

Wie so viele Menschen lächelt mein Gegenüber, als ich ihm meinen Namen nenne. Doch er schiebt es schnell beiseite und tippt mit wichtigen Fingern auf der Tastatur umher. So lang ist mein Name nun auch wieder nicht.

Nach gefühlten dreihundertundfünf Anschlägen schaut er wieder auf und weist auf die Fahrstühle, die am anderen Ende der Halle auf Kundschaft warten. »Zwölfter Stock, rechter Gang, Sie werden erwartet.«

»Danke sehr.« So schnell es meine Ballerinas auf dem glatten Boden erlauben, eile ich zu den Fahrstühlen und lasse mich sanft in die zwölfte Etage gleiten. Mit einem *Pling* öffnen sich die Türen und entlassen mich in einen Gang mit plüschigem Teppich und weißen Wänden, an denen Fotos von überirdisch schönen Bräuten hängen.

Zu meiner Rechten befindet sich eine geöffnete Glastür, durch die mir Julia entgegenkommt.

»Susanna, herzlich willkommen. Ich freue mich sehr, mit dir deine Hochzeit planen zu dürfen.« Mit beiden Händen umschließt sie meine ausgestreckte Hand und drückt sie herzlich.

»Hi, Julia, ja, ich freue mich auch, ähm, hier zu sein. Schön hast du es.«

Seite an Seite treten wir durch die Glastür, und was ich für Julias Büro gehalten habe, ist lediglich ein weiterer Empfangsraum. Von einem entzückend altmodischen Schreibtisch erhebt sich eine grauhaarige Dame in einem fliederfarbenen Kostüm, als Julia und ich zu ihr gehen.

»Susanna, das ist Rosa Momsen, die gute Seele unserer Agentur. Wenn Unmögliches möglich gemacht werden muss, dann ist Rosa unsere Frau.«

Offensichtlich an diese Art von Lob gewöhnt, neigt Frau Momsen leicht den Kopf, was ich als Begrüßung interpretiere. Wenn sie mal nicht noch strenger ist als die Mathelehrerin, die mich in der dritten Klasse das Fürchten lehrte!

Damit ist die Audienz im Vorzimmer beendet, und ich folge Julia einen Gang entlang, an dem sich rechts und links weiß lackierte Türen befinden. Wir gehen bis zu der letzten Tür am Ende des Ganges, die offen steht und hinter der nun anscheinend wirklich Julias Reich liegt.

Der Raum ist riesig, die gegenüberliegende Front besteht völlig aus Glas und bietet einen Ausblick über den gesamten Leipziger Platz bis hinüber zum Potsdamer Platz. Ein beigefarbener Teppich schluckt unsere Schritte und weiße Möbel geben dem Raum Eleganz. Als Farbklecks steht ein halbes Dutzend Vasen im Raum verteilt, in denen Tulpen aller Farben ihre Pracht zur Schau stellen. Und ein kirschrotes Sofa an der Wand zur Linken.

Mit einer Handbewegung bedeutet mir Julia, dort Platz zu nehmen. Und als ich erst einmal sitze, möchte ich nie wieder aufstehen. Wie bequem kann ein Sofa eigentlich sein?

»Magst du einen Cappuccino?«

Auf einem niedrigen Glastisch vor uns dampfen zwei randvoll mit fluffigem Schaum gefüllte Tassen und eine Etagere mit handlichen Minisandwiches lädt zum Speisen ein.

Julia reicht mir einen Teller und ich schwanke zwischen dem appetitlichen Gurkensandwich und der delikaten Emmentaler Version. Doch als ich sehe, wie Julia auch noch ein Serrano-Schinken-Sandwich zu ihren beiden anderen auf den Teller legt, entscheide ich mich ebenfalls großzügig für alle drei.

Bei meinem erstaunten Blick lacht Julia auf und ihre dunklen Augen blitzen schelmisch. »Leo darf gern alles essen, was er für gut empfindet, aber er muss nicht alles wissen, was ich esse und für gut empfinde. Du verstehst, was ich meine?«

Oh ja, ich verstehe das gut, vor allem nach unserem letzten Restaurantbesuch. Und ich verstehe, dass Julias Offenheit bei mir Spuren hinterlässt und an dem negativen Bild kratzt, das ich mir von ihr wünsche. Wie sie so neben mir sitzt, mir zugewandt, mit einem strahlenden Lächeln in ihrem hübschen Gesicht. Bei jeder Bewegung ihres Kopfes schimmern ihre schwarzen Locken, die sie in einem lockeren Zopf trägt.

Los, Sunny, gib dir einen Ruck und sage die Hochzeit ab.

Noch einmal tief Luft holen und ...

Julia ist schneller fertig mit Luftholen. »Soll ich dir erst einmal etwas von mir erzählen, bevor wir uns auf deine Hochzeit konzentrieren?«

In dem Bruchteil einer Sekunde entscheide ich mich, die Luft, die ich eben für die Absage gesammelt habe, besser zu nutzen. »Gern«, nicke ich, wozu mich meine Neugier förmlich zwingt.

Julia stellt ihren Teller zurück auf den Tisch und nimmt sich stattdessen die Cappuccinotasse. »Ich wollte schon immer Hochzeitsplanerin werden. Frag mich nicht, woher ich das habe oder warum oder was der Auslöser war, dieser Wunsch war einfach schon immer da.«

Nur zu gut kenne ich diese Art von Leidenschaft aus vollem Herzen, wobei sie bei mir aus den drei magischen Buchstaben E und I und S besteht.

»Bei dir und deinem Eisladen ist es vermutlich ähnlich«, nimmt sie meinen Gedanken auf. »Da meine Eltern im diplomatischen Dienst stehen, kam ich schon als Kind in der Welt herum, konnte viel sehen und ausprobieren. Durch die Menschen, die ich kennenlernen durfte, konnte ich so viel lernen, schnell die Schule beenden, mich dem einen oder anderen Studiengang widmen, von dem ich meinte, er wäre hilfreich für mein Unternehmen. Und so war ich vor fünf Jahren in der Lage, in meinem Traumjob loszulegen.«

So kann es auch gehen. Meine Schulzeit bestand aus vier Jahren an der Vierwaldplatz-Grundschule und acht Jahren am Vierwaldplatz-Gymnasium zwei Straßen weiter. Immerhin war ich nach meinem Gastronomiemanagement-Studium für zwei Jahre in Mailand und Bologna, den besten Eisstädten der Welt, in Sachen Eisweiterbildung unterwegs.

»Und du scheinst deinen Job echt gut zu machen.« Meine Geste umfasst Julias elegante Gestalt und das beeindruckende Büro samt des grandiosen Ausblicks.

»Ich liebe das, was ich tue.« So schlicht sie diesen Satz ausspricht, so schlicht ist auch die Wahrheit dahinter. Miss Perfect ist ein perfekter Mensch aus Fleisch und Blut – und Leidenschaft.

Ich seufze tief und sehe mir dabei die Fotos näher an, die auf einer Kommode neben dem Sofa in unterschiedlichen Größen und Formen, aber alle in silbernen Rahmen, glückliche Bräute und Bräutigame zeigen.

Ist das ...? Nein! Und rechts daneben?

»Darf ich?« Ich zeige auf die Fotos und stehe auf.

Julia steht ebenfalls auf. »Natürlich, gern. Hier wird auch bald ein Foto von dir und Tom stehen, wenn ihr das möchtet.«

Und wie! Also Tom weiß ich nicht, aber ich auf jeden Fall.

Ein Foto in der zweiten Reihe hat meine Aufmerksamkeit erregt, und ich nehme es in die Hand, um es näher zu betrachten. »Das ist doch niemals Meghan Markle, oder?«

»Und Prinz Harry.«

»Du warst bei der Hochzeit von Prinz Harry und Meghan Markle?« Julia sieht auf einmal so aus, als wäre sie direkt aus dem Buckingham Palace hierher gefallen.

»Ich war nicht nur dabei, ich habe die Hochzeit mitorganisiert.«

»Nein!«

»Doch«, lacht sie. »Das ist mein Job. Und Harry und Meghan sind einfach ein verliebtes Paar, das heiraten wollte, so wie du und Tom.«

Mein Kopf will die Neuigkeit noch immer nicht speichern. »Und mitorganisiert heißt?«

»Mitorganisiert heißt in diesem Fall, dass ich die Leitung der Hochzeit innehatte. Aber ich hatte viele gute Leute an meiner Seite«, fügt sie schnell hinzu, als sie mein Erstaunen sieht, welches sich vermutlich in meinem ehrfürchtigen Blick widerspiegelt. Kurz überlege ich, ob ein Knicks angebracht wäre.

»Dann sind das da vermutlich ...«

Julia nickt. »Ana und Bastian.«

»Und auf dem Foto dort hinten ...«

»Adele und Simon. Aber genug jetzt davon. Lass uns lieber über eine viel wichtigere Hochzeit sprechen. Über deine.«

Sie findet meine Hochzeit wichtiger als die von Adele, Bastian und Meghan und wer weiß noch wem! Unglaublich! Wenn ich das Alma erzähle. Die glaubt mir so schon meist nur die Hälfte. Tom wird vermutlich weniger beeindruckt sein, es sei denn, ich erwähne, dass ich quasi auf Du und Du mit Bastian Schweinsteiger bin.

Stopp! Wieder vergesse ich, dass es meine Hochzeit gar nicht geben wird.

»Julia«, krächze ich, denn mein Hals ist auf einmal zu trocken zum Sprechen, deshalb räuspere ich mich und beginne erneut. »Julia.«

»Ja?« Sie sieht von ihrer Armbanduhr auf.

»Julia, ich ...«

Doch da klopft es an der Bürotür und nach Julias *Herein* betreten zwei Frauen das Büro.

»Perfektes Timing, Mädels.« Julia winkt die beiden zu uns heran. »Susanna, darf ich vorstellen? Das ist Jenny Lucas, unsere Grafikdesignerin. Sie wird sich um alles rund um das Gedruckte und auch die Dekoration kümmern. Zusammen mit ihr werden wir auch überlegen, ob und welches Motto du gern hättest.«

Jenny Lucas ist eine Winzigkeit von Person, was aber ihr feuerroter Haarschopf, der mit einer Lockenflut in der Höhe des Fichtelgebirges beeindruckt, wieder wettmacht. Fröhlich drückt sie meine Hand. »Susanna – ich darf doch Susanna sagen? Ich freue mich sehr auf deine Hochzeit. Julia hat mir bereits ein kurzes Briefing gegeben und ich glaube, wir werden zusammen etwas Großartiges auf deine bestrumpften Hochzeitsbeine stellen. Ich sehe uns in einem verzauberten Wald, magische Lichter hängen in zarten Zweigen, Vögel zwitschern lieblich, Schmetterlinge tanzen durch die Luft, eine warme Brise streicht über dein duftiges Brautkleid und spielt mit deinem seidenen Schleier.«

Entführt in diesen zauberhaften Sommernachtstraum lässt mir der Wortschwall kaum Zeit, ein gemurmeltes *Sunny* einzustreuen, da wendet sich Julia auch schon an die zweite Frau, die sie mir als Anne Unzer und meine eigene Patissière vorstellt. Weniger wortreich lächelt sie mir zu, wobei die Millionen Sommersprossen in ihrem Gesicht tanzen.

»Als Erstes würden wir gern deine Ideen hören, damit wir dir entsprechend eine unvergessliche Hochzeit bereiten können«, wendet sich Julia an mich.

Und ich weiß, dies ist der Augenblick der Wahrheit. Ich muss genau jetzt und hier bekannt geben, dass es keine Hochzeit geben wird. Wenn nur meine Knie nicht so unglaublich weich wären und mein Magen da bleiben würde, wo er hingehört. Doch es nutzt nichts. Sie müssen es erfahren. Es ist ja nicht so, dass ich sie absichtlich täusche, immerhin könnte meine Hochzeit schließlich genauso zustande gekommen sein. Und jetzt sage ich sie eben wieder ab.

Mit großen Schritten kommt Leo durch die geöffnete Tür herein. »Ich will nur schnell Hallo sagen und sehen, wie unser Geschenk ankommt.« Damit umarmt er mit all seiner Leokraft Julia und küsst sie auf ihren nur allzu bereitwilligen Mund.

Und ehe ich mich bremsen kann, greife ich nach meiner Tasche, die auf dem Sofa liegt. »Entschuldigt bitte, mir fällt gerade ein, dass ich ganz dringend zurück ins *Schneeflöckchen* muss. Ich habe dort ein ... ein Eis im ... im Ofen, ich meine in der Eismaschine.«

Ohne jemanden anzusehen, stürme ich aus dem Büro, den endlos langen Flur entlang, vorbei an Rosa Momsen, die mir entgegenkommt und indigniert stehen bleibt, und hinein in den Aufzug, der dankenswerterweise offensteht.

Erst drei Straßenkreuzungen vom Leipziger Platz entfernt drossele ich mein Tempo bis zum Stillstand und japse nach Luft.

Meine Güte, musste das jetzt wirklich sein?

Diese Hochzeit kostet mich echt Nerven, und dabei ist es nicht einmal eine Hochzeit. Was machen eigentlich die armen Bräute, die wirklich heiraten?

Ich glaube, wenn ich mit meiner Nichthochzeit fertig bin, werde ich nie wieder nicht heiraten.

Kapitel 9

U wie Unwahrheit

Umpa-Lumpa-Eis

Kakaobohnen, Mengen an Kakaobohnen, werden zu feinstem Kakao gemahlen und mit sahnigem Eis in liebevollen Dreiviertel-Drehbewegungen verrührt. Ganz wichtig dabei: Singen! Laut und fröhlich und beschwingt.

Zwischendurch naschen nicht vergessen.

Angenehm warm strahlt die Ostersonne auf den Vierwaldplatz. Gegenüber im *Le Meilleur* wuseln die Kellner mit dampfenden Bügeleisen umeinander, um die Tische auf der Terrasse vor dem Restaurant rechtzeitig für den heute zu erwartenden Ansturm wie aus dem Sternelehrbuch herzurichten. Makellos weiß flattern die Tafeldecken in einer Brise.

Auch ich streiche ein letztes Mal über die Tischtücher auf meinen Tischen vor dem *Schneeflöckchen*, die jedoch im Gegenzug zum *Le Meilleur* rosa, pink und cremeweiß leuchten.

»Deine Schnürsenkel sind offen.«

Irritiert sehe ich auf meine Ballerinas. »Ich habe doch gar keine Schnürsenkel ...« Ertappt klopfe ich mir mit der Hand an die Stirn.

»April, April«, kichert Alma neben mir und sieht dabei so zufrieden aus, als hätte sie ein Sahnetöpfchen leer geschleckt.

Ich finde ja, der Erste-April-Unfug sollte ausgesetzt werden, wenn es sich um Ostern handelt. Oder um einen sonstigen Tag.

»Musst du nicht irgendwelche Zahlen addieren?« Genervt stakse ich von Alma weg zu dem Mäuerchen zwischen der Eisdiele und dem *Veloziped* und zupfe geschäftig an den lila Minipetunien, die ich neben dem Mandelbäumchen drapiert habe. Das scheint Almas Heiterkeit nur noch mehr zu befeuern, denn sie prustet regelrecht vor Lachen.

Doch schließlich höre ich sie zurück ins *Schneeflöckchen* gehen, richte mein verspottetes Selbst wieder auf und schmule durch die große Scheibe des Fahrradladens nach Tom, der eigentlich längst hier sein sollte, um bei den Ostervorbereitungen zu helfen.

Wie von mir bestellt, öffnet er die Tür und schiebt ein Paket in der Größe eines Fahrrades heraus.

»Du lieferst doch wohl jetzt nicht noch ein Fahrrad aus? Wir haben zu tun und außerdem ist heute Sonntag. Und Ostern!«

Tom lehnt das Paket so an die Mauer, dass ich davon verdeckt werde. Wie reizend. Aber nicht mit mir! Ich stelle mich auf die zweite und dann auf die dritte Stufe und habe ihn wieder im Blick.

»Dir auch einen wunderschönen guten Morgen, liebe Sunny.« Mit einem Grinsen verschwindet er im Radladen.

»Hey, ich habe dich etwas gefragt«, rufe ich ihm hinterher und lehne mich dabei auf das Radpaket, welches bedenklich wackelt. Schnell klammere ich uns beide fest.

Tom kommt zurück, rollt mit den Augen, als er mich wackelnd mit seinem Paket sieht, lässt den überdimensionierten Rucksack fallen, den er mit herausgebracht hat und stützt mit der einen Hand erst das Paket ab und dann mich. Nicht unbedingt die Reihenfolge eines Gentlemans, aber da sieht man es mal wieder.

»Würde es dir etwas ausmachen, von der Mauer herunterzukommen, damit mein Rad sicher daran lehnen kann?«

Ohne auf meine Antwort zu warten, dirigiert er mich mit seiner Hand auf meinem Arm von der Mauer und um das Paket herum. Auch dann lässt er mich nicht los.

Dabei beschränkt sich die Wärme seiner Hand nicht nur auf die Stelle, an der er mich berührt.

Ob er mich genauso spürt?

Auf einmal wird mir wieder kühler und mit Bedauern fühle ich nicht mehr Toms Hand auf meinem Arm, sondern sehe, wie sie den Rucksack aufnimmt.

»Was hast du vor?«

»Ich fahre für ein paar Tage nach Mallorca.«

»Jetzt? Was willst du denn auf Mallorca?«

In aller Ruhe wuchtet sich Tom den Rucksack auf den Rücken und zeigt auf das große Radpaket. »Radfahren.«

»Und bitte wieso kannst du nicht hier radfahren, nach unserer Osteraktion?«

»Weil ich hier immer Rad fahre und im Frühling gern eine Tour durch die Serra de Tramuntana mache. Und für deine Osteraktion habe ich alles gemacht, was du mir aufgetragen hast.«

Tom scheint es wirklich ernst zu meinen, denn er greift nach dem eingepackten Fahrrad. Doch dieses Mal lasse ich mich nicht so leicht in den April schicken. Ganz leger überkreuze ich die Arme und ziehe die

Augenbrauen gekonnt in die Höhe. »Was für ein aufwendiger Aprilscherz. Wirklich gelungen, Tom.«

»Wenn ich dich in den April schicken wollte, dann würde ich dir den rosa Fleck neben deinem Mundwinkel wegküssen, der sieht nämlich ziemlich süß aus.«

Flink fliegt meine Hand zu meinem linken Mundwinkel und wischt daran herum.

»Die andere Seite.«

»Da ist gar nichts, richtig?« Wieder tritt dieser erste April meine Würde mit Unwürde. Doch sicherheitshalber wische ich mir auch ganz kurz über den rechten Mundwinkel.

Tom lacht wie Alma vorhin und stupst mit dem Zeigefinger auf meine Nase. »Wir sehen uns, Sunny.«

»Tom, du kannst nicht gehen.« Jetzt doch irritiert, stelle ich mich zwischen ihn und das Paket. »Wir wollen heute zusammen Ostern feiern!«

»Es ist doch alles von dir organisiert. Die kleinen Geschenke für die Kinder sind versteckt, dein Eis für heute ist sicher bereits seit Stunden fertig, und Jan kommt nachher, um euch mit den Kids zu helfen.«

»Aber es ist doch Tradition, dass wir das zusammen machen!«

Nun ist es an Tom, die Augenbrauen hochzuziehen. »Wir haben so eine Osteraktion im letzten Jahr zum ersten Mal gemacht. Das Ganze läuft somit wohl kaum unter dem Begriff Tradition.«

Entrüstet ob seiner Ignoranz stemme ich die Hände in die Hüften. »Und wie das eine Tradition ist! Schließlich hat jede Tradition ihren Anfang, und der war im vergangenen Jahr.«

»Wie auch immer, mein Radurlaub ist seit dem letzten Trip im Herbst geplant, denn es ist bei mir Tradition, im Frühling mit meiner Rennradgruppe durch Mallorcas Westen zu radeln.«

»Aber nicht zu Ostern!«

Toms Lächeln verschwindet und er schüttelt den Kopf. »Was ist denn los mit dir? Ich muss mich kaum mit dir abstimmen, wann ich in den Urlaub fahre. Wir sind schließlich nicht miteinander verheiratet.«

Nein, das nicht. »Aber wir werden heiraten, immerhin sind wir verlobt.«

Tom tritt ganz nah an mich heran, und mein Herz rast nun nicht mehr nur vor Ärger. Mit seinen dunklen blauen Augen sieht er direkt in meine. »Sunny, es gibt keine Hochzeit.«

»Keine Hochzeit?«

Vor Schreck zucke ich zusammen und sehe von Tom weg. Auch er blickt erschrocken zur Seite. Julia indessen starrt uns mitleidig an.

Kichernd schlage ich Tom leicht gegen die Brust, ohne ihn dabei anzusehen, und wende mich an Julia. »Ach, Tom nun wieder. Das war einer seiner geschmacklosen Aprilscherze heute. Er findet das superlustig.«

Julia nickt langsam. »Oh. Okay. Dann ist ja alles in Ordnung, freut mich. Ich muss auch weiter, Herr Sonthofen wartet auf mich. Bis dann, ihr beiden.«

Damit ist sie so schnell verschwunden, wie sie aufgetaucht ist. Interessiert betrachte ich derweil meine kirschroten Ballerinas.

»Meinst du nicht, es wird langsam Zeit, die Verlobung zu lösen?« Tom hebt mein Kinn an, sodass ich ihn ansehen muss. »Nicht, dass ich nicht gern mit dir die Vorzüge einer Verlobung genieße, aber ...«

Und damit küsst er mich. Und ich küsse überrumpelt ihn. Alles andere wäre außerordentlich unhöflich.

Leider ist Tom viel zu schnell fertig, noch ehe ich mir überlegen kann, ob ich ihn überhaupt küssen möchte.

»... aber die Wahrheit ist einfach, dass es keine Hochzeit gibt.«

Frustriert stoße ich ihn leicht von mir. Denn das ist eben nicht die Wahrheit, es gibt nämlich eine Hochzeit. Nur leider nicht meine!

»Mögen die Wasserspiele beginnen!« Mit einem Schnipsen seiner Finger erweckt Frank Jura den Springbrunnen inmitten des Vierwaldplatzes aus seinem Winterschlaf. Aus den feinen Ästen der steinernen Eiche sprudelt das Wasser funkelnd im Sonnenschein. Applaus brandet unter den umstehenden Erwachsenen auf und die Kinder – und ich – hüpfen vor Begeisterung um den rauschenden, alten Brunnen. Währenddessen beklopft und beglückwünscht sich das führende Trio unseres Viertels gegenseitig. Der Hoteldirektor, der Standesamtdirektor und der Restaurantdirektor bilden eine hoheitliche Einheit, die über den Vierwaldplatz und seine Bewohner wacht.

Fast wie ein paar Schuljungs in der Hofpause stehen Frank, Herr Sonthofen und der alte Fritz tuschelnd und kichernd beieinander. Wobei mehr als einmal ihre Blicke in meine Richtung fliegen. Glaube ich zumindest.

Aber egal. Ausgelassen tanze und hüpfe ich mit den Kindern und genieße die warme Sonne auf meiner Haut. Die Vorfreude der Kleinen auf die Ostereiersuche, die gleich starten wird, ist greifbar. Das Hibbeln und Bibbeln um mich herum nimmt immer weiter zu, und selbst in meinem Bauch kribbelt es, als würden tausend Küken schlüpfen.

Tom ist selbst schuld, wenn er jetzt zusammengequetscht in einem engen Fliegersitz irgendwo da oben schlechtes Ozon atmen und Tomatensaft aus dem Tetra Pak trinken muss. Er hätte ja auch hierbleiben können.

»War der Osterhase jetzt schon da?« Ich sehe nach unten, von wo ein Mädchen zu mir heraufstarrt, während sein Händchen an meinem Blumenrock zupft.

Ich lege mir die Hände so über die Augen, dass es aussieht, als würde ich durch ein Fernrohr gucken. »Schwer zu sagen. Der Osterhase ist echt immer sehr flink unterwegs, und in einem Moment ist er mal hier und dann wieder da. Und wie es aussieht ist er auch ziemlich gut im Verstecken, denn ich kann so gar nichts Buntes entdecken. Außer ...«

»Was?«, kreischen jetzt mehrere aufgeregte kleine Menschen um mich herum und wuseln in alle Richtungen.

Doch ich schüttele nur den Kopf. »Ich glaube, ich habe etwas gesehen, aber das kann auch ein Sonnenfunkeln gewesen sein. Vielleicht sollten wir alle gemeinsam nachsehen, was meint ihr? Ihr habt doch ganz bestimmt supertolle Augen, oder?«

Die ersten Kinder wollen gerade losstürmen, als ich sie lachend zurückhalte. »Halt, halt, ihr braucht doch noch eure Körbchen.«

Gemeinsam mit Alma und Hedwig verteile ich Strohkörbchen, in denen sich, zur allgemeinen Kinderfreude, jeweils schon ein buntes Osterei befindet.

Dann gibt es kein Halten mehr und zwei Dutzend Kinder strömen über den Vierwaldplatz und suchen in allen Ecken nach versteckten Ostersachen, während es sich die Großen bei einem Eis gut gehen lassen, welches Alma und ich aus unserer mobilen Eistruhe verteilen.

Zur Feier des Tages gibt es eidottergelbes Aprikosensorbet mit kunterbunten Streuseln aus rosa Himbeeren, dunkelblauen Heidelbeeren und grasgrünen Granny-Smith-Äpfeln. Es duftet frühlingsleicht und fruchtig, und das fröhliche, gelbe Eis in den knallpinken Bechern verdoppelt die gute Laune auf dem Platz.

Vielleicht sollte ich mir eine zweite Portion gönnen, denn so ganz ist mein Grummeln über Toms Spontanurlaub noch nicht verschwunden. Es wäre schließlich schade um diesen wunderschönen Tag. Also lehne ich mich an den Rand des Brunnens und genieße die herrliche Süßigkeit.

»Sunny, Sunny, was höre ich da für Neuigkeiten! Es gibt eine Hochzeit in unserer Mitte. Meinen allerherzlichsten Glückwunsch dir und Tom.«

Siehst du Tom, es gibt doch eine Hochzeit! Deine Wahrheit kannst du dir in deine giftgrüne Fahrradtasche stecken.

Mit Nachdruck schüttelt mir Frank die Hand und strahlt von seiner imposanten Höhe auf mich herab. »Du wirst mir doch sicher die Ehre zuteilwerden lassen und in unserem wunderschönen Hotel feiern. An welchem Tag auch immer, unser prächtiger Jacaranda-Saal steht dir selbstverständlich zur Verfügung.«

Der Jacaranda-Saal! Wie beeindruckend! Welch einen sagenhaften Kontrast mein schneeweißes Kleid zu diesem tieflila, ätherisch schimmernden Saal bilden würde. Und der ist normalerweise auf Jahre hinweg ausgebucht. »Ich weiß gar nicht, was ich sagen soll. Das wäre großartig!«

»Aber nicht doch, es ist mir eine Ehre. Und Fritz wird selbstverständlich sein bestes Menü auf deinem Hochzeitsempfang kredenzen. Wobei ich das Dessert selbstverständlich voll und ganz in deine eisigen Zauberhände lege.« Dazu legt Frank nun auch seine zweite Hand auf meine und zwinkert Fritz Ludewig senior zu, der nicht so aussieht, als würde er auch nur ein Salatblatt auf meiner Hochzeit kredenzen wollen.

Doch das Angebot ist zu verlockend, denn Fritz Ludewig kocht genauso, wie ich essen möchte. Und wenn Frank auf meiner Seite steht, bekomme ich zu meiner Hochzeit das beste aller Hochzeitsmenüs. Ich kann es gar nicht abwarten, Julia davon zu erzählen. Die wird staunen, was ich alles selbst organisieren kann.

Fritz Ludewig lenkt seinen Blick auf mich. »Wann isses denn so weit? Ick hoffe doch sehr, dass die Hochzeit nich janz zufällig unsere Eis-Wette unterläuft.«

»Oh, die Wette, Sunny, ich habe gerade zu Frank gesagt, dass ich mich gar nicht entscheiden kann, welches momentan das erste Thema am Platz ist. Ihre Hochzeit oder die Vanilleeis-Wette.« Als wäre diese Wahl ein megaanstrengender Kraftakt, wischt sich Oskar Sonthofen mit einem schwarz-weiß-gepunkteten Einstecktuch bedächtig über die Stirn. »Wobei ich aus Fritz noch immer nicht herausbekommen habe, wie Sie ihn dazu überreden konnten. Denn, da sind wir uns doch alle einig, der Sieger oder besser gesagt die Siegerin steht doch bereits ganz klar vor uns.«

Fritz Ludewig erspart mir eine Antwort, indem er einen Schritt auf Oskar Sonthofen zumacht. »Mitnichten steht hier die Siegerin fest! Deine Zunge ist doch von ihrem Eis janz festjefroren, lasse mal lieber auftauen und dann koste mein Eis!«

»Nun, nun, die Herren«, mit einem entschuldigenden Blick in meine Richtung lässt Frank endlich meine Hand los und wendet sich an seine Vierwaldplatz-Kumpel. »Sunnys Eisqualität steht absolut nicht zur Diskussion, genauso wenig wie deine Küche, mein lieber Fritz, aber ich muss Oskar uneingeschränkt recht geben, was den vermuteten Ausgang dieser Wette angeht.«

Um nicht weiter in dieses unangenehme Gespräch hineingezogen zu werden, entferne ich mich allereiligst von dem Grüppchen und kehre zurück zu Alma, die bei der Eistruhe ein Schwätzchen mit Beatrice hält.

Mittlerweile kehren die ersten Kinder mit prall gefüllten Strohkörben zurück zum Brunnen und zeigen stolz ihre Osterbeute herum.

»Sunny, das hast du wieder fein organisiert.« Lächelnd mustert Beatrice den Korb, den das Mädchen von vorhin uns entgegenreckt.

»Sunny? Aber das war doch der Osterhase!« Mit gerunzelter Stirn schaut es mich an.

Beruhigend nickend gehe ich vor ihm in die Hocke. »Aber sicher war das der Osterhase. Und weißt du, woher ich das weiß?«

Das Mädchen schüttelt den Kopf, sodass sein Pferdeschwanz durch die Luft fliegt.

»Ich habe ihm ein wenig geholfen.«

»Aber warum denn? Du hast doch vorhin gesagt, er versteckt alles so schnell, dass wir es gar nicht sehen können.«

»Genauso ist es auch. Und weil er dieses Mal gar so schnell war, ist der arme Osterhase gestolpert und hat sich den großen Zeh an seinem Hasenfuß gestoßen. Das hat ganz schön gepuckert, doch ich habe alles gesehen und dem Osterhasen ganz schnell Eis zum Kühlen gebracht. Und weil wir dabei Freunde wurden, habe ich ihm dabei geholfen, die Osterüberraschungen zu verstecken.«

Mehrere Kinder setzen sich bei meiner Geschichte zu uns und durchsuchen ihre Körbchen.

»Ui, was ist das?« Ein Junge mit Dinosaurier T-Shirt hält einen Minikompass in die Höhe.

»Das ist ein Kompass, damit weißt du immer, in welche Richtung du läufst. Und außerdem darf derjenige, der solch einen Kompass vom Osterhasen gefunden hat, bei Tom im Fahrradladen sein Fahrrad kontrollieren lassen, ob auch alles in Ordnung ist.«

»Und ich habe einen bunten Pinsel gefunden«, ruft ein Mädchen mit einer sommersprossigen Stupsnase und streicht sich begeistert mit den weichen Borsten über die Hand.

Beatrice zeigt auf den Pinsel. »Und wer solch einen Pinsel gefunden hat, darf zu mir in die Galerie kommen, und wir malen zusammen ein Kunstwerk, was wir bei mir ausstellen.«

Mit roten Wangen und freudigem Gejohle wühlen die Kinder weiter in ihren Körben. Neben Schokoeiern, Marzipanküken und Hasenkeksen finden sich auch Gutscheine für eine Nudelsuppe im Restaurant *Le Meilleur* oder einen Besuch im Schwimmbad im Hotel *Zum Vierwaldplatz*, Gutscheine für Bäckerbrezeln oder *MaMa*-Konfitüren, und manche dürfen sogar als Blumenkinder bei der nächsten Hochzeit im Standesamt dabei sein.

»Ich habe rosa Streusel gefunden«, freut sich ein Mädchen mit Pippi-Langstrumpf-Haarfarbe und klappert mit dem Döschen.

Der Dinosaurier-T-Shirt-Junge dreht sich zu ihm um. »Das sind Himbeerstreusel!«

»Die habe ich auch.«

»Ich auch«, schallt es von mehreren Seiten.

»Und dazu gibt es für jeden von euch eine extra große Kugel Vanilleeis, wenn ihr mögt«, rufe ich in den allgemeinen Tumult hinein und werde dafür stürmisch umarmt.

Kapitel 10

N wie Niemals

Nektarinen-Eis

Cremiger Joghurt, frische Sahne, aromatische Vanille, feinster Puderzucker und die sonnigste aller Früchte, die Nektarine, zusammen vereint und gefroren, ergeben pures Glück zum Löffeln.

Es klopft so heftig an meiner Wohnungstür, dass ich befürchte, sie zerbröselt gleich unter den Schlägen wie ein trockener Keks. »Sunny! Komm schon, mach auf! Ich bin es, Alma.«

Ruhig stehe ich im Flur und zähle bis sieben. Gut, das sollte genügen. Ich stampfe fest auf und humpele die letzten Schritte bis zur Tür, kneife die Augen zusammen, verziehe den Mund und öffne sie langsam. »Alma«, hauche ich und lehne mich an den Türrahmen.

»Du meine Güte!« Almas Blick fällt auf mein linkes Bein, das vom Fuß bis zum Knie bandagiert ist. »Meinst du nicht, wir sollten lieber zum Arzt fahren?«

Ich winke tapfer ab und meine Cousine gleichzeitig herein. »Nein, es ist gar nicht so schlimm wie es aussieht.«

»Schlimmer vermutlich!« Alma spricht weiterhin mit meinem Bein, während sie mir ihren Arm anbietet, um mich ins Wohnzimmer zu führen.

Seufzend lasse ich mich auf das Sofa plumpsen. Alma schnappt sich ein paar Kissen und drapiert sie neben mir. »Leg dein Bein hoch, das wird dir guttun. Soll ich dir etwas bringen? Ein Wasser oder lieber einen Tee? Oder möchtest du etwas essen? Mittwochs ist bei *Alessandras* Lasagne-Tag, die magst du doch so gern.«

»Alessandra oder Lasagne?« Ich kichere selbst über meinen kümmerlichen Scherz.

Alma weniger bis gar nicht.

Ich ziehe sie am Arm zu mir herunter, und sie setzt sich zu mir auf das Sofa, die Stirn in Dutzende von Falten gelegt. Beruhigend tätschele ich ihre Hand. »Ich habe doch gesagt, so schlimm ist es nicht.«

»Es sieht aber schlimm aus.« Alma betrachtet wieder mein kunstvoll eingewickeltes Bein. Dabei zieht sie sich ihren Blazer aus und streicht sich die mintgrüne Schlupfbluse glatt.

Moment! Dieses ausgefallene Teil mit der lässigen Schleife habe ich doch erst gestern an ihr gesehen. Alma trägt ihre Blusen niemals an zwei Tagen hintereinander! Interessiert zupfe ich an dem seidigen Stoff. »Und? Hattest du einen schönen Abend gestern?«

Alma erhebt sich und legt den Blazer ordentlich ausgerichtet auf die Sofalehne. Sehr ordentlich ausgerichtet.

»Soll ich dir noch schnell einen Winkelmesser holen?« biete ich ihr an.

»Spotte du nur, ein wenig Ordnung würde deinem Chaosleben ganz gut bekommen.«

»Meinem Leben – und mir – geht es hervorragend! Und nun erzähl schon. Mit wem warst du gestern wo und warum? Und vor allem letzte Nacht. Als ausgewiesene Singlefrau habe ich ein Anrecht auf alle Details, ob sauber oder schmutzig, da bin ich nicht wählerisch.«

Alma stützt sich mit verschränkten Armen auf der Sofalehne ab und sieht zu mir herunter. Ihre Augenlider flattern dabei wie winzige Kolibriflügel auf und ab. »Singlefrau? Sag bloß, du hast die Verlobung mit dem zauberhaften Tom gelöst und deinen Liebhaber Leo zurück zu seiner Julia geschickt? Sunny-Schatz, selbst wenn ich mal heiraten würde, wäre ich noch mehr Singlefrau, als du es jemals allein sein wirst.«

Was bitte ist das denn für eine Logik?

Ich beuge mich näher an Alma heran, um sie intensiver auszuquetschen, da rutscht der Kissenstapel unter meinem bandagierten Bein weg und dasselbige gleich mit. Um nicht das Gleichgewicht zu verlieren und völlig vom Sofa zu rutschen, ziehe ich das Bein schnell wieder an.

Alma richtet sich abrupt auf und starrt erst mein Bein an und dann mein Gesicht. Besser gesagt bohrt sich ihr Funken sprühender Blick in meine unschuldigen Rehaugen. »Ich höre!«

»Überraschung!« Ich knie mich hin und strecke die Arme über der Sofalehne nach ihr aus. »Ich wollte dir schon lange mal meine Spontanheilungskräfte demonstrieren. Cool, nicht wahr? Apropos cool, welches Eis darf ich dir bringen? Ich habe uns extra ein *Gletschereis* und ein *Hokey Pokey* kühl gestellt.«

Ich will eben aufstehen, da legt Alma ihre Hände auf meine Schultern und drückt mich zurück in die Polster. »Hiergeblieben! Und die Sache mit deinen Spontanheilungskünsten hebst du dir bitte für ein anderes Publikum auf. Was soll das mit deinem Bein?«

Almas Ton lässt mich schlucken. Manchmal kann sie schon ziemlich streng daherkommen. Doch ich weiß, dass sie mir nicht das winzigste Haar krümmen würde. Nichtsdestotrotz ist gerade ein wenig Vorsicht angebracht, deshalb zaubere ich mir mein strahlenstes Kindereis-Lächeln aufs Gesicht. Das, mit dem ich immer Erfolg habe, wenn aus einem mütterlichen *Nein* zu einem Eis für ihren Sprössling ein *Ja, gern* werden soll. »Alma, hör mir erst einmal zu, bevor du mich auffrisst. Mein Plan ist genial, und in Nullkommanichts haben wir Mama und Tante Marietta endlich wieder versöhnt. Das willst du doch auch.«

Mit verschränkten Armen sieht mich Alma an. »Komm mir nicht so! Das eine hat mit dem anderen nichts zu tun.«

»Doch! Genau das hat es. Denn so, wie du mir zur Hilfe geeilt bist, wird Mama mir helfen wollen und Tante Marietta dir. Und endlich treffen sie aufeinander, und in dem gemeinsamen Wunsch, uns zu unterstützen, finden sie wieder zueinander ...«

»... und leben glücklich und in Eintracht für den Rest ihres noch langen Lebens.«

»Genau!«

»Hallo! Wirklichkeit an Sunny! Ist ein wenig echtes Leben zu Hause?« Aufgebracht wirft Alma die Arme in die Luft. »Weißt du eigentlich, was ich mir für Sorgen gemacht habe, als du mich vorhin angerufen und erzählt hast, dass dir ein voller Eisbehälter auf den Fuß gekracht wäre? Du kannst doch nicht eine Verletzung vortäuschen, nur damit dir jemand zur Hilfe eilt.«

»Das will ich ja auch gar nicht.«

Alma schlägt die Hände zusammen. »Na Gott sei Dank! Dann verstehe ich das ganze Theater aber noch weniger. Was bezweckst du sonst damit?«

»Nicht ich täusche eine Verletzung vor, sondern wir beide. So bekommen wir meine Mama und Tante Marietta gleichzeitig ins *Schneeflöckchen.*«

Alma friert mitten in der Bewegung ein. Eine Hand will eben eine verirrte Locke hinter das Ohr streichen, während die andere auf dem Weg zur Sofalehne unterwegs ist. Ihre Augen wirken genauso kugelrund wie ihr Mund.

Ich wusste doch, dass der Plan sie umhauen würde. Sicher, die Methode ist nicht ganz undrastisch, doch mit sanften Aktionen, Zurückhaltung und Diplomatie sind wir bisher, milde gesagt, jedes Mal voll gegen die Wand gekracht. Wir müssen endlich handeln!

»Gut, nicht wahr?«

»Bist du wahnsinnig?«, schreit Alma mich an. »Es ist ja schön und gut, dass du den Kindern in der Eisdiele das Blaue vom Himmel in ihr Eis fabulierst und es ist ganz allein deine Sache, in welchen verzerrten Spiegeln du deine Lebenswirklichkeiten betrachtest, aber dass du anderen ganz bewusst Sorgen bereiten möchtest, das geht zu weit!«

»Aber ich meine es doch nur gut.«

»So gut kannst du es gar nicht meinen!«

Erschreckt von ihrem Ton stehe ich auf. Meine Knie zittern und irgendwie verwandelt sich mein Optimus gerade in bissige Übelkeit. Ich weiß, ich weiß, die Nebenwirkungen meines Plans sind nicht leicht zu verdauen, aber das Ergebnis wäre es doch wert, oder?

Oder?

Wieder klopft es an der Wohnungstür. Vorsichtig entferne ich mich ein paar Schritte von Alma. »Es funktioniert aber.«

Völlig in mich zusammengesunken sitze ich zwischen meinem Vater und Onkel Ole. Alma hockt im

Schneidersitz vor uns auf dem Teppich, das Kinn in ihre Hände gestützt.

Die Missbilligung der drei hängt in der Luft wie Sirupnebel und mein schlechtes Gewissen bringt nicht unbedingt Licht in unsere düstere Zusammenkunft. Mir klingeln noch immer die Ohren nach Almas Ausbruch eben, als sie bemerkt hat, dass ich sowohl meinen als auch ihren Vater mit meiner Bein-Ausrede hierhergelockt habe.

Das war so dumm von mir! Aber dennoch, ich bleibe dabei, es funktioniert. Da können mich meine drei Anverwandten mit noch so negativen Schwingungen teeren und federn.

Ich werde das jetzt hier ganz erwachsen aussitzen, ihnen die nötige Zeit lassen, sich wieder zu beruhigen und meinen Standpunkt zu sehen, wenigstens in der Ferne und etwas verschwommen.

»Wer möchte ein Eis?« Mit Schwung springe ich auf, ich halte dieses Schweigen nicht mehr aus!

Onkel Ole zuckt erschrocken zusammen, was selten vorkommt, da er in der Regel die Ruhe eines buddhistischen Mönches ausstrahlt. Alma verdreht die Augen, was wesentlich häufiger vorkommt, zumindest in meiner Gegenwart.

Ich quetsche mich zwischen dem Sofatisch und den mächtigen Knien meines Vaters hindurch und stapfe an Alma vorbei. »Schon klar! Uns alle stört es, dass Mama und Tante Marietta nicht mehr miteinander reden, aber etwas dagegen zu tun, das traut sich von euch keiner. Wenigstens versuche ich es! Wenn ihr dann also bitte eure ausgestreckten Zeigefinger wieder herunternehmen würdet.«

»Im Kindergarten gibt es heute Milchreis«, brummt mein Vater.

»Wie bitte?« Er ist grummelig, weil ich ihn von in Milch gekochtem Reis weggelockt habe?

Ächzend ruckelt er auf dem Sofa hin und her und räuspert sich. »Ich meine natürlich, wir wollen alle, dass die beiden sich wieder versöhnen, aber deine Herangehensweise ist falsch, meine liebe Tochter.«

»Dann mach doch mal einen Gegenvorschlag.«

»Ich denke auch, mit Tricks kommen wir nicht weiter.« Onkel Ole schlägt distinguiert ein Bein über das andere und faltet die Hände über dem Knie. »Wir müssen sie zusammenbringen, damit sie sich endlich aussprechen.«

Ich wische Onkel Oles Einwand mit einer Handbewegung weg. »Als hätten wir das nicht schon versucht. Und was war das Ergebnis? Sobald eine den Raum betritt, verlässt die andere diesen. Zwar höflich und mit einer brillanten Ausrede, aber das Ergebnis bleibt das gleiche.«

»Dann versuchen wir es halt noch einmal. Und wenn es nicht funktioniert, dann wieder und wieder. Schließlich haben wir die gleichen Gene, und wenn die beiden stur, sturer, am stursten sein können, können wir das schon lange.« Alma sieht mich an.

Mein Papa linst verstohlen auf seine Armbanduhr.

»Sag bloß, der Milchreis wird kalt.«

»Glaube nur nicht, dass ich nur zum Vergnügen im Kindergarten bin. Es gibt viel zu tun.« Mit knacksenden Knien erhebt sich mein Vater. »Und dir geht es offensichtlich blendend.«

Mein Vater schaut an meinem bandagierten Bein herab bis zu meinem Fuß. Die drei machen mich aber auch wahnsinnig. Immer diese Vernunft! Vernunft hat noch nie etwas Kreatives geschaffen, wie zum Beispiel ein *American-Cheesecake-Eis* oder eine *Snow Cream* – was natürlich nur im Winter geht!

Mein Vater nimmt zart meine Finger, an denen ich gerade herumknibbele, in seine Riesenpranken. »Nun sieh nicht so trüb in die Welt, da schmilzt mein Vaterherz dahin, und das brauche ich schließlich noch eine ganze Weile. Wer weiß schon, welche Geschichten du dir als Nächstes ausdenkst.«

Ich weiß, er erwartet jetzt ein Lächeln von mir, aber irgendwie erwischt er gerade einen ganz falschen Punkt in mir. Ich weiß nicht einmal selbst, wo der sich versteckt. Deshalb ziehe ich meine Finger aus seinen Händen und verschränke die Arme vor der Brust.

»Ach Sonnchen.« Ohne auf meine abwehrende Haltung zu achten, zieht mich mein Vater in eine Bärenumarmung. »Was hältst du davon, wenn du heute Abend einen der Lieblingsfilme deiner Mutter mit ihr bei eurem Videoabend guckst? Und dann lenkst du das Gespräch in deiner unnachahmlichen Art auf ihr Problemchen mit Tante Marietta. Und ich mache das heute Abend genauso, nachdem ich ihr ein Gläschen ihres geliebten *Teso la Monja* serviert habe.«

»Und was soll das bringen, außer Entschuldigungen, das Zimmer zu verlassen?«, brummele ich in die Falten seines groben Holzfällerhemdes.

»Wie Alma schon gesagt hat, es wird sich noch zeigen, wer in unserer Familie der Sturste ist. Wir werden das Thema ab sofort immer wieder anschneiden, bis deine Mutter wie trockener Mürbeteig zu bröckeln beginnt. Und Ole und Alma machen das Gleiche bei Marietta.«

Zappelnd befreie ich mich aus der Umarmung meines Vaters und verziehe mein Gesicht, während ich zu ihm hochsehe. »Das funktioniert nicht.«

»Woher willst du das wissen?« Onkel Ole steht nun ebenfalls auf und stellt sich zu uns. »Bisher haben wir uns höflich zurückgehalten, vielleicht ist es wirklich an der Zeit, die beiden offener zu drängen.«

Meine Augenbrauen wandern gefühlt bis zu meinem Haaransatz. »Du willst Tante Marietta zu etwas drängen?«

»Das ist der Haken an der ganzen Sache. Aber es hat noch niemand einen Haken an einem einzigen Tag geradegebogen.«

Alma prustet hinter mir. »Wo hast du denn den Spruch her?«

Onkel Ole grinst breit. »Den habe ich mir gerade ausgedacht. Und den finde ich so richtig gut. Also, ihr Lieben, ab sofort startet das Projekt *Haken geradebiegen*. Jeder von uns biegt ein wenig hier und ein wenig dort. Es wäre doch gelacht, wenn Marietta und Marie ihre sechzigsten Geburtstage nicht gemeinsam feiern!«

»Hi Mama!« Mit einem extra breiten Lächeln im Gesicht halte ich die Blu-Ray hoch, die meiner Meinung nach meiner Mutter das allergrößte Sehvergnügen bieten wird.

Doch das Begrüßungslächeln meiner Mutter verrutscht, als sie von mir – ihrer strahlenden Tochter – nach rechts zu meiner Hand mit der Blu-Ray sieht, von der aus sie ein nicht minder strahlender Christoph Kramer anlächelt.

»Oh! Nett.«

Nett? Oh? Nett?

Ich versuche, die kümmerlichen Buchstaben dieser beiden nichtssagenden Wörter in einer anderen Kombination zusammenzusetzen, zum Beispiel in *großartig* oder in *wie wundervoll* oder am allerbesten in: *Sunny, du bist grandios, warte kurz, ich hole schnell Marietta dazu und dann machen wir es uns gemütlich. Kind, was möchtest du trinken?*

Aber nein, so sehr ich *oh* und *nett* auch schüttele, es bleibt bei: Oh! Nett!

»Seit wann hast du etwas gegen Christoph Kramer? Ich dachte, er wäre deine vierte Liebe nach Papa und mir selbstverständlich. Und Marietta.« Ich schiebe mich an meiner Mutter vorbei in die Wohnung meiner Eltern, als hätte ich den letzten Satz eben nicht gesagt. »Wie gut es hier wieder duftet. Aprikosen-Chutney? Ich liebe dein Aprikosen-Chutney.«

Die Wohnungstür hinter mir knallt doller zu, als sie müsste, zumindest habe ich den Eindruck. Gut. Projekt *Haken geradebiegen* hat begonnen, meine Mutter wird der mürbste aller Mürbeteige sein, wenn wir mit ihr fertig sind.

Meine Mutter scheucht mich an der Küche vorbei ins Wohnzimmer. »Das Chutney ist leider nicht für dich.«

Prompt bleibe ich stehen und drehe mich zu ihr um. Sie lächelt ahornsirupsüß, doch ihre blauen Augen funkeln mich an, wie damals, als sie mich dabei erwischt hat, wie ich aus meinem Zimmerfenster klettern wollte, um mein Erwachsensein auf einer Party zu feiern, für die ich ungefähr fünf Jahre zu jung war.

Ich verstehe, meine Mutter wetzt die Messer. Wie subtil von ihr, aber das kann ich auch. »Warum sprichst du nicht mehr mit Tante Marietta?«

Oh! Nun gut, subtil ist eine Eigenschaft, die man großzügig auslegen kann. Ich meine, ich hätte auch gleich mit meiner Tante im Schlepptau bei meiner Mutter auftauchen können. Und wenn ich dazu dann auch noch den Wohnungsschlüssel benutzt hätte, anstatt zu klingeln ... nein, also das wäre dann definitiv nicht mehr subtil gewesen.

»Du entschuldigst mich bitte, mein Schatz! Ich brauche noch eine Schote *Bird's Eye* Chili für mein Chutney, denn wenn du mein Aprikosen-Chutney schon so liebst, sollst du es selbstverständlich auch bekommen.« Meine Mutter fügt ihrem ahornsüßen Lächeln noch zwei Prisen Stevia hinzu – was recht ekelig ist –, dreht sich um, nimmt ihre kanariengelbe Handtasche vom Haken neben der Tür und verlässt die

Wohnung. Erneut rumst die Tür viel zu doll für ihre Statur ins Schloss.

»Ich vertrage *Bird's Eye* Chili!«, rufe ich meiner Mutter durch die geschlossene Wohnungstür hinterher.

Es muss ja nicht gleich eine ganze Schote sein, ein Ring genügt auch, mit Sicherheit auch ein einzelner Kern. Na gut, eine homöopathische Dosis einer Zelle eines *Bird's Eye* Chilis würde mir in dem köstlichen Aprikosen-Chutney schon zu schaffen machen.

So viel zum Thema drängen. Obwohl, eigentlich habe ich meine Mutter sehr erfolgreich gedrängt. Zwar nicht in die Richtung, in die ich sie drängen wollte, und leider auch gleich aus der Wohnung hinaus, aber das Prinzip hat gezeigt, dass Onkel Oles These nach hinten losgeht. Quasi der Haken in die andere Richtung gebogen wird.

Großartig! Meine Mutter hat bei dem Thema Tante Marietta dieses Mal nicht nur das Zimmer verlassen, sondern gleich die Wohnung. Mit hoher Wahrscheinlichkeit auch das Haus, vielleicht sogar das Viertel.

Ich komme mir vor wie ein vergessener Regenschirm in einem leeren Bus, wie ich hier im leeren Wohnzimmer meiner Eltern herumstehe. Ich stupse Christoph Kramers Nase auf der Blu-Ray-Hülle an. »Und du hast mir so ziemlich gar nicht geholfen!«

Schnurrend schleicht Kalamata ins Wohnzimmer, schnuppert kurz an meinen Beinen und lässt sich dann mit der vollen Wucht seines Riesenkatzenkörpers auf meine Füße fallen. Na prima! Wenn dieser knickohrige Kater erst einmal auf etwas liegt, verteidigt er es mit sämtlichen Krallen. Da ich beim Hereinkommen meine Ballerinas im Flur abgestreift habe, betrifft es in diesem prekären Fall meine nackten Füße.

Wie bekomme ich die nur frei, damit ich die Wohnung verlassen kann?

Plötzlich drängt sich meine Frage von vorhin in den Vordergrund, und zwar so glasklar, als wäre mein Kopf durchsichtig: Und was soll das bringen, außer ihren Entschuldigungen, das Zimmer zu verlassen?

Die Antwort darauf ist doch so genial wie simpel: Sie dürfen den Raum einfach nicht verlassen. Und da ich nicht gewillt bin, meine Mutter und Tante Marietta zu fesseln und zu knebeln – und ich vermute auch einer meiner Anverwandten nicht –, muss dies ein Profi übernehmen.

Nicht mit echten Fesseln natürlich, also zumindest nicht so direkt.

Ohne auf das protestierende Fauchen zu meinen Füßen zu achten, sprinte ich los, um das Projekt *Haken geradebiegen* in das Projekt *Ausgangssperre* umzumodeln.

Meine hervorragende Idee kostet mich nur drei Kratzer. Und vier Schrammen.

Kapitel 11

D wie Dennoch

Dattel-Eis

Gelbe Bahri-Datteln, knusprig und süß, ein aromatisches Gedicht aus Karamell und braunem Zucker, verwandelt sich zusammen mit rahmigem Schlagobers in ein hellgoldenes Eis, welches die Zunge für tausendundeine Nacht glücklich macht.

Gibt es etwas Magischeres als den Augenblick, in dem sich zum ersten Mal cremige Sahne aus delikater Alpenmilch mit feinstem Puderzucker zu einer Melange vereint, zart schmelzend, samtig die Zunge streichelnd?

Mit einem Edelstahlschaber verrühre ich zügig auf der gekühlten, schwarzen Granitplatte vor mir die duftende, weiße Masse und streue zartrosa Himbeerstreusel darüber. Die süße, flüssige Sahne gefriert sofort und ich streiche sie wie bei einem Crêpe auf der Platte aus. Vorsichtig setze ich den Schaber am Rand der hauchdünnen Eisplatte an und schiebe das Sahneeis mit Himbeerstreuseln zu einer Rolle zusammen, die ich mit einer Zange in eine becherförmige Eiswaffel stelle.

Fünf sahnige Röllchen zaubere ich so aus dem Eis und drapiere sie in der knusprigen Waffel. Viel Dekoration benötigt das eisige Kunstwerk nicht mehr und so streue ich lediglich ein paar sonnengelbe Zitronenstreusel darüber, die einen wunderbaren Kontrast zu der Süße der Sahne und der Himbeerstreusel bilden.

Den Sommerduft der Leckerei in der Nase stelle ich die fertige Eiswaffel zu ihren wartenden Geschwistern auf den gekühlten Eiswagen neben mir. Ich weiß genau, dass es fünfzehn Exemplare sind, doch sicherheitshalber zähle ich ein weiteres Mal nach.

Ob ich noch eine zusätzliche Waffel machen sollte? Nur so? Für den Fall der Fälle?

Da mir das Zubereiten der wundervollen Ice Cream Rolls mindestens so viel Vergnügen bereitet wie das Genießen derselbigen, bereite ich vor mich hin summend zwei weitere Portionen zu.

Man weiß nie so recht, wen es nicht vielleicht doch noch nach einem Eis gelüstet.

Da Eisrollen eine delikate und somit schnell schmelzende Angelegenheit sind, reinige ich mit Lichtgeschwindigkeit die Granitplatte und schmeiße alle anderen Utensilien in den Geschirrspüler, der nach einem Knopfdruck summend seine Arbeit aufnimmt.

Behutsam schiebe ich den Eiswagen mit den Köstlichkeiten aus dem Eislabor und durch die Eisdiele nach draußen.

Die ersten Gäste haben sich bereits zu einem eisigen Mittagessen eingefunden und genießen die wärmende Frühlingssonne.

Alma serviert einem fidelen Damenträppchen eben eine *Eiskönigin*, zwei *Schneeweißchen* und ein *Tutti Frutti*.

Lächelnd schwebt sie auf mich zu.

»Was hast du denn heute gefrühstückt?« Ich sehe mir meine Cousine genauer an. »Du siehst aus, als hättest du drei Wochen Wellness hinter dir!«

Das Leuchten auf Almas Gesicht verstärkt sich noch, was nicht so ganz zu ihrer abwinkenden Geste passt. »Ach, ich habe nur gut geschlafen. Und bei dir? Alle Eis-Röllchen einzeln liebkost und gestreichelt? Die Kinder warten nämlich schon am Brunnen, ich wollte dir gerade Bescheid sagen.«

In der Tat rasen zwölf Erstklässler um den alten Eichenbrunnen herum, nur hin und wieder aufgehalten von einer gestrengen Lehrerin mit Dutt und einem Lehrer, der eher so aussieht, als würde er gern mittoben.

»Dann mal los. Und du trink nicht so viel von dem Was-auch-immer, sonst verfalle ich neben deinem strahlenden Wesen noch in eine Quarter-Life-Crisis.« Nach einem letzten prüfenden Blick auf die selig lächelnde Alma schiebe ich den Eiswagen so sanft wie möglich über den holperigen Vierwaldplatz, der dank seiner wahrscheinlich schon von den Römern gesetzten Pflastersteine eine Herausforderung für den Transport jeglicher Eisspeise darstellt.

Neben dem *Schneeflöckchen* werkelt Jan vor dem *Veloziped* an einem Monster von Fahrrad herum. Er friemelt so konzentriert an der Kette, dass er nicht einmal aufsieht, als ich an ihm vorüberrumpele.

Tom ist noch immer nicht zurück von seiner Mallorca-Tour. Wie lang aber auch eine einzelne Woche sein kann!

»Welchen Grund hast du denn, so tief zu seufzen? Jetzt, wo du doch verlobt bist und so.«

Als ich mich umdrehe, grinst mich Jan breit an. Ach, mein Seufzen hat er gehört, aber das Rumpeln des Eiswagens nicht? Dabei habe ich nicht einmal selbst mitbekommen, dass ich geseufzt habe.

Nicht rot werden, flehe ich meine Wangen an. »Ich seufze immer, wenn ich über ein neues Eisrezept nachdenke.« Würdevoll nicke ich und gehe weiter.

»Seit wann?«, ruft er mir hinterher.

Geh einfach weiter, Sunny, einfach weitergehen. Doch da sehe ich mir schon selbst zu, wie ich mich umdrehe. »Seit heute.« Fehlt nur noch, dass ich Jan die Zunge herausstrecke.

Den Rest des Weges lege ich mit erhobenem Kopf zurück, bin ich mir doch sicher, dass mir Jan hinterher grinst und nur darauf wartet, dass ich mich zu seiner Erheiterung erneut zu ihm umdrehe.

»Frau Spatz, wie schön, dass wir heute bei Ihnen zu Gast sein dürfen. Wir haben telefoniert, Mayer-Winkelhagen mein Name. Mich begleitet heute unser Referendar Bertold Brag.« Die Lehrerin mit dem riesigen schwarzen Dutt, der wie betoniert auf ihrem Kopf thront, schreitet mit ausgestreckten Armen auf mich zu, in ihrem Schatten der junge Fast-Lehrer. »Unsere Exkursion in Ihr wunderschönes Vierwaldviertel war eine Sensation. Welch interessanten Geschichten Ihre Gebäude hier doch zu bieten haben. Meine Schüler und Schülerinnen werden noch lange an diesen anregenden Wandertag denken.«

Oh! Da bin ich sicher, doch wenn ich mir die muntere Rasselbande ansehe, die sich jetzt mit begehrlichen Blicken um meinen Eiswagen drängelt, wird sie eher mein Eis in Erinnerung behalten als die architektonischen Details der alten Häuser unseres Viertels, samt der dazugehörigen illustren Bewohner.

»Es freut mich sehr, dass Sie mit Ihrer Klasse den Weg zu uns gefunden haben. Und ich würde vorschlagen, dass wir auch gleich das Eis an die Kinder verteilen, und während sie es genießen, erzähle ich die Legende vom Vierwaldplatz-Brunnen.«

Erschrocken zucke ich zusammen, als Frau Mayer-Winkelhagen in die Hände klatscht. Damit bin ich nicht die Einzige, denn alle um mich herum bleiben stehen. Als hätte ich sie auf meiner Eisplatte schockgefroren. »Kinder, stellt euch bitte in einer Reihe auf, nehmt euer Eis entgegen und setzt euch auf die Stufen vor dem Brunnen.«

Kaum hat die Lehrerin den Punkt am Ende ihres Satzes erreicht, stehen zwölf ruhige Kinder in einer Schlange vor mir, am Ende befindet sich Bertold Brag. Wow! Das nenne ich mal Autorität. Und die kleinen Menschen sehen dabei ziemlich zufrieden aus.

Ein Kind nach dem anderen nimmt strahlend seine Portion Eisrollen entgegen, und nach vielen Ahs und Ohs sitzen wir gemeinsam auf den Stufen am Fuß des Eichen-Brunnens.

Nach einer ersten Kostprobe sehe ich die Kinder an. »Ihr habt heute schon eine Menge Geschichten gehört, vermute ich. Ihr wart im Haus des tapferen Försters, in der alten Stadtbibliothek und in unserem schönen Standesamt, richtig?«

Hier und da erhalte ich ein Etwas, was ich als Nicken deuten könnte. Nur Frau Mayer-Winkelhagen hebt und senkt ihren Kopf in aller Deutlichkeit. Sie scheint eine Menge Spaß an den einzelnen Stationen gehabt zu haben.

»Dann seid ihr bestens vorbereitet für die einzig wahre Geschichte unseres Vierwaldviertels. Denn hier, genau wo wir jetzt so bequem in der warmen Frühlingssonne sitzen, fing alles an.«

Frau Mayer-Winkelhagens Eislöffel schwebt auf halbem Weg zu ihrem Mund in der Luft, wohingegen Bertold Brag seine Löffelgeschwindigkeit locker vervierfacht, während mich beide anstarren.

Die Aufmerksamkeit der Kinder schwankt zwischen dem süßen Eis und mir.

»Es war einmal zu einer Zeit, als es die Zeit noch gar nicht gab, da lebte hier ein tapferer Förster. Umgeben von Hunderten, Tausenden, Millionen von Bäumen wandelte er des Tags durch die Wälder und kümmerte sich um die Bäume, die zur damaligen Zeit noch mit uns Menschen wispern konnten, so denn wir sie verstanden. Unser Förster konnte es und war stets zur Stelle, wenn ein Baum Hilfe benötigte, sei es, dass er krank war oder seine Baumkinder gebar. Oder einfach nur dem Förster sein ganz besonderes Blätterrauschen hören lassen wollte.

Des Nachts aber verwandelte sich der Förster selbst in einen Baum. Eine mächtige Eiche mit Zweigen so zahlreich, dass keiner sie zählen konnte. Denn ein Fluch lag auf dem jungen Mann.«

»Oh nein!«, wispert ein bezopftes Mädchen vor mir.

»Oh leider doch. Der Fluch kam eines Nachts über ihn, nachdem er einen Baum gerettet hatte, den die alte Waldhexe für einen ihrer giftigen Tränke zerhacken wollte.«

»Es gibt gar keine Hexen.« Ein Junge mit Spitznase beißt krachend in seine Eiswaffel und sieht mich mit gekräuselter Stirn an.

Seine Nachbarin bohrt ihm den Ellenbogen in die Seite. »Aber mit Bäumen reden, oder was?«

Vehement schüttele ich den Kopf, sodass sich der Haargummi an meinem Zöpfchen lockert. »Es gibt so ziemlich alles und viel mehr.«

»Und wurde der Förster dann zu dem Springbrunnen-Baum?« Ein Mädchen mit imposanter Zahnlücke lehnt sich zu mir vor.

»Das wäre ja furchtbar, wenn wir hier zu Füßen des armen Försters säßen, oder?«

Vereintes Nicken bestätigt meine Abneigung.

»So ergab sich der Förster erst einmal in sein Schicksal, denn er wusste nicht, wie der Fluch zu lösen war.

Eines Abends, kurz nach der Verwandlung, zog ein Unwetter über der Förster-Eiche auf. Es stürmte, dass sich die Äste bogen, und Regen fiel vom Himmel, dass man die Hand nicht mehr vor Augen sah. Die Kälte ließ die Blätter erzittern, und stoisch versuchte der Förster in seiner Baumgestalt, dem Sturm zu trotzen.

Da erschien ihm zu Füßen eine verzweifelte junge Frau, vom Wind zerzaust, vom Regen durchnässt, am Ende ihrer Kräfte.

Mit einem seiner starken Eichenarme nahm der Förster sie auf und zärtlich in seinen Schutz. Er umwickelte sie mit all den Ästen und Blättern, die der Sturm noch nicht abgerissen hatte, und murmelte ihr beruhigende Worte zu.

Sie verstand und ließ sich helfen und fiel bald in einen tiefen, erschöpften Schlaf.«

Bertold Brag sieht mich verträumt an und ich rücke ein Stück von ihm ab. Nein, seiner Rettung möchte ich nun wirklich nicht bedürfen.

»Am Morgen zog das Unwetter ab, und mit den ersten Sonnenstrahlen verwandelte sich die Eiche zurück in den Förster. Noch immer schlief die junge Frau, und der Förster blieb trotz der eisigen Kälte mit ihr sitzen und wärmte sie.

Alsbald schlug sie die Augen auf, sah in die des Försters, und es war Liebe zwischen den beiden.

Und nur die echte, die wahre Liebe vermag, was dann geschah. Der Boden unter dem Paar wankte und hob und senkte sich. Schnell trat es ein paar Schritte beiseite. Und dort, wo der Förster die junge Frau gerettet hatte und die Liebe fand, wuchs eine Eiche aus dem moosigen Boden und wurde stark und schön und mächtig.

Seitdem musste sich der Förster des Nachts nicht mehr in eine Eiche verwandeln und er lebte glücklich und zufrieden mit seiner Liebsten, denn keine Hexe auf der Welt vermag einen Fluch gegen die Liebe aufrechtzuerhalten.

Und wenn ihr das nächste Mal im Wald spazieren geht, dann hört ganz genau hin, denn auch heute noch können wir die Bäume wispern hören.«

»Wat für ne rührende Geschichte, liebes Fräulein Spatz. Halten Sie mal wieder lieber Märchenstunde für ahnungslose Kinder ab anstatt zu arbeiten? Na ja, wat solls. So'n bisschen Eispampe zusammenrühren kann ja jeder.«

Wut krallt sich in meinem Magen fest, als ich aufsehe. Doch ich lächele, denn ich weiß, dass ich keine Eispampe zusammenrühre. Ich nicht, aber er. »Herr Ludewig, wie nett, dass Sie extra aus Ihrem Allerheiligsten herauskommen, um sich eine köstliche Eisrolle bei mir abzuholen. Wie vorausschauend von mir, dass ich vorhin eine Eisköstlichkeit mehr zubereitet habe. Nur für Sie.« Mit einem Lächeln stehe ich auf und gehe zum Eiswagen. Unter der Kühlhaube sehen die beiden überzähligen Eiswaffeln noch genauso lecker aus wie vorhin. Sehr schön.

Mit einer angedeuteten Verbeugung reiche ich Fritz Ludewig eine Waffel mit den sahnig duftenden Eisrollen. »Lassen Sie es sich schmecken, auch wenn es dieses Mal kein Vanilleeis ist.«

Für eine Sekunde sieht es so aus, als würde der Starkoch die Eiswaffel verweigern, doch er kann es nicht. Dazu ist der Sog, meine Köstlichkeit zu probieren, viel zu groß.

»Was für ein Schnickschnack«, brummelt er und schiebt sich schon den ersten Löffel Eisglück in den Mund. »Nichts, was eine gute Kugel Eis nicht könnte!«

Dabei schließen sich kurz seine Augen, ein Reflex auf mein Eis, wie ich es oft beobachte, und auch ein Superstarkoch Fritz Ludewig kann ihn nicht verhindern. Was für ein triumphaler Volltreffer. Das Vanilleeis-

Wettessen habe ich gewonnen! Und dann würde dieses ganze entwürdigende Hin und Her um mein Eis endlich ein Ende haben.

Die Kinder um uns herum beginnen nach der erfolgreichen Eisspeisung inklusive Märchenstunde wieder um den Brunnen zu toben, und dieses Mal tobt Bertold Brag ungeniert mit.

Vielleicht habe ich doch zu viel Zucker in die Sahne für die Eisrollen getan?

Frau Mayer-Winkelhagen schlägt die Hände vor der berüschten Brust zusammen. »Welch wundervolle Legende Sie doch für diesen herrlichen Brunnen Ihr Eigen nennen. Wenn ich mir vorstelle, wie diese arme junge Frau durch den Sturm irrte und der Förster ausharrte, um sie zu schützen.«

»Ach, war es dieses Mal der Förster und seine Braut?« Der Koch verneigt sich vor der Lehrerin. »Gestatten, Fritz Ludewig senior, Maître de Cuisine im *Le Meilleur*. Lassen Sie sich von dem Fräulein Spatz nich zu viele Bären uffbinden, Verehrteste. Heute isses der Förster und morgen der Baumprinz. Wenn dit Eis von ihr mal lieber so blühend wäre wie ihre Fantasie, dann hätten wa alle jut dran zu tragen. Aber icke kieke gleich ma, ob ick da nich och noch so'n Märchenbuch im Keller zu stehn hab.«

Frau Mayer-Winkelhagen zieht ihre Augenbrauen in dem Maße in die Höhe, wie Fritz Ludewig unter ihrem Blick schrumpft. »Das Eis von Frau Spatz ist vorzüglich, genauso wie die geschichtlichen Interpretationen Ihres Viertels, Herr Ludewig! Und im Übrigen sollte Sie sich schleunigst den grausigen Berliner Infinitiv abgewöhnen, denn den gibt es gar nicht.« Damit wendet sie sich um, klatscht wieder ihr unvergleichliches Klatschen, und kurz darauf stehen zwölf Schüler und ein Referendar in Reih und Glied.

»Bitte sagt Danke zu der reizenden Frau Spatz und verabschiedet euch«, fordert Frau Mayer-Winkelhagen ihre Schüler auf, die auch prompt ein mehrstimmiges *Vielen Dank Frau Spatz und Auf Wiedersehen* ertönen lassen. Ein wenig erinnert es mich an zähen Kaugummi.

»Vielen Dank, dass ihr hier wart. Ich wünsche euch noch einen schönen Heimweg. Und wenn ihr mal wieder Lust auf ein leckeres Eis und Himbeerstreusel habt, dann kommt mich gern besuchen.«

»Und gleich wieder mit der Werbekeule um die Ecke kommen, nich wahr, Fräulein Spatz? Dat sind doch bloß unschuldige kleene Kinder!«

»Und wertvolle Gäste von mir, die im Übrigen jederzeit bei mir willkommen sind, auch wenn sie nur eine Geschichte hören möchten und kein Eis bestellen. Was in Ihrem Restaurant ein Ding der Unmöglichkeit wäre.«

»Wäre och schön doof, wenn jemand ins Restaurant geht und nüscht zu essen will.« Fritz Ludewig verdreht seine Kugelaugen.

»Manchmal besucht man aber einen Ort, weil man sich dort schlicht wohlfühlt und nicht, weil es zum Abhaken eines Gourmetführers gehört.«

Fritz Ludewig zieht die Schultern hoch. »Tja, wat muss, dit muss. Und icke muss dann och wieder.«

Ich wette, was der sehr verehrte Spitzenkoch muss, ist, meine Ice Cream Rolls zu analysieren. Ganz zufällig befindet sich noch ein delikates Röllchen in seiner Waffel und es schmilzt zusehends. Ich zeige darauf. »In der Tat, Sie sollten sich beeilen, ehe mein Kunstwerk ganz geschmolzen ist. Aber das wäre auch nicht so schlimm, denn selbst mein geschmolzenes Eis schmeckt besser als Ihr frisches.«

Fritz Ludewig greift schnaubend an mir vorbei nach der letzten Waffel mit Eisrollen und drückt sie besitzergreifend an sich.

Da ich keinerlei Verlangen danach habe, unsere verbale Dissonanz weiterzuführen, drehe ich mich flugs um, schnappe mir den Eiswagen und eile so schnell es der gepflasterte Boden zulässt zurück zum *Schneeflöckchen.*

»Na, hat es dem alten Ludewig geschmeckt?« Alma lehnt am Türrahmen, die Arme vor der Brust verschränkt und sichtlich darum bemüht, nicht laut loszulachen. Sie bebt regelrecht vor unterdrücktem Kichern.

Zärtlich tätschele ich den Eiswagen. »An meinen Ice Cream Rolls wird er sich die polierten Zähne ausbeißen.«

»Ich wette mit dir, in spätestens einer Stunde kommt drüben im *Le Meilleur* eine Eillieferung mit einer Granitplatte an.«

»Ich wette dagegen. Es wird eine Marmorplatte werden.«

Nun lässt Alma ihre Beherrschung doch fallen und prustet fröhlich los, und auch mein Ärger über den alten Zausel entlädt sich in einem Lachanfall.

Glücklicherweise sitzen unsere Gäste heute alle draußen, und so können Alma und ich bequem quer über den Vierwaldplatz den Seiteneingang des *Le Meilleur* beobachten.

Wie wir es vorausgesagt haben, hält dort um kurz vor drei Uhr am Nachmittag ein Lieferwagen.

Hektisch winke ich Alma zu mir heran, denn ich stehe hinter einem zusammengeklappten Sonnenschirm, was mich per se nicht unbedingt unsichtbar macht, aber doch weniger direkt sichtbar. Nicht, dass der alte Ludewig noch auf die Idee kommt, ich würde mich für seine Lieferungen interessieren. Niemals.

Locker legt Alma einen Arm um meine Taille, und gemeinsam beobachten wir den dynamischen Fahrer des Lieferwagens, wie er behände aus der Fahrerkabine springt.

Wie es aussieht, wird er sehnsüchtig erwartet, denn er muss gar nicht erst klingeln. Die Tür wird geöffnet und ein blonder Mann kommt aus dem Restaurant.

»Hat der alte Ludewig einen neuen Servicemitarbeiter?«

Doch Alma hört meine Frage nicht, etwas zu doll rammt sie mir ihren Ellenbogen in die Rippen. »Da, wir haben mal wieder recht gehabt, das große Paket kann nur eine Eisplatte sein!«

»Recht schwer scheint es zu sein.« Ich nicke, ohne meinen Blick von der Szene gegenüber abzuwenden. Da sieht der blonde Mann auf und winkt zu uns herüber.

Peinlich berührt fällt mir nichts weiter ein, als zurückzuwinken, während all mein Blut sich ein Stelldichein in meinen Wangen gibt. Mit Sicherheit leuchte ich bis zum Mond hinauf. Und wieder zurück.

Alma begegnet dieser Peinlichkeit würdevoller. Sie dreht sich einfach um und geht schnurstracks ins *Schneeflöckchen*. Dort schließt sie sogar noch die Tür hinter sich.

»Wir möchten bitte bezahlen.« Verdattert sehe ich an mir herunter. Ein Junge mit Strubbelhaaren zupft an meiner Schürze und sieht mich mit großen Augen an, während er sein Näschen kräuselt. »Hast du Aua im Gesicht?«

Mit den Händen befühle ich meine Wangen, die tropische Temperaturen angenommen haben. »Hast du schon einmal heimlich pupsen wollen und alle haben es gehört?«

Der Junge nickt ernst.

»Ungefähr so ein Aua habe ich gerade.«

Kapitel 12

H wie Heulen

Himbeer-Eis

Die Königin der Früchte, eingebettet in eine Melange aus cremiger Sahne, reinstem Mascarpone und sinnlicher Bourbon-Vanille, adelt einen jeden Genussmoment bis zur Vollendung.

Endlich ist er da, der Tag der Tage. Heute kommt Tom zurück von seiner Radtour. Aber nein, deswegen ist doch nicht der Tag der Tage! Das ist nur reiner Zufall. Was hat schließlich Tom mit mir zu tun? Wir sind nicht einmal richtig verlobt.

Heute findet das Projekt *Ausgangssperre* seine Vollendung, spätestens heute Abend werden sich meine Mutter und Tante Marietta glücklich versöhnt in den Armen liegen, und ich werde bescheiden danebenstehen. Vorbei die Zeiten des Umeinanderschleichens, des Ausweichens. Willkommen zurück, ihr gemeinsamen Stunden im *MaMa*, willkommen zurück, ihr wunderbaren gemeinsamen Filmabende!

Vor Vorfreude kribbeln mein Herz und mein Bauch, ich würde am liebsten nach jedem dritten Schritt einen Hüpfer dazwischenschieben. Doch die Menschenmenge um mich herum scheint nicht bereit, solch ein ausgelassenes Verhalten zu dulden. Mit miesepetrigen Gesichtern unter den Kapuzen wird gedrängelt und geschubst, es wird um Meter in Sekunden gekämpft, jeder ist sich selbst der Nächste.

Na gut, es regnet fiesen, kalten Sprühregen, der aus allen Richtungen angeweht kommt und im Gesicht pikst. Dazu hat die S-Bahn einen Totalstillstand, sodass sich die Touristenmassen und die Berliner Ureinwohner den Weg vom Potsdamer Platz zum Brandenburger Tor entlang kämpfen. In beide Richtungen. Unkoordiniert. Warum auch Platz machen füreinander, wenn man ihn sich gegeneinander streitig machen kann.

Egal, ich freue mich!

Noch mehr freue ich mich, als ich endlich mein Ziel erreiche und durch eine imposante Glasdrehtür in ein hypermodernes Foyer geschoben werde. Edelstahl und Glas, wohin ich blicke, nur ein Sofa an der gegenüberliegenden Wand durchbricht das farblose Farbschema, denn es ist grasgrün und mindestens so groß wie mein Wohnzimmer.

»Herzlich willkommen bei *Together*. Susanna, nehme ich an? Darf ich Su sagen? Ich bin Alex. Sehr gut, sehr gut, dass du dich für ein Game bei uns entschieden hast, denn unsere Escape Games führen zusammen, was zusammengehört. Und deine Wahl des Games ist ganz exzellent. Deine Gäste werden begeistert sein und als ganz neue Menschen aus dem Game herausgehen. Etwas zu trinken? Grüntee mit Ingwer vielleicht? Das macht widerstandsfähig.«

Der junge Mann neben mir fühlt sich an wie ein Griff in die Steckdose. Dürr und einen Kopf größer als ich zappelt er während seines Redeschwalls neben mir von einem Bein auf das andere und reibt sich dabei so heftig die Hände, dass ich befürchte, sie gehen gleich in Flammen auf oder verschwinden einfach, weil er sie sich weggerieben hat.

Ich habe nicht alle Fragen mitbekommen und nicke sicherheitshalber einfach. Was er definitiv gesagt hat war das Wort *Game*. »Ja, ich bin hier für ein Spiel.«

»Sehr gut, sehr gut. Du wirst es lieben, das verspreche ich dir. Zu unseren Escape Games kommt ganz Deutschland, ach was sage ich, ganz Europa, sogar aus den Staaten fliegen sie ein. Im *Black Room* stecken gerade drei Australier fest. So langsam müssten wir die da vielleicht mal rausloten, die Australier sind wahrscheinlich nur ihr easy life gewohnt, sonst hätten sie doch schon längst den Code geknackt, oder? Ist doch schließlich ein simples Game. Na egal, darum kümmere ich mich später. Haben sie mehr von ihrem Game. Etwas zu trinken? Kombucha vielleicht? Das härtet ab.«

Mir fehlen die Worte, irgendwie scheint dieser Alex alle Wörter aus seiner Umgebung aufzusaugen. Ich schüttele den Kopf zum Angebot des Kombuchas und muss dabei aufpassen, dass ich nicht noch viel mehr schüttele. Lieber bleibe ich weich, als das Zeug runterzuwürgen.

»Ja, es ist nicht zu fassen, dass die Australier so lange brauchen für das Game. Sind wahrscheinlich viel zu gechillte Typen da drinnen. Ich meine, wenn man da den ganzen Tag nur in der Sonne liegt und im Meer rumsurft, haut einen ein ordentliches Game schon mal aus den Socken. Wobei, Australier tragen vermutlich gar keine Socken, ist bestimmt viel zu warm dort. Nicht, dass die mit ihren Schweißfüßen meinen schönen *Black Room* eindampfen. Deine Gäste tragen Socken, oder? Etwas zu trinken für dich? Vielleicht einen Rosenkohl-Smoothie. Das kräftigt.«

Die riesige Bahnhofsuhr hinter dem Strubbelkopf vor mir schiebt ihre Zeiger unbarmherzig weiter. Wenn wir nicht bald mal *das Game* anfangen, garantiere ich für nichts mehr. Nicht auszudenken, wenn sich meine Mutter und Tante Marietta bereits hier in der Halle über den Weg laufen. Die drehen sich mit der Drehtür doch glatt weiter und wieder nach draußen.

Ich räuspere mich laut und vernehmlich. »Cool. Wollen wir es dann mal starten, das Game?«

»Aber immer doch, es ist stets der richtige Zeitpunkt für ein Game.«

Sehr schön, da habe ich doch seine Sprache gesprochen.

»Hier entlang, bitte.« Mit einer angedeuteten Verbeugung weist er mir den Weg zu einer Edelstahltür links neben dem Grassofa. Projekt *Ausgangssperre* wird real.

Nach gefühlten siebzehn Stockwerken hinauf und sechzehn Stockwerken wieder hinunter befinden wir uns vor einer Tür mit dem Schild *Bakery*. Mittels eines Kartenschlüssels öffnet Alex die Tür und lässt mich hindurchtreten. Von dem fensterlosen Flur, der am Ende abknickt, gehen links drei Türen ab. Wir gehen den Flur entlang und wenden uns wieder nach links, wo Alex erneut eine Tür mit seinem Kartenschlüssel öffnet. Man könnte fast meinen, ich wäre in Gringotts zu Gast, so wie sich Alex anstellt.

»Willkommen in der Schaltzentrale vom Game *Bakery*. Hier drin bitte nicht mehr trinken.«

Na so ein Pech aber auch, ich habe schon befürchtet, als nächstes Spinat-Direktsaft ablehnen zu müssen.

Der fensterlose Raum wird dominiert von einer Glasscheibe, wie ich sie aus Krimis kenne. Doch dahinter stehen nicht fünf Verdächtige zur Identifikation, sondern eine perfekt ausgestattete Backstube vom Allerfeinsten. Vom orangen Smeg-Kühlschrank bis zur KitchenAid in knallpink ist alles vorhanden. Miela würde sich dort drin freiwillig einschließen lassen und erst gar nicht anfangen, nach einem Weg hinaus zu suchen.

Und genau das erhoffe ich mir auch für meine Mutter und Tante Marietta.

Alex und ich setzen uns in zwei Sessel direkt vor der Scheibe, und es fehlt eigentlich nur noch Popcorn für das ultimative Kinofeeling. Großartig, diese Versöhnung wird eine Sensation.

»Du kennst die Regeln des Games?« Alex sieht mich an und trommelt mit den Fingern auf seinen Oberschenkeln herum.

»Nur, dass wir hier das *Bakery* Game spielen und dass meine Mutter und meine Tante eine Stunde Zeit da drinnen haben, um sich zu versöhnen, äh, ich meine, um ein geheimes Rezept zu finden.«

»Sehr gut, sehr gut.« Alex greift nach einer Fernbedienung auf der Ablage vor dem Spiegelfenster und lässt eine Beamerleinwand herunterfahren. Mit einem Pointer weist er auf eine visualisierte Darstellung der Spielregeln. »Im Vorbereitungsraum zu unserer Linken, respektive der Vorratskammer eins, wird Marie, ich nenne sie mal Ma, ihre Einweisung von Vic erhalten und die ersten Rätsel lösen, um in die Backstube zu gelangen. Rechts von uns im Vorbereitungsraum, respektive der Vorratskammer zwei, wird Marietta, ich nenne sie mal Ma zwei, ihre Einweisung von Bo erhalten und die ersten Rätsel lösen, um in die Backstube zu gelangen.«

Während Alex mir von den beiden Vorbereitungsräumen erzählt, erhellen sich hinter den Fenster-Spiegel-Scheiben zu beiden Seiten von uns zwei Räume, die wie Vorratskammern aussehen. Und auch hier stimmt die Ausstattung bis ins Detail. Ich kann mich gar nicht sattsehen an den großartigen Zutaten, allein ein Vorratsglas in der Größe eines Einkaufswagens ist gefüllt mit feinsten Bourbon-Vanille-Schoten. Also wenn hier meine Mutter und Tante Marietta nicht auf der Stelle anfangen gemeinsam zu backen, dann weiß ich auch nicht. Vielleicht könnte ich mich nachher zu ihnen gesellen, wenn sie sich versöhnt haben. Das geht bestimmt total schnell, und dann können wir gemeinsam ein paar Waffeln für das *Schneeflöckchen* backen. Die Förmchen in dem roten Regal sehen perfekt dafür aus.

»Ma und Ma zwei bekommen erzählt, dass die jeweils andere den Auftrag hat, das wertvolle Rezept, welches die Welt revolutionieren wird, zu stehlen. Es muss unbedingt gerettet werden, sonst reißt das Böse mit dem Rezept die Weltherrschaft an sich.« Alex zeigt mit dem Pointer auf zwei stilistische Figuren auf der Leinwand, eine in Weiß und mit einem Lächeln und eine in Schwarz mit bösem Blick.

»Ein Rezept soll die Welt revolutionieren und vor der bösen Weltherrschaft retten?« Bitte, was soll das für ein Rezept sein? Vielleicht ein Kuchenrezept, welches dicke Frauen schlank macht und dünne dick?

Alex greift sich theatralisch ans Herz, und ich sehe mich augenblicklich nach einem Erste-Hilfe-Kasten um. »Du stellst unser Game infrage? Das ist von uns Gamern in mühevoller Kleinarbeit ausgetüftelt worden. Die Story ist perfekt! Alles kann die Weltherrschaft verhindern, wenn du es perfekt ins Game einbindest! Hast du keine Fantasie?«

Ha! Diese Frage wurde mir definitiv noch nie gestellt. Hört sich lustig an. Und fremd zugleich. Ich beiße mir kräftig auf die Unterlippe, um Alex mit meinem Heiterkeitsausbruch nicht noch weiter zu echauffieren. »Okay, also gut, es gilt, das Superrezept zu verteidigen, welches die Weltordnung sicherstellt, richtig?«

Ich glaube, der größenwahnsinnige Fritz Ludewig wäre hier auch hervorragend aufgehoben.

Alex starrt mich noch einen Moment finster an und ich nicke ihm aufmunternd zu. »Also, weiter im Game. Jetzt kommt der Höhepunkt des Games. Da beide glauben, die jeweils andere will das Rezept stehlen, ihr Auftrag aber lautet, das Rezept gemeinsam dem Präsidenten zu übergeben, haben wir es hier mit einer Menge Doppeltüftelei zu tun. Und der Clou ist: Das Rezept ist wirklich doppelt vorhanden, kann also unabhängig von Ma und Ma zwei entschlüsselt und an sich genommen werden.«

Wer war jetzt eigentlich gleich Ma und wer war Ma zwei? Aber eigentlich ist es egal, denn beide haben doch dasselbe Ziel: sich zu versöhnen. Ich bin verwirrt. »Und welches Rezept geben sie dann dem Präsidenten?«

»Sehr gut, sehr gut, deine Frage, liebe Su.« Alex klatscht begeistert in die Hände und beugt sich zu mir herüber, überaus nah zu mir herüber, und ich nehme ganz eindeutig zur Kenntnis, dass er nur drei Nasenhaare besitzt. »Es gibt noch ein drittes Rezept, welches die beiden, wenn sie klug genug sind, entschlüsseln können.«

Unter meinem rechten Auge beginnt es zu zucken und ich versuche, einen Gedanken zu unterdrücken, der sich jedoch um meine Bemühung nicht schert und an die Oberfläche schwappt. War das alles hier wirklich so eine grandiose Idee von mir? Hätte ich mich vielleicht doch lieber mit Alma abstimmen sollen? Oder wenigstens die Beschreibung des Spiels lesen? Aber das war alles so klein geschrieben und so mühselig und überhaupt.

Meine Idee ist doch eigentlich gut.

Oder?

»Es geht los.« Aufgeregt lässt Alex die Fernbedienung fallen, die unter meinen Stuhl poltert. Beim Versuch, sie aufzuheben, stoßen wir auch noch mit den Köpfen zusammen.

Das sind alles keine Omen, beruhige ich mich, das sind nur Gegebenheiten. Schlechtes Wetter gibt es alle naselang in Deutschland, auch im Frühling. Und dass die Bahn nicht fährt, heißt nicht, dass mich eine höhere Macht davon abhalten will, hier zu sein. Und diese dämlichen Spielzüge sind einfach nur dämliche Spielzüge. Bei meiner Mutter, Tante Marietta und mir geht es um viel mehr! Und alles, was ich für die Versöhnung brauche, habe ich ganz legal hier: einen Raum, in den die beiden für eine Stunde gesperrt werden, um sich auszusprechen.

Alex fährt die Beamer-Leinwand hoch und der Blick in die Backstube ist wieder frei.

In die linke Vorratskammer wird gerade meine Mutter geführt. Eine junge Frau, mindestens so dünn und hibbelig wie Alex, begleitet sie. Ob Hyperaktivität in diesem Unternehmen ein Einstellungskriterium ist?

Das Gleiche passiert rechts in der Vorratskammer mit Tante Marietta. Beide sehen gleichzeitig auf und zu den Scheiben hin.

Ich ducke mich reflexhaft. »Die Scheiben sind doch verspiegelt, oder?«

»Du hast keinerlei Game-Erfahrung, du armer Mensch.« Alex schüttelt den Kopf und knetet ansonsten weiter seine Hände.

Ich nehme das als Ja und richte mich aus meiner unbequemen Haltung auf. Ein bisschen gruselig ist es schon, wie meine Mutter und Tante Marietta in die Scheibe starren, als würden sie nicht nur durch die Spiegel hindurchsehen, sondern auch durch mich und sich geradewegs gegenseitig fixieren.

Die beiden Spielleiterinnen erklären parallel meiner Mutter und Tante Marietta die Aufgaben und mehr als einmal verdrehen sie gemeinschaftlich die Augen, ganz unverhohlen. Was ich ehrlicherweise auch nachempfinden kann. Doch sie reißen sich zusammen und lauschen geduldig. Immerhin habe ich ihnen glaubhaft versichert, dass bei diesem Spiel – Game – ein lang gehegter Kindheitstraum von mir in Erfüllung geht, und wenn ich ihn mir nicht gleich und jetzt erfülle, würde ich vor Kummer kein Eis mehr herstellen können. Und das so kurz vor dem Vanilleeis-Wettessen. Das wäre furchtbar!

So erwarten nun beide jeweils mich hinter der Tür. Aber sie werden nicht mich finden, sondern sie werden etwas viel Schöneres finden, nämlich sich gegenseitig.

Unter Schmerzen entkrampfe ich die Hände und reibe mir über die roten Stellen, die meine Fingernägel in den Handflächen hinterlassen haben.

Die beiden Spielleiterinnen verlassen nach einer Umarmung ihrer Schützlinge die Vorratskammern und Alex springt Nägel kauend auf.

Wie bei einem Tennisspiel sehe ich von rechts nach links und wieder zurück, gleichmäßig im Wechsel. Sowohl meine Mutter als auch Tante Marietta legen den Schlüssel, den sie erhalten haben, zur Seite, greifen sich aus dem obersten Regal das unscheinbarste Buch und blättern gezielt zu einer bestimmten Seite. Dort scheint etwas zu stehen, was sie dazu veranlasst, aus dem Regal mit den Kartoffeln eine bestimmte auszuwählen und diese in eine Schüssel zu legen, in die sie eine hellblaue Flüssigkeit gießen.

Während sie warten, sehen sie sich die Zutaten an, die in den Kammern verteilt sind, verfallen aber nicht in Begeisterungsstürme. Seltsam.

Nach ein paar Minuten fischen sie aus der Schale die Kartoffel und brechen sie in der Mitte auseinander. Zum Vorschein kommt ein zweiter Schlüssel, der ganz zufällig in die Tür zur Backstube passt.

»Wie kann das sein! Das waren keine fünf Minuten! Sie haben nicht einmal versucht, den falschen Fährten zu folgen!« Alex rauft sich die Haare wie Rumpelstilzchen und ich rücke einen Meter von ihm ab.

»Wir sind halt eine kluge Familie und meine Mutter und Tante kennen sich in Vorratskammern hervorragend aus.« Schließlich ist ihr *MaMa* so etwas wie eine überdimensionierte Vorratskammer für ihre Kunden.

Ich rutsche auf dem Sessel nach vorn und balle die Hände zu Fäusten. Jetzt! Jetzt beginnt die Versöhnung.

Beide Türen zur Backstube öffnen sich gleichzeitig und meine Mutter und Tante Marietta stehen sich gegenüber.

»Sunny!« Beide rufen zugleich meinen Namen, wenden sich dem Spiegel zu und starren mich in Grund und Boden.

Nun gut, damit habe ich eigentlich gerechnet, eine winzige Anfangsschwierigkeit, nichts Dramatisches.

Alex kratzt sich an der Stirn und sieht zu mir herunter. Ich zucke mit den Schultern. »Ich glaube, sie überlegen.«

Die beiden wenden sich wieder einander zu. Meine Mutter geht zum Kühlschrank und öffnet ihn. »Du gestattest, ich weiß, was ich zu tun habe.«

Tante Marietta nickt huldvoll. »Aber sicher doch. Ich ebenfalls.« Damit geht sie zum Backofen und stellt ihn an.

Schweigend arbeiten sie nebeneinander her, höflich um Rücksichtnahme bemüht, wenn sie sich in die Quere zu kommen drohen. Und sie sehen einander nicht an. Immer nur knapp aneinander vorbei.

Alex setzt sich zurück in den Sessel und rutscht mehr und mehr von diesem herunter. »Hexenwerk! Zauberei! Unser Game! Gehackt!«

Dafür stehe ich auf und lege die Hände an die Scheiben. Kommt schon, redet miteinander. Ihr wollt es doch, das weiß ich.

»Kann ich zu ihnen hinein?«, frage ich Alex, ohne ihn anzusehen.

»Sieht das aus, als wären wir hier beim Tag der offenen Tür? Selbstverständlich kannst du nicht hinein. Es heißt nicht umsonst *Escape Room*.«

»Es ist ohnehin gleich vorbei, würde ich sagen.« Vor Enttäuschung flüstere ich nur.

Meine Mutter und Tante Marietta greifen nach dem Hörer des roten Telefons, um vermutlich den Präsidenten über ihre erfolgreiche Mission zu informieren.

Jede von ihnen hält einen Zettel in der Hand, der nach einem Rezept aussieht, und zwischen ihnen liegt ein drittes Blatt Papier auf der Ablage.

Mittels der altmodischen Telefondrehscheibe wählen beide eine Nummer, und mit Eingabe der Codewörter erklingt ein Tusch, Konfetti regnet von der Decke und die Tür zum Ausgang öffnet sich.

Game Over.

Alex schält sich aus seiner Liegeposition und springt auf. »Zweiundzwanzig Minuten! Unser *Bakery* Game! Zweiundzwanzig Minuten! Daran haben wir eineinhalb Jahre getüftelt.«

Ich bin mir unsicher, ob er sich freut oder entsetzt ist, es könnte definitiv auch beides zugleich sein. Doch es ist mir völlig egal und ich gehe zur Tür, um zu meiner Mutter und Tante Marietta zu gelangen. Doch sie lässt sich nicht öffnen. »Alex! Mach auf, ich muss zu den beiden. Jetzt! Sie verlassen schon den Raum!«

Nur widerwillig reißt er sich von dem Anblick der leeren Backküche los und schlurft zu mir, klopft umständlich die siebentausend Taschen seiner Cargohose ab und findet schließlich den Kartenschlüssel, um damit die Tür zu öffnen.

Ohne weiteren Kommentar renne ich hinaus und die Flure entlang, doch von meiner Mutter oder Tante Marietta ist nichts mehr zu sehen.

Oh nein, oh nein, oh nein! Sie werden doch wohl nicht schon in der Lobby sein! Dort warten Alma, mein Vater und Onkel Ole auf uns drei, denn ich habe sie unter diversen Umständen hergelockt.

Vielleicht versöhnen sie sich ja auf dem Weg in die Lobby.

Oh bitte, bitte, bitte!

Als ich in der Lobby ankomme, klopft mein Herz so heftig, dass ich das Bedürfnis verspüre, es festzuhalten. Von dem grasgrünen Sofa springen gerade Alma, mein Vater und Onkel Ole auf, während meine Mutter und Tante Marietta schweigend an ihnen vorüber in Richtung Ausgang gehen.

»Halt!«, schreie ich quer durch die Halle.

Meine Mutter und Tante Marietta bleiben stehen, drehen sich um und sehen mich für einen Moment an. Angesichts ihrer vorwurfsvollen Blicke, die sie mir und Alma und ihren Ehemännern zuwerfen, schäme ich mich zutiefst, sie unter falschen Umständen hergelockt zu haben.

Aber mal ganz ehrlich, warum nutzen sie diese Chance denn nicht? Was bitte ist denn so schlimm, dass sie nicht einmal darüber reden wollen? Oder sich wenigstens mal anschreien könnten! Warum sind die beiden nur so unfassbar stur?

Eine nach der anderen drehen sie sich wieder um und verlassen das Gebäude hintereinander durch die Drehtür. Draußen wendet sich meine Mutter nach rechts und meine Tante nach links.

Zögernd lächele ich den Rest meiner Familie an. »Hi!«

»Was soll das?« Alma baut sich vor mir auf und wirkt durch ihren bösen Blick einen halben Meter größer als sonst.

Ich räuspere mich tapfer und sehe knapp an ihr vorbei zu Onkel Ole, der von den dreien noch am nettesten böse schaut. »Wir wollten doch Marie und Marietta versöhnen. Voilà, das habe ich getan. Also zumindest habe ich sie zum Reden zusammengebracht. Nur, dass sie halt nicht so richtig geredet haben.«

»Du sagst es, meine liebe Sunny, *wir* wollten etwas unternehmen!«, schäumt Alma und wirft die Arme in die Luft. »Du kannst doch nicht einfach so daherkommen, dir irgendwelche Hirngespinste ausdenken und davon ausgehen, dass – Hokuspokus – alles wieder gut ist in deinem Traumland!«

»Doch! Kann ich, siehst du ja!«

»Und mit welchem Ergebnis? Dass alles schlimmer ist als vorher.«

»Das stimmt nicht! Sie haben zumindest zusammengearbeitet, ohne sogleich den Raum zu verlassen. Das ist doch schon ein Riesenschritt in die richtige Richtung.« Sicherheitshalber trete ich einen ebensolchen Riesenschritt von Alma zurück, ihr bohrender Blick behagt mir so gar nicht.

»Wie Marietta und Marie gerade aussahen, bekommen wir die beiden so schnell nicht wieder irgendwohin.« Ausgerechnet Onkel Ole, die Kompromissbereitschaft in Person, untermauert Almas Anschuldigungen.

Ich sehe zu meinem Vater und ziehe dabei einen leichten Schmollmund, damit wenigstens er mich unterstützt.

»Kind, Kind, was hast du dir nur dieses Mal wieder dabei gedacht. Sag doch einfach, was du vorhast, und dann können wir das gemeinsam entscheiden.«

»Oder mir ausreden!«, blaffe ich alle drei an. »Ihr seid doch viel zu feige, etwas zu unternehmen. Lieber sitzt ihr alles aus und jammert wie blöd es ist, dass die beiden nicht mehr miteinander reden. Hach und was wohl geschehen sein muss.«

Alma verringert den Abstand zwischen uns wieder, indem sie einen Schritt auf mich zukommt. »Und du meinst, mich zu belügen, dass wir die Spezialität eines supertollen, neuen Restaurants testen sollen, ist mutig? Wobei, eigentlich hätten sämtliche meiner Alarmglocken schrillen sollen, als du mir von dem *Dings* erzählt hast!«

Mein Vater schüttelt den Kopf. »Ich sollte dir beim Tragen helfen, von dem *Dings*.«

Onkel Ole schaut mich gar nicht mehr an und wendet sich gleich an Alma und meinen Vater. »Und mich bat sie um Hilfe bei der Überraschungsparty von *Dings*.«

Tränen fluten meine Augen. Die verstehen das total falsch. »Nach der Versöhnung wollte ich doch mit euch feiern gehen. Das wäre die Überraschungsparty gewesen und zwar in dem tollen neuen Restaurant gegenüber und dort warten zwei riesige Blumensträuße und eine Torte, die ich nicht allein tragen kann! Ich habe kein bisschen gelogen!«

»Aber die Wahrheit hast du auch nicht gesagt.« Alma läuft zurück zum Sofa und greift nach ihrer Tasche und dem Regenschirm in dem Ständer daneben. Ohne ein Abschiedswort geht sie. Mein Vater klopft mir wenigstens kurz auf die Schulter, ehe auch er mich stehenlässt.

Onkel Ole zuckt verlegen mit den Schultern. »Mach's gut, Sunny.«

Kapitel 13

I wie Irgendwie

Inga-Eis

Feinherbes Fruchtfleisch der Inga-Mimose bettet sich genussvoll in ein Sorbet aus sizilianischen Zitronen, gesprenkelt mit kandierten Ingastückchen.

In mir rangeln so heftig Wut über meine Familie und Scham, es vermasselt zu haben, dass ich mich erst einmal setzen muss. Tief sinke ich in die grünen Polster des Sofas und lehne den Kopf zurück.

Wo, an welcher Stelle, ist was schiefgegangen? Und warum? Ich habe doch eigentlich alles richtig gemacht. Eigentlich. Die Idee war gut, vereine deine Liebsten durch etwas, was sie am liebsten tun.

Nun gut, vielleicht kommt das *Game* – wie sich das schon anhört – vom Backen nicht unbedingt dem echten Backen nah. Vermutlich wird es daran gelegen haben. Die beiden sind so ein eingespieltes Team, da kann solch ein popeliges Spiel nichts ausrichten.

»Hell, man, it was so cool. You guys tricked us in your *Black Room.*«

Durch die Tür neben mir stürmt eine Horde Beachboys, die direkt aus einem Katalog für Surfbretter gepflückt wurde. Das sind dann wohl die Australier, die sich offenbar doch noch befreien konnten. Alex in ihrer Mitte wirkt wie von einem fremden Planeten gebeamt, doch sein Grinsen wickelt sich mehrfach um seinen Kopf bei all dem Schultergeklopfe.

Vielleicht war das Backspiel doch nicht die beste Wahl. Ich könnte es unter Umständen mit dem *Black Room* versuchen. Obwohl es schwierig werden könnte, meine Mutter und Tante Marietta ein zweites Mal unbedarft herzulocken. Aber darüber kann ich mir später Gedanken machen.

Ich rappele mich vom Sofa hoch und gehe zu Alex, der seinen australischen Superfans hinterherwinkt. »Alex, ich würde gern ...«

»Du würdest gern gehen. Das ist aber schade, liebe Su. Jetzt, nachdem deine Gäste unser Highlight Game demontiert und in zweiundzwanzig Minuten die moralische Überlegenheit unserer Firma zertrümmert haben, musst du leider gehen. Tschüss. Noch eine Limo? Nein? Schade. Wir sehen uns nicht.«

Ich zweifele stark an dem, was ich gerade höre, doch der von dannen stolzierende Alex unterstreicht eindrucksvoll seine Worte. Ich glaube, ich bin hier nicht mehr erwünscht.

Genauso wenig wie bei Alma, meinem Vater und Onkel Ole. Und Tante Marietta und meiner eigenen Mutter.

Zwei Tage später kommt zu dem Regen auch noch ein fieser Ostwind dazu, und tief in die Kapuze meiner Jacke eingemummelt warte ich an einer zugigen Stelle des Kurfürstendamms auf Julia. Massenhaft rauschen Autos an mir vorbei, und ich dränge mich immer weiter in den Hauseingang hinter mir, um nicht noch nasser gespritzt zu werden.

Wie gut könnte ich es jetzt im *Schneeflöckchen* haben, meine Gäste mit heißen Himbeeren auf halbgefrorenem Rahmeis verwöhnen. Dazu ein Tässchen geschmolzene Vanilleschokolade. Aber nein, ich, Miss Ich-sage-einfach-mal-zu-zu-dem-Termin-weil-es-einfacher-ist muss ja unbedingt zu dem Termin zusagen, weil es einfach einfacher ist.

Ich meine, es kann nicht schaden, mal ein paar Brautkleider anschauen zu gehen. Dagegen spricht doch nichts. Das sind doch schließlich wunderschöne Kleider, und wer schaut sich nicht gern wunderschöne Sachen an. Viele Menschen zahlen sogar Geld, um sich in Museen weltweit schöne Sachen anzuschauen. Da kann ich es mir wohl allemal gönnen, ein paar Brautkleider anzuschauen.

Es wäre auch die Gelegenheit, Julia von der Nichthochzeit zu erzählen. Ganz nebenbei, wenn sie und ich so völlig abgelenkt durch die Traumkleider die Gänge entlangschlendern und uns gegenseitig unsere Favoriten zeigen und diese vor uns halten. Vielleicht sogar zusammen in die Umkleidekabinen gehen und als Prinzessinnen wieder herausschreiten.

»Hi, Sunny.«

Mein weißer Traum platzt und ich blinzele Julia an. Der Nieselregen und der Wind sorgen kurioserweise dafür, dass ihre Lockenpracht noch mehr glänzt als sonst. Mit ihrer aufrechten Haltung, dem langen Mantel und dem wehenden Haar wirkt sie wie Wonder Woman und lässt mich auf eine Miniportion meiner selbst schrumpfen.

»Julia, hey, hallo. Gut siehst du aus. Schönes Wetter heute, nicht wahr?«

»Wenn du Temperaturen um die fünf Grad und Nieselregen bei Windstärke acht magst, dann ja.« Sie zieht aus der Manteltasche eine weiße Bommelmütze und setzt sie auf. »Wir können gern hier stehenbleiben und dein Brautkleid in der Theorie erörtern oder wir schauen uns die Prachtkleider lieber direkt im *Never Enough* an. Es ist gleich dort drüben an der Ecke.«

»Wie du möchtest. Wir können gern mal nach einem Kleid schauen, aber wie ich schon am Telefon gesagt habe, hat das eigentlich keine Priorität für mich. Es ist nur ein Kleid und ich bin eher der Jeanstyp.«

Julia zieht die Stirn kraus, nickt und geht dann auf das grandiose Eckgebäude vor uns zu. Über zwei Etagen reihen sich riesige, hell erleuchtete Schaufenster in die sandfarbene Stuckfassade ein. Elegant spannt sich vor dem Eingang ein tiefroter Baldachin über einem farblich passenden Teppich, und die doppelflügelige Eingangstür schwingt auf, als wir vor sie treten. Was dann passiert, entstammt dem Drehbuch eines Disneyfilms.

Wohltuend umfängt mich die angenehm warme Luft im Inneren des Brautmodengeschäfts und es duftet nach frischem Frühling, sonnigem Sommer und Liebe.

Und da, direkt vor mir, steht eine Puppenbraut, gekleidet in mein Brautkleid. Und rechts daneben noch eine und eine weitere gegenüber. Bisher hielt ich immer meine Eisdiele für die Nummer Eins aller Paradiese, doch dieses Etablissement kommt definitiv direkt danach.

»Frau Grafen, ich grüße Sie herzlich.« Eine kleine, rundliche Dame mit knallbunten Turnschuhen zum rosa Chanel Kostüm läuft mit ausgestreckten Armen auf uns zu. »Und Sie, meine Liebe, müssen die Braut sein. Wunderbar.«

Bussis landen auf meinen Wangen und mir werden in einem Atemzug die Jacke und der windzerfledderte Regenschirm abgenommen, ein Glas Champagner gereicht und der Weg gewiesen, durch einen mit Rosen bewachsenen Bogen, hinein in eine Wunderwelt aus Tüll, Seide und Chiffon.

Julia und ich nehmen auf einem samtenen Sofa Platz, welches so bequem ist, dass ich es nie wieder verlassen werde. Oder ich kaufe dieses Teil einfach statt meines Nichtkleides.

Wie soll ich hier bloß standhaft bleiben? Ich trage Kleider vielleicht fünfmal im Jahr und das auch meist nur, wenn wieder einmal alle Jeans in der Wäsche sind, weil ich das Wäschewaschen vergessen habe.

Aber hier ...

Nun gut, ganz viel anschauen stillt bestimmt den Appetit. Irgendwann habe ich mich sattgesehen. Und Anprobieren funktioniert sicher auch gut als Appetitstiller. Der Mensch gewöhnt sich schnell an alles. Außerdem sind die Kleider bestimmt total unbequem und stehen mir überhaupt nicht. Mit meiner hellen Haut und den hellen Haaren sehe ich in diesen Roben gewiss aus wie ein in Sahneeis gefallenes Marshmallow.

Frau von Falk kommt zu uns und mit ihr zusammen drei Mitarbeiterinnen des *Never Enough*. Eine jede trägt ein Brautkleid in den Händen.

Darf ich bitte alle drei haben?

»Diese drei Modelle hat Frau von Falk für dich als erste Wahl herausgesucht. In diese Kleider fließen deine Wünsche ein, von denen du mir erzählt hast.« Julia steht auf und nimmt eines der Kleider am Bügel in die Hand. Wolkenweißer Chiffon wirbelt auf, während das Oberteil dezent funkelt. »Aus Erfahrung wissen wir, dass die Bräute sich schnell in der Auswahl verlieren, wenn sie allein all die Modelle nach ihrem Kleid durchforsten. Hierüber tasten wir uns Stück für Stück an dein Traumkleid heran, wenn du einverstanden bist.«

Und wie ich einverstanden bin. Und außerdem hält sie mein Kleid sowieso schon in den Händen. »Ich bin nicht so der Kleidertyp, aber wenn ihr darauf besteht, schlüpfe ich mal schnell hinein.« Ich erhebe mich in gesetztem Tempo vom Sofa, meine Knie zittern. Verflixt, ich sollte wirklich nicht mitten am Tag ein Glas Alkohol in den Händen halten. Umständlich stelle ich es auf den Tisch neben mir und folge Frau von Falk, einer Mitarbeiterin und Julia zu der Umkleidekabine im Nebenraum. Die Mitarbeiterin geht mit mir und dem Kleid aller Kleider hinein. Es gibt keinen Spiegel und ich sehe sie irritiert an, doch sie lächelt nur und hilft mir dabei, mich umzuziehen.

Es raschelt verheißungsvoll, als das Kleid an mir herabfließt. Voller Ehrfurcht streiche ich über den feinen Stoff an der Hüfte und fühle mich leicht wie eine Elfe.

Sie öffnet mir die Tür und bittet mich hinaus. Nebenan warten Frau von Falk und Julia.

Frau von Falk schlägt die Hände vor der teuer verpackten Brust zusammen, als sie mich sieht. Julia hingegen lächelt und nickt sacht. »Du siehst so wunderschön aus, Sunny.«

Verlegen zuppele ich an dem herzförmigen Ausschnitt des Spitzenoberteiles herum und spüre intensiv meinen Herzschlag. Du meine Güte, wie kann ein Kleid nur solch ein Gefühlswirrwarr auslösen? Hier stehen vier erwachsene Frauen, berufstätig und selbstbewusst, und alle vier fangen vor Emotionen zu zittern an, weil ich ein weißes Kleid trage.

Dann sehe ich mich selbst in dem großen Spiegel, den Frau von Falk vor mich rollt. Das bin eindeutig ich, aber in einer Version von mir, die alle anderen überstrahlt. Wenn mich jetzt nur Tom so sehen könnte!

Leo, natürlich! Aber Tom auch.

Bei diesem Gedanken bricht der Zauber in mir, und was ich nun im Spiegel sehe, ist eine Version von mir, die ich nicht sehen will. Diese Frau im Spiegel plant eine Hochzeit, die es nicht gibt, mit einem Verlobten, den es nicht gibt, und das in einem Kleid, welches es nicht geben sollte. Ich sehe schnell weg und in die Gesichter um mich herum. Gesichter, die mich anstrahlen und in denen noch die Magie des verzauberten Augenblicks von gerade zu lesen ist. Gesichter, die zu Menschen gehören, die ich kaum kenne, die mir im Moment aber das Beste der Welt wünschen, für mich und die Liebe, die ich angeblich gefunden habe.

Und ich schäme mich, ich schäme mich in Grund und Boden.

Mit drei großen Schritten verlasse ich den Raum, gehe zurück in die Umkleidekabine, ziehe mich um und laufe mit dem Kleid zur Kasse am Eingang des *Never Enough*.

Ganz ehrlich Sunny, warum ist es nie genug?

Schwer atmend bleibe ich vor dem Brautladen unter dem Baldachin stehen. Es regnet mittlerweile so heftig, dass ich mich vor einer Wasserwand wiederfinde. Vermutlich ist dies ein Zeichen der Hochzeitsgöttin, umzudrehen und das soeben erstandene Kleid mit Anstand und Würde zurückzugeben. Was ich bestimmt auch machen werde. Nur nicht gleich jetzt.

Ich schiele zu Julia neben mir, die mich schweigend mustert.

»So schnell habe ich noch nie ein Kleid gekauft«, nuschele ich ihr zu.

Sie nickt und blickt dabei auf die überdimensionierte Tragetasche, die ich krampfhaft an den Riemen festhalte. Dieses Kleid ist dreimal so schwer wie alle mein Jeans zusammen. »Es ist schon ziemlich ungewöhnlich, dass sich die Braut ihr Kleid gleich einpacken lässt und mitnimmt. Das war in mehrfacher Hinsicht ein äußerst interessanter Brautkleidkauf.«

Nonchalant zucke ich mit den Schultern. »Ach, bei mir geht das Einkaufen immer ganz schnell, wozu lange rumprobieren. Ich habe auch noch so viele andere Sachen zu tun, du weißt schon, Eis machen und so. Na dann, man sieht sich.«

Ich drehe mich einmal um mich selbst, um den trockensten Weg durch den Regenschleier zu finden, und lande schließlich wieder vor Julia.

»Alles okay mit dir? Du wirkst so unruhig. Was hältst du davon, wenn wir noch einen Kaffee trinken? Dabei können wir uns gleich ein paar Punkte der Hochzeitsliste vornehmen.« Julias dunkle Augen mustern mein Gesicht und mir wird bewusst, wie gründlich ich die Zähne zusammenbeiße.

In dieser Sekunde fasse ich den Entschluss, ihr von der Auflösung meiner Nichtverlobung zu erzählen. Und anschließend könnte ich guten Gewissens mein Nichtbrautkleid zurückbringen. Wenn es nur nicht so schön wäre. Nun gut, das mit dem Kleid kann ich mir ja noch überlegen. »Klar, gern. Hier in der Nähe gibt es ein wunderschönes Café, das *Coffee to Stay*. Dort können wir uns in Ruhe unterhalten.« Ich will schon losstürmen, doch die Regenwand lässt mich zögern.

»Taxi?« Julia kräuselt die Nase und hält ihr Telefon hoch.

»Taxi.«

»Bitte sehr, ihr Lieben. Einen *Biedermeier* für dich, Sunny, und einen *Kapuziner* für dich. Lasst euch die Kaffees schmecken.« Behutsam stellt Claire zwei bis zum Rand gefüllte Tassen vor uns auf den Tisch. Süßherber Duft steigt zusammen mit feinem Dampf daraus empor und ich schließe seufzend die kalten Hände um meine Tasse. Hier im *Coffee to Stay* wirkt der graue Regen draußen alles andere als ungemütlich, ganz im Gegenteil fühle ich mich wohlig umhüllt.

»Mmh, wie das duftet, danke, Claire. Wie geht es Polly? Versucht dein Vogel noch immer, Tobias aus dem Nest zu schmeißen?«

Lachend streicht sich Claire ihre weiße Schürze glatt. »Polly steht in der Hackordnung weit über Tobias, meint zumindest sie. Aber ich glaube, sie liebt ihn aus vollstem Vogelherzen und ist nur zu stolz es zuzugeben.«

»Tja, es ist schon merkwürdig, wo die Liebe manchmal hinfällt, im wahrsten Sinne des Wortes.« Obwohl Julia den schneeweißen Milchschaumberg in ihrer Tasse betrachtet, fühle ich mich von ihren Worten angesprochen und bin mir ziemlich sicher, dass sie nicht Claires verrückte Gelbkopfamazone meint.

»Oh ja«, stimmt Claire Julia zu und geht zum Nachbartisch, wo sich Pfarrer Ewald und seine Waltraud um das Schälchen mit dem Würfelzucker streiten.

»Nun, das war ja mal ein denkwürdiger Brautkleidkauf.« Julia blickt auf und grinst mich schief an. »Ich war schon bei vielen Anproben dabei und was ich dabei von manchen Bräuten – und ihren Begleitungen – gesehen habe, reicht für ein ganzes Buch. Aber dein magischer Augenblick hat definitiv ein Extrakapitel verdient.«

Der Kaffeelöffel fällt mir aus den Fingern und landet klirrend auf der Untertasse. »Ach, ich habe doch nur ein Kleid gekauft, das ist doch nichts Besonderes.«

»Du hast *das* Kleid gekauft. Tom kann sich glücklich schätzen, dich zu haben. Ich glaube, er liebt dich sehr. Schon allein, wie er dich immer ansieht ...« Das Grinsen verschwindet aus Julias Gesicht, ihre Augen glänzen im Schein der Kerzen auf dem Tisch.

»Tom ist definitiv glücklich.« Mich selbst bestätigend nicke ich heftig und greife wieder nach dem Löffel auf der Untertasse. Fest umklammere ich ihn. Nicht, dass er mir wieder aus der Hand fällt. Und was Tom liebt, ist mich zu necken und spöttisch anzusehen, nur weil ich ein bisschen mehr Fantasie habe als er.

»Ich beneide dich, Sunny.«

Was? Wie bitte? Ich habe mich wohl verhört. Ich beneide Julia! Verdattert verrühre ich den schönen Milchschaum in meiner Tasse. Da geht es unter, das hübsche Kakaoherz.

Julia streicht sich eine Haarsträhne aus der Stirn und stützt sich dann mit einer Wange auf die Hand. »Du bist so ein fröhlicher, lebenslustiger Mensch. Du malst dir die Welt in den buntesten Farben, und bei allem, was du tust, spürt man deine Leidenschaft. Und dieselbe Leidenschaft ist da, wenn Leo von dir spricht.«

Der Löffelstiel drückt schmerzhaft in meinen Handballen, doch ich umfasse ihn noch fester. Leo liebt mich! Er liebt mich noch immer! Warum nur will er dann unbedingt Julia heiraten?

Aus den Augenwinkeln sehe ich die Brautkleidtüte neben mir auf dem Stuhl. Natürlich! Leo glaubt, ich wäre mit Tom verlobt und würde ihn lieben und heiraten.

»Julia, ich muss dir etwas sagen.« Mir ist schwindelig und ich halte kurz inne. Du meine Güte, ist das schwer, die Wahrheit zu sagen. Wenn ich das hier hinter mir habe und bald glücklich mit Leo verheiratet bin, werde ich nie wieder die Wahrheit biegen! Also zumindest nicht so doll.

Endlich stiehlt sich wieder ein Lächeln auf Julias Lippen. »Was denn? Dass du mit Tom gar nicht verlobt bist, weil du Leo liebst?«

Ich lache ob ihres Scherzes schrill auf. Das war doch ein Scherz, oder?

»Sorry, das war ein dummer Scherz, aber du siehst gerade so unglaublich zerknirscht aus. Als hättest du aus Nachbars Garten die Kirschen geklaut. Die Funken zwischen Tom und dir sind nicht zu übersehen, ihr seid ein wundervolles Paar. Und ich bin froh darüber, denn ich weiß nicht, ob mich sonst nicht doch die Eifersucht bezüglich Leo und dir packen würde.« Julia hebt ihre Kaffeetasse und prostet mir damit zu. »Auf deine großartige Hochzeit, liebe Sunny.«

Erwartungsvoll sieht mich Julia an und ich hebe ebenfalls meine Tasse. »Und auf deine«, piepse ich.

»Auf meine Hochzeit? Ich heirate doch gar nicht.«

Kapitel 14

M wie Mein

Mandel-Eis

Cremige Sahne, sahnige Milch, ein Hauch Ceylon-Zimt und ganz viel feinstes Mandelmus aus der süßen Marcona-Mandel verschmelzen zu wahr gewordener Eispoesie.

»Du heiratest nicht? Aber ihr könnt doch nicht einfach eure Verlobung lösen! Nichts ist so schlimm, dass es nicht bei einem Vanilleeis mit Himbeerstreuseln gekittet werden kann! Leo und du, ihr liebt euch doch!« Was rede ich hier eigentlich? Wieso erzähle ich Julia, dass Leo sie liebt?

Weil es die Wahrheit ist. Eine Wahrheit, die nicht einmal ich verbiegen kann. Verbiegen will.

Julia beugt sich nach vorn und schiebt ihre leere Kaffeetasse zur Seite. »Wir haben unsere Verlobung nicht gelöst, warum auch, Leo und ich sind nie verlobt gewesen.«

»Aber der Vormittag, vor ein paar Wochen im Standesamt? Du warst da, mit Leo.«

Julia lächelt und zuckt mit den Schultern. »Sunny, ich bin Hochzeitsplanerin, ich bin oft in Standesämtern. Und dieses Mal ist Leo mitgekommen, weil wir danach noch gemeinsam in die Staatsbibliothek gegangen sind.«

Julias Nichthochzeit zieht alle Spannung aus meinem Körper und ich sacke in mich zusammen. Welche Ironie, da haben Julia und ich wohl etwas gemeinsam, wenn auch nur unsere Nichthochzeiten.

»Jetzt guck nicht so betroffen, zwischen mir und Leo ist alles in Ordnung, auch wenn wir nicht heiraten möchten. Ich liebe Leo und er liebt mich.« Julia umfasst mit ihrer warmen Hand meine kalte, die noch immer diesen blöden Kaffeelöffel hält. »Alles okay? Du bist so blass.«

Ich nicke. »Wahrscheinlich bin ich doch aufgeregter wegen dieser ganzen Hochzeitssache, als ich dachte.«

Julia drückt noch einmal kurz meine Hand und lässt sie dann wieder los. »Ach, das ist noch gar nichts. Du hättest vor zwei Jahren Manuel Neuer und Nina Weiß sehen müssen. Wenn nur ein Wort mit dem Anfangsbuchstaben H erwähnt wurde, bekamen beide zusammen Schnappatmung.«

Kurz vor sechs stürme ich ins *Schneeflöckchen*. Alma ist gerade dabei das Geöffnet-Schild umzudrehen und damit den Feierabend einzuläuten. Was noch dauern kann, denn alle Tische sind besetzt, wie immer um diese Zeit. Ich liebe dieses Abendritual und die Menschen aus unserem Viertel genauso. Gibt es etwas Magischeres als das letzte süße, cremige Eis des Tages, angestrahlt vom warmen Schein der untergehenden Sonne? Nun gut, die Sonne geht heute nicht unbedingt glühend orange unter, eher in fünfzig Schattierungen von Grau, aber, und darauf kommt es doch an, irgendwo da draußen, hinter diesem Regenschleier, geht die Sonne definitiv glühend orange unter. Ganz sicher.

»Was bringst du uns denn Schönes mit?« Alma schmult in die Tragetasche, die ich mittlerweile mehr hinter mir herziehe als trage. »*Never Enough*, ist das nicht dieser exklusive Brautmodenladen am Ku'damm?«

»Kannst du bitte noch lauter sprechen!«, zische ich sie an und ziehe die Tasche von ihr weg. Doch zu spät.

Hedwig dreht sich synchron mit Oskar Sonthofen zu uns um. Dazu linst Beatrice an der Palme vorbei und Frank Jura hält mit dem Kartenspielen inne.

»Hi«, grüße ich in die Runde, setze mein breitestes Lächeln auf und winde mich an den Gästen vorbei ins Büro. Zumindest ist das mein Ziel, nur leider ist dieses zu weit entfernt.

Hedwig erhebt sich, schlägt die Hände vor der Brust zusammen und sieht mich ehrfürchtig von unten herauf an. »Mein liebe Sunny, hast du *dein* Kleid gefunden?«

Als sich auch noch Tränchen in ihre teddybärbraunen Augen stehlen, bleibt mir nichts anderes mehr übrig. Ich nicke ergeben. »Ja, ich habe *mein* Kleid gefunden.«

»Oh, das ist so aufregend. Wie bei *Zwischen Tüll und Tränen*. Ziehst du es für uns an? Bitte?«

Ich drehe mich zu Alma und zwinkere sie um Hilfe an. Los! Tu was!

Alma schlendert hüftwackelnd zu Hedwig und legt ihr den Arm um die Schulter. »Oh ja, bitte Sunny, zieh für uns *dein* Kleid an. *Deine* Hochzeit interessiert uns schließlich alle.«

Hedwig klatscht entzückt in die Hände und alle anderen Gäste im *Schneeflöckchen* applaudieren sogleich mit.

Ich funkele Alma mit all der Macht meiner bösesten Seite an. »Ich nehme das mal als Revanche für das Exit-Game-Debakel. Wir sind jetzt quitt«, fauche ich sie leise an.

»Aber sicher, du bist und bleibst doch meine Lieblingscousine. Soll ich dir vielleicht beim Ankleiden helfen?«

Mit aller Würde, die ich aus der hintersten Ecke meines angeknacksten Selbstbewusstseins kratze, richte ich mich auf und schüttele den Kopf. »Nein danke, das schaffe ich sehr gut allein!«

Und fast ohne zu stolpern schaffe ich es schließlich ins Büro neben dem Eislabor, wo ich die schwere Tasche auf das Sofa fallen lasse.

Okay, folgender Plan: Ich schlüpfe schnell in das Kleid, zeige mich einmal da draußen und schon bin ich wieder umgezogen. Und dann können sie von mir aus alle nach Hause gehen.

Vielleicht spendiere ich ihnen aber vorher noch das formidable Mandeleis, welches ich heute Morgen angerührt habe. Oh, wie die süße Mandelcreme in der fluffigen Sahne geduftet hat und erst die Mandelstückchen dazu, die ich in feinem braunem Zucker karamellisiert habe.

Der Chiffon schmiegt sich weich und kühl an meinen Körper, während die schimmernde Spitze des Oberteils mir ein Dekolleté zaubert, von dem ich gar nicht wusste, dass ich es habe. Meine Schultern straffen sich und mein Rücken drückt sich durch. Und es ist mir ein wenig peinlich, was ich mir zusammendenke, aber es ist wahr, ich leuchte von innen heraus. Nie wieder trage ich nur schnöde Jeans!

Angemessenen Schrittes schreite ich zur Tür und ins *Schneeflöckchen*. Die Gespräche verstummen und alle Blicke richten sich auf mich. Hedwigs Mund formt ein perfektes O und Alma lässt das Tablett in ihren Händen auf die Eisbar sinken.

Das *Schneeflöckchen* ist schon an normalen Tagen ein magischer Ort, doch an diesen Augenblick werde ich mich für immer erinnern. Das Grau des Regentages draußen lässt die roten und blauen und gelben Tische der Eisdiele umso mehr leuchten, Kerzen flackern sanft in der süßen Luft und das gläserne Eisgeschirr funkelt in deren Schein. Die lächelnden und staunenden Gesichter meiner Gäste, mir zugewandt, füllen mein ohnehin schon übervolles Herz mit Liebe und Dankbarkeit. Genau das bin ich.

»Oh Sunny«, haucht Hedwig in die Stille hinein und startet damit zustimmendes Gemurmel.

Alma schlendert grinsend auf mich zu. »Du schaffst es immer wieder, die Wirklichkeit so zu drehen, dass sie zu dir passt.« Fest umarmt mich meine Cousine. »Ich wünsche dir, dass das, was zu diesem Kleid gehört, ganz bald wahr wird, in unserer echten Welt, nicht nur in deiner.«

Das wünsche ich mir ebenso, und auch wenn gerade so gar keine Sternschnuppe über den Himmel saust, glaube ich fest daran. Ich muss nicht alles sehen können, um zu wissen, dass es da ist.

Schlagartig geht ein Aufschrei durchs *Schneeflöckchen*, als sich die Tür öffnet.

Jan betritt die Eisdiele, gefolgt von Tom. »Und dann wollte die Dame doch tatsächlich, dass ich ihr Veilchen ins Körbchen vorn am Lenker pflanze, weil die so schön duften.« Jans Lachen bricht auf halbem Weg ab und Toms Grinsen verwandelt sich in Stirnrunzeln, als alle Gäste des *Schneeflöckchens* gleichzeitig aufspringen und sich vor die beiden Männer stellen.

Doch es ist zu spät. Über die Köpfe der Anwesenden erspäht mich Tom. Sein Blick gleitet kurz an meinem Kleid entlang, ehe wir uns in die Augen sehen.

Er ist wieder da! Endlich.

»Tom! Schließe sofort die Augen!« Energisch schiebt sich Hedwig wie eine angestoßene Billardkugel durch die Menge und baut sich vor Tom auf. Sie muss mit ihren kurzen Ärmchen weit nach oben greifen, um Tom die Augen zu verdecken. Der linst aber nur frech daran vorbei.

»Herr Tom! Da muss ich meiner Hedi unbedingt recht geben. Es bringt Unglück, die Braut vor der Hochzeit in ihrem Brautkleid zu sehen. Also bitte, wenn Sie nicht hier und jetzt und gleich und sofort zu heiraten beabsichtigen, dann schließen Sie Ihre Augen, vergessen das Ganze und kommen in zehn Minuten wieder her. Dann ist alles in bester Ordnung.«

Ich pruste unwillkürlich los und auch Alma neben mir kichert in ihre Hand. Es sieht schon irre komisch aus, wie die halb so große Hedwig versucht, Tom die Sicht zu versperren, es ihm aber mühelos gelingt, rechts und links und oben und überhaupt überall daran vorbeizusehen. Da nutzt es auch nichts mehr, dass Oskar Sonthofen wie ein hyperaktiver Boxer vor ihm hin und her tänzelt.

»Ach so ein Unglück aber auch, so ein Unglück.« Hedwig gibt sich geschlagen, geht zu ihrem Platz zurück und greift nach ihrer Handtasche, die sie fest an sich drückt. Als sie an Tom vorbei nach draußen geht, funkelt sie ihn so böse an, wie es mit Teddyaugen geht. »Das war keine gute Entscheidung, mein lieber Tom. Das Schicksal möchte durch solche Torheiten nicht herausgefordert werden!«

Heftig nickend folgt Oskar Sonthofen Hedwig und auch alle anderen Gäste der Eisdiele suchen ihre Sachen zusammen und stromern nach draußen in den ungemütlichen Abend. Jan winkt mir von der Tür aus zu und trollt sich ebenso.

Schließlich packt Alma ihren Rucksack, schlüpft in die Jacke und verabschiedet sich nur mit einem Drücken von mir. Doch in ihren Augen kann ich massenhaft Ermahnungen lesen, die mein Gewissen heftig pochen lassen.

Dann sind es nur noch wir zwei, Tom und ich.

»Willkommen zurück im grauen Berlin.« Ich bleibe stehen, während Tom auf mich zukommt. Mir pocht mein Herz, sodass der feine Stoff darüber leicht zittert. »Du hättest uns gern ein wenig Sonne mitbringen können.«

Noch einen Schritt und dann steht Tom vor mir. Leichte Bräune überzieht sein Gesicht, was seine dunklen blauen Augen noch mehr leuchten lässt. Sein ureigener Tom-Geruch umfängt mich und hüllt mich ein in grenzenlose Freiheit. Langsam greift er nach meinen Händen und streicht mit dem Daumen sanft darüber. »Du bist doch selbst eine kleine Sonne.«

Ich warte auf den kumpelhaften Boxhieb in den Arm, der auf Toms Scherz folgen müsste, doch kein freches Grinsen macht sich in seinem Gesicht breit. Stattdessen verschränken sich seine warmen Finger weiter mit meinen, während er mir unverbrüchlich in die Augen sieht.

Die Magie dieses Kleides wirkt nicht nur auf mich, sondern auch auf ihn. Toms Küsse kehren als Erinnerung zurück und das wunderbare Gefühl verbreitet sich mit Lichtgeschwindigkeit in jeden Winkel meines Körpers. Alles an mir pulsiert und eine nie empfundene Wärme umgibt mein Herz.

Warum lässt mich dieser Kerl so leiden? Jetzt küss mich doch endlich! Zweimal hat er es doch schon hinbekommen.

Ich ziehe meine Hände aus Toms zurück und versteife mich. Bei beiden Malen hat mich Tom nur geküsst, weil wir Publikum hatten. Um mich zu ärgern!

Irritiert kneift Tom die Augen zusammen. »Alles okay?«

»Ja. Klar. Sicher. Was soll schon sein? Mir fiel nur gerade ein, dass ich mich umziehen sollte, das Kleid ist für die Aufräumarbeit in einer Eisdiele nicht angemessen. Weißt du, Chiffon ist ein recht empfindlicher Stoff.«

Tom tritt einen Schritt von mir zurück. Sofort fröstele ich und muss mich stark darauf konzentrieren, meine Hände bei mir zu behalten, um ihn nicht nah an mich heranzuziehen. Dieses Kleid macht mich aber auch wuschig!

Tom sieht mich weiterhin mit zusammengekniffenen Augen an. »Dann rette du mal deinen kostbaren Stoff und ich beginne hier mit dem Aufräumen. Schließlich scheinen ja alle meinetwegen geflohen zu sein. Ich dachte eigentlich bisher immer, ich hätte ein eher anziehendes Wesen.«

Ein ausziehendes Wesen wäre auch nicht verkehrt. Oh, Sunny! Echt jetzt? Ich muss aus diesem Kleid raus! Die Hitze, die sich gerade an besonders privaten Stellen ausbreitet, kriecht nun auch noch in mein Gesicht. »Nein, danke, das schaffe ich sehr gut allein!« Und zum zweiten Mal innerhalb einer Stunde stolpere ich mehr, als dass ich gehe, ins Büro.

»Auch das Kleid auszuziehen?«, ruft Tom mir hinterher und ich sehe das freche Grinsen vor mir, welches jetzt mit Garantie wieder da ist.

Als Antwort lasse ich lediglich die Tür hinter mir zuknallen und lehne mich dann heftig atmend von innen dagegen. Kurz darauf erklingt das Schlittenglöckchen über der Tür zum *Schneeflöckchen* und ich weiß, dass Tom fort ist. Was ich nicht weiß ist, ob ich darüber froh bin oder traurig.

Ich muss diesem Spuk unbedingt ein Ende bereiten. Mit zittrigen Händen krame ich nach meinem Handy und tippe fahrig eine Nachricht an Leo.

Am nächsten Vormittag haben sich bis auf ein paar Wattewölkchen die dicken Regengebirge verzogen und die Sonne lässt neben den Bäumen und Sträuchern auch die Menschen strahlen.

Gemächlich schlendere ich den Ahornsteig entlang zur Luiseninsel hin. Zwischen den alten Ahornbäumen blinzelt die Sonne so warm herunter, dass ich mir die Strickjacke ausziehe und um die Hüfte binde.

Überpünktlich komme ich am Luisendenkmal an, doch Leo ist schon da.

»Susanna! Schön, dass du dir mal ein wenig Zeit für mich nehmen konntest. Ich habe mich gestern Abend über deine Einladung gefreut.« Er gibt mir formvollendet die Hand und strahlt mich an. Allein dieses Strahlen übermalt jegliches Stirnrunzeln meinerseits, warum er mich zur Begrüßung nicht einfach umarmt, anstatt mir seine blöde Hand hinzustrecken.

Vermutlich ist er schüchtern. Genau! Das wird es sein. Es ist schließlich schon eine ganze Weile her, dass wir beide mal allein waren. »Ja, mein *Schneeflöckchen* hält mich ziemlich auf Trab. Du weißt ja, wie das so ist. Ich meine, nicht beim Eismachen oder so, denn das weißt du ja wahrscheinlich nicht, aber beim Arbeiten und so.«

Leo bietet mir den Arm an und ich hake mich bei ihm unter. Gemeinsam schlendern wir um die gute alte Luise herum und lassen uns von den Pfaden vor uns ins Grüne hineinführen. »Die Arbeit kann einen manchmal wirklich viel Zeit kosten, aber solange wir lieben, was wir tun, geht das in Ordnung, denke ich. Aber ich muss auch nicht noch nebenbei eine Hochzeit planen, so wie du.«

Oh toll! Danke. Dass du gar nicht heiratest, konntest du mir nicht vor drei Wochen erklären? Dann wäre ich jetzt nicht verlobt. Oder so etwas in der Art.

»Im Mai kehre ich übrigens zurück an die Charité, zumindest für die nächsten zwei Jahre.« Zielsicher kickt Leo einen Ast vom Weg.

Mein Herz pocht heftiger bei seiner Ankündigung. »Das heißt, du bleibst in Berlin? Das ist schön.«

»Eigentlich wollte ich mich für weitere zwei Jahre für *Ärzte ohne Grenzen* verpflichten, aber für Julia läuft es gerade so gut mit ihrer Hochzeitsagentur, dass wir den Job verschoben haben.«

»Wir? Julia ist doch nicht etwa auch noch eine Ärztin, oder?« Zuzutrauen wäre es ja Miss Superfrau.

»Nein, Julia ist keine Ärztin. Sie ist eine begeisterte Taucherin und hat ihr freiwilliges soziales Jahr bei einer Meeresschutz-Expedition in Indonesien gemacht. Dabei haben wir uns übrigens auch kennengelernt.«

Oh bitte! Liebe auf den ersten Taucherbrillenblick! Was soll ich mit dieser überflüssigen Information anfangen? Das will doch kein Mensch wissen! Ganz ohne mein Zutun rümpft sich meine Nase.

»In zwei Jahren will sie in der Agentur ein Sabbatical einlegen und dann wollen wir uns gemeinsam wieder in Richtung Indonesien aufmachen.«

Eigentlich müsste sich jetzt vor mir ein riesiges Loch auftun und mich in einen Strudel aus Nein-bitte-geh-nicht hineinwirbeln. Aber der Weg vor uns bleibt glatt, zumindest so glatt, wie es für einen Parkweg im Tiergarten angemessen ist. Nun gut, vermutlich kennt mein Körper diese Situation schon, und abgeklärt und weise wie er ist, haut mich dieses erneute Davonziehen meiner großen Liebe nicht gleich völlig aus der Bahn. »Ach, zwei Jahre sind eine lange Zeit. Wer weiß, ob ihr dann überhaupt noch zusammen seid.«

Leo sieht mich stirnrunzelnd an. »Wie kommst du denn darauf? Gerade du, die zu hundertzwanzig Prozent aus Optimismus und dem Glauben an die ganz große Liebe besteht.«

Ich bleibe stehen und Leo ebenso. Wir sehen einander an. »Leo?«

»Ja?«

»Bin ich deine ganz große Liebe?«

»Ist das wieder eine deiner verrückten Geschichten, die du dir gerade ausdenkst?« Leo grinst und sieht so neugierig aus, wie ich mich fühle, wenn ich einen Film, den ich noch nicht kenne, aus seiner Blu-Ray-Hülle befreie. »Möchtest du sehen, wie ich vor dir auf die Knie falle und dir händeringend versichere, Julia zu lieben und nur Julia, damit du wenigstens ein wenig rosa Romantik in unser ach so strukturiertes Leben streust?«

»Das ist nicht witzig.« Getroffen von seinem Gerede krampft sich mein Magen zusammen.

»Susanna, bei dir wusste ich nie, in welcher Welt du gerade weilst. Du bist so schwer zu fassen, hast den Kopf voller Märchen, die für dich aber deine Wirklichkeiten ausmachen. Da kam ich oft nicht mit. Meistens konnte ich dir nur hinterhecheln und irgendwann nur noch dastehen und mich wundern. Ich bin dir unendlich dankbar dafür, dass du dich damals von mir getrennt hast. Erst habe ich die Welt nicht mehr verstanden, aber nach und nach konnte ich deine Gedanken begreifen. Damit hast du mir den Weg zu Julia freigemacht, der Frau, die ich über alles verehre und liebe. Bei Julia komme ich zur Ruhe.«

In meinem Kopf herrscht alles, aber keine Ruhe. Ein schriller Schrei aus der Nähe übertönt plötzlich den Sturm meiner Gedanken und ohne groß darüber nachzudenken rennen Leo und ich in die Richtung des Geschreis.

Ein kleines Mädchen hockt im Sand neben dem Klettergerüst auf dem Waldspielplatz, daneben kniet eine Frau mit einem schreienden Baby auf dem Arm.

»Was ist passiert?« Leo schaltet in seinen Doktormodus und betrachtet aufmerksam das wimmernde Kind.

»Es blutet, es blutet«, schnieft es und zeigt auf sein aufgeschrammtes Schienbein.

In diesem Moment hört das Babygeschrei neben mir auf und geht über in ein würgendes Geräusch, welches in einem Schwall hellbeigen Erbrochenem endet. Die Mutter kennt ihr Baby offensichtlich hervorragend, denn das meiste landet in einem Tuch, das sie geistesgegenwärtig an die richtige Stelle hält. »Perfektes Timing, kleine Dame«, murmelt sie und ich kann regelrecht sehen, wie sie sich gerade teilt, um einerseits das – mittlerweile lachende – Baby und sich selbst zu säubern und andererseits ihre weinende, blutende Tochter zu trösten.

Routiniert wie eine Krankenschwester lächele ich sie an. »Kümmern Sie sich ruhig um Ihr Baby, wir versorgen die tapfere junge Dame hier.«

Leo hat längst seine Tasche abgenommen und reinigt vorsichtig die Schürfwunde am Bein des Mädchens. Kurz darauf klebt auch schon ein imposantes Pflaster darauf. »Alles wieder in Ordnung. Und meiner Meinung nach kannst du sogar schon wieder klettern.«

Das Schniefen des Mädchens lässt etwas nach, doch beim Blick zu seiner Mutter mit dem Baby auf dem Arm verzieht sich sein Mund wieder weinerlich. Nachtigall, ick hör dir trapsen. Ich bin zwar ein Einzelkind, aber gesegnet mit einer überlebensgroßen Cousine, die mir durchaus schon das eine oder andere Mal die Show gestohlen hat.

Schnell krame ich in meiner Tasche und hole einen kleinen Thermoeisbehälter daraus hervor. So wie manch andere stets ein Buch mit sich herumtragen, habe ich stets ein Eis dabei, man kann ja nie wissen.

Ich ziehe ein orange-gelb-grün-buntes Eis am Stiel aus dem kleinen Behälter und reiche es nach einem fragenden Blick in Richtung der Mutter dem Mädchen. »Das ist ein Zaubereis. Siehst du, hier, an dieser Stelle kannst du das erkennen.« Ich zeige auf die Kiwikernchen, die sich vereinzelt in der grünen, gedrehten Schicht verteilen und im Sonnenlicht funkeln.

Das Mädchen nickt und greift nach dem Eis, doch das Schluchzen möchte es noch nicht aufgeben.

»Diese Zauberkerne funktionieren natürlich nicht bei jedem.«

»Natürlich nicht«, murmelt Leo wenig hilfreich neben mir, verstummt aber sofort, als ich ihn böse anfunkele.

»Diese Magie können nur große Schwestern wirken, denn nur die großen Mädchen, die eine kleine Schwester geschenkt bekommen haben, tragen die Magie der kleinen Dinge in sich. Jede einzelne Farbe dieses Eises verleiht dir eine magische Eigenschaft.«

Ein letztes Hicksen beendet das Weinen des Mädchens, das ehrfurchtsvoll an dem bunten Eis leckt.

»Orange ist die Farbe es Trostes, Gelb lässt dich die richtigen Worte finden und Grün ...«

Leo sieht mich mit hochgezogenen Augenbrauen an und auch die Mutter, die mit dem sauberen Baby auf dem Arm zurückkehrt, wartet auf meine Antwort. Währenddessen tropft das grüne Kiwieis auf die Finger des Mädchens, das genüsslich daran schleckt.

»Und Grün lässt euch Schwestern stets füreinander da sein. Außerdem schmeckt es lecker.«

Die Mutter küsst ihre Tochter auf den sandigen Haarschopf. »Alles wieder in Ordnung?«

Diese nickt und reicht ihrer Babyschwester das Eis. Ein oranger Tropfen landet auf der Wange des Babys, welches das kühle Süß quietschend zur Kenntnis nimmt.

»Dafür ist sie noch zu klein.« Sanft schiebt die Mutter das Klebehändchen ihrer Tochter vom Baby weg. »Das ist nur für große Mädchen wie dich.«

»Genau.« Mit einem Nicken erhebe ich mich und klopfe mir den Sand von der Jeans.

Der letzte Happs Eis landet im Mund der Kleinen, den Stiel steckt sie sich in die Hosentasche, und schon saust sie davon zur Schaukel. Die Mutter winkt uns zu und läuft mit dem glucksenden Baby auf dem Arm hinterher. »Herzlichen Dank für Ihre Hilfe und das Zaubereis.«

Leo steht ebenfalls auf. Zart streicht er mir über die Wange. »Genau das meinte ich vorhin. Ich klebe nur Pflaster auf Wunden, während du Pflaster auf Seelen klebst.«

»Aber das ergänzt sich doch ganz wunderbar«, flüstere ich.

»Oft sind zwei Pflaster aber zu viel.«

Ich schüttele den Kopf.

»Susanna, ich glaube, dein Herz hängt nur an dem, was wir einmal waren. Das sind wir aber nicht mehr. Ich bewundere dich und unsere Freundschaft bedeutet mit unglaublich viel, doch in Julia habe ich meine Frau gefunden. Und ich bin mir sicher, dass du in Tom deinen Mann gefunden hast. Und dass dieser Kerl dich mit allem Drum und Dran liebt, ist nicht zu übersehen.«

»Und was ist, wenn das auch nur eine meiner Wirklichkeiten ist, wie du vorhin so schön gesagt hast?«

»Dann ist es genau die richtige und du solltest sie unbedingt festhalten.«

Kapitel 15

B wie Bergig

Bratapfel-Eis

Wenn die Tage kürzer werden und die Gemütlichkeit Einzug hält, lassen wir uns gern verführen von Zimt und gebrannten Mandeln, von mürben Äpfeln, süß wie die Liebe, und Rahm so weich wie ein Kuss. Dies alles vereint in einer Kugel eisigen Glücks.

»Was hast du angestellt?«

Mit dem tropfenden Schwamm in der Hand drehe ich mich um. Lässig, mit einem Bein auf dem Mäuerchen zwischen dem *Schneeflöckchen* und dem *Veloziped*, stützt sich Tom mit den Armen auf dem Bein ab und grinst mich an.

»Ich? Wieso? Der Regen gestern hat die Scheiben fleckig gemacht.« Kopfschüttelnd wende ich mich wieder meiner Schrubberei zu.

»Schon klar. Aber keine Regenflecken der Welt würden dich an einem Mittwochnachmittag davon abhalten, Filme mit deiner Mutter zu gucken. Außer du hast es vergeigt.«

Ich hole tief, sehr tief Luft und drücke den Schwamm in meiner Hand fester. Das Putzwasser rinnt mir dabei unangenehm am Arm entlang und durchnässt den Ärmel meiner Bluse. »Toll! Dankeschön auch! Jetzt sieh, was du angerichtet hast.« Ich zeige Tom den Arm mit dem dunkelroten, nassen Stoff, der mir an der Haut klebt.

»Du erklärst mir gerade, dass ich dich nassgemacht habe?« Tom lacht herzhaft. »Das heißt, was du angestellt hast, ist noch viel schlimmer.«

»Pff.« Genervt wechsele ich den Schwamm in die linke Hand und klatsche damit auf die Scheibe. Blöde Idee!

Einen Augenblick später nimmt mir Tom den Schwamm aus der Hand. Ich kann mich nicht beherrschen und drücke diesen noch einmal so richtig fest, ehe ich loslasse. Das Wasser tropft nur so von Toms nacktem Arm herunter, den er schüttelt. »Nun sieh nur, was du angerichtet hast.«

»Ausgleichende Gerechtigkeit. Du hast mich nass gemacht und ich dich.«

»Manchmal machen mir deine verqueren Gedanken Angst, meine Liebe.« Tom nimmt mich sacht an der Hand und führt mich zu der Treppenmauer zwischen unseren Läden. Gemeinsam setzen wir uns. Es ist eng zwischen dem Mandelbäumchen und den Minipetunien, und Toms feuchte Haut berührt meine.

»Warum gibt es keinen Videoabend heute?« Tom drückt seinen Oberschenkel leicht gegen meinen.

»Weil wir uns auf keinen Film einigen konnten?«, murmele ich.

»Weil?«

»Weil wir nicht darüber gesprochen haben?«

»Weil?«

»Weil meine Mutter sauer auf mich ist und nicht mit mir redet?«

»Weil?«

»Weil ich sie mit Tante Marietta versöhnen und dem ganzen Streittheater ein Ende setzen wollte! Aber nein! Die beiden Streithähne bleiben lieber stur und benehmen sich wie Sechstklässlerinnen! Und der Rest meiner Familie steht rum und hält sich schön brav raus. Bloß nicht handeln! Du meine Güte, wir könnten ja etwas erreichen. Es ist zum Eisstockschießen! Und wer ist wieder schuld an dem ganzen Theater? Natürlich ich! So ein Schwachsinn, als ob ich mich mit ihnen verkracht hätte!« Ich stupse Tom mit der Schulter an. Ein wenig zu doll, wie mir scheint, denn er rutscht fast von dem Mäuerchen. Selbst schuld, wenn er so supercool mit einem Bein auf der Mauer dasitzen muss, anstatt mit beiden Beinen auf dem Boden. Ich fasse ihn am Oberarm und ziehe ihn zu mir zurück. »Dabei habe ich nichts weiter getan, als meine Mutter und meine Tante zu einem Spiel einzuladen – für das wohlgemerkt Australier bis hierher nach Berlin anreisen – und meine Familie dazu zu bitten, damit wir die Versöhnung feiern können! Aber nein, ich hätte ja gelogen und betrogen. Die spinnen, die Spatzes!«

Schnaufend sehe ich Tom an, dessen Augenbrauen fast unter seinen Haaren verschwinden. »Sag doch auch mal was!«

»Was hältst du von einer Radtour?«

Ich habe mich verhört, oder? Automatisch zupfe ich an meinen Ohrläppchen. »Was bitte hat das denn mit meiner sturen Familie zu tun?«

Tom steht auf und reicht mir die Hand. »Nichts, aber es macht mindestens so viel Spaß wie einen Film zu gucken.«

»Niemals!«

»Was? Dass wir eine Radtour machen oder dass es Spaß macht?«

»Dass Radfahren so viel Spaß macht wie einen Film zu gucken.«

»Das werde ich dir gleich beweisen, und zwar auf einer kleinen Radtour. Ich habe hinten ein Rad für dich. Gib mir zehn Minuten und ich suche dir den passenden Sattel raus und stelle alles auf dich ein. Vernünftige Klamotten gebe ich dir auch gleich, dann kannst du dich schon mal umziehen.« Tom hat den letzten Satz kaum beendet, da ist er schon im *Veloziped* verschwunden. Verwundert starre ich auf die Stelle, an der er soeben noch stand.

Ich überlege gerade, das ganze Gespräch als Tagtraum abzuschütteln, da steht er wieder vor mir. »Hier, eine gut gepolsterte, aber dennoch extrem leichte Radhose und ein Shirt, was eng anliegen müsste. Wenn dir zu warm wird, kannst du den Reißverschluss am Hals öffnen. Und hinten in die Tasche steckst du dir die zwei Energieriegel. Bis gleich.«

Im Comic würde jetzt wenigstens noch eine Staubwolke von Tom zu sehen sein, aber in der Realität zeugen nur die neongelben Sachen in meinen Händen von ihm und seiner merkwürdigen Idee.

Mit steifen Beinen stakse ich durch das *Schneeflöckchen.* Das Polster der Hose an meinem Popo behagt mir so gar nicht. Es fühlt sich an, als ich hätte ich mir beim Anziehen aus Versehen ein Kissen in die Hose gesteckt.

Probeweise setze ich mich auf den gelb-schwarz geringelten Bienenstuhl, der zum farngrünen Tisch gehört. Oh! Das sitzt sich aber durchaus bequem. Vielleicht ist so eine Kissenhose doch nicht die schlechteste Idee, zumindest nicht, wenn man viel sitzen muss.

Ich stehe wieder auf. Beim Stehen allerdings ist das Polster weniger angenehm. Als würde mir ein Stück Pizzakarton am Popo kleben. Schnell setze ich mich wieder, doch nur, um gleich wieder aufzuspringen, denn die Schlittenglöckchen über der Eingangstür kündigen Gäste an.

»Herzlich willkommen im *Schneeflöckchen.*« Wie durch Eismagie, die Pappe in meiner Hose vergessend, strahle ich das Paar an und gehe zur Eistruhe. »Was darf es für ein schönes Eis sein?«

Die junge Frau beugt sich über die Eistruhe und schiebt sich mit dem Zeigefinger die schwarz gerahmte Brille höher auf die Nase. »Ich hätte gern etwas mit Keksen, wenn Sie haben.«

»Aber sicher doch. Wie wäre es mit einem sahnigen Vanilleeis mit Butterkeks und dazu ein schokoladiges Trüffeleis, gewälzt in Dark Chocolat Cookies?« Da heute Mittwoch und das *Schneeflöckchen* somit geschlossen ist, gibt es leider nur eine begrenzte Auswahl an diversen Eissorten. Wie schade, zu gern hätte ich ihr auch mein Zimt-Parfait mit Spekulatiustopping angeboten oder das grandiose Haselnussrahmeis mit einem Kern aus Cantuccini.

»Das hört sich perfekt an, diese Sorten kenne ich noch gar nicht. Und was magst du?«, wendet sie sich an ihren identisch bebrillten Begleiter.

»Für mich bitte ein *Spaghettieis*, aber ohne Soße und ohne die Raspelschokolade obendrauf.«

»Also Vanilleeis?«, hake ich vorsichtig nach.

»Genau. Aber als Spaghetti.«

Ich liebe meine Gäste wirklich aus vollstem und tiefstem Herzen. Aber ich liebe das Eis in meiner Eisdiele genauso und jede einzelne Eissorte ist bei mir willkommen wie ein Entenküken bei seiner Entenmutter. Also! Warum sollte ich mein wundervolles, cremiges, auserlesenes, köstliches und glanzvolles Vanilleeis durch eine schnöde Metallpresse quetschen? Es zerstückeln und vierteilen, verstümmeln und einklemmen? Das hat doch kein Eis der Welt verdient!

Ich lächele so süß, wie Honig nie sein könnte. »Einen kleinen Moment bitte.«

Mit meiner cremefarbenen Spatula, die ich extra für *Spaghettieis* konzipiert habe, entnehme ich dem Vanilleeisbehälter eine duftende Portion seines Inhaltes und lasse diese sanft in eine Schale gleiten, die an ein verflochtenes Nest aus Spaghetti erinnert. Mit einer lockeren Bewegung meines Handgelenks umfahre ich mit der sanft gezackten Seite der Spatula das Vanilleeis, bis es wie ein köstlicher Berg Spaghetti aussieht. Ganz ohne das Eis zu zerreißen, zu zerfetzen und es zu entzweien.

»Bitte sehr. Lassen Sie es sich schmecken.«

Mit offenem Mund stiert mich der Eisbanause an.

»Dürfen es doch noch ein paar weiße Schokoladenstreusel sein?« Ich schwenke das Schälchen mit der delikaten Schokolade vor ihm, sodass der süße Duft ihn in seinen Bann zieht.

Er nickt, ohne mich aus den Augen zu lassen.

»Und ein fruchtiges Erdbeersößchen rundherum? Das habe ich heute Morgen mit extra viel Liebe gekocht. Damit erfreuen Sie nicht nur Ihren Gaumen, sondern auch Ihre Augen.«

Da das Nicken anhält, verteile ich großzügig die herrlich rote Soße um das hellgelbe Vanillekunstwerk. »Wohl bekomms.«

Wortlos nimmt der Mann das Eis an sich, löst den Blick von mir und versenkt ihn in seinem *Spaghettieis*. Ich bin mir tausendmal sicher, dass er nie wieder irgendwo ein schnödes *Spaghettieis* – und das auch noch ohne alles – verlangen wird! Wieder einmal siegt die Eisgerechtigkeit.

Die Frau bezahlt lächelnd die beiden Eisportionen und zwinkert mir über ihre markante Brille hinweg zu. »Ich habe meinen Freund noch nie ein anderes Eis essen sehen als ein herkömmliches *Spaghettieis* ohne

Soße und Streusel. Wir kommen definitiv wieder. Wer weiß, vielleicht schafft es sogar mal eine zweite Eissorte in sein Universum.«

Ich winke den beiden hinterher, und in dem Moment, in dem sie die Eisdiele verlassen, bleibt Tom in der geöffneten Tür stehen. »Auf geht's, dein Fahrrad steht bereit.«

»Einen Moment ...« Langsam schließe ich die Eistruhe, wasche die Spaghetti-Spatula ab und reinige die Oberfläche der Eisbar. Vielleicht sollte ich noch den Boden fegen. Mit den Fenstern bin ich auch noch nicht fertig. Möglicherweise sollte ich nach dem Fensterputzen ein paar Spitzengardinen aufhängen. Ich könnte sie ja schnell klöppeln. Dafür bräuchte ich nur so ein Klöppeldings, das passende Garn und eine Anleitung wäre auch nicht verkehrt. Und ich müsste noch Klöppeln lernen ...

»Möchtest du dich von jedem Eis einzeln verabschieden oder reicht ein generelles *Auf Wiedersehen*?«

Aufgescheucht aus den Träumen meines neuen Hobbys sehe ich vom Fenster auf. Mit verschränkten Armen steht Tom an den Türrahmen gelehnt. Er lächelt mich so warmherzig an, dass ich für einen Moment vergesse, wie herum sich meine Welt dreht. Mit leichten Schritten gehe ich auf Tom zu. Obwohl, das ist nicht richtig, ich schwebe vielmehr auf ihn zu.

Vor dem *Schneeflöckchen* stehen drei Fahrräder und soeben springt aus dem *Le Petit* nebenan Flora heraus und umkreist die Räder schwanzwedelnd und fröhlich bellend.

»Flora liebt Fahrräder.« Lachend schließt Beatrice die Galerie zu. »Wenn sie könnte, würde sie bestimmt lieber mit dem Rad Gassi fahren als mit mir zu laufen.«

Beatrices lindgrünes Fransenkleid schlenkert ihr locker um die Knie, als sie sich zu uns umdreht. Mit einem Ruck bleibt sie stehen. »Sunny! Was ist denn mit dir passiert?«

Irritiert sehe ich an mir hinunter. Richtig, da war ja noch etwas! Etwas Neongelbes. Etwas Neongelbes und Enges über einer Hose mit Pappeinlage. »Ich mache eine Radtour. Mit Tom.« Schnell ziehe ich ihn zu mir und hake mich bei ihm ein. »Die Hose ist echt bequem! Musst du mal ausprobieren, vor allem beim Sitzen.«

»Nur gut, dass man im Sitzen Rad fährt.« Kopfschüttelnd umrundet mich Beatrice. »Und du willst wirklich eine Radtour machen? Mit einem Fahrrad? Du weißt schon, dass du dazu nicht nur auf ein Pedal drücken musst?«

Empört richte ich mich auf und ziehe den Reißverschluss meines modisch verirrten Shirts am Hals zu. »Autsch!«

Tom prustet belustigt und befreit sanft meine Haut aus ihrer eingeklemmten Lage. Warm berühren seine Fingerspitzen meinen Hals und beschleunigen meinen Puls. Die feinen Härchen im Nacken richten sich auf und lösen eine Gänsehaut auf meinem gesamten Körper aus.

Tom sieht mir in die Augen, bevor er sich meinem Hals entgegenbeugt und zart die Stelle küsst, die ich eben eingeklemmt habe.

Meine Gedanken schmelzen und mir wird schwindelig, und dieser Schwindel ist nur dadurch heilbar, dass Tom mich weiter küsst. Überall.

Ich will eben meine Arme um ihn schlingen, als er mit einem Grinsen von mir zurücktritt. »Wollen wir?«

Ob wir wollen? Also ich weiß ja nicht, wie es ihm geht, aber ich will definitiv.

Tom winkt mich zu den Rädern und schwer atmend nehme ich zur Kenntnis, dass sein Wollen und mein Wollen nicht unbedingt identisch sind.

Beatrices Blick wandert zwischen Tom und mir hin und her, während sie Flora anleint. »Na dann mal viel Vergnügen, ihr beiden. Beim *Radfahren.*« Damit winkt sie uns zu und läuft nach einem Augenzwinkern in Richtung Vierwaldstraße.

Ich räuspere mich und wende mich den Rädern vor mir zu. Wie warm mir jetzt schon ist, dabei sind wir noch nicht einmal losgefahren! »Warum eigentlich drei Räder? Darf ich mir eines aussuchen?«

Tom schüttelt den Kopf und zeigt auf das schlichte Rad in der Mitte. »Mit dem fährst du am besten. Es ist leicht und stabil und hat die perfekte Größe für dich. Die Gänge sind extrem fein abgestimmt, sodass du ohne viel Kraftaufwand vorwärtskommst.«

Ich gehe um das schnöde Rad herum. Weder hat es einen Korb hinten, noch vorn. Als Klingel klebt nur eine einfache schwarze Kugel am Lenker, wobei das ganze Rad simpel schwarz ist. Keine bunten Punkte oder Streifen oder ein wenig Glitzer wenigstens. »Was soll ich denn mit einer Gangschaltung mitten in Berlin? Unsere Stadt ist nicht unbedingt dafür berühmt, die steilsten Berge zu haben.«

»Deine Berge werden das Anfahren und Abbremsen sein, Miss Ich-brauche-keine-Gangschaltung, und der Gegenwind, vielleicht auch der Rückenwind.«

»Schon klar, es ist auch so stürmisch heute. Das laue Lüftchen pustet mich bestimmt gleich vom Fahrrad.« Ich klappe den Ständer *meines* Rades ein und steige über die Querstange vorn, nicht ohne mir dabei saftig das Knie zu stoßen. »Hast du kein richtiges Fahrrad, ohne so eine blöde Stange?«

Tom schließt für einen Moment die Augen und atmet tief ein. Dann reicht er mir einen Helm und fingerlose Handschuhe.

Ich nehme ihm den Helm ab und setze ihn auf. Die Handschuhe ignoriere ich. Als Nächstes kommt er noch mit Stützrädern um die Ecke! »Ich wäre dann so weit.«

»Wie du meinst.« Tom packt die verschmähten Handschuhe in eine Radtasche an seinem Uralt-Rad, steigt auf und greift sich das übrig gebliebene, dritte Fahrrad mit der rechten Hand. Dann radelt er an mir vorbei.

»Was machst du da? Glaubst du ernsthaft, ich mache mein Fahrrad kaputt, sodass du ein Ersatzrad für mich brauchst? So eine schlechte Radfahrerin bin ich nun auch wieder nicht!« Mit Schwung setze ich mich auf den Sattel und trete in die Pedalen. Ich habe kaum getreten, da hole ich schon Tom ein.

Dieses Fahrrad ist magisch, das fährt quasi von allein! Wieder trete ich in die Pedalen und sause an Tom vorbei über den Vierwaldplatz. Das macht Spaß! Ich glaube, ich habe noch ein neues Hobby entdeckt.

Tom taucht neben mir auf und weist mit dem Kopf hinter sich. »Falsche Richtung, Annie Londonderry. Wir müssen nach Westen.«

Oh! Ich bremse mit dem Rücktritt. Doch da ist kein Rücktritt! Meine Füße treten durch und ich schlittere mit unverminderter Geschwindigkeit auf das *Le Meilleur* zu.

»Mit beiden Händen LANGSAM mit den Hebeln am Lenker bremsen!«, brüllt mir Tom hinterher.

Ich tue, was er mir befiehlt, und bleibe mit einem Ruck stehen, sogar das Hinterrad hebt tüchtig vom Boden ab. Wow!

Neben mir hält Tom an. »Das nächste Mal bremst du bitte sanfter, nicht dass du noch über den Lenker schießt.«

»Ich kann's halt.« Lachend steige ich über die Fahrradstange, drehe das Rad um und schwinge mein Bein wieder darüber. Dieses Mal touchiert mein Knie das Metall deutlich leichter als beim ersten Mal. Leider an genau der Stelle, die ohnehin schon eingebeult ist.

Nun gut, ich will nicht jammern, echte Profiradfahrerinnen tragen schon mal die eine oder andere Blessur von ihrer Profession davon. Wenn ich noch ein paar Kilometer mehr fahre, könnte ich Tom das nächste Mal bestimmt begleiten, wenn er wieder zu seiner Tour nach Mallorca aufbricht. Gemeinsam radeln wir dem Sonnenuntergang entgegen, zu einer einsamen Bucht hin, begleitet von Meeresrauschen ...

»Der Eisspatz uffm Drahtesel. Ick lach ma scheckig.«

So gut es auf dem Rad geht, drehe ich mich um und plustere mich auf. Ich hasse es, vom alten Ludewig *Eisspatz* genannt zu werden. Obwohl ich den Spitznamen insgeheim ganz süß finde. Aber das würde ich nie und nimmer laut zugeben. Schade eigentlich.

»Nicht jeder will die Umwelt mit seiner Stinkekarre verpesten, so wie Sie, Herr Ludewig! Ich bin die geborene Radfahrerin.« Bevor er mir antworten kann, drehe ich mich wieder um und will eben losfahren, als mir noch ein i-Tüpfelchen einfällt, um ihn zu ärgern. »Was macht denn Ihr Vanilleeis für den Wettbewerb? Ich hoffe für Sie, es sieht mittlerweile wenigstens nach etwas aus, was Vanilleeis sein könnte.«

»Da machen Sie sich mal keene Sorgen, Fräulein Spatz, mein Vanilleeis sieht juter aus als wie Sie uffm Drahtesel«, ruft er mir hinterher.

Ehe ich absteigen kann, um diese Frechheit mit dem Ludewig auszudiskutieren, legt mir Tom die Hand in den Rücken und schiebt mich vom Ort des Geschehens. »Lass es gut sein, Sunny.«

Ich will protestieren, doch Toms warme Hand an meinem Rücken fühlt sich so unfassbar herrlich an.

»Wo fahren wir eigentlich hin?« Die Radwege unseres Vierwaldviertels sind glatt und breit. Die Sonne blinzelt durch die Lindenbäume neben uns und malt Schattenbilder auf meine neongelben Arme. Das Treten geht fast ohne Mühe, mein Popo hat es bequem und ich kann den Rausch nachempfinden, von dem Sportler immer reden. Ich könnte ewig so weiterradeln.

»Nach Falkensee.«

Oh, schön. Falkensee ist nett. Moment! Wieder bremse ich zu stark und schlingere kurz, bevor ich stehen bleibe. »Falkensee gehört nicht zu Berlin! Das liegt schon in Brandenburg und Brandenburg ist ein anderes Bundesland! Das ist ewig weit weg!«

Tom dreht sich zu mir um und lacht mich fröhlich an. »Komm schon, das schaffst du. Vertrau mir.«

Er winkt mir zu ihm zu folgen und fährt wieder los. Soll ich? Ach, was soll's, mit Tom, ich meine, mit diesem Fahrrad, komme ich überall hin.

Und in der Tat komme ich mit diesem Fahrrad überall hin, um genau zu sein sogar nach Falkensee. Allerdings hat uns unterwegs der Regionalexpress ein gutes Stück mitgenommen.

Nun radeln wir entspannt durch ein schattiges Waldgebiet zurück, begleitet von zwitschernden Vögeln und Eichhörnchen, die immer wieder über unsere Köpfe hinweg durch die Bäume turnen. Tief atme ich die würzige Luft des Waldes ein, während meine Beine sich gleichmäßig auf und ab bewegen. Dabei vermischt sich das Rauschen der Baumkronen mit dem Gesang einer Lerche.

Wir waren bei Toms Tante Johanna, für die er das dritte Fahrrad als Handrad mitgenommen hatte. Unsere Bäuche sind satt mit Apfelstrudel und Sahne und mein Herz fühlt sich leicht wie Zuckerwatte an.

»Da vorn, am Ende dieses Waldweges, ist schon der Bahnhof.« Tom, der neben mir aufrecht und ohne die Hände am Lenker fährt, zeigt nach vorn.

Der Weg ist viel zu kurz. Um ihn noch ein bisschen zu verlängern, bremse ich wohldosiert und bleibe fast ohne Schlingern stehen. Diese Bremsen würden selbst einen Güterzug anhalten. Ich kann also nichts dafür, dass meine Landung jedes Mal ein wenig holprig ausfällt.

Ich zeige auf einen Baumstumpf, der sich hervorragend als Pausenplätzchen anbietet. »Ich habe Durst.«

»Du hast doch erst vor zehn Minuten getrunken.«

»Da hatte ich auch Durst.«

Die Flasche im Flaschenhalter klemmt und ich ruckele daran, sie freizubekommen.

»Du weißt schon, dass diese Flaschenhalter so angebracht sind, dass man während der Fahrt die Flasche herausziehen und trinken kann?« Tom legt seine Hand über meine und zieht mit mir zusammen die Trinkflasche heraus.

»Ich muss doch die Hände am Lenker lassen«, murmele ich. Toms Gesicht ist so nah, dass ich seinen süßen Apfelstrudelatem riechen kann. Ohne den Blick von ihm abzuwenden, stecke ich die Flasche zurück in den Halter und lege Tom die Hände auf die Brust.

»Aber jetzt fährst du ja nicht und kannst deine Hände woanders lassen«, raunt Tom. »Und ich auch.« Langsam umschließt er mit seinen Armen meine Taille und zieht mich näher an sich heran.

»Gilt das auch für meine Lippen?«

Tom nickt und lächelt sanft. Ich schließe die Augen, stelle mich auf Zehenspitzen und beuge mich zu ihm, um ihn zu küssen. Mit meinem ganzen Herzen und meinem ganzen Sein.

Kapitel 16

E wie Einander

Erdnuss-Eis

Cremige, aromatische Erdnussbutter verwirbelt sich mit Sahne und gefriert mit ihr in Liebe. Vollendet durch duftend geröstete Erdnüsse.

Getragen von der Leichtigkeit meines Herzens entschuldige ich mich in der darauffolgenden Woche bei meiner Familie. Mein Großmut kennt keine Grenzen und wenn sie unbedingt darauf bestehen, dass ich mal wieder der Sündenbock bin, was soll's, ich gönne es ihnen großzügig. Weiß ich es doch besser.

Bei meiner Mutter stehe ich mit einer brandneuen Blu-Ray der *Glücksbäckerin* vor der Tür, so kann sie gar nicht anders, als mich hereinzulassen. Gut, meine Tränen helfen auch, mir fällt es wirklich schwer, mit meiner Mutter nicht im Guten zu sein.

Tante Marietta überzeuge ich mit einer *Sing-Along*-Einladung in die *Komische Oper*. Dank meiner Freundin Claire, deren Mutter Kostümbildnerin in der *Komischen Oper* ist, hatte ich die Möglichkeit, mir eine der heißbegehrten Karten zu erbetteln. Nun muss ich Claires Mutter nur noch bis in alle Ewigkeit mit Vanilleeis und Himbeerstreuseln versorgen.

Bei meinem Vater und Onkel Ole ist es einfacher – und kostengünstiger. Ihnen reicht mein gekonnter Flunsch, der in Wahrheit ziemlich ernst ist. Ich hasse es, wenn wir uns untereinander böse sind.

Bis Alma ihr Augenrollen mir gegenüber einstellt, ist es kniffeliger. Zum einen bemühe ich mich redlich, nicht allzu wilde Geschichten zu den gewünschten Eiskugeln der Gäste zu erzählen – wenn meine Cousine in der Nähe ist – und zum anderen bemühe ich mich noch redlicher, sämtliche Papiere – und ist es auch nur ein Werbeprospekt –, die für das *Schneeflöckchen* bestimmt sind, in die dafür vorgesehenen Ordner zu heften. Oder wenigstens in das korrekte Ablagekörbchen zu sortieren. Oder den Papierkram zumindest nicht als Unterlagen für die Eisbehälter zweckzuentfremden.

»Ist ja gut, Sunny, ich glaube, du hast genug gebüßt. Guten Morgen übrigens.« Mit gekräuselter Stirn nimmt mir Alma einen Brief ab, den ich gerade aus dem Briefkasten genommen habe und nun unschlüssig in der Hand halte. Kommt der nun drinnen in den grünen oder in den blauen Ablagekorb? Oder doch in den gelben? Den weißen? Vielleicht sollte ich ihn einfach in unseren Briefkasten zurückstecken, immerhin hat die Eisdiele den hübschesten Briefkasten weit und breit.

»Der Brief ist für Beatrice und vermutlich nur aus Versehen in unserem Briefkasten gelandet.«

»Dann haben wir keinen Ablagekorb für Beatrice? Ich dachte immer, du hast für alles einen.«

»In diesem Fall mache ich eine Ausnahme.«

Meine Schuhspitzen glänzen heute besonders schön in der Morgensonne und ich kann gar nicht den Blick davon wenden. »Und? Machst du bei mir auch eine Ausnahme?«

Alma hebt mit dem Zeigefinger mein Kinn an, sodass ich in ihr lachendes Gesicht schaue. »Für dich mache ich immer eine Ausnahme.«

Fest umarmen wir uns und zufrieden seufze ich auf. »Familie kann manchmal echt anstrengend sein.«

»Vor allem, wenn ein Mitglied in seiner ganz eigenen Welt lebt.« Damit gibt sie mir einen Klaps auf den Po und geht mit dem Brief zu Beatrice hinüber.

An der Galerie vorbei schlendern gerade Arm in Arm Leo und Julia auf mich zu. Beide lächeln zufrieden und sehen so harmonisch miteinander aus, wie ich es noch nie wahrgenommen habe. Was ich allerdings wahrnehme ist, dass meine heitere Gelassenheit einfach heiter bleibt. Kein Juliawölkchen trübt meinen Leohimmel, denn er ist nicht mehr mein Leo. Schon lange nicht mehr. Ich hatte lediglich vergessen loszulassen.

»Hallo ihr zwei, ihr seid ja früh dran. Was darf ich euch Gutes tun?« Und ich meine jedes Wort genauso. Die beiden haben nur das Allerbeste verdient.

Julia und Leo begrüßen mich mit einer Umarmung, die sich nie besser angefühlt hat.

Julia zieht aus ihrer Tasche einen dicken, braunen Umschlag hervor. »Hier sind Fotos von Blumenarrangements drin. Da du unseren Termin gestern leider abgesagt hast, wollte ich sie dir schnell vorbeibringen. Es wäre ganz gut, bis zum Ende der Woche zu wissen, in welche Richtung du dir deinen Blumenschmuck vorstellst. Vielleicht hast du schon so konkrete Vorstellungen von dem Brautstrauß, dass wir alle anderen Blumengestecke darum herum bauen können. Wenn du magst, gehe ich die Vorschläge mit dir durch.«

»Hi, grüßt euch.« Tom stellt sich zu uns und gibt beiden die Hand. Mit einer hochgezogenen Augenbraue mustert er die Blumenfotos in meiner Hand, die ich aus dem Umschlag gezogen habe und nun ganz schnell dorthin wieder zurückstecke. Muss er ausgerechnet jetzt seine Fahrräder vor dem *Veloziped* drapieren!

»Das wird nicht nötig sein, danke.« Ich winke nonchalant ab. »Aber mein Brautstrauß wird sicherlich etwas ganz Schlichtes.«

Julia nickt. »Bei deinem großartigen Kleid ist das eine hervorragende Idee. Was hältst du von weißen Ranunkeln mit silbrigem Eukalyptus und ein wenig rosa Schleierkraut?«

»Ich liebe Ranunkeln!« Vor Begeisterung strahle ich Tom an, der nun auch die zweite Augenbraue in ungeahnte Höhen zieht.

»Aber ich überlege noch einmal ganz in Ruhe.«

»Tu das. Du denkst bitte am Donnerstag an unseren Termin im Berliner Dom? Es war nicht einfach, den so kurzfristig zu bekommen.«

Da nun Toms Augenbrauen völlig unter den Haaren verschwunden sind und ich Angst habe, dass sie nie wieder auftauchen, verabschiede ich mich mit einer schwungvollen Umarmung von Julia. »Ich muss ganz dringend hinein. Du weißt schon, Eis machen und so.«

Leo winke ich zu, genauso wie Tom, ehe ich mich umdrehe und ins *Schneeflöckchen* stürme. Nur gut, dass ich die Tür schon aufgeschlossen hatte.

Allerdings ist die Tür auch für Tom offen, der mir prompt folgt. Er bleibt direkt vor mir stehen und umfasst mit den Händen leicht meine Oberarme. »Sunny, es gibt keine Hochzeit. Wir heiraten nicht. Es ist an der Zeit, endlich die Wahrheit zu sagen.«

»Aber wir haben uns geküsst.«

»Und das möchte ich jederzeit wiederholen, allerdings möchte ich meine unverlobte Sunny küssen.«

Ich weiß nicht, was da gerade meine Gedanken durcheinanderwirbelt, woher dieser eine Gedanke überhaupt kommt, und noch ehe ich ihn stoppen kann, verwandelt er sich in Worte. »Möchtest du mich heiraten?«

Und was macht dieser Kerl? Mir mitten ins Gesicht? Ohne überhaupt auch den Hauch eines Augenblickes nachzudenken?

Er lacht. Laut und herzhaft. »Sunny, erzähl endlich von deiner Nichthochzeit. Von mir aus denk dir eine deiner Geschichten aus und lass alle staunen, aber so möchte ich nicht weitermachen.«

Und nach einem Kuss auf meine Stirn verlässt Tom die Eisdiele.

Die nächsten Stunden grübele ich darüber nach, ob Tom mich angelacht oder ausgelacht hat. Während ich die wunderbar fruchtig duftenden Limetten für das herbsaure Limetten-Mascarpone-Eis kleinschneide, vermute ich eine Menge Spott in seinem Lachen. Doch als ich den süßen Dattelblütenhonig mit fein gemahlenen Mandeln zu einem Marzipangedicht für mein orientalisches Datteleis verknete, lacht er mich – zumindest in meiner Erinnerung – liebevoll an.

Aber wie ich es auch drehe und wende und mit welcher Eissorte auch immer ich versuche, mich zu beschäftigen, ich weiß, dass ich die Auflösung meiner Nichtverlobung endlich bekannt geben muss. Nur wie?

Gerade bin ich mit einem blauen Auge aus der Exit-Game-Geschichte hervorgegangen, und so möchte ich mir einen weiteren Fauxpas vor meiner Familie doch gern ersparen.

Ach verflixt, das Einfachste wäre in der Tat, wenn Tom meinen Heiratsantrag angenommen hätte. Dann wären wir wenigstens wirklich verlobt gewesen und ich hätte die wirkliche Verlobung wirklich beenden können.

Ich verdrehe die Augen über meine Gedanken, manchmal bin ich sogar mir selbst zu viel.

Liebevoll schütte ich gepressten Limettensaft in die Marzipan-Dattel-Creme und sehe dabei zu, wie die Masse – VERMATSCHT! Was mache ich hier?

Wütend schmeiße ich das Kännchen mit dem Limettensaft in die Spüle und will eben das vermurkste Marzipan hinterher feuern, als dessen fruchtig süßer Duft mich innehalten lässt. Vielleicht passt ja Limette doch ganz gut zu Dattelmarzipan?

»Alles okay?« Alma steckt den Kopf zur Tür herein und schnuppert begeistert. »Mmh, hier duftet es wieder herrlich. Was machst du?«

Ich winke ihr zu, wie ich eine Fliege verscheuchen würde, und brumme kurz auf.

»Eistunnel?«

Ich nicke und spendiere meiner Cousine ein zweites Brummen.

Zwei Stunden später bin ich am Ende des Tunnels angelangt und verkoste zusammen mit Alma meine neueste Kreation: ein sagenhaft köstliches Limetten-Marzipan-Dattel-Eis. Frischgrün zieht sich in einem Swirl die Limetten-Marzipanschicht durch das hellbeige Dattelhonigeis, getoppt von kandierten Limettenschalen und karamellisierten Dattelstückchen.

»Ich esse nie wieder etwas anderes!« Alma kratzt auch die allerletzten Spuren des Eises aus ihrem Becher, der bis eben noch eine mehr als angemessene Probierportion enthalten hat.

Zwischendurch bedienen wir immer wieder die bunt gemischten Gäste des *Schneeflöckchens*, die wir gleich als Testesser einspannen. Lediglich unser Brummel-Stammgast Herr Johann verlangt unbeirrt nach seinem Dienstags-ess-ich-immer-Milchschokoladen-Rum-Eis. Das habe er schon immer so gemacht. Wobei sein *Immer* zwei Jahre bedeutet, nämlich seitdem ich vor zwei Jahren die Eisdiele eröffnet habe und er mein Rumkunstwerk mit spitzen Zähnen verköstigte. Und wehe mir, ich habe das Eis nicht an einem Dienstag vorrätig! Einmal und nie wieder!

»Hallo ihr Lieben!« Schwungvoll wirbelt Julie ins *Schneeflöckchen*, im Schlepptau ihren Freund Lukas. Genauso schwungvoll landet ein Knutscher meiner Freundin auf meiner Wange.

»Ihr seht ja superschick aus. Ist das nicht ein wenig overdressed für einen Besuch in einer Eisdiele?« Lachend umrunde ich Julie. Ihr blush-farbener Tüllrock ist asymmetrisch geschnitten und reicht ihr hinten bis zum Knöchel, dazu funkelt ein passendes Pailletten-Mieder in warmen Goldtönen. Hohe, zierliche Riemchensandaletten vollenden ihr elegantes Auftreten. Lukas in seinem Anzug sieht nicht minder prächtig aus.

»Heute ist doch die Hochzeit von Lukas' Cousin, das hatte ich dir letztens erzählt, als du bei mir in der *Schokofee* warst, du Vergissmeinnicht.«

Ja, jetzt wo Julie das so erwähnt. Allerdings ist das vermutlich der einzige Besuch in Julies Chocolaterie, den ich am liebsten streichen möchte. Mein Gedächtnis hatte es zumindest schon hinbekommen.

Julies leider noch nicht. »Du warst doch mit dieser neuen Freundin von Leo da, mit dieser Julia, richtig?«

Ich nicke dezent und behalte Alma im Blick, die verdächtig gouvernantenhaft die Stirn in viel zu viele Falten legt. »Ja, das kann sein. Und? Wie geht es der *Schokofee* so?«

»Gut. Julia ist übrigens so begeistert von meinen Schokokreationen, dass sie schon zwei weitere Termine für anderen Bräute, die sie betreut, bei mir vereinbart hat.« Julie strahlt mich an, als wäre das allein mein Verdienst. »Hast du dir mittlerweile eigentlich schon mit Tom ein paar Gedanken über den Sweet Table für eure Hochzeit gemacht? Deine Ideen dafür sind wirklich grandios.«

Alma knufft mich mit der Schulter. »Ein Sweet Table? Für deine Hochzeit? Wie nett. Erzähl doch mal.«

Ich knuffe zurück. Stärker als notwendig. »Jetzt nicht, das muss ich mir erst noch überlegen und außerdem mit Tom besprechen.« Rasch trete ich zwei Schritte vor Alma und wende mich an Julie und Lukas. »Die Feier ist drüben im *Le Meilleur*?«

»Das Essen gerade ja, der Ball gleich im Hotel nebenan.«

»Ich vermute, dann gelüstet es euch jetzt bestimmt nach einem netten, süßen Eis zum Dessert, oder?«

»Ich hatte gehofft, dass du das erkennst.« Lukas faltet seine Hände und sieht mich flehend an. »Das Essen war absolut genial, aber mit den Desserts haben sie es dort drüben nicht so sehr. Angeblich sollte das auf unseren Tellern Vanilleeis mit heißen Himbeeren sein. Mir ist noch immer ganz heiß von dem Zeug.«

»Oh ihr Armen, ich fühle mit euch. Dann habe ich hier genau das Richtige. Wie wäre es mit einem Eis-Cocktail?«

»Perfekt.« Julie blickt sich im gut gefüllten *Schneeflöckchen* um. »Wir suchen uns draußen ein Plätzchen, wenn das in Ordnung ist.«

»Aber sicher doch.« Um Alma noch ein Stück weiter aus dem Weg zu gehen, begleite ich Julie und Lukas nach draußen. Nachdem sie es sich gemütlich gemacht und wir ausgiebig über den blitzblauen Himmel gefachsimpelt haben, wage ich mich wieder in die Eisdiele, denn Alma ist vollauf damit beschäftigt, den späten Eisessern die letzte Runde Eis zu servieren. Für ihre Alma-Blicke extra für mich reicht es dennoch.

An der Eisbar richte ich schleunigst zwei Eis-Cocktails her und eile so unauffällig wie möglich an Alma vorbei zurück zu Julie und Lukas.

»Voilà! Eure Sorbet-Cocktails, ein sanfter Crémant-Idared für dich, Julie, und ein herb-malziger Whisky-

Bitterorange für dich, Lukas.« Damit stelle ich ein langstieliges Glas vor Julie, in dem ein rubinrotes Apfel-Sorbet am Stiel zur Hälfte kopfüber in goldenem, sprudelndem Crémant prickelt. Während Lukas' Bitterorangen-Sorbet in einem bernsteinfarbenen Talisker Storm Whisky in einem dickbauchigen Glas herbsüße Aromen verbreitet.

Zufrieden setze ich mich zu den beiden. »Erzählt, wie sieht die Braut aus und was gab es Leckeres zu essen?«

Julie winkt ab und fängt sich einen strafenden Blick von Lukas ein. »Ach die Braut, ein weißer Sahnetuff mit roten Bäckchen, aber einem Dekolleté bis zu den Kniekehlen. Doch das Essen hat es definitiv wieder rausgerissen. Es gab Kalbsfilet mit Gnocchi auf Radicchio und dazu zweierlei Möhren mit Blutorange, ein Gedicht, sage ich dir.«

»Da hat sich der Ludewig bestimmt wieder selbst auf die Schulter geklopft.« Ich weiß, ich weiß, aus mir spricht nur der Neid, denn als verspätetes Mittagessen durfte ich nur eine Stulle mit Brot mein Eigen nennen.

Julie schleckt genüsslich an ihrem Idared-Sorbet, bevor sie mit dem Löffel auf mich zeigt. »Dein Lieblingskoch war beim Essen gar nicht mehr dabei. Als wir alle nach der Trauung im Restaurant eintrafen, flatterte der Ludewig wie ein aufgeschreckter Hahn in der Lobby herum. Er müsse unbedingt seine Sendung morgen noch vorbereiten, denn es sei ihm gelungen, den Kramer als Gast zu bekommen.«

»Christoph Kramer?«

Julie nickt und nippt gleichzeitig an ihrem Crémant.

»Der hat aber auch immer ein Glück.«

»Wer? Der Ludewig oder der Kramer?«, kichert Julie und leckt sich Eis vom Finger.

Als Antwort sehe ich sie nur strafend an.

»Wir hatten aber auch Glück, denn der junge Ludewig hat übernommen. Der Apfel wurde ganz weit weg vom väterlichen Stamm geschleudert.«

»Ich wusste gar nicht, dass der alte Ludewig einen Sohn hat. Du?« Ich drehe mich zu Alma um, die sich gerade mit einer Tasse Kaffee zu uns gesellt. Oder gesellte, denn sie zuckt nur mit den Schultern, murmelt etwas von Milch vergessen und eilt zurück ins *Schneeflöckchen*.

»Andreas hat mir erzählt, der Junior wäre in den letzten Jahren im *Ikarus* in Salzburg gewesen, möglichst weit weg von seinem alten Silberrücken-Herrn.« Lukas stellt sein geleertes Glas zurück auf den Tisch und lehnt sich entspannt zurück. »Sunny, das Eis war phänomenal.«

»Freut mich, dass es dir geschmeckt hat.«

»Apropos schmecken.« Julie kramt in ihrer koffergroßen Handtasche, die so gar nicht zu ihrem edlen Outfit passen will. Daraus hervor holt sie eine handgroße Pralinenschachtel in Rosenform, die sie mir herüberschiebt. »Ich glaube, die wirst du mögen.«

Zum Vorschein kommen zarte, dunkle Schokoladenherzen mit einem zuckrigen roten Rand. Ich beiße sofort in eines hinein und bin im Schokoladenhimmel.

»Guanaja Schokolade gefüllt mit einer Granatapfel-Himbeer-Creme. Und als i-Tüpfelchen Himbeerstreusel-Zuckerguss nach einem Geheimrezept meiner wunderbaren Freundin Sunny.«

Verzückt sehe ich Julie an und lasse mir einen zweiten Herztrüffel auf der Zunge zergehen. »Wie kann etwas, was nicht Eis ist, so lecker sein! Und dazu noch diese spektakuläre rote Farbe! Wie hast du denn die Granatapfelkerne und Himbeeren mit der Schokolade so geschmeidig bekommen?«

Julies Augen glänzen, während sie sich vorbeugt. »Du wirst es nicht glauben, aber die Geheimzutat ist hier in der Tat ein Löffelchen Olivenöl. Die Trüffelmasse war nach dem Passieren der Granatapfelkerne schon ziemlich perfekt, aber durch das Öl kam das gewisse Extra hinein. Und da die herrliche Guanaja Schokolade bereits in der Ganache ihr Wunder vollbringen durfte, kann nur ein Schokoladengeschenk herauskommen.«

Julie nimmt sich eines der dunklen Herzen und riecht mit geschlossenen Augen daran. »Fühlt ihr auch dabei die Weite Südamerikas? Die Schönheit der Karibikinseln?«

Ich weiß, was Julie meint, und ein merkwürdiges Fernweh packt mich, obwohl ich eher der Zuhause-Typ bin. Auch Lukas sieht seine Freundin verträumt an.

Julie funkelt mit der warmen Abendsonne um die Wette und goldene Reflexe spielen in ihrem schokoladenbraunen Haar. Ein feines Lächeln ziert ihren Mund, während sie die Augen wieder öffnet.

In diesem Moment erhebt sich Lukas langsam, läuft hinter mir vorbei zu Julie und kniet vor ihr nieder. Sanft nimmt er ihre Hände in seine. »Ich liebe dich, Julie. Ich liebe deine Leidenschaft, mit der du alles tust, und ich liebe deine Art, wie du dein Leben mit Begeisterung füllst. Du lebst jeden einzelnen Tag, als wäre es dein erster und ich wäre gern jeden Morgen von Neuem bei dir, um mit dir gemeinsam unser Leben zu leben.«

Lukas hält einen Moment inne, und für ihn und Julie bleibt einen Herzschlag lang die Welt stehen. »Julie, möchtest du mich heiraten?«

Julie rutscht von ihrem Stuhl und kniet nun Lukas gegenüber. Sie nickt und lacht. »Ja! Ja, das will ich!«

Hinter mir brandet Applaus auf, als sich Julie und Lukas küssen. Ich drehe mich um und muss breit grinsen angesichts der Gäste, die sich im Eingang des

Schneeflöckchens drängen, um in den Genuss dieses wunderschönen Heiratsantrages zu kommen. Angelockt von dem Jubel steckt auch Tom den Kopf aus der offenen Tür des *Velozipeds*.

Mit einem Blick erfasst er die Situation, doch anstatt sich mitzufreuen, sieht er mich nur für einen Moment ernst an, ehe er wieder zurück in den Radladen geht.

Alter Brummbär. Wahrscheinlich klemmt wieder eine seiner Fahrradketten oder eine Speiche ist verbogen. Dass Lukas ausgerechnet hier bei mir um Julies Hand anhält, ist ja nun wirklich nicht meine Schuld! Damit habe ich dieses Mal nichts zu tun. Obwohl, vielleicht ein klitzekleines bisschen, in Form meines magischen Eises.

Kapitel 17

E wie Erneut

Eierlikör-Eis

Cremiger Eierlikör macht es sich gemütlich in einem weichen Bett aus sahnigem Eis. Für die herbe Note sorgt ein Espresso-Swirl, der sich um die Köstlichkeit ringelt.

Wenn ich durch den Torbogen zum Hofgarten des *Teetässchens* laufe, komme ich mir jedes Mal vor wie Alice im Wunderland bei ihrem Sturz ins Kaninchenloch. Nur, dass ich nicht stürze und es auch nicht dunkel und schwarz um mich herum ist und ich auch keinem hysterischen Kaninchen hinterherrenne, aber im Prinzip ist es vergleichbar, so ungefähr.

Der Kirschbaum in der Mitte des Hofgartens steht in voller, weißer Blütenpracht, der Lärm der Großstadt hinter Alma und mir ist nur noch ein fernes Rauschen. Es duftet weich und klar nach Frühling und ich atme tief durch, während wir durch den Hofgarten zur Teestube spazieren.

Miela verabschiedet gerade die letzten Gäste, die plaudernd an Alma und mir vorüberschlendern.

Miela stemmt die Hände in die Taille über ihrem imposanten Petticoatrock und legt den Kopf schief. »Unpünktlich wie immer. Und damit meine ich nicht nur euch. Aber vermutlich sind die Schließzeiten im *Schneeflöckchen* ebenso flexibel wie im *Teetässchen.*« Damit winkt sie uns lachend in die Teestube und begleitet uns zu einem Tisch direkt am Fenster, durch das die tiefstehende Sonne goldene Lichtmuster malt.

»Assa hat ein Date mit Herrn von Weimann, also müsst ihr mit einer meiner Teekreationen vorliebnehmen. Was haltet ihr von einem feinen weißen Schneeknospentee?«

»Hört sich gut an.« Seufzend lasse ich mich auf das weiche Polster des Samtsessels sinken. Die Fahrt hierher war weniger als kein Vergnügen, das Parklücke finden schon gar nicht, und an das Einparken an sich will ich gar nicht denken. Aus dieser Miniparklücke werde ich nur noch mithilfe eines Kranes herauskommen.

Dabei hat mir Tom noch hinterhergerufen, ich solle das Fahrrad nehmen, damit wäre ich schneller. Schon klar, vom Vierwaldplatz zu den Hackeschen Höfen mit dem Rad! Aber so ganz neutral betrachtet wären wir wirklich schneller gewesen. Doch dann wären wir zu früh hier gewesen – zwar pünktlich zu unserer Verabredung mit Miela, aber zu früh, denn sie hatte ja noch Gäste. Also, alles richtig gemacht.

Miela stellt drei dampfende Teetassen vor uns auf den Tisch und einen Teller mit kunterbunten Macarons. Das herbaromatische Teearoma vermischt sich verführerisch mit dem süßfruchtigen Duft der Macarons und ich greife nach einem sonnengelben Exemplar mit einer Füllung aus Ananas-Mascarpone-Creme.

Mielas Rock raschelt, während sie sich zu Alma und mir setzt. »So ihr Lieben, Anfang der Woche hatte ich endlich Gelegenheit, bei Constanze nachzuhaken, was damals bei dem Gewinnertreffen vom Backwettbewerb mit Christoph Kramer passiert ist.«

Gespannt halte ich mein zweites Macaron auf halber Höhe in der Luft, während Alma sich neugierig nach vorn beugt.

»Also, der Gewinn war ja ein exklusives Treffen mit Christoph Kramer. Und das war anscheinend auch der Haken an der ganzen Sache: Es ging um *ein* Treffen. Eure Mütter hatten aber gemeinsam den Backwettbewerb gewonnen.«

»Ja und? Dann gehen sie halt *gemeinsam* zu dem *einen* Treffen. Sie haben doch sonst auch alles zusammen gemacht.« Genüsslich beiße ich nun doch in den rosa Himbeertraum in meiner Hand.

»Es handelte sich nicht nur um *ein* Treffen, sondern auch nur um *eine* Einladung *eines* Gewinners.«

Alma nickt verstehend. »Ah, okay, das heißt, sie sind gemeinsam nicht hingegangen, da nur meine Mutter oder Tante Marie hätte teilnehmen dürfen.«

»Ja und nein.« Miela wiegt ihren Kopf bedächtig und trinkt einen Schluck Tee. »Eure Mütter haben natürlich darum gebeten, dass sie beide an dem Treffen teilnehmen dürfen. Constanze sah darin auch keinerlei Problem und hat das so an das Management vom Kramer weitergegeben, aber dann kam der Knall ...«

»... entweder eine oder keine, richtig?«, falle ich Miela ins Wort.

Diese nickt. »Genau. Was in der Redaktion übrigens auch für heftige Diskussionen gesorgt hatte. Aber die Trulla der Agentur blieb stur, und so musste Constanze eure Mütter entscheiden lassen, wer von ihnen am Treffen teilnehmen möchte. Beide haben ohne zu zögern abgesagt.«

Alma sieht mich an und hebt die Hände. »Aber das erklärt noch immer nicht den Streit. Warum haben sie sich denn verkracht, wenn sie gemeinsam beschlossen haben, nicht hinzugehen?«

»Das war auch noch nicht alles. Constanze, geschäftstüchtig wie eh und je, hat den Termin mit Kramer natürlich nicht abgesagt, denn wenn sie schon so ein Zugpferd wie den Superpatissier in Griffweite hat, greift sie auch höchstpersönlich zu. Die Verkaufszahlen mit Christoph Kramer auf dem Cover wären himmelhoch gewesen. Egal ob mit oder ohne der Gewinnerin des Backwettbewerbes.«

Ungeduldig klopfe ich mit den Fingern gegen mein Teeglas. Bis jetzt habe ich noch immer keine Idee, wie Alma und ich Friedensrichterinnen spielen können.

Miela winkt derweil durch das Fenster Dana zu, die zusammen mit Leon ihre Schneiderpuppen ins *Eingefädelt* räumt. »Und dann ging es in die zweite Runde. Noch am selben Tag, an dem eure Mütter gemeinsam das Treffen kategorisch abgelehnt hatten, kam deine Mutter, Sunny, zu Constanze ins Büro und teilte ihr mit, sie habe sich jetzt doch mit ihrer Schwester geeinigt. Zähneknirschend hat Constanze ihr den Termin am darauffolgenden Freitag bestätigt.«

Oh, oh, mir schwant da etwas Unglaubliches, und Almas Augengröße nach zu urteilen hegt sie ähnliche Gedanken.

Da nickt Miela uns auch schon zu. »Ihr ahnt, was dann folgt. Kurz darauf kam auch deine Mutter, Alma, zu Constanze ins Büro, um nun ihrerseits mitzuteilen, sie hätte sich mit ihrer Schwester geeinigt, dass sie diejenige wäre, welche am Treffen teilnehme.«

»Oh nein! Und Constanze hat Tante Marietta brühwarm erzählt, dass meine Mutter schneller gewesen war und daraufhin wurde sie sauer und die beiden haben sich verkracht.« Genervt schüttele ich den Kopf, so inkonsequent kenne ich meine Mutter gar nicht. Dieser Kerl hat ihr echt den Kopf verdreht, eigentlich ja beiden, da Tante Marietta offensichtlich das Gleiche vorhatte und nur zu spät kam.

»Aber es gab doch nie eine Ausgabe der *WeSelf* mit Tante Marie und Christoph Kramer, das hätten wir doch mitbekommen.« Alma zieht die Augenbrauen zusammen und knabbert nachdenklich an einem beigen Macaron.

Miela klatscht einmal kurz in die Hände. »Genau. Denn Constanze war zu einem Termin unterwegs, als Marietta eintraf, und so wurde sie von Gorden in Empfang genommen, der wiederum nichts von dem Termin von Marie und Constanze wusste und ihr den Termin am Freitag bestätigte.«

»Nein!« Baff lasse ich mich im Sessel zurückfallen. Das gibt es doch in keiner Seifenoper! Die beiden schlitzohrigen Ladys haben sich da einen echt cleveren Coup einfallen lassen.

»Wie genial ist das denn!« Alma lacht herzhaft und prostet mir mit ihrem Teeglas zu. »Da haben sich die beiden einfach gemeinsam zum Treffen mit dem Kramer eingeladen. Wie raffiniert.«

Raffiniert schon und, das muss ich neidlos zugeben, ich hätte mir die Geschichte nicht besser ausdenken können. Allerdings birgt sie für mich noch immer kein Streitpotenzial.

Da grinst Miela auch schon breit über das ganze Gesicht und spielt betont lässig mit einer ihrer rotgoldenen Locken.

Almas Lachen zerbröselt. »Die Geschichte geht noch weiter, richtig?«

»Aber so was von. Möchtet ihr noch einen frischen Tee, bevor ich weitererzähle?« Zuckersüß lächelt uns Miela an.

»Nein!«, rufen Alma und ich gemeinsam.

»Also nein, danke«, schiebe ich schnell hinterher.

»An dem besagten Freitag kamen dann wirklich eure beiden Mütter zu dem Treffen mit Christoph Kramer. Aber! Sie wussten nichts voneinander.«

Mielas Satz bleibt regelrecht zwischen uns dreien hängen.

Da haben wir den Schlamassel. Ich sehe das Aufeinandertreffen vor mir und kneife meine inneren Augen zusammen, als würde ich es damit im Nachhinein noch verhindern können. Das muss sich schrecklich angefühlt haben, so ertappt zu werden.

»Und?«, fragt Alma vorsichtig nach.

»Laut Constanze kamen die beiden fast gleichzeitig, sahen sich und gingen. Ohne auch nur ein einziges Wort zu irgendjemandem. Das war's. Oder zumindest fast. Christoph Kramer wollte den beiden hinterherlaufen, ist jedoch über ein Kabel oder so gestolpert und hat sich das Knie geprellt. Ende der Geschichte. Die tobende Constanze erspare ich euch lieber, davon hatte sogar ich noch etwas im Nachhinein.«

»Sorry«, murmele ich, doch Miela winkt ab.

»Halb so schlimm. Die Geschichte war es wert. Ich hoffe nur, dass sich Marie und Marietta bald wieder vertragen. Bis zum Geburtstag sind es doch nur noch ein paar Tage, oder? Ist die Feier nicht sogar schon kommenden Sonntag?«

»Allerdings. Und wenn uns nicht bald etwas Vernünftiges einfällt, wird es die blödeste Geburtstagsparty unserer Familie.«

Nachdem wir bei einem Jagertee die Ereignisse erfolglos hin und her gewälzt haben, verabschieden Alma und ich uns von Miela und stromern an den Hackeschen Höfen vorbei zum Auto, welches weiter weg geparkt steht als alle Tram-, S- und U-Bahnstationen der Umgebung liegen.

Schweigend schieben wir uns durch die Touristenströme, die begeistert überall anhalten und hierhin und dorthin zeigen. Beliebtestes Selfie-Fotomotiv scheint dabei der Berliner Fernsehturm im Hintergrund zu sein.

Mit einem Ruck bleibe ich stehen, sodass Alma auf mich aufläuft. »Was?«, brummt sie mich an und kann gerade noch ihr Smartphone festhalten, auf dem sie anscheinend rumgetippt hat.

»Was wäre, wenn wir die Feier woanders hin verlagern? Und zwar dorthin, wo sich unsere Mütter für, sagen wir mal, eine Stunde gemeinsam aufhalten müssten?«

Alma blinzelt mich gönnerhaft an. »Einen weiteren *Escape Room*?«

»Ja, ja, spotte du nur. Nein, ich meine dorthin.« Damit strecke ich meinen Arm aus und zeige in Richtung Fernsehturmspitze, so gekonnt wie die Moderatorin bei *The Taste*, wenn sie zur Uhr zeigt. Ich kann mir gerade noch verkneifen zu rufen *Eure Zeit startet jetzt*!

»Was willst du denn damit erreichen? Sicher, die Aussicht von oben ist schöner als im *MaMa*, aber nur, weil wir eine Feier im Fernsehturm organisieren, lösen sich Tante Maries und Mamas Animositäten nicht in Wohlgefallen auf.« Mehrfaches Brummen von Almas Telefon lenkt ihre Aufmerksamkeit von mir weg. »Moment mal, bitte.«

Geduldig warte ich darauf, dass sie fertig tippt und lasse dabei meine Gedanken in die luftigen Höhen des Fernsehturms schweifen. Es dauert eine Stunde, bis die Kugel einmal herum ist. Eine Stunde sollte doch ausreichen, ein paar blöd gelaufene Sekunden wettzumachen.

»Stopp, Sunny! Dein glasiger Blick gefällt mir gar nicht. Also, was auch immer du dir gerade zusammen fantasierst, vergiss es.« Alma baut sich vor mir auf und versperrt mir damit den Blick auf den Fernsehturm.

»Überleg doch mal. Wir alle da oben, über den Dächern Berlins, da muss die Freiheit wohl grenzenlos sein ...«

»... über den Wolken muss die Freiheit wohl grenzenlos sein!«

»Egal. Die beiden sollen uns doch nur eine Stunde geben. Da wir jetzt endlich wissen, was vorgefallen ist, können wir das aus der Welt schaffen, wir müssen sie nur zwingen, miteinander zu reden.« Mir wird ganz warm bei dem Gedanken und ich fächele mir Luft zu. Die Lösung liegt so nah.

Doch anscheinend nicht nah genug für meine Cousine. »Wie willst du sie denn überhaupt gemeinsam nach oben schaffen? Sie feiern doch selbst im *MaMa* nacheinander.«

Ich drehe Alma um, sodass wir beide in Richtung Fernsehturm blicken. Von hinten umarme ich sie und lege mein Kinn auf ihre Schulter. »Es gibt zwei Wege zu den Fahrstühlen, je nach Ticket, das können wir also geschickt einfädeln. Das größte Problem ist lediglich, noch Platz für Sonntag zu bekommen, aber das, mein allerliebstes Lieblingscousinchen, kannst du gewiss regeln, denn hat nicht dein ehemaliger Chef gewisse familiäre Verbindungen in Richtung Veranstaltungsmanagement beim Berliner Fernsehturm?«

Almas Schulter entspannt sich unter meinem Kinn. »Ich weiß nicht so recht, wie sollen wir es denn den beiden verkaufen, auf dem Fernsehturm zu feiern?«

»Ganz einfach, indem wir es ihnen als unser Geschenk präsentieren. Ein Geschenk dürfen sie nicht ablehnen! Außerdem umwickeln wir sie mit unserem jeweiligen Tochterbonus. Du bearbeitest Tante Marietta und ich Mama und wenn es sein muss, mit allen erlaubten und unerlaubten Mitteln. Abgemacht?«

Alma seufzt tief und schüttelt den Kopf.

»Komm schon, einen Versuch ist es wert. Und schlimmer kann es ohnehin nicht mehr werden.«

Wieder funkt Almas Telefon in unsere Unterhaltung hinein. Und sie ignoriert es nicht einmal, sondern greift sofort danach.

Genervt lasse ich sie los und schmule über ihre Schulter. »Wem schreibst du denn da ständig?«

Alma dreht sich zur Seite und lässt das Telefon zurück in ihre Hosentasche gleiten. »Niemandem.«

»Das sehe ich. Hast du einen neuen Verehrer?«

»Gut Sunny, dann machen wir es so wie eben besprochen. Ich arrangiere einen Termin im Fernsehturmrestaurant für Sonntag, du tüftelst die Route aus und getrennt voneinander laden wir unsere Mütter zu dem großen Ereignis ein. Und alle anderen nebenbei gesagt auch! Ich würde sagen, wir haben in den nächsten Tagen mehr als reichlich zu tun. Mir fällt auch gerade ein, ich habe noch einen Termin, den hätte ich fast verschwitzt. Hab noch einen schönen Abend.« Alma küsst mich flüchtig auf die Wange und verschwindet wie durch die magischen Hände der *Ehrlich Brothers* in der anonymen Großstadtmenge. Kurz bin ich versucht, mich umzudrehen, um nachzusehen, ob sie vielleicht wundersamerweise hinter mir wiederauftaucht.

Doch da befindet sich nur eine asiatische Touristengruppe, die mir freundlich zuwinkt.

»Guten Morgen.« Schwungvoll betrete ich das *MaMa*, in dem meine Mutter heute das Sagen hat. Seitdem sie und Tante Marietta sich verkracht haben, führe ich akribisch Buch, wer von den beiden Dienst hat. Zumindest hatte ich mir das vorgenommen und mir extra ein hübsches Kalenderbuch besorgt, doch fehlt mir hin und wieder die Zeit für solcherlei schriftstellerischen Tätigkeiten. So gehe ich meist auf gut Glück am *MaMa* vorbei und schaue, wen ich von den beiden erwische.

Heute ist es meine Mutter, prima, denn das war mein Plan. Wie gut, dass ich mir diesen Kalender zugelegt hatte.

Die lilagelockte Kundin am Tresen, die gerade ihre Einkäufe in einen altmodischen Henkelkorb sortiert, dreht sich zu mir um, nicht ohne sich dramatisch an die Brust zu fassen, als ich die Tür aufreiße. »Fräulein Spatz, Sie können einen aber auch erschrecken.«

»Entschuldigung Frau Schuppler, das stand selbstverständlich nicht in meiner Absicht. Es ist nur so ein herrlicher Tag heute und ich habe gute Neuigkeiten, ja und überhaupt ...« Schnell bremse ich meinen Redeschwall, denn in Frau Schupplers Echsenaugen blitzt regelrecht die Neugierde. Und wie immer wird diese nur ganz zum Allgemeinwohl eingesetzt.

»Oh, ich liebe gute Neuigkeiten. Welche sind es denn?« Dezent richtet sich Frau Schuppler die Hörgeräte in den Ohren.

Auch meine Mutter mustert mich interessiert, wenn auch mit skeptisch zusammengezogenen Augenbrauen. »Es wird doch wohl nicht schon wieder jemand heiraten, meine liebe Sunny?«

Für einen Moment plumpsen mir sämtliche Gedanke aus dem Kopf, doch ich fange mich schnell wieder. Im Übrigen ist der Strohhalm, den mir meine Mutter gerade unwissentlich reicht, perfekt für gute Neuigkeiten für Frau Schuppler. Meine ursprünglichen Neuigkeiten, würde ich dann doch gern unter vier Augen meiner Mutter kredenzen. Oder unter sechs, denn eben betritt mein Vater aus dem Hinterzimmer die *MaMa*-Bühne. »Hallo Sunnylein, musst du nicht arbeiten?«

»Ich war heute früh schon fleißig. Das türkise Kiwi-Blaubeereis ist grandios geworden. Ihr könnt euch gar nicht vorstellen, wie herrlich fruchtig es zusammen mit dem gelben Guaveneis schmeckt. Und wie toll die beiden in der Eisschale farblich harmonieren.«

Frau Schuppler linst über den Rand ihrer Brille. »Vermutlich ähnlich bunt wie Ihre heutige Kleiderwahl?«

Ich sehe an mir herunter, und in der Tat weist meine türkise Jeans mit der gelben Bluse auffallende Ähnlichkeit auf mit dem heutigen Eisbecher des Tages im *Schneeflöckchen*.

»Und was ist nun deine große Neuigkeit, für die du dich extra aus deiner Eisdiele entfernst, um deine alten Eltern aufzusuchen?« Meine Mutter legt Frau Schuppler eine Flasche Olivenöl in den Korb und nickt ihr zu.

»Julie und Lukas heiraten.«

Nachdenklich greift Frau Schuppler nach ihrem Korb. »Die beiden Herrschaften sind nicht aus unserem Viertel, wie mir scheint. Die Namen sagen mir so gar nichts. Nun denn, bis nächste Woche, sehr verehrte Frau Spatz. Ich empfehle mich. Herr Spatz, Fräulein Spatz.«

Mit einer angedeuteten Verbeugung öffne ich Frau Schuppler die Tür und lasse sie hinaustreten in diesen wunderschönen, sonnigen Morgen.

Da mir meine Mutter aufgrund der möglichen Kundschaft aus dem *MaMa* nicht so einfach davonrennen kann, fand ich diesen Termin hervorragend von mir gewählt. Mit meinem Vater rechnete ich jedoch nicht, da dieser sich freitagvormittags normalerweise in der Kita aufhält, um mit den Kindern an der Modelleisenbahn herumzuwerkeln. Und weil es freitags oft Eierkuchen mit Apfelmus gibt.

Nun gut, ich gehe es ruhig und diplomatisch an und zur Not werfe ich mich vor die Eingangstür und Papa vor den Hintereingang. Egal was kommt, ich werde meine Mutter heute dazu überreden, ihren sechzigsten Geburtstag mit uns am Sonntag im Fernsehturm zu feiern. Alma hat mir gestern Abend noch eine Nachricht geschickt, dass es mit dem Restaurant klappt und sogar schon Tante Marietta einverstanden ist. Wie auch immer sie das alles so schnell geschafft hat.

Okay, was Alma kann, kann ich auch.

Oh! Im Weinregal entdecke ich einen *Amarone Classico* aus dem Jahr 2009. Der wäre perfekt für mein delikates Rotweineis. Zusammen mit gewürzten Blutbirnen lasse ich alles dafür stehen und liegen.

»Das sind wirklich nette Neuigkeiten, dass Julie und Lukas heiraten werden, aber dafür kommst du doch nicht extra am helllichten Tag aus deinem Eisallerheiligsten hierher, oder?«

Ich zucke zusammen, als meine Mutter mich so unvermittelt anstupst.

Schnell hole ich meine Gedanken zurück aus Italien und lege den grandiosen Rotwein zurück ins Regal. Ich hole tief Luft. »Mama.«

»Ja?«

Wieder hole ich tief Luft. Ich scheine gerade extra viel davon zu brauchen. Aber mein Anliegen ist mir auch extra wichtig. »Mama, ich, also Alma und ich, würden dich gern zu deinem Geburtstag in das Restaurant im Fernsehturm einladen und dort mit allen Gästen feiern. Euer, ich meine dein Geburtstag ist doch etwas Besonderes und wir feiern sonst immer im *MaMa*, was auch wirklich toll ist, aber halt immer gleich. Ich würde mich total freuen.«

»Das finde ich eine hervorragende Idee! Ich habe selbst schon mit Berno überlegt, ob wir diesen Geburtstag nicht irgendwo anders feiern wollen, aber du weißt ja, wie dein Vater so mit Gewohnheiten ist. Aber meinst du, wir bekommen noch einen Tisch?«

Vor Schreck starre ich meine Mutter an. Ihre Antwort passt so gar nicht zu all den Antworten in meinem Kopf, die ich mir ausgedacht habe.

»Sunny? Alles gut?«

Hat sie eben gesagt, sie würde es für eine hervorragende Idee halten? Einfach so? »Super!«, quietsche ich, ehe sie noch weiter darüber nachdenken kann. Oder ich, und dann noch etwas Verräterisches von mir gebe. »Und um den Tisch mach dir keine Sorgen, das ist schon alles geregelt. Oh, ich hab dich lieb!« Fest drücke ich meine Mutter, winke meinem Vater hinter dem Tresen zu und schwebe aus dem *MaMa*.

Kapitel 18

R wie Rückwärts

Rosen-Eis

Köstlich duftender Rosensirup geht eine Liaison ein mit herbfrischer saurer Sahne, umschmeichelt von fruchtigen Limetten, vollendet mit lieblich-süßen kandierten Rosenblättern in tiefem Burgunderrot.

»Herzlichen Glückwunsch!«

Um ein extradünnes Haar lasse ich das Tablett fallen, welches ich gerade vollbeladen aus dem *Schneeflöckchen* hinaustrage. Durch jahrelange Eisbecher-Tragen-Gewohnheit balanciere ich gekonnt die Glasschälchen aus, sodass außer melodiösem Klirren und einer verrutschten Portion Sahne alles gut geht. Nur mein Herz flattert noch etwas schreckhaft in meiner Brust.

Ich schiele an der Horde Kinder vorbei hinüber zum *Veloziped* und atme erleichtert auf, denn Tom scheint von dem Spektakel nichts zu bemerken. Gut so, denn ich vermute, dass die Glückwünsche dieses ausgelassenen Haufens Kinder vor mir nicht meinem Geburtstag in dreieinhalb Monaten gelten und auch nicht dem Erfolg, heute Morgen meiner Mutter zu ihrem Geburtstag einen Besuch im Fernsehturm abgerungen zu haben. Und so, wie mich meine ehemalige Grundschullehrerin Frau Meise anstrahlt, geht es hier auch nicht um mein grandioses Kiwi-Blaubeer-Eis.

»Das ist ja eine Überraschung. Einen Moment bitte, ich bin gleich bei euch.« In Windeseile verteile ich die Eisbecher an meine Gäste, wobei ich den *Cup of Red* zusammen mit der *Eiskönigin* einem Ehepaar serviere, welches mich in gesetztem Ton darauf hinweist, wie fehlerhaft ich doch arbeite. Denn von solch einem neumodischen Schnickschnack hielten sie so gar nichts, sie hätten dann bitte sofort ihre bestellten *Schwedeneisbecher*. Und überhaupt wäre es eine Zumutung, von so vielen lauten Kindern umgeben ein Eis essen zu müssen. Wobei die Betonung auf *müssen* liegt. Aber sonst gäbe es nichts zu meckern. So ein Pech aber auch.

Flugs tausche ich die beanstandeten Becher aus und bin froh, dass die beiden Teenager, denen ich die Schweden hinstellte, so vertieft in ihre jeweiligen Handydisplays sind, dass sie nicht einmal mitbekommen würden, wenn jetzt und hier und gleich eine Eiszeit über sie käme. Aber eigentlich wäre es ganz lustig gewesen, die jungen Leutchen guten altmodischen Eierlikör löffeln zu sehen. Vielleicht sollte ich mir mal Gedanken um eine moderne Version des Kulteisbechers machen, irgendetwas müsste mit dem Apfelmus passieren und dem Eierlikör, aber dann wäre es kein *Schwedeneisbecher* mehr …

Indianergeheul schreckt mich aus meinen schwedischen Gedanken auf, denn die Kinder jagen sich mittlerweile lautstark über den Vierwaldplatz.

Derweil drückt mich Frau Meise mit Tränen in den Augen an sich. »Meine kleine, fantasievolle Sunny wird zur Frau und tritt in den Bund der heiligen Ehe. Ach wie ich mich freue. Und dann noch mit dem guten Tom.

Was für ein kluger und höflicher und zuvorkommender Junge, schon damals in der Schule.«

Wenn ich es nicht besser wüsste, würde ich sagen, bei meiner alten Lehrerin leuchten rosa Herzchen in ihren grauen Augen auf bei der Erwähnung von Tom.

»Ja, der gute Tom. Woher haben Sie denn die wunderbaren Neuigkeiten, wenn ich fragen darf?«

»Aber Kindchen, darüber spricht doch das ganze Viertel! Nur über den Termin herrscht noch ein wenig Uneinigkeit. Wann ist es denn so weit?« Frau Meise stützt sich abwartend mit beiden Händen auf den Spazierstock, der sie seit eh und je begleitet.

Ich wünschte, ich hätte auch gerade solch einen Stock, denn ich weiß nicht wohin mit den Händen. Frau Meise mag es gar nicht, wenn einer ihrer Schüler – oder ehemaligen Schüler – die Hände in die Hosentaschen steckt. »Wann es so weit ist? Tja, ich weiß nicht so recht, das muss ich eigentlich erst mit Tom besprechen. Er macht bei uns die Termine.«

Begeistert klopft Frau Meise mit dem Stock auf den Boden. »Wir freuen uns alle so mit Ihnen, meine Liebe. Und die Kinder üben schon fleißig Hochzeitslieder. Das wird ein Spektakel.«

Nun stecke ich die Hände doch in die Gesäßtaschen meiner Jeans, ziehe sie aber schnell wieder hervor, als Frau Meises Adlerblick dieses unsittliche Benehmen registriert. »Ui, das ist ja eine wundervolle Idee. Aber bitte lassen Sie die armen Kinder nicht zu viel üben, man weiß nie so recht, was da kommt.«

Frau Meise schnalzt mit der Zunge. »Meine liebe Sunny, habe ich Ihnen in der Schule denn gar nichts beigebracht? *Man* weiß vielleicht nie so recht, aber Sie, meine Liebe, Sie wissen durchaus vieles. Und den Kindern macht es Spaß, die meisten waren noch bei keiner Hochzeit dabei.«

»Fräulein!«

Das Schnipsen des *Schwedeneisbecher*-Ehemannes erlöst mich aus dem Sumpf der Freude über meine Nichthochzeit und mit einem entschuldigenden Blick wende ich mich von meiner Grundschullehrerin ab. Die, ob ihres Stockes, flink mich erneut an sich drückt. »Wir wollen auch nicht länger bei der Arbeit stören, ich habe Frau Schilling ohnehin versprochen, die Kinder pünktlich zur Vesper in den Hort zurückzubringen. Ich freue mich, Sunny.«

Ich freue mich ja auch wirklich über diesen netten Überraschungsbesuch und ich freue mich ebenso darüber, wie sehr sich die Leute im Viertel für mich und Tom freuen. Nur wie zum Teufel komme ich mit Anstand aus dieser Nummer wieder raus?

Während ich zwei Gläschen mit Eierlikör fülle – es war schließlich skandalös wenig Eierlikör in den *Schwedeneisbechern* – summt mein Handy neben mir auf der Ablage. Julias Name blinkt mich an und lässt im selben Takt meine Schuldgefühle in mir wummern.

Doch vielleicht ruft sie nur an, um mich nach einem Rezept für Brombeereis zu fragen. Schon den ganzen Tag und mehrfach. Sie scheint großen Appetit darauf zu haben.

»Hi Julia.«

»Hallo, du Unerreichbare. Gut, dass ich dich endlich erwische. Mittlerweile gibt es drei Locations, die für die Hochzeitsfeier in die engere Wahl kommen. Was hältst du davon, wenn wir am Mittwoch nach Potsdam fahren und uns das *Belvedere* auf dem Pfingstberg ansehen?«

»Wow, das *Belvedere*. Aber eigentlich dachte ich, wir feiern im Hotel *Zum Vierwaldplatz*?«

Meine Location scheint Julia zu erheitern, denn ihr Lachen perlt mir aus dem Telefon entgegen. »Ach Susanna, hast du dir in letzter Zeit mal die Gästeliste angesehen? All die Leute bekommen wir nicht einmal unter, wenn wir einen Teil davon auf dem Platz davor einquartieren.«

Oh, vielleicht hätte ich doch nicht so viele Namen hervorsprudeln sollen, als mich Julia beauftragt hat, zu überlegen, wen ich gern zu meiner Hochzeit einladen würde. »Und wenn ich ein paar der Namen streiche?«

»Lass uns am Mittwoch gemeinsam nach Potsdam fahren und dann sehen wir weiter, okay?«

Heute ist Freitag, somit habe ich noch fünf Tage Zeit, meine Gästeliste so weit zu kürzen, dass ich um den Termin in Potsdam herumkomme. Wobei Potsdam echt schön ist und ich es liebe, dort zu sein. Doch Tom müsste dabei sein, und der wird mir etwas erzählen, wenn ich ihm sage, dass wir eine Location besichtigen gehen, die für unsere nicht stattfindende Hochzeit sein wird.

Gut, dann lieber die Gästeliste zusammenstreichen. Ich muss es ja nicht übertreiben. »Wenn du meinst, dann fahren wir Mittwoch nach Potsdam. Sollte mir etwas dazwischenkommen, melde ich mich bei dir.« Oder meine Gästeliste wird so bescheiden sein, dass es für den grandiosen Jacaranda-Saal im Hotel drüben reicht.

»Ich freue mich.«

»Ja, ich mich auch. Bis dann.« Unglaublich, wie viele Leute sich heute freuen. Aber das ist ja das Schöne an Hochzeiten.

Mir bleibt erst einmal wenig Grund zur Freude, denn Mister und Misses Eierlikör finden auch den Apfelmus zu wenig und das Vanilleeis schon ganz. Von der Portion Sahne wollen sie gar nicht erst anfangen. Die Extraportion Eierlikör ist vom Mickrigkeitsfaktor her gar nicht zu unterbieten. Irgendwann trollen sich aber auch diese Gäste, wobei ich mir ziemlich sicher bin, sie bald wiederzusehen, denn es hat ihnen geschmeckt, das weiß ich. Das fühle ich mit jeder Faser meines sechsten Eissinnes.

Nachdem ich das *Schneeflöckchen* abgeschlossen habe, bleibt mir nach dem Aufräumen und den Vorbereitungen für morgen nichts mehr zu tun, als nun doch den schwersten Gang des Tages anzutreten. Wobei es mehr schon der schwerste Gang meines bisherigen Eislebens sein wird.

Doch ich weiß ja, wofür es gut ist.

In der Scheibe der Eingangstür lächelt mir mein Spiegelbild zu und ich winke es wehmütig an. Meine Bluse hängt mir auf einer Seite aus der Jeans und ich stecke sie ordentlich zurück in den Bund. Meinen Zopf habe ich mir vorhin schon neu gebunden, hoch oben am Kopf, so wie ich es am liebsten mag.

Bei jedem Schritt, den ich aus der Eisdiele hinaus setze, spüre ich das zusammengefaltete Papier in der Gesäßtasche. Es wird auch nicht besser, als ich es aus der linken Tasche in die rechte stecke, während ich über den Vierwaldplatz laufe. Genervt verdrehe ich über mich selbst die Augen, meine Güte, es ist doch nur ein Zettel!

Doch der Inhalt dieses Zettels wiegt schwer.

Aus dem Standesamt kommen soeben Oskar Sonthofen und Hedwig die Treppe herab gestakst. Beide tragen die Arme voll mit Aktenordnern und es kommt, wie es bei solch einem Berg an Unterlagen kommen muss: Ein Ordner gerät in Schieflage und reißt andere mit sich. Mit dumpfen Geräuschen landen die Ordner auf dem Boden. Eigentlich wollte ich hinter dem Springbrunnen abwarten, bis die beiden wieder verschwunden sind, denn ich habe Angst, dass mich der Mut verlässt, wenn ich mich jetzt ablenken lasse. Doch bei diesem Chaos kann ich nicht wegsehen und laufe hin, um beim Aufheben zu helfen. »Das ist aber viel Lesestoff fürs Home-Office.«

»Mitnichten, liebes Fräulein Sunny, die Bezirksreform der standesamtlichen Neuverteilung will eine genaue Aufgliederung der Stadtviertel-Unterlagen, also geht unser Kellerarchiv II rüber nach Luisenstadt. Dann hat der alte Bertram endlich *seine* Vermählungen wieder! Ich kann nichts dafür, dass die Leute lieber bei uns heiraten und über die Grenze nach Friedrichstadt flüchten.«

Die Fehde zwischen den Standesämtern der beiden Stadtteile ist legendär und sorgt immer wieder für schauenswerte Zwischenfälle zwischen Oskar Sonthofen und Bertram Valder. Die Übergabe der so lange gehüteten Dokumente würde ich zu gern sehen, dafür würde ich sogar einen *Avengers*-Film sausen lassen. Oder zumindest verschieben.

Gemeinsam heben wir die Ordner auf, die nun ein wenig lädiert daherkommen, und hin und wieder rutscht das eine oder andere Blatt daraus hervor. Was mich wundert, denn Oskar Sonthofen überragt meine liebe Alma noch um Riesenlängen beim Thema Buchführung, vor allem, wenn diese analog stattfindet. Er wird doch nicht absichtlich ein wenig, sagen wir kreative Buchführung in die Ordner gebracht haben, oder?

Aber so zufrieden, wie er pfeifend die Ordner sortiert, kann ich nicht das Gegenteil behaupten.

»So, bitteschön, das ist der letzte.« Damit lege ich vorsichtig einen steingrauen, überquellenden Papphefter auf den Stapel in Hedwigs Armen. »Habt noch einen schönen Abend.«

»Du auch, meine Liebe«, wünscht mir Hedwig, die sichtlich unter der papierenen Last schwankt.

»Ach, Fräulein Sunny«, hält mich Oskar Sonthofen auf. »Ehe ich es vergesse, Hedi und ich waren schon mal so frei, für Tom und Sie ein paar besonders schöne Trauungstermine herauszusuchen. Sie beide müssen sich nur noch entscheiden, ob es eine Hochsommerhochzeit oder eine Frühherbsthochzeit oder vielleicht sogar eine Spätfrühlingshochzeit werden soll.«

Erwartungsvoll sehen mich die beiden an und ich schlucke schwer an ihrer Zuvorkommenheit. »Das ist wunderbar«, stottere ich schließlich.

»Oh, Oskar sieh nur, wie rot das Mädchen wird. Es ist ja auch eine wunderbare Entscheidung, die hier getroffen werden muss. Und es hängt so viel davon ab. Die Blumen, das Menü, das Kleid – wobei das eindeutig für den Frühling spricht. Und dann erst die wunderbaren Nachrichten, die bald nach der Hochzeit zu erwarten sind.«

Nachrichten? Sie meint doch nicht etwa ...? Mir wird bis in die tiefsten meiner privaten Stellen heiß und daran ist definitiv nicht die Abendsonne schuld.

Oskar Sonthofen nickt zustimmend. »Wenn wir eine Mittsommerhochzeit ausrichten dürfen, könnten wir schon im September mit den guten Nachrichten rechnen.«

»Ein Märzbaby, wie entzückend! Wir freuen uns.« Hedwig lächelt über das ganze Gesicht und für einen klitzekleinen Moment sehe ich mich im nächsten Frühling mit meinem Baby auf dem Arm vor dem *Schneeflöckchen*.

Moment! Halt! Stopp!

Ich winke den beiden zu und entferne mich rasch, ehe sie mich noch nach dem Namen des Kleinen fragen können.

Ob es wohl ein Mädchen oder ein Junge geworden wären würde?

Zurück am Springbrunnen fällt jegliche Leichtigkeit von mir ab und ich atme tief durch, ehe ich mit großen Schritten zum *Le Meilleur* laufe.

Die Terrasse davor ist gefüllt mit schmausenden Gästen und es duftet verführerisch nach Garnelencurry und Spargelrisotto.

Die Kellner nicken mir lächelnd zu, gehen aber ansonsten zuvorkommend ihren Aufträgen nach. Fritz Ludewig ist nirgends zu sehen und so betrete ich das Restaurant. Auch hier ist es voll und das Murmeln der Gäste erfüllt den hellen, großzügigen Raum mit der wunderschönen Stuckdecke. An der Bar bleibe ich stehen und warte, dass Andreas, der Barmann, kurz Zeit für mich hat. Er redet mit einem großen Blonden, der mir bekannt vorkommt, den ich jedoch nicht einordnen kann. Ein Gast der Eisdiele kann er nicht sein, denn dann wüsste ich, woher ich ihn kenne.

Als Andreas mich sieht, winkt er mich heran. »Sunny, darf ich dir Fritz Ludewig vorstellen, ich glaube, ihr kennt euch noch nicht. Fritz, das ist Sunny, unsere Eisgöttin.«

Der Angesprochene zuckt kurz zusammen, als er mich sieht, so scheint es mir zumindest. Aber vielleicht täusche ich mich auch. Mit seinen hellen blauen Augen sieht er mich freundlich an. »Fritz Ludewig junior«, korrigiert er Andreas. »Und von deinen Künsten habe ich schon eine Menge gehört, es leider jedoch noch nicht geschafft, dein berühmtes Vanilleeis mit Himbeerstreuseln selbst zu probieren.«

Das ist also Fritz junior. Auf die Idee wäre ich nie und nimmer gekommen. Er sieht nicht nur aus wie das Gegenstück seines kugeligen Vaters, er verhält sich auch konträr zu ihm. Aber nichtsdestotrotz, er ist ein Ludewig. »Wenn ich das gewusst hätte, hätte ich eine Portion mitgebracht.« Bedauernd ziehe ich die Schultern hoch. So weit kommt es noch, dass ich einen Ludewig freiwillig mit meinem besten Eis füttere!

Obwohl es bald nicht mehr mein Eis sein wird.

Noch kann ich umdrehen und sagen, ich hätte mich verlaufen. Meine Füße wollen dem Impuls auch gerade nachgeben, da stürmt aus der Tür neben der Bar der zweite Fritz Ludewig.

Der erste nickt diesem nur kurz zu und verabschiedet sich mit einem Händedruck von mir. »Es hat mich gefreut, dich kennenzulernen, auch wenn ich wieder nicht in den Genuss deines sagenhaften Eises gekommen bin.«

»Sagenhaftes Eis! Sagenhaft is an dem Zeug nur der Preis, den das kleene Fräulein dafür kassiert!«

Ich ziehe die Augenbrauen in die Höhe und sehe demonstrativ auf den Teller in Fritz Ludewigs Hand. »Das sagt ausgerechnet derjenige, der für einen Brokkolistrunk siebenunddreißig Euro berechnet.«

»Brokkolistrunk! Das ist ein Dreierlei des Brassica oleracea an Radieschenbutter auf einem Bett aus Granato-Radicchio in höchster Vollendung.«

Und wie es da so farbenfroh auf dem Teller angerichtet ist, sieht das ganze Spektakel ganz schön lecker aus. Ein Schnitzel dazu und ich wäre restlos glücklich.

»Wat wolln'se überhaupt hier?«

Okay, in dieser Gesellschaft verliert selbst das beste Schnitzel seinen Reiz für mich. Für einen Moment schweige ich den alten Ludewig an. »Ich möchte gern etwas mit Ihnen besprechen. Unter vier Augen.«

»Sie wissen aber schon, dass ick keene Zeit für Ihren Kram habe? Im Gegensatz zu Ihnen muss ick arbeiten.« Doch sein Satz klingt härter, als er gemeint ist, denn er sieht bis über die Nasenspitze neugierig aus.

»Ich weiß, ich weiß, so ein bisschen Sahne mit Zucker anrühren kann doch jeder. Brokkoli kochen hingegen ist die wahre Kunst.« Ich kann mir ein Augenrollen nicht verkneifen und leider sieht er es.

»Sie wissen schon, dass Sie gerade zu mir gekommen sind und anscheinend wat wollen! Bestimmt dat Eis-Wettessen absagen, wa! Aber damit wird nüscht, Fräulein Sunny.«

»Keine Sorge, das lasse ich mir nicht entgehen, zumal die Leute im Viertel schon ein regelrechtes Volksfest für den Tag planen.« Und ehrlich gesagt freue ich mich sogar darauf. Auch wenn ich bis dahin keine Chance mehr haben werde zu gewinnen.

»Ick bin gleich bei Ihnen.« Damit geht er zu dem Tisch neben der Bar und serviert mit Großmeistergeste den Brokkoliteller. »Je vous en prie! Le brocoli à la radis. Lassen Sie es sisch schmecken, die 'Errschaften.«

Es ischt immer wieder kömisch, welsch entzückenden französischen accent der alte Ludewig doch annimmt, wenn er mit seinen Gästen schpriecht. Und wie nervig sein aufgesetztes Berlinerisch, das er nur für mich reserviert.

Dann bin ich wieder dran. Ganz unfranzösisch gehen wir in Fritz Ludewigs Büro, wo er sich auf ein weißes Ledersofa sinken lässt und auf den Holzstuhl daneben weist, wo ich mich dann wohl platzieren darf.

»Nun Fräulein Eisspatz, wat jibt es so Dringendes?«

Da ein Bild bekannterweise mehr als tausend Worte sagt, zubbele ich aus der Jeanstasche den Zettel hervor, der schon die ganze Zeit drückt. Ich falte ihn sorgsam auseinander und reiche ihn Fritz Ludewig.

Der verzieht den Mund, als er danach greift und wirft nur einen kurzen Blick darauf. »Janz schön kleen jeschriebn.«

Genervt atme ich geräuschvoll ein und wieder aus. »Müssen Sie es mir immer so schwer machen?«

Pikiert sieht er mich an. »Seit wann denn so empfindlich, kleenes Fräulein.«

Umständlich erhebt er sich und geht zu dem riesigen Schreibtisch in der Mitte des Raumes, wo er lang und breit in den Schubladen kramt.

Als er zu mir zurückkommt, sieht er mich böse an. Durch eine goldgerahmte Brille. »Keen Wort!«

Ich nicke ergeben und schaue für einen Moment aus dem Fenster auf das kulinarische Treiben der Terrasse, um mein Lachen in den Griff zu bekommen. Das ist ja mal eine bebrillte Neuigkeit.

Viel zu lange studiert Fritz Ludewig den Zettel, mein Herz rast mittlerweile und ich rutsche von einer Stuhlseite zur anderen. Dieser Stuhl ist aber auch so was von unbequem.

Schließlich lässt er den Zettel sinken, schiebt sich die Brille auf das kurz geschorene Haupt und fixiert mich mit seinem stechenden Blick. »Und? Was wollen Sie dafür?«

»Ein Treffen mit Christoph Kramer. Am Sonntag. Im Fernsehturm.«

Kapitel 19

S wie Schwestern

Sonnen-Eis

Wärme, Licht und Liebe, eingefangen in cremiger Sahne und süßem Sonnenblumenhonig, ergeben ein Eis, welches – von der Sonne geküsst – die Seele streichelt.

Der weite Rock des zitronengelben Kleides, welches ich zur Feier des Tages erwählt habe, schwingt mir um die Knie, während ich nervös auf und ab wippe. Meine Füße sind nicht besonders glücklich in den limonengrünen, hohen Sandaletten, die so gut mit der Gypsi-Kette um meinen Hals harmonieren.

Wieder öffnet sich der Fahrstuhl vor mir quälend langsam und ich lächele Christoph Kramer neben mir schief an. Zum gefühlt siebenunddreißigsten Mal. »Jetzt ist es bestimmt meine Mutter.«

Doch wieder sind es nur Fremde, die sich in die Fernsehturmkugel rund um uns ergießen. Als wären hier nicht schon genug Leute! Die meisten von ihnen bleiben auch noch dicht bei uns stehen und schmachten – mehr oder wenig auffällig – Christoph Kramer an. Ich kann es ihnen nicht verübeln, ist doch sein Anblick mindestens ebenbürtig dem des Ausblicks aus den Panoramafenstern. Die Aussicht heute ist spektakulär, das Blau des makellosen Himmels spannt sich über das glitzernde Berlin zu unseren Füßen und ich habe das Gefühl, bis an die Ostsee im Norden und zu den Alpen im Süden sehen zu können.

Doch ich kann es mir nicht verkneifen, auch immer wieder zu dem Superstar neben mir zu schielen. Und wie neidisch und neugierig mich die Leute mustern. Ich rücke noch einen Schritt näher an den George Clooney der Patissiers heran. Wenn schon, denn schon. Ob diese aparten grauen Strähnen, die sein volles, dunkles Haar durchziehen, echt sind?

Mit einem Pling kündigt sich der rechte Fahrstuhl an und wieder straffe ich die Schultern, erneuere mein Lächeln und erwarte die Ankunft meiner Mutter, begleitet von Alma. Das alles konnte ich die letzten zwanzig Minuten ausgiebig üben.

Aus dem Fahrstuhl kommt dieses Mal wirklich Alma, leider jedoch ohne meine Mutter. Was auch immer sie gerade sagen wollte, es bleibt ein Geheimnis, denn sie bleibt überrascht vor Christoph Kramer stehen. Ich grinse still in mich hinein und genieße es, mein cooles Cousinchen so sprachlos zu erleben.

»Darf ich vorstellen, Christoph Kramer«. Ich zeige auf ihn und dann auf Alma. »Und meine Cousine Alma Spatz. Leider ohne meine Mutter.«

Augenzwinkernd reicht er ihr die Hand. »Freut mich sehr, Ihre Bekanntschaft zu machen. Eine Cousine schöner als die andere.« Was bei jedem anderen Kerl schmierig geklungen hätte, hört sich bei ihm nur charmant an. Seine tiefe, leicht heisere Stimme mit dem süddeutschen Akzent adelt jeden Satz.

Ehe Alma völlig in sich zusammenfließt, nehme ich sie am Arm und ziehe sie mit einem entschuldigenden Lächeln zur Seite.

»Wo bleibt meine Mutter?«, zische ich sie an. »In zehn Minuten kommt Tante Marietta und ich hatte doch beiden versprochen, dass sie jeweils die Hälfte der Restaurantkugel bekommen. Das drehende Ding wartet nicht auf uns!«

Genervt befreit Alma ihren Arm aus meiner Umklammerung und streicht sich über die Fingerabdrücke, die ich darauf hinterlassen habe. »Ich weiß es doch auch nicht. Und ans Telefon gehen sie übrigens beide nicht! Hast du mal Papa oder Onkel Berno gefragt?«

»Die winken immer nur ab und ich solle mich entspannen, die beiden würden schon noch kommen! Wenn ich es nicht besser wüsste, würde ich vermuten, die zwei haben das eine oder andere Gläschen Geburtstagschampagner schon intus.« Blöderweise bilden sich jetzt auch noch nervöse Tränen in meinen Augen und ich blinzele hektisch gegen sie an. Schwarze Wimperntuschestriemen in meinem Gesicht würden mir jetzt gerade noch fehlen.

Sacht streichelt Alma meinen Rücken. »Ach komm schon, bleib ruhig, das wird alles. Ich fahre jetzt wieder runter und halte Ausschau nach den beiden und dann lotse ich sie diplomatisch hier herauf.«

»Warum bist du überhaupt hochgekommen?«, murmele ich und krame nach einem Taschentuch in meiner viel zu winzigen Tasche. Natürlich ist keines darin.

Alma reicht mir eines aus ihrer perfekt sortierten Henkeltasche à la Queen. »Ich hatte gehofft, dass Tante Marie unbemerkt an mir vorbeigehuscht ist. Da unten ist ordentlich was los, als gäbe es in Berlin nichts Besseres zu tun, als auf einen Turm zu fahren.«

»Ach, und was hast du letztes Jahr nicht alles angestellt, um mal endlich auf den Eiffelturm zu kommen?«

»Das ist kein Betonturm!« Damit lässt mich Alma stehen und fährt wieder hinunter, um ihren Platz als Empfangskomitee für die beiden Geburtstagskinder einzunehmen.

Christoph Kramer, die treulose Tomate, hat sich derweil andere Gesellschaft gesucht und gibt anekdotenschwingend Autogramme an die Fernsehturmbesucher. Na, deren Ausflug hat sich gelohnt.

Demonstrativ hake ich mich bei ihm ein und ziehe ihn wieder zurück in Position vor die Fahrstühle. Glücklicherweise öffnet sich gerade wieder einer und mein Herz fährt mit einem Mal Kettenkarussell. Spontan lasse ich Christoph Kramers Arm los. »Tom!«

Tom lässt einem rüstigen Rentnerpaar in rustikaler Outdoor-Bekleidung den Vortritt. »Sunny, darf ich vorstellen, meine Mutter Lisbeth Höfer und mein Vater Gustav Höfer.«

Toms Mutter reißt mich sogleich in ihre sonnengebräunten Arme und drückt mich an sich. »Sunny, ich darf doch Sunny sagen? Wir freuen uns so, dich endlich kennenzulernen. Tom hat schon so viel von dir erzählt. Allerdings nehme ich es ihm ziemlich übel, dass er uns nicht selbst von eurer Hochzeit erzählt hat!«

Tom reißt entsetzt die Augen auf und sieht mir vermutlich in diesem Moment vom Gesichtsausdruck her ähnlich. Manchmal erzählt er von seinen umtriebigen Eltern, die seit ihrer Pensionierung in der Weltgeschichte umhergondeln. So war ich immer froh, dass wenigstens die beiden nicht aufgeklärt werden müssen in Bezug auf unsere Nichthochzeit. Doch da sieht man es mal wieder, wie das Wort sich verbreitet.

Abwehrend hebt Tom die Arme und sieht mich mit zusammengekniffenen Augen an. »Das ist ein Missverständnis ...«

»Sie sind verlobt? Ich gratuliere Ihnen aufs herzlichste. Die Ehe ist doch das Beste! Wenn ich meine Frau nicht hätte, wüsste ich nicht, wo oben und unten ist.« Noch ehe ich zu einer passenden Erklärung ansetzen kann, was das *Missverständnis* anbelangt, hat Christoph Kramer mich nah an Tom herangeschoben, sich hinter uns gestellt und sein Telefon gezückt. Vier Sekunden später gibt es fünf Selfies von uns dreien. »In meiner neuen Show überrasche ich frisch getraute Ehepaare mit einer Traumhochzeitstorte. Sie gestatten, dass ich Sie in meine Galerie aufnehme?«

Der Senden-Button ist schneller gedrückt, als mein Kopf schütteln kann, und das ultraschnelle High-Speed-Internet hier oben pustet Toms und meine baldige Vermählung noch weiter in die Welt hinaus. Na bravo!

Eine erneute Fahrstuhlladung Fernsehturmtouristen schiebt sich an uns vorbei und Tom schickt mir böse Blicke, als er seine Eltern in Richtung Restaurant begleitet. »Tu endlich was!«, zischt er mir noch zu.

Ja schon klar. Ich bin wieder schuld! Als hätte ich mich vor die Kameralinse von Mister Super-Patissier-mit-meiner-neuen-Supershow-mit-bestimmt-Sieben-trilliarden-Followern geworfen!

Ich muss mir die Bilder gleich mal ansehen. Das ist so cool. Aber nur ganz heimlich.

Begeistert berichtet mir Christoph, der mir nach unserem Super-Selfie das Du anbietet, von seiner eigenen Hochzeit. Wenn ich nur die Hälfte davon glauben soll, was er mir über seine Eli erzählt, dann kann selbst Superwoman einpacken.

Doch so sehr mich sein Dialekt für ihn einnimmt und unabhängig davon, was er redet, registriere ich doch aus den Augenwinkeln, wie sich erneut die Fahrstuhltür öffnet und dieses Mal endlich, endlich meine Mutter herauskommt.

Arm im Arm mit Tante Marietta.

Ein Blitzeinschlag in den Berliner Fernsehturm könnte keinen größeren Effekt auf mich haben als dieser vertraute Anblick.

Ein paar Momente später registriert Christoph, dass er nicht mehr meine ungeteilte Aufmerksamkeit genießt und wird sich seines Auftrages bewusst. Mit einem Lächeln, dass bis an den Gardasee reicht, wendet er sich meiner Mutter und Tante Marietta zu und küsst ihnen die Hände. »Sie müssen Marie und Marietta sein. Es ist mir eine außerordentliche Ehre, Ihnen zu Ihrem Geburtstag gratulieren zu dürfen. Den Rest des Tages gehöre ich nur Ihnen.«

»Überraschung«, fiepe ich noch hinterher und meine Stimme klingt genauso zitterig, wie sich meine Knie anfühlen.

»Na das nenne ich mal ein Geburtstagsgeschenk!« Mit strahlenden Augen sieht meine Mutter ihre Schwester an. Die beiden zierlichen Frauen mit den wilden blonden Locken wirken so sehr wie eine Einheit, dass niemand auf die Idee kommen würde, etwas könne sie trennen.

Nebenan öffnet sich der zweite Fahrstuhl und Alma springt mit geröteten Wangen heraus. Kopfschüttelnd stellt sie sich zu mir. »Ich habe nur einen Augenblick nicht aufgepasst«, murmelt sie mir zu. »Ich sage dir, das haben sie mit Absicht gemacht.«

Aus Furcht davor, dieses Bild der beiden vor mir zu zerstören, wage ich nicht, etwas zu sagen, ich glaube sogar, dass ich das Atmen bis auf ein paar überlebenswichtige Züge einstelle.

Tante Marietta nickt Christoph, Alma und mir aufmunternd zu. »Wollen wir? Ich denke, hier wird heute eine große Party gefeiert. Schließlich werden wir Spatz-Schwestern nicht alle Tage sechzig!«

Gemeinsam gehen wir die Treppe nach oben ins Restaurant. Dort herrscht schon ausgelassene Stimmung. Dezente Klaviermusik spielt im Hintergrund, ohne das fröhliche Stimmengemurmel zu stören. Die Sonne scheint durch die riesigen Panoramafenster, taucht alles in goldenes Licht und lässt die Gläser und Teller auf den Tischen funkeln.

Als meine Mutter und Tante Marietta das Restaurant betreten, brandet Applaus auf, und wieder kämpfe ich gegen die Tränen in meinen Augen. Doch dieses Mal verliere ich und sie kullern mir ungehindert über die Wangen.

Mein Vater und Onkel Ole gesellen sich zu uns und wirken in keiner Weise überrascht, dass die beiden Schwestern gemeinsam hier sind. Endlich. Nach so langer Zeit eisiger Alleingänge.

Unter den Gästen gibt es kein Halten mehr. Einer nach dem anderen stromert zu den beiden Geburtstagskindern und gratuliert ihnen ausgiebig. Alma und ich stehen ein wenig abseits, doch bis auf ein Schulterzucken fällt uns im Moment nichts ein.

Ich beobachte Christoph, der ein paar Tische weiter etwas verloren aus dem Fenster schaut. So wenig Aufmerksamkeit ist er vermutlich nicht gewohnt. War es das alles wirklich wert?

Tom spaziert auf mich zu und reicht mir ein Glas Champagner. Die Bläschen blubbern verheißungsvoll und es duftet zart nach Blüten, Aprikosen und Mandeln. »Jetzt ist der passende Moment, um die Wahrheit über uns zu sagen.«

Alma nickt bei Toms Worten. »Das denke ich auch, Sunny. Beende die Hochzeitsgeschichte in Würde, ehe noch ein ernsthafter Schaden entsteht.«

»Das ist keine Geschichte!« Die reine Gewohnheit lässt diese unwahre Tatsache meinem Mund entfliehen, doch Alma sieht mich lediglich mit gerunzelter Stirn an, ehe sie mich auf die Wange küsst und weggeht. Ich wünschte, ich könnte mir weiter einreden, dass sie mein kleines Geheimnis nicht schon längst durchschaut hat.

»Sunny?« Tom sucht meinen Blick und ich versinke nur zu gern darin. »Gib uns im echten Leben eine Chance, nicht nur in deiner Fantasie.«

»Aber was soll ich bloß sagen? Mittlerweile weiß es die halbe Welt und sie freuen sich doch alle so.« Ich breite die Arme aus, als würde ich diese halbe Welt umarmen wollen. Der Champagner in meinem Glas schwappt dabei gefährlich nah an den Rand.

»Sag ihnen einfach, wir sind nicht miteinander verlobt.«

»So einfach?«

»Genauso einfach.«

Ich trinke einen Schluck des herrlich prickelnden Champagners. »Einfach ist nicht unbedingt mein Stil.«

Tom lächelt mich warm an. »Manchmal tut es ganz gut, neue Dinge auszuprobieren.«

»Wie Fahrrad fahren?«

»Wie Fahrrad fahren.«

Ich nicke, dann beuge ich mich nach vorn und küsse Tom zart auf den Mund.

Er hat recht und ich merke selbst, dass es Zeit ist, reinen Tisch zu machen, wenn ich mit Tom eine echte Zukunft haben möchte.

Unglaublich tapfer schiebe ich mich durch die Gästemenge hindurch zu meiner Mutter, die zusammen mit Tante Marietta auf einem Podest steht und eine Geburtstagsrede hält. Die beiden plaudern entspannt über diesen besonderen Tag, erwähnen jedoch mit keiner Silbe, wie es dazu kam, dass sie zusammen wieder glücklich sind. Und es fragt auch keiner nach, denn eigentlich ist es auch völlig egal.

Nach kräftigem Applaus kommt meine Mutter zu mir herunter und umarmt mich fest. »Danke, meine liebe Sunny, für alles.«

»Aber dieses Mal habe ich doch gar nichts getan. Also noch nicht«, füge ich mit einem Blick auf Christoph hinzu, der sich mittlerweile in der Gesellschaft meines Vaters und Onkel Ole befindet.

Meine Mutter lacht herzhaft. »Mein Kind, du hast noch nie etwas nicht getan.«

»Und genau deswegen möchte ich auch noch gern ein paar Worte sagen, euch allen.«

»Oh!« Entzückt klatscht meine Mutter in die Hände und sieht auf meinen zitronengelb dekorierten Bauch.

Nicht sie auch noch! »Nein, nein, kein Baby, bis du Großmutter wirst, musst du noch eine Weile warten. Und ich verspreche dir, du wirst die Erste sein, die es erfährt, oder wohl eher die Zweite oder Dritte.«

»Versprochen?«

»Versprochen.«

»Ich bin froh, dass ich dich habe, mein Kind.« Zärtlich streicht mir meine Mutter eine Haarsträhne aus der Stirn, die sich aus dem Haarband gelöst hat. »Dass sich Marietta und ich wieder angenähert haben, verdanken wir letztendlich dir. Am Anfang war ich unglaublich sauer, dass du mich zu diesem Spiel gelotst hast, um dort so unvermittelt Marietta gegenüberzustehen. Doch ich habe mir auch endlich eingestanden, wie enorm mir meine Schwester fehlt. Und ihr ging es genauso. Noch am selben Tag haben wir uns in der Rotbuchenstraße getroffen, sie war auf dem Weg zu mir und ich zu ihr.«

Echauffiert stemme ich die Hände in die Taille. »Das ist zwei Wochen her! In den Tagen danach habe ich Staub vor Reue gegessen.«

»Jetzt übertreibst du aber.« Meine Mutter gibt mir einen Nasenstüber. »Und ich muss zugeben, es war auch ein bisschen Revanche für deine *Überraschung*. Aber in erster Linie haben Marietta und ich Zeit für uns gebraucht. Und wir haben uns auf unseren großen Auftritt heute gefreut.«

»Dann werde ich mal einen kleinen großen Auftritt hinlegen.« Ich quetsche mir ein Lachen hervor und greife nach dem Mikrofon, welches noch auf dem Podest liegt.

Meine Mutter hält mich am Arm fest. »Danke Sunny. Gerade auch dafür, dass du dieses Mal ohne eine deiner Fantasiegeschichten Marietta und mich hier nach oben auf den Fernsehturm eingeladen hast. Es tut gut zu sehen, dass du dazulernst. Ich bin sehr stolz auf dich. Wir alle sind stolz auf dich. Und danke für Christoph Kramer, wie auch immer du das geschafft hast.«

Mit Geleeknien erklimme ich das Podest, und die Menge vor mir sieht mich erwartungsvoll an. Marie und Marietta stehen Arm in Arm nebeneinander, eingerahmt von ihren Ehemännern. Tom, hinter seinen glücklich lächelnden Eltern, nickt mir aufmunternd zu und Christoph hebt sein Glas in meine Richtung. »Auf unser wunderbares Brautpaar! Auf Sunny und Tom!«

Die Gäste applaudieren und schieben Tom sichtlich gegen seinen Willen zu mir auf das Podest. Diverse Handys werden gezückt und auf uns gehalten, aufnahmebereit für meine Ansprache.

Sie sehen alle so glücklich aus. Nur lachende Gesichter sind zu sehen, gerötete Wangen und die Menschen da vor mir, die mich am meisten lieben, freuen sich auch am meisten über mein vermeintliches Glück mit Tom.

Obwohl! Es ist doch gar kein vermeintliches Glück. Tom neben mir, der ist echt. Ich muss nur eine klitzekleine, wirklich winzige Flunkerei aufklären. Und ist

Flunkern nicht quasi wie die Wahrheit sagen? Nur rückwärts?

Ich räuspere mich und Tom legt mir den Arm um die Taille. Seine Berührung fühlt sich so vertraut und so unbedingt richtig an.

»Hi, ihr Lieben ...« Meine Stimme klingt komisch durch das Mikrofon und ich lasse es sinken. »Ihr könnt mich bestimmt auch so hören, oder?«

Das folgende Gemurmel nehme ich als Zustimmung. »Erst einmal herzlichen Dank, dass ihr alle da seid, um diesen wundervollen Tag mit uns zu feiern und danke, dass ihr so spontan bei dem Ortswechsel mitgemacht habt. Es hat sich ja gelohnt.« Ich sehe zu meiner Mutter und Tante Marietta, die unter den Blicken, die sie zugeworfen bekommen, wenigstens den Anstand haben zu erröten.

»Da wir alle hier schon so schön versammelt sind, möchte ich euch gern noch etwas erzählen ...« Mein Herzschlag hämmert mir in den Ohren und die untergehende Sonne blendet mich unangenehm. Der Griff von Toms Hand an meiner Taille verstärkt sich und ich greife danach. »Ich, also Tom und ich, wir ... wir wissen jetzt endlich, wo wir in den Flitterwochen hinfahren werden! Nach Frankreich! Und mit unseren Rädern, also mit Toms Rennrad und meinem neuen Rad, welches ich bestimmt von ihm als Hochzeitsgeschenk bekomme. Und in Frankreich werden wir Teile der Tour la France nachfahren, also nicht die ganz steilen auf die Berge hoch, und runter schon gar nicht. Aber die idyllischen, quer durch Frankreich halt. Und als Höhepunkt werden wir ein paar Tage in Paris verbringen, uns unter dem Eiffelturm küssen, Hand in Hand an der Seine entlang spazieren, das beste Eis von ganz Paris bei André verspeisen und so für immer verliebt sein.«

Mein Blick kehrt zurück aus der lieblichen französischen Landschaft und aus dem wunderschönen Paris, zurück in den Berliner Fernsehturm, wo eine begeisterte Meute frenetisch applaudiert und wo mich eine fassungslose Alma mit offenem Mund anstarrt. Und wo ein außerordentlich ernst dreinblickender Tom den Arm von meiner Taille sinken lässt.

»Es heißt Tour de France, Sunny, oder Le Tour, aber nicht Tour la France. Aber solche Details machen für dich ja keinen Unterschied. Wenn du mich jetzt bitte entschuldigen würdest, ich will hier weg, denn du machst es mir gerade unmöglich, meinen Eltern in die Augen zu sehen.«

Was habe ich bloß getan? Aber es war doch alles so schön, warum sieht er das nicht?

Mit einem Mal wird mir übel. Es ist doch wirklich ätzend, wie schnell sich dieser verdammte Fernsehturm dreht. Hätte ich das gewusst, hätte ich vorher eine Reisetablette genommen.

Kapitel 20

T wie Tatsachen

Trost-Eis

Liebeskummer? Schokoeis.
Prüfung verhagelt? Zitroneneis.
Streit mit der besten Freundin? Erdbeereis.
Wider besseres Wissen gelogen? Jegliches Eis.

»Ach, hier versteckst du dich! Guten Morgen.«

»Ich verstecke mich nicht«, raune ich Alma an, die die Tür zum Eislabor so abrupt aufreißt, dass ich vor Schreck zusammenzucke und mir das Knie an dem niedrigen Tisch vor mir stoße. »Ich suche das Rezept vom Eiscremekuchen. Die ersten Varianten, die ich ausprobiert habe, sind nichts geworden. Irgendwie stimmt das Mengenverhältnis nicht.«

Alma wirft einen Blick hinter sich ins *Schneeflöckchen.* »Sorry, ich würde dir ja suchen helfen, aber gerade kommen wieder neue Gäste und da du nicht einmal die alten Gäste bedient hast, stehen sie vor der Eistheke Schlange.«

Ich brumme etwas, von dem ich selbst nicht weiß, was ich meine, während ich planlos in dem Rezeptordner vor mir hin und her blättere.

»Sunny?«

Als Alma nicht weiterredet sehe ich auf. »Was?«

»Geht es dir wieder besser? Du sahst gestern nach deiner Flitterwochenansprache nicht besonders gut aus. Du hast auch nicht auf meine Nachrichten reagiert, nachdem du die Feier so plötzlich verlassen hast.«

Ich winke müde ab. »Mir war schlecht. Ich glaube, ich vertrage dieses Champagnerzeug nicht, außerdem hat sich der Fernsehturm viel zu schnell gedreht.«

»Der Fernsehturm dreht sich nicht, wenn schon nur das Restaurant, und das auch nur ganz sacht. Wenn es danach geht, müsstest du von jedem Kinderkarussell fallen.« Alma blickt ein weiteres Mal über ihre Schulter zurück in die Eisdiele. »Ich komme gleich, einen Moment bitte.«

Mit ein paar raschen Schritten kommt sie zu mir und kniet sich vor mich. »Du siehst noch immer blass aus. Magst du dir nicht mal einen freien Tag gönnen? Geh zurück nach Hause und schlaf dich aus. Ich schaffe das hier schon.«

»Ich habe nur schlecht geschlafen, mir geht es gut. Außerdem ist heute die Ausstellungseröffnung im *Le Petit*. Ich habe Beatrice versprochen, das Eiscatering zu übernehmen.« Ich zeige auf die verschiedenen Backformen, die auf der Arbeitsfläche stehen.

»Ach deswegen das Eiscremekuchenrezept. Cool, das wird bestimmt lecker.« Alma steht wieder auf und streicht sich die blütenweiße Spitzenschürze glatt. »Sunny, ich weiß, der Augenblick gerade ist ziemlich blöd, aber ich fand es wirklich feige von dir gestern, dich noch weiter in deine Lügenhochzeit hineinzumanövrieren, anstatt die Wahrheit zu sagen.«

Mit Nachdruck springe ich auf. »War's das? Dann kümmere dich bitte um die Gäste. Wie du festgestellt hast, warten draußen einige auf dich. Du hast heute schließlich Dienst an der Eistheke. Und jetzt entschuldige mich bitte, ich habe eine Bestellung auszuführen. Oder willst du das lieber übernehmen? Allerdings musst du dir dafür deine sauberen Finger klebrig machen!«

Ohne Erwiderung dreht sich Alma um und rauscht aus dem Eislabor. Die Tür fällt krachend hinter ihr ins Schloss.

Das Gute an der kleinen Episode eben ist, dass ich nun nicht nur schlecht gelaunt, sondern auch noch wütend bin. Und so knalle ich voller Inbrunst eine saubere Schüssel auf die Arbeitsfläche, aber nicht ohne vorher die verklebten alten Schüsseln scheppernd wegzuschieben. Wie befreiend so ein Teufelchen auf der Schulter doch sein kann.

Die ersten beiden Eiscremekuchen waren zu fest, die Konsistenz des dritten schon ziemlich gut, nur sah das Ding irgendwie aus wie bereits gegessen.

Vielleicht sollte ich das braune Schokoeis gegen ein schneeweißes Sahneeis austauschen? Mit bunten Schokolinsen darin!

Aus der Tiefkühltruhe hole ich mir duftendes, frisches Eis und schmelze es ganz zart über dem Wasserbad. In die cremige Masse rühre ich das Mehl und etwas Backpulver und eine Prise Salz. Das sieht doch schon hervorragend aus! Glänzend schmiegt sich der Teig an den Schneebesen. Bevor ich die bunten Schokolinsen in die Creme rühre, koste ich jede Farbe einzeln. Köstlich schmilzt mir als letzte eine rubinrote Schokolinse auf der Zunge und hinterlässt süßen Kirschzauber in meinem Mund. Der Geschmack fühlt sich warm an und ein Teil meiner Wut löst sich darin auf.

Schon ist der Teig bereit für die Backform und den Ofen.

Warum mache ich diesen Eiscremekuchen eigentlich nicht öfter? Er ist so einfach, wenn ich ihn zwischendurch nicht immer wieder vergesse, und der Effekt ist großartig.

Angespornt durch meinen Erfolg mit dem Sahneeiscreme-Schokolinsen-Kuchen wage ich mich an eine Kreation aus sonnengelbem Zitroneneis mit grasgrünen Limetteneiskringeln darin. Je mehr ich fummeln muss, um die fröhlich-bunten Teigstränge in Form zu bringen, desto fröhlicher werde auch ich wieder. Was soll's, was gestern war. War ich halt feige. Na und? Tom wird sich auch wieder einkriegen, soll er mir halt weiter aus dem Weg gehen.

Ich kriege diese ganze Nichthochzeitsgeschichte wieder hin, genauso wie diese famosen Eiscremekuchen vor mir. Und wenn nicht, vielleicht, ganz, ganz eventuell vielleicht, verläuft sie sich ja auch im Sande. Einfach nicht mehr darüber reden. Punkt.

Und um nicht mehr weiter nachdenken zu müssen, versuche ich mich noch an einem Vanille-Eiscremekuchen mit köstlichen, rosa Himbeerstreuseln und einer Glasur aus zuckersüßem Himbeersirup. Mmh, wie diese Kuchen duften!

Zu meinem Glück ist Alma nicht nachtragend und so nutzen wir die ruhige halbe Stunde nach dem Mittagssturm, um uns zu versöhnen. Ich habe extra für uns einen goldenen Latte-Macchiato-Eiscremekuchen gebacken, den wir genüsslich nach einer Linsensuppe genießen.

»Köstlich!« Alma verdreht entzückt die Augen. »Den sollten wir auch unseren Gästen regelmäßig anbieten.«

»Das dachte ich mir auch. Ich habe den Eisplan für übernächste Woche schon angepasst. Wir starten mit einem Granatapfel-Eiscremekuchen. Der macht farblich unglaublich was her.« Sorgfältig kratze ich auch die letzten Krümel Kuchen vom Teller und verspeise sie. Wie gut etwas schmecken kann, was nicht Eis ist. Obwohl, es ist ja Eis. Und deswegen schmeckt es so gut.

Alma tupft sich den Mund mit einer Serviette ab und lehnt sich zufrieden grinsend auf ihrem Stuhl nach hinten. Wir sitzen draußen, im Schatten der rosa Markise, auf die die Sonne goldene Flecken malt. Eine leichte Brise lässt den Volant daran fröhlich flattern und ich kann gar nicht anders, als mich einfach meines Lebens zu freuen. Gibt es etwas Magischeres als solche Augenblicke?

Verträumt blickt Alma über den Vierwaldplatz hinüber zum *Le Meilleur*, wo sich der alte und der junge Ludewig heftig gestikulierend gegenüberstehen.

»Ich habe den jungen Ludewig am Freitag kurz kennengelernt. Er wirkt so völlig anders als sein Vater, aber schade, dass er sein Sohn ist. Ich hoffe nur, im Doppelpack sind sie nicht doppelt so blöd.« Träge strecke ich mich und beobachte das Schauspiel von Vater und Sohn. Es sieht nicht nach einer allzu übereinkommenden Unterhaltung aus. Leider sind wir zu weit weg, um zu hören, worüber sie sich fetzen. Aber vielleicht reden sie ja immer so miteinander, ein Choleriker mit dem anderen.

»Sei nicht so herablassend! Du kennst den jungen Fritz doch gar nicht und nur weil du ihm einmal Hallo gesagt hast, kannst du dir noch lange kein Urteil bilden!« Alma streckt sich ebenfalls und steht dann auf.

»Fritz? Das heißt, du kennst ihn schon so gut, dass ihr bereits beim Du seid?«

»Zumindest habe ich meine Vorurteile unter Kontrolle. Und by the way, was hast du denn am Freitag im

Restaurant drüben gemacht?« Mit schief geneigtem Kopf wartet Alma auf eine Antwort von mir.

Leider verdreht sich die Antwort eine Winzigkeit. »Ich wollte nur mal sehen, was das Vanilleeis vom alten Ludewig so macht. Vielleicht braucht er ja Hilfe.«

»Du hast Fritz Ludewig senior höchstpersönlich deine Hilfe bei der Herstellung von perfektem Vanilleeis für das Vanilleeis-Wettessen angeboten? Das glaubst du doch selbst nicht!«

Mulmig zucke ich mit den Schultern und das schlechte Gewissen gräbt sich schmerzhaft in meinen Magen. Soll ich es ihr sagen? Aber nach meiner Nicht-Flitterwochen-Aktion von gestern sollte ich lieber auf die Bremse treten. »Dann sieh es halt als Art Feindrecherche. So, wie auch immer, ich muss jetzt weitermachen. Beatrice wartet bestimmt schon auch mich.«

Alma lässt das Thema zum Glück für mich ruhen und wir räumen gemeinsam den Tisch ab. »Ist von dem Eiscremekuchen noch etwas übrig, damit ich es mitnehmen kann?«

»Ich denke, du gehst heute Abend wieder mit deinem großen Unbekannten aus?« Ich wackele vielsagend mit den Augenbrauen.

»Dem der gar köstliche Kuchen wohl munden würde.«

»Na dann will ich eurer Schlemmerei selbstredend nicht im Wege stehen. Der Rest steht in der Kühlung. Aber bitte veranstaltet damit keine Erotikatessen, die ich nicht auch bei Tageslicht machen würde.«

Beim Hineingehen sieht Alma noch einmal hinüber zum *Le Meilleur*, wo der junge Ludewig gerade seinen Vater stehenlässt und davonstürmt. »Worüber die sich wohl streiten?«

Ich ziehe eine Schnute. »Vermutlich darüber, ob die Erbsen mit der rechten oder linken Hand geschält werden müssen.«

Alma schnalzt missbilligend mit der Zunge. »So bissig kenne ich dich gar nicht!«

Und sie hat recht, ich mich eigentlich auch nicht. Aber dieses ganze Drama um das Vanilleeis-Wettessen macht mir mehr und mehr zu schaffen. Zumal ich es nicht mehr gewinnen kann und dann mein geliebtes Lieblingseis nicht mehr für meine Gäste zaubern darf.

»Hi Beatrice, sorry für die Verspätung.« Hektisch schiebe ich den Eiswagen durch die weit geöffnete Tür des *Le Petit.* Die Galerie ist bereits gut besucht, wie üblich auch von Kindern. Wobei es mir heute noch mehr zu sein scheinen.

Beschwichtigend hebt Beatrice die Hände. »Nur keine Hektik, meine liebe Sunny. Meine Besucher sollen sich ganz in Ruhe erst einmal den wundervollen Gemälden widmen, ehe sie das Buffet abgrasen. Apropos Gemälde, deine Köstlichkeiten sind wieder wahre Kunstwerke.«

Zufrieden mit mir und der Eiswelt arrangiere ich zusammen mit Beatrice die Eiscremekuchen auf dem Tisch im hinteren Teil der Galerie. »Du siehst heute aber auch wieder schick aus.«

»Danke, meine Liebe. Ein echter Klassiker aus dem wundervollen Jahr 1929. Das waren noch Zeiten, kann ich dir sagen.« Bedächtig streicht sich Beatrice über die seidene, tiefsitzende Taille des knöchellangen Kleides, das in luftigen Volants ihre Waden umspielt.

Lachend rücke ich die bunten Servietten zurecht. »Nun machst du dich aber überalt.«

»Ich habe das Privileg, mir mein Alter aussuchen zu dürfen. Und heute bin ich herrliche 121 Jahre alt.«

»Und weißt du was, ich glaube dir sogar.« Ich liebe Beatrices verrückte Ideen, sie ist immer für eine Überraschung gut. Ein bisschen sind wir Schwestern im Geiste oder heute wohl eher Urgroßmutter und Enkelin im Geiste.

Als wir die Leckereien fertig angerichtet haben, nimmt mich Beatrice bei den Schultern und dreht mich langsam einmal um mich selbst. »Und? Was sagst du zu meinem heutigen Künstler?«

So recht weiß ich nicht, wie ich die Bilder an den Wänden einordnen soll. Dazu kenne ich mich zu wenig mit Kunst aus. Beatrice hat mich schon in Galerien geschleppt, in denen ich Kunstwerke zu sehen bekam, die ich nur deswegen als Kunst erkannt habe, weil es als solche angekündigt war. Entsprechend vorsichtig formuliere ich meine Meinung. »Sie sind bunt. Und fröhlich. Lustig, wie die Möhren da hinten auf dem Bild neben dem Eingang über der Erde wachsen, und sie sind fast genauso groß wie der Baum und das Haus daneben.«

Beatrice nickt huldvoll. »Ja, meine Liebe, so manch unverdorbener Künstler malt die verborgenen Dinge so, dass sie sichtbar werden, und offenbart uns damit eine andere Perspektive. Ich finde das außerordentlich klug und spannend. Und ich bin dank meiner finanziellen Unabhängigkeit und meines guten Rufes in der glücklichen Lage, Dinge anders machen zu können, als es in der Kunstszene mit all ihren unschönen Zwängen sonst so üblich ist.«

Dem kann ich nichts hinzufügen. Angeregt durch Beatrices Hinweis schreite ich die einzelnen Bilder langsam ab und entdecke so manches, was ich längst vergessen hatte. Da, die strahlende Sonne auf dem einen Bild lacht mit rotem Kussmund und trägt Stöckelschuhe. Das Schiff auf dem Bild daneben schwebt über dem Wellenkamm, das sieht lustig aus.

Ich will eben zurück zum Buffet gehen, um nach dem Rechten zu sehen, da kommt Tom in die Galerie. Mein Herz hämmert mit einem Mal los und das Flattern in meinem Bauch kommt kaum hinterher. Er geht mir also nicht aus dem Weg! Ich bin ja so erleichtert. Leider sieht er mich nicht, auch nicht, als ich ihm zuwinke. Stattdessen läuft er zu Beatrice, die ihn zu einer schief sitzenden Bilderschiene führt, die er sogleich beginnt zu richten.

»Ich bin so froh, dass wir Tom in der Nachbarschaft haben, der Junge hat wirklich ein Händchen für alles. Aber das weißt du sicher besser als ich.« Beatrice knufft mich zwinkernd in die Seite.

»Sehr verehrte Frau Koenig!«, donnert es plötzlich durch das *Le Petit* und lässt alle Gespräche verstummen.

Erschrocken drehe ich mich zur Tür. Dort steht mit ausgebreiteten Armen ein Mann mit einer blonden Föhnwelle, wie ich sie mir nicht in den wildesten Träumen hätte vorstellen können. Er betritt das *Le Petit*, als würde er es zu seinem Königreich erklären. Ihm folgen ein Mann mit einer Fernsehkamera, die auf ihn gerichtet ist, ein schmächtiger Jüngling, der ein Mikrofon an der Stange darüber hält, und drei weitere, eher künstlerisch-musisch angehauchte Männer mit wehenden, knielangen Schals und Sonnenbrillen. Welch ein Auftritt.

Ein Raunen geht durch die Menge und selbst Tom, den normalerweise nichts bis gar nichts aus der Ruhe bringt, sieht dem Treiben mit gerunzelter Stirn zu. Beatrice hingegen wirkt völlig Herrin der Situation. »So, meine Liebe, nun pass gut auf, hier kannst du noch etwas lernen«, flüstert sie mir zu. »Der alte Gockel hat letzten Herbst die Trompe-l'œil Ausstellung meiner Freundin Anne so dermaßen verrissen, dass sie Monate gebraucht hat, um das Vertrauen ihrer Besucher zurückzugewinnen. Und das nur, weil für ihn die Bilder der illusionistischen Malerei keine Kunst darstellen! Er meint, die Wirklichkeit abmalen kann ja jeder. Dann werden wir ihm mal zeigen, was Kunst alles sein kann!« Beatrice nickt mir zu und reibt sich die Hände, als sie auf den *alten Gockel* zugeht.

»Herr von Bosse, welch eine Überraschung, dass Sie ausgerechnet heute hier in meiner bescheidenen, aber umso feineren Kunstgalerie Ihre Kritik des Monats loswerden wollen.«

»Meine Sendung lebt von Überraschungen, meine sehr verehrte Frau Koenig. Dann wollen wir gleich mal zur Tat schreiten, live und in Farbe, nicht wahr? Meine Sendezeit ist kostbar, wie Sie sich sicherlich denken können.«

»Selbstverständlich, Herr von Bosse. Aber Sie sind ja bekannt dafür, sich ein schnelles Urteil zu bilden und es unumwunden kundzutun.« Wenn Beatrice diesen Herrn von Soundso noch weiter so süß anlächelt, bekommt er einen akuten Kariesschub.

Gekonnt wirft er den Kopf nach hinten, um sein voluminöses Haupthaar zurechtzuschütteln. »Wie, sagten Sie, heißt noch mal der Künstler?«

»Ich sagte gar nichts. Es gehört zum postmodernen Konzept, der von Ihnen so verehrten Strömungsrichtung dieser speziellen expressionistischen Kunst, dass die Bilder namenlos ihren überaus avantgardistischen Stil leben. Aber was rede ich hier, Sie sind doch der absolute Experte auf diesem Gebiet!«

Ich sehe um mich und erkenne zu meiner Erleichterung mindestens so viele Fragezeichen bei den anderen Gästen wie bei mir. Nun gut, die beiden werden schon wissen, wovon sie reden.

Während Beatrice mit dem Kunstkritiker die Bilder abschreitet, serviere ich den Gästen meine Eiscremekuchen, die wahre Begeisterungsstürme auslösen.

Nur Tom holt sich kein Stück. Diese Bilderschiene zu reparieren scheint ja megakompliziert zu sein.

Kaum habe ich das letzte Stück Kuchen verteilt, ist die Bilderrunde beendet und der Herr Chefkritiker positioniert sich in der Mitte der Galerie. »Nun, meine sehr verehrten Zuschauer, was wir hier heute erleben, ist Kunst in höchster Vollendung, Kunst par excellence, wie nur wahre Künstler sie erschaffen können. Kunst, deren Wert unermesslich ist und Preise erzielen wird, die doch nie den wahren Wert erreichen werden. Mein Kunstverstand sagt mir, dass dieses Ausnahmetalent sich in vielen, vielen Jahren des Übens diese Vollkommenheit erschaffen hat. Dank meiner Expertise steht diesem Künstler nun Großes bevor.«

Beatrice schlägt entzückt die Hände vor der Brust zusammen. »Ich wusste, auf Sie ist Verlass, sehr verehrter Herr von Bosse.«

»Selbstverständlich ist auf mich Verlass. Und nun, sehr verehrte Frau Koenig, stellen Sie uns doch bitte diesen talentierten Künstler vor.«

»Es ist kein Künstler.«

»Etwa eine Künstlerin?« Der Kunstkritiker sieht aus, als hätte er in eine Schnecke gebissen. Eine weibliche Schnecke wohlgemerkt.

Kurz flackert Beatrices Lächeln, doch sie fängt sich schnell. »Keine Sorge, Sie müssen sich auch nicht mit *einer* Künstlerin abgeben.«

»Sehr wohl. Wir wissen doch alle, dass Frauen lieber Schminki, Schminki mit dem Pinsel im Gesicht machen sollten als auf der Leinwand, da können sie sich im Realismus austoben, ohne allzu großen Schaden anzurichten.«

Der Kerl nickt tatsächlich zu seinen Worten! Der scheint das echt ernst zu meinen. Schade, dass ich keinen Eiscremekuchen mehr übrighabe, der würde sich hervorragend in seinem feisten Gesicht machen. Obwohl, das hat der Kuchen nicht verdient, kein Kuchen auf der Welt, nicht mal Currywurstkuchen mit Leberwurstsoße.

Wortlos dreht sich Beatrice von dem Unhold weg und klatscht in die Hände.

Aus allen Richtungen stromern an die zwanzig Kinder zu ihr. Es wird heftig gekichert und gerangelt. Beatrice steht breit grinsend in ihrer Mitte. »Darf ich vorstellen, die wahren Künstler, denen dank Ihrer Expertise Großes bevorsteht. Es ist reizend, wie überaus bestärkend Sie sich unseren Kindern gegenüber zeigen. Die Kleinsten unter ihnen besuchen übrigens die Vierwaldplatz-Kita und die Größeren die Vierwaldplatz-Grundschule. Nur für den Fall, dass Sie gelegentlich Hilfe für Ihren Kunstverstand benötigen.«

Herrn Oberkritikers Kiefermuskeln arbeiten heftig, während die Besucher der Galerie in Applaus ausbrechen. Dabei lacht der Tonmann so sehr, dass das Mikrofon über Herrn von Bosse gefährlich auf und ab schwankt.

»Womit wieder bewiesen wäre, was postmoderne Kunst zu leisten vermag«, zischt Föhnwelle in die Kamera, ehe er den Kameramann zur Seite stößt und aus der Galerie rauscht.

Ich lache so herzhaft mit den anderen, dass ich vor Schreck zusammenzucke, als Tom plötzlich vor mir steht. Er lacht kein Stück, im Gegenteil wirkt er bitterböse mit den zusammengekniffenen Augen. »Klar, dass ausgerechnet dich das so erheitert. Es ist ja so ein Vergnügen, andere Leute hinters Licht zu führen, damit kennst du dich in der Tat bestens aus.«

»Tom!« Entrüstet stemme ich die Hände in die Taille. »Was blaffst du mich bitte so an? Dieser aufgeblasene, frauenfeindliche Angeber hat es allemal verdient. Immerhin hat er es nicht einmal geschafft, eine einfache Kindermalerei zu erkennen.«

»Aber du?«

»Hallo? Habe ich mich etwa als Kunstkritikerin ausgegeben?«

»Du gibst dich schon als genug anderes aus.« Tom spricht so leise, dass ich ihn kaum höre, doch sein Ton versetzt mir einen Hieb. Zwischen uns reißt gerade ein Graben auf, den ich unter allen Umständen wieder schließen muss.

Ich packe Tom am Arm und ziehe ihn mit mir nach draußen vor die Tür der Galerie. »Es tut mir leid, dass ich gestern wieder gekniffen habe, ehrlich. Aber sie haben mich alle so angesehen, so glücklich, und meine Mutter hat mir kurz vorher noch gesagt, wie sehr sie sich freut, dass ich sie und Tante Marietta dieses Mal nicht unter falschen Tatsachen zu der Feier gelockt habe. Ich war einfach feige. Und außerdem habe ich diese Hochzeitsreise auf einmal so deutlich vor mir gesehen, als wäre sie real. Als wären wir wirklich dort.«

Tom macht sich von mir los und schüttelt den Kopf. »Du bist unglaublich, Sunny! Es reicht! Immer und immer wieder überschreitest du Grenzen und hoffst, dass sich alles in Wohlgefallen auflöst. Weißt du eigentlich, wie entsetzt meine Eltern waren, als ich ihnen gestern Abend selbst davon erzählt habe, dass wir nie vorhatten zu heiraten, sondern dass das alles nur ein *Missverständnis* ist? Hätte ich bloß damals schon im Standesamt deinem Blödsinn ein Ende bereitet! Ich hätte es echt besser wissen sollen. Aber nein, der gute Tom macht sich gern zum Affen für deinen geliebten Leo!«

»Ach daher weht der Wind! Du bist eifersüchtig!«, fauche ich ihn an.

Tom sieht mich für einen Augenblick ruhig an. »Ja, Sunny, ich war eifersüchtig, weil ich dich gernhatte, und genau deswegen habe ich das Theater auch mitgemacht.«

Tränen steigen mir in die Augen und ich greife nach Toms Händen. »Hattest?«

Er löst seine Hände langsam aus meinen. »Ich würde dich mit Freuden eigenhändig den Tourmalet hinaufschieben, aber nicht zu solchen Bedingungen. Ich kann das nicht mehr.« Dann geht er und ich stehe allein vor der Galerie im Licht der untergehenden Sonne. Mir ist kalt, Gänsehaut kriecht an meinen Armen empor und in mein Herz.

Kapitel 21

R wie Rivale

Rhabarber-Eis

Süße Kokosmilch umschmeichelt in Ahornsirup gebadeten Rhabarber, huldigt der Würze des Ceylon-Zimtes, umwirbt die Wärme der Vanille.

Wieder und wieder klingelt der Wecker, doch ich kann mich nicht aufraffen aufzustehen. Schon seit Tagen plagen mich Kopfschmerzen und die ganze Woche zieht sich wie zäher Hefeteig. Da freitags ohnehin Alma morgens das *Schneeflöckchen* aufsperrt, habe ich keinen Grund, mich zu beeilen. Außer vielleicht, dass ich eigentlich hätte zum Großmarkt fahren müssen, um frische Früchte für das Eis zu besorgen. Aber ich glaube, wir haben noch genug. Und wenn nicht, ist es auch nicht schlimm, dann gibt es halt Vanilleeis mit Himbeerstreuseln, das mögen die Gäste sowieso am liebsten.

Irgendwo kläfft ein Hund und ich ziehe mir die Decke über den Kopf. Dann klingelt auch noch das Telefon. Ich lasse den Anrufbeantworter rangehen und höre zu, wie Julia mir etwas über den verschobenen Termin in Potsdam erzählt und einen Termin mit der Köchin unseres Hochzeitsmenüs, den ich verpasst habe. Eindringlich ermahnt sie mich, dass ich mich bei ihr melden soll, am besten zusammen mit Tom.

Tom! Dass ich nicht lache. Der ist überall und nirgends, unterwegs im Namen seiner geliebten Fahrräder. Nur gestern habe ich ihn kurz durch das Schaufenster des *Velozipeds* gesehen, zuvorkommend lächelnd mit einer Kundin.

Als nun auch noch mein Handy im Flur beginnt Krach zu machen, werfe ich die Decke entnervt zur Seite und stehe auf. Die Jeans von gestern liegt verknotet vor dem Bett, direkt auf der Bluse, die ebenfalls für heute noch reichen muss.

Aus dem Brotkasten angele ich mir ein Stück Toast und mümmele es auf dem Weg ins *Schneeflöckchen*. Toll! Heute ist es viel zu kalt für die Bluse, die ich trage. Gestern war damit noch alles in Ordnung. Nicht einmal auf das Wetter kann man sich verlassen.

Bevor ich in die Eisdiele gehe, laufe ich noch kurz zum *Veloziped*, wo Jan gerade einem Kunden ein Fahrrad zeigt.

»Hi, darf ich kurz stören?« Ich nicke dem Kunden lächelnd zu und wende mich an Jan. »Ich habe gehört, dass es bei Ortlieb ein paar coole Fahrradtaschen im Sale gibt. Meinst du, das wäre etwas für mich?«

Jan linst über den Sattel des Rades zu mir hoch, vor dem er gerade kniet. »Aber du hast doch gar kein Fahrrad, dachte ich.«

»Klar habe ich eines.« Irgendwo. »Und, was meinst du?«

»Sicher, eine gute Fahrradtasche ist immer ihr Geld wert, besser als mit Rucksack fahren.«

»Sehr schön, sehr schön.« Da mir meine Hände im Weg sind, stecke ich sie in die Taschen meiner Jeans.

»Und? Was sagt Tom dazu? Ist er da? Ich würde ihn gern auch dazu befragen, also nicht, dass du nicht kompetent genug wärst oder so ...«

Jan schüttelt den Kopf. »Tom ist das Wochenende auf der VELOBerlin.«

»Oh.« Ich ziehe die Hände wieder aus den Taschen der Hose und verschränke die Arme vor der Brust, als eine kalte Windböe durch meine Bluse fährt. »Na gut, okay. Bis dann. Und Ihnen einen guten Fahrradkauf. Bessere Qualität als im *Veloziped* finden Sie nirgendwo.«

Mit einem Schlag hinterlasse ich zwei Männer mit identisch offenstehenden Mündern und eile in das *Schneeflöckchen*, wo Alma bereits fleißig wirbelt. »Da bist du ja endlich!« Sie blickt von der Pistazieneiskugel auf, die sie gerade in einer Glasschale anrichtet, und hält inne. »Wie siehst du denn aus?«

Ich sehe an mir herunter, kann aber nichts entdecken, was ihren Anstoß erregen könnte. Gut, die Jeans hat ein, zwei Flecken, die da nicht hingehören, was aber bei dem hellen Blauton auch nicht verwunderlich ist, wenn man bedenkt, mit wie vielen Eisfarben wir hier arbeiten. Und auch die weiße Bluse ziert etwas, was ausgeprägt nach Blaubeereis aussieht, aber der Fleck wird eigentlich ganz gut durch die Falte darüber kaschiert.

Alma legt den Eisportionierer aus der Hand und schiebt mich in Richtung Büro. »Du hast doch immer ein paar Ersatzklamotten hier. Los jetzt, zieh dich um, kämme dir um Himmels willen die Haare und binde dir einen vernünftigen Zopf! Und die Krümel an deinem Mund kannst du dir bei der Gelegenheit auch gleich abwischen.«

Die Farbkombination der orangen Jeans und des kleeblattgrünen Shirts, welche ich aus dem untersten Fach des Schreibtisches ziehe, entspricht nicht gerade meiner Laune. Aber wenigstens sind sie sauber und fast knitterfrei.

Als ich mit dem Rumbummeln beim Anziehen und Haare machen fertig bin, gehe ich zurück in die Eisdiele und kümmere mich zusammen mit Alma um unsere bunten Gäste. Ehe ich mich einmal um mich selbst drehen kann, ist auch schon der mittägliche Eissturm vorbei und es liegt eine ruhige Stunde vor meiner Cousine und mir.

Aufatmend lassen wir uns am mohnblumenroten Zweiertisch am Fenster nieder, um eine Pizza zu verspeisen.

»Übrigens konnte ich gestern endlich aus Mama rauspressen, was nach dem besagten Treffen mit Christoph Kramer passiert ist, als sie und Tante Marie bei dem Gewinnertreffen vom Backwettbewerb aufgetaucht sind.« Alma beißt herzhaft in ein Pizzastück und zieht einen langen Käsefaden.

Da mein Mund voll ist, nicke ich ihr lediglich zu, damit sie weiterspricht.

»Beide waren sich ja einig, dass sie entweder zusammen hingehen oder keine. Aber dann sind sie beide unabhängig voneinander schwach geworden und haben doch zugesagt. Sie wollten aber nur hingehen, um einmal Christoph Kramer zu treffen. Sie hätten in dem Artikel auch gar nicht erscheinen können, sonst hätte die andere davon erfahren. Also alles ganz harmlos, haben sie sich eingeredet.«

Ich schlucke meinen Bissen hinunter und schüttele den Kopf. »Mama und Tante Marietta sind sich so was von ähnlich!«

»Und das scheint auch das Hauptproblem gewesen zu sein. Nachdem sie sich bei dem Treffen begegnet sind, ist ihnen bewusst geworden, dass sie sich zum ersten Mal in ihrem Leben belogen haben.« Alma tupft sich den Mund mit einer Serviette ab und nippt an ihrem

Zitronenwasser. »Sie waren bis dahin immer eine starke Einheit und auf einmal nicht mehr. Meine Mutter meinte, der Verrat war für sie so furchtbar, dass sie Tante Marie nicht mehr sehen wollte. Zugleich hat sie sich in Grund und Boden geschämt, ihre Schwester genauso hintergangen zu haben. Und bei deiner Mutter war es identisch.«

Nachdenklich schiebe ich mir das letzte Stück Pizza in den Mund und kaue ausgiebig darauf herum. »Ich verstehe trotzdem nicht, warum alles so eskaliert ist. Gut, sie waren sauer aufeinander und auch zu Recht, aber sie hatten doch auch früher schon mal Streit.«

Mit hinter dem Kopf verschränkten Händen lehnt sich Alma zurück. »Gut möglich, dass es das berühmte Tüpfelchen auf dem i war, was schon länger geschwelt hat. Letztendlich wissen wir nie so recht, warum wir mit den Menschen, die wir eigentlich am liebsten mögen, in einen Konflikt geraten. Möglich, dass wir einfach zu viel erwarten, kleine Ursache, große Wirkung.«

Zusammen mit der Pizza verdaue ich Almas Worte. Nun gut, wir haben es überstanden und meine Mutter und Tante Marietta sind beim nächsten Mal klüger. Sofern es überhaupt ein nächstes Mal gibt.

Ein Menschenauflauf vor dem *Le Meilleur* lenkt mich ab und ich stoße Alma an, damit sie es sich auch ansieht. »Sieht aus, als würde der alte Ludewig Eis aus einem Eiswagen verteilen.«

Alma steht auf und öffnet die Tür der Eisdiele. »Der macht bestimmt einen Testlauf mit seiner Vanilleeispampe. Als ob ihm das noch etwas bringen würde.«

Mir rauscht bei Almas Worten das Blut in den Ohren und ich muss blinzeln, weil ich Sternchen sehe. Zittrig springe ich auf. »Das kann er nicht machen, das Wettessen ist erst übermorgen!«

Alma sieht mich verständnislos an. »Lass ihn doch, du hast nichts zu befürchten und je mehr Leute er heute mit seinem *Eis* vergrault, desto besser für uns am Sonntag.«

»Aber sieh dir die Schlange an! Und diejenigen, die ihr Eis schlecken, sehen nicht gerade so aus, als würden sie es nicht mögen!« Hektisch drängele ich mich an Alma vorbei.

Die hakt sich bei mir unter und zieht mich in Richtung Eiswagen. »Dann sollten wir uns wohl höchstpersönlich ein Urteil bilden.«

»Und unsere Gäste?«

»Die nehmen wir mit.«

Je näher mich Alma in Richtung des Eiswagens schiebt, desto mulmiger wird mir. Die Eisschlecker sehen alle durchweg zufrieden aus.

»Herr Ludewig, haben Sie doch noch den heiligen Eisgral gefunden? Welch entzückende Idee, einen Eiswagen aufzustellen. Was gibt es denn Gutes?« Alma tritt ohne Bedenken hinter den Wagen, direkt neben den alten Ludewig, der fröhlich pfeifend Eis mit einer großen Spatula verteilt.

»Madame Alma, für Sie nur das Beste, auch wenn Sie sich hier so unverschämt vor meine echten Gäste drängeln.« Damit reicht er Alma eine Waffel mit hellgelbem, cremigem Eis, das irgendwie, tja, ich weiß nicht wie ich es sagen soll ... das Eis sieht lecker aus. Aber anders als mein Vanilleeis. Und ganz anders als das Zeug, das Fritz Ludewig sonst so als Vanilleeis unter das Volk bringt.

Alma schnappt sich einen Löffel vom Eiswagen und nimmt sich vorsichtig von dem Eis. Sie betrachtet die Masse wie ein seltenes Insekt, dass ihr aufs Marmeladenbrot geflogen ist. Skeptisch zieht sie die Augenbrauen zusammen.

»Trau dich«, murmele ich und versuche kraft meiner Gedanken den Löffel mit dem Eis zu Almas Mund zu führen.

Tapfer probiert sie schließlich. Und schließt die Augen. Und schleckt den Rest vom Löffel.

Als sie die Augen öffnet, ist ihr Blick glasig und ich hoffe für einen winzigen Moment, dass das Eis total giftig schmeckt. Doch zugleich weiß ich, dass es absolut lecker ist. Ich kann das vanillige Aroma riechen und sehe die sanfte Cremigkeit und Frische.

Ich greife nach Almas Waffel, doch ehe ich sie zu fassen bekomme, lässt Alma diese fallen. »Oh nein! Wie dumm von mir. Sorry.« Schnell hebt sie die zerbrochene Waffel auf und schmeißt sie in den Eimer neben dem Eiswagen.

»Also Herr Ludewig, ich bin enttäuscht, ich habe wahrlich Besseres von Ihnen erwartet.« Alma schnalzt mit der Zunge, macht auf dem Absatz kehrt und zieht mich mit sich zurück ins *Schneeflöckchen*, in dem nur noch drei unserer Stammgäste ihrem Skatspiel frönen.

»Was soll das?« Endlich kann ich mich von meiner Cousine losmachen. »Warum hast du mich nicht kosten lassen? Das Eis sah verdammt gut aus.«

»Und das war es auch, aber das braucht der alte Ludewig nicht zu wissen, oder? Du mit deiner Eisverrücktheit hättest dich sofort verraten!«

Verzagt nibbele ich an meinen Fingernägeln. »Aber es hat doch nicht wie unser Eis geschmeckt, nicht wahr? Zumindest sah es anders aus.«

Alma wirft die Hände in die Luft und sieht mehr als unglücklich aus. »Es hat nicht nur anders als unser Vanilleeis geschmeckt, es schmeckt überhaupt anders als jedes Eis, welches ich je gegessen habe. Und das waren wahrlich Gigatonnen von Eis! Und dieses Anders schmeckt verhext gut!«

»Alma, ich muss dieses Eis kosten und zwar sofort!«

Alma nickt und überlegt kurz. »Paul?«

Der Glatzköpfigste unter den Kartenspielern sieht wie in Trance auf »Ja?«

»Würdest du mir bitte einen Gefallen tun?« Lieb und nett sieht Alma Paul an und stellt sich hinter ihn.

»Aber ich spiel doch gerade Karten, Almachen.«

Alma sieht sich die Karten genau an, zieht eine und legt sie auf den Tisch. »5 Volle und ein Bilderbuch!«

Paul seufzt, nickt und steht auf. »Ich hasse es, wenn du mitspielst. Also, was darf ich für dich tun?«

»Holst du uns bitte ein Eis?«

Irritiert sieht Paul zu unserer Eistruhe. »Aber da lässt du uns doch nie ran, das ist euer Allerheiligstes!«

»Wir wollen ja auch nicht unser Eis, wir wollen Eis vom alten Ludewig. Schau mal draußen, vor dem *Le Meilleur* steht ein Eiswagen. Bringst du uns bitte eine Portion? Oder lieber zwei. Vielleicht besser gleich drei. Ach am besten geht ihr alle rüber, damit es nicht so auffällt. Bringt uns bitte jeder zwei große Portionen mit. Sagt dem Ludewig einfach, es wäre für euch und eure Frauen.«

Unbeweglich sehen uns die alten Herrschaften an. Ich glaube, sie zweifeln gerade sehr an unserem Verstand, deshalb versuche ich mich an meinem charmantesten Lächeln und klimpere mit den Wimpern. »Bitte.«

Den Rest des Nachmittages bedienen Alma und ich deutlich weniger Gäste als sonst, was uns nicht weiter stört, da wir dadurch mehr Zeit haben, Ludewigs Eis zu verkosten.

Und zu meinem Jammer muss ich gestehen, dass es mit jedem Bissen besser schmeckt. Leicht, zart, nicht zu süß, cremig, frisch, aromatisch. Genauso wie ich mein Eis beschreiben würde. Aber halt völlig anders und für mich nicht nachvollziehbar.

Frustriert schiebe ich die leeren Waffeln von mir. Nach dem ganzen Eis ist mir nicht einmal übel, so hervorragend ist es ihm gelungen. »Ich gehe rüber zu ihm und frage ihn, wie er das hinbekommen hat.«

Alma drückt mich zurück in den Stuhl. »Das wirst du nicht! Wir sind zwei intelligente junge Frauen und du bist weit und breit die beste *gelatiera*. Wir finden die Lösung selbst heraus, denn die Blöße vor dem alten Zausel werden wir uns nicht geben!«

Kapitel 23

U wie Unfassbar

Ugli-Eis

Süß, saftig, herrlich erfrischend spendet die Ugli ihren Saft, der ein zartschmelzendes Zitrus-Sorbet zaubert, welches wie Schneeflöckchen zart auf der Zunge zergeht.

Nach dem Desaster des gestrigen Tages fühle ich mich wie durch eine Eismaschine gerührt, als der Wecker mich unbarmherzig zum Aufwachen zwingt. Viel geschlafen habe ich ohnehin nicht, doch ausgerechnet kurz vor dem Weckerklingeln bin ich wieder eingeschlafen und jetzt umso zerschlagener.

Wie können sie es alle wagen, mich so ungerecht zu behandeln! Gerade wo ich meine Familie und Freunde am meisten brauche, um diesen vermaledeiten Vanilleeis-Wettbewerb zu gewinnen, maunzen mich alle an. Sie sind so ungerecht. Ich tue doch, was ich kann!

Nicht genug, dass innerhalb von vierundzwanzig Stunden Tom mich stehen gelassen und Alma mich rausgeschmissen hat, meine Mutter und Tante Marietta seit dem Geburtstag nur noch mit sich selbst und ihrer *Aufarbeitung* beschäftigt sind, Leo sich gar nicht mehr blicken lässt, Julia mich mit blöden Hochzeitsmails und Terminen überhäuft und Hedwig mich gedemütigt hat, misslingt mir auch noch das Eis für meine Gäste.

Es ist gestern nichts mehr mit meinem wunderschönen Black-Forest-Cherry-Cake-Eisbecher geworden, denn mir fehlte nicht nur der Schoko-Biskuit, sondern auch saure Kirschen, wie ich bitter feststellen musste. Und die letzten drei Tropfen meines edlen Wildkirschbrandes konnten es auch nicht mehr rausreißen. Dazu hatten die Lehrlingsdeppen vom alten Ludewig mein Eis in homöopathischen Eiskugelgrößen an die Gäste verkauft, allerdings zu Preisen eines ganzen Eisblockes. Meine Gäste waren zurecht sauer. Diese merkwürdige Kombination aus Miniportion zu Maxipreis funktioniert drüben im *Le Meilleur*, aber nicht bei mir, dazu fehlen mir die Sterne. Obwohl, auf meinem Gildeschild prangen vier Sterne. Ha, zwei mehr als beim Ludewig!

Getröstet von diesem Sieg schäle ich mich aus dem Bett. Nachdem ich gestern das *Schneeflöckchen* abgeschlossen hatte, habe ich sorgfältig das Vanilleeis für heute vorbereitet, um ganz entspannt dem Nachmittag entgegensehen zu können. So kann ich mich am Vormittag ganz meinen Himbeerstreuseln widmen.

Der blitzblaue Himmel draußen verspricht einen herrlichen Sonnentag und ich kleide mich sorgfältig an. Zu meiner vanillegelben Lieblingsjeans wähle ich eine himbeerrosa Bluse und ein farblich passendes Haarband, das meine Haare hoch oben auf dem Kopf in einem schwingenden Zopf zusammenhält. Die himbeerroten Ballerinas mit der vanillegelben Schleife finde ich nicht auf Anhieb, entdecke sie aber nach hartnäckigem Suchen im untersten Fach des Buchregales. Merkwürdig. Selbst für mich.

Welt, ich komme.

Im *Schneeflöckchen* ist es irritierend ruhig, als ich es betrete. Da die Eisdiele aufgrund des Vanilleeis-Wettbewerbes heute nicht für Gäste öffnet, will ich die Tür hinter mir wieder abschließen, doch die gruselige Stille beschert mir eine Gänsehaut und ich lasse sie offen. Dafür stelle ich einen Stuhl mit dem Geschlossen-Schild vor den Eingang.

Dieses Arrangement ist auch besser so, denn ganz geschlossen zu haben an einem solch wundervollen Sonntag mag ich dann auch nicht. So können wenigstens ein paar Gäste hereinkommen.

Und ich werde mich nicht so einsam fühlen. Kurz wallt Selbstmitleid in mir auf, doch ich dränge es zurück, indem ich die Schultern straffe und mit dem Fuß aufstampfe. Den Stuhl, der den Eingang blockiert, stelle ich sicherheitshalber ein Stück zur Seite, nicht, dass sich Besucher von der Barriere abgehalten fühlen.

Noch ist es zu früh für die Vierwaldplatz-Spaziergänger. Dennoch herrscht Betriebsamkeit auf dem Platz. Oskar Sonthofen und Frank haben es sich nicht nehmen lassen, den Wettbewerb in ein Volksfest zu verwandeln. Unter Gehämmer und fröhlichen Rufen werden gerade bunte Holzbuden aufgebaut, die verschiedene Spiele anbieten. Ein Grillstand entsteht vor dem Standesamt und eine riesige Hopsburg pustet sich vor dem Hotel auf. Selbst ein altmodisches Kinderkarussell steht inmitten des ganzen Trubels.

So nervös ich auch bin, so gründlich kribbelt Vorfreude in mir empor und beruhigt meine angespannten Nerven wie ein kühler Balsam. Zeit, das Vanilleeis zu verkosten.

Doch als ich in das Eislabor gehe, ist mir mit einem Mal klar, warum es heute so unglaublich still im *Schneeflöckchen* ist. Es liegt nicht nur daran, dass keine Gäste hier sind und auch nicht, dass Alma fehlt oder gar Tom nebenan.

Es brummt und summt nichts!

Der Kühlschrank nicht und auch nicht die Eistruhen. Nicht eine einzige!

Mit zitternden Händen reiße ich die Tür der ersten Truhe auf und sehe in die Behälter mit dem Vanilleeis. Dann die zweite und schließlich die dritte Tür. Doch jedes Mal bietet sich mir der gleiche entsetzliche Anblick.

»Sunny?«

»Was?«, brülle ich mit aller Kraft und drehe mich um.

Erschrocken sieht mich Beatrice an, die in der Tür zum Eislabor steht. »Alles in Ordnung mit dir?«

»Nichts ist in Ordnung! Der Strom ist weg und mein Vanilleeis für das Wettessen heute ist geschmolzen! Die ganze Arbeit umsonst! Jahrelang habe ich dieses Eis gehegt und gepflegt. Und wofür? Dass es mir am wichtigsten Tag aus der Kühlung läuft wie irgendeine Vanillepampe!«

Schweigend nimmt mich Beatrice in die Arme und wiegt mich hin und her, während ich in ihr Kleid schluchze. Ich weine so heftig, dass es mich schüttelt, und nur langsam ebbt es ab und beruhigen mich Beatrices warme Hände auf meinem Rücken, die mich sanft streicheln.

Schließlich habe ich mich leergeweint und Beatrices Kleid durchweicht. Ich löse mich von ihr und lehne mich gegen die Arbeitsfläche.

»Besser?« Beatrice stupst mich mit der Schulter an.

Ich nicke. »Ja, danke. Und sorry für dein Kleid.«

»Was raus muss, muss raus. Dann gehe ich jetzt wieder rüber in die Galerie, bei mir ist nämlich auch der Strom weg. Deshalb bin überhaupt hergekommen. Es scheint aber nur unser Haus zu betreffen, auf dem Vierwaldplatz ist alles in Ordnung ...«

In diesem Moment beginnen die beiden Kühlschränke und die drei Eistruhen wieder zu surren, man könnte meinen, sie würden gleich abheben.

»Oh, sehr gut, dann kannst du das Eis ja wieder einfrieren!«

»Leider nicht.« Bedauernd schüttele ich den Kopf. »Das Eis würde total kristallin und klebrig werden, außerdem ist es unhygienisch. Ich brauche neues Eis und zwar schnell.«

»Kann ich dir helfen?«

»Das ist lieb, danke, aber das mache ich lieber allein.«

Beherzt drückt mich Beatrice noch einmal gegen ihre nasse Brust. »Ich bin drüben, falls du doch noch etwas benötigst. Und nun ran an dein wundervolles Eis, wir zählen alle auf dich.«

Ich seufze tief und mitleiderregend, winke Beatrice hinterher und ergebe mich in mein Schicksal, frisches Vanilleeis für den Wettbewerb herzustellen, auch wenn das ziemlich knapp wird. Leider habe ich nicht mehr genug Zutaten da und es ist Sonntag. Manchmal scheint es mir, als würde ein Stein zum Stolpern nicht ausreichen.

Wenigstens geht meine Mutter nach dem dritten Klingeln ran und steht keine zwanzig Minuten später zusammen mit meinem Vater, Tante Marietta und Onkel Ole mit vollbeladenen Körben aus dem *MaMa* im *Schneeflöckchen*.

Da mein Stress wie eine greifbare Wolke um mich wabert, tun sie das Beste, was sie in diesem Fall tun können, und lassen mich allein in meinem Eislabor werkeln. Sie würden nachher wiederkommen, zum Wettbewerb. Außer meine Mutter, die bei mir bleibt, um im *Schneeflöckchen* die Stellung zu halten, denn vereinzelt trudeln die ersten Gäste ein.

Die Frage meiner Mutter nach Alma beantworte ich mit einem Kopfschütteln und sie dringt nicht weiter in mich, wenn auch sie mir einen missbilligenden Blick schenkt. »Mach nicht den gleichen Fehler wie Marietta und ich«, ruft sie mir noch hinterher, als ich zurück ins Eislabor gehe.

Also gut, los geht's. Ich binde mir meine pfirsichfarbene Lieblingsschürze um, wasche mir gründlich die Hände und rühre dann mit dem Schneebesen so lange feinsten, hellen Muscovado in cremige Vollmilch, bis sich dieser vollständig darin auflöst. Bei den vielen, vielen Portionen, die ich heute benötige, dauert das schrecklich lang und meine Arme verwandeln sich in Pudding. Nach dem Auskratzen von Dutzenden von Bourbon-Vanilleschoten geht es wieder ans Rühren. Erst rühre ich die verführerisch duftende Vanille in die süße Milch und anschließend die dicke, weiße Sahne. Die entstandene elfenbeinfarbene Creme ist an Köstlichkeit kaum zu überbieten. Doch erst Hanni und Nanni, meine geliebten Eismaschinen, vollbringen das Wunder und lassen ein duftendes, schimmerndes, cremiges Eis entstehen.

Während die letzten Portionen in den Eismaschinen ihrer Vollendung entgegen gekühlt und gerührt werden, habe ich endlich Zeit, mich um die Himbeerstreusel zu kümmern, von denen so gut wie keine mehr da sind. Heute würden sie zwar nicht zum Einsatz kommen, denn Ludewigs und mein Vanilleeis treten pur gegeneinander an, aber definitiv morgen. Also höchste Zeit für Nachschub.

War ja klar! Irgendwie sind die zarten Zuckergebilde nicht gut getrocknet und ich bekomme sie nicht vernünftig geschnitten. Es fehlt mir die Zeit – und die

Himbeeren –, neue Streusel herzustellen. Wie bekomme ich sie trocken? Föhnen? Quatsch.

Einfrieren!

Ich verteile die Bleche mit den fruchtigsüß duftenden Himbeerzuckerreihen in die Tiefkühltruhen über dem Vanilleeis. In Gedanken klopfe ich mir auf die Schulter, dabei knurrt mein Magen und ich sehe auf die Uhr. Bis zum Wettbewerb bleibt mir noch eine gute halbe Stunde.

Da Hanni und Nanni gerade mit ihrem Zauberwerk fertig sind, stelle ich das letzte Vanilleeis ebenfalls in die Kühlung, binde mir die Schürze ab und gehe zurück ins *Schneeflöckchen*. Dafür, dass es heute geschlossen ist, sind sowohl drinnen als auch draußen viele Tische besetzt und meine Mutter eilt mit roten Wangen und einem eisbecherbeladenen Tablett zwischen ihnen umher. Fröhlich winkt sie mir zu.

Ich deute nach draußen zu dem Bratwurststand und sie winkt mich hinfort.

Wie ich es schon heute Morgen vermutet habe, lacht die warme Sonne vom wundervoll klaren, blauen Himmel. Menschen in allen Größen und Formen schlendern über den Vierwaldplatz, bleiben mal hier und mal dort stehen. Kinder wuseln umher, Teenager flanieren mitten hindurch und ältere Leute sitzen und plaudern auf den vielen Bänken, die überall zum Verweilen einladen.

Vor dem Brunnen werden gerade die beiden Eisstände abgedeckt, wo es gleich Fritz Ludewigs und mein Eis geben wird. Nur Oskar Sonthofen und Frank wissen, an welchem Stand welches Eis verkostet wird.

Für einen Augenblick gewinnt wieder das mulmige Gefühl in meinem Bauch die Oberhand, doch ich schüttele es ab und hole mir stattdessen eine köstliche Bratwurst, um herzhaft hineinzubeißen.

Wenig später rumpelt Oskar Sonthofen mit einem Servierwagen auf das *Schneeflöckchen* zu und gemeinsam stellen wir mein Vanilleeis darauf. Penibel deckt er den Wagen mit einer schwarzen Decke ab, die über den Boden schleift und mit der er gründlich den Vierwaldplatz fegt, während er den Wagen zurück zu den Eisständen fährt.

Die Gäste der Eisdiele verlassen zusammen mit meiner Mutter das *Schneeflöckchen*, und nachdem ich es abgeschlossen habe, folgen wir Oskar Sonthofen.

Aus dem *Le Meilleur* wird Fritz Ludewigs Eis von Frank genauso verdeckt transportiert, gefolgt von dem Chefkoch höchstpersönlich, im Schlepptau eine Entourage von einem halben Dutzend Jungköchen.

Hinter den beiden bunten Eisständen hängt ein Vorhang und ich frage mich schon, ob dahinter eine Wahrsagerin über mein Eisglück entscheidet, als sowohl Oskar als auch Frank die Servierwagen hinter die Eisstände schieben und unter großem Applaus den Vorhang einmal darum herum ziehen, sodass wir sie nicht mehr sehen können.

Ein paar Minuten später, als das Publikum um mich herum unruhig wird, öffnen sie den Vorhang wieder und Oskar steigt auf ein Podest zwischen den Eisständen, auf dem ein Mikrofon bereitsteht. »Meine sehr verehrten Gäste unseres wunderschönen Vierwaldplatzes, liebe Freunde, Mitbewohner und Eisliebhaber von nah und fern, herzlich willkommen zum ersten Vanilleeis-Wettbewerb unserer Geschichte. Und vor allem an euch ein herzliches Hallo, liebe Kinder, denn ihr seid heute die wichtigsten Personen hier.«

Oskar hält inne und huldigt dem großzügig gespendeten Applaus. »Ich erkläre euch jetzt die Regeln. Mein sehr verehrter Freund Frank und ich haben soeben das Vanilleeis, welches heute zur Verkostung steht, in Empfang genommen und auf diese beiden Eisstände verteilt. Bei dem einen Eisstand bekommt ihr das wundervolle Vanilleeis unseres lieben Fräuleins Sunny Spatz ...« Beifallrufe und fröhliches Pfeifen unterbrechen Oskar an dieser Stelle und meine Wangen beginnen zu brennen. Beruhigend legt mir meine Mutter den Arm um die Taille, als Oskar seinen Redefaden wieder aufnimmt. »Ähm, ja, genau, und an dem anderen Eisstand bekommt ihr das delikate Eis unseres hochwohlgeschätzten Zwei-Sterne-Starkochs Fritz Ludewig senior.« Gehorsam applaudieren Ludewigs Lehrlinge.

»Selbstverständlich wisst ihr nicht, wo welches Eis verteilt wird. Eure Stimme, liebe Kinder, zählt. Ihr holt euch bei mir und Frank jeweils eine Portion Vanilleeis und kostet diese, dann entscheidet ihr, welches Eis euch besser schmeckt. Habt ihr euch entschieden, geht ihr zu der lieben Hedwig, das ist die Dame hier links neben uns ...« Wieder wird tüchtig Beifall gespendet und Hedwig läuft so rot an, dass sie es locker mit der Farbe ihres kirschroten Kleides aufnimmt.

»Hedwig gibt euch einen Tischtennisball, den ihr in das Rohr steckt, welches sich über den beiden Kästen dort bei ihr befindet. Dann drückt ihr unter der Klappe davor auf den roten Knopf, wenn euch das Vanilleeis aus dem roten Becher von dem roten Eisstand besser geschmeckt hat, und wenn es das Eis vom blauen Stand war, dann drückt bitte den blauen Knopf. Der Tischtennisball fällt dann in den entsprechenden Kasten. Erst wenn alle ihre Stimme abgegeben haben, werden wir die Kästen öffnen und die Stimmen zählen. Sieger ist das Vanilleeis, welches die meisten Bälle bekommen hat. Alles klar?«

»Ja!«, schallt es mehrstimmig über den Platz.

»Bekommen wir auch Streusel?« Ein Mädchen mit Puppe im Arm sieht zu Oskar auf.

»Nein, meine Liebe, heute sollt ihr das Vanilleeis so kosten, aber morgen kannst du dir dann gern wieder Streusel dazu holen.«

Zufrieden mit der Antwort gesellt es sich zu den anderen Kindern, die schon zappelig auf den Start des köstlichen Wettbewerbes warten. Auch mir klopft mit jeder Sekunde mehr das Herz. Befindet sich mein Eis in dem roten Eisstand? Oder in dem blauen? Kann ich etwas fühlen?

»Mein Eis ist bestimmt in den roten Bechern, oder?« Fragend sehe ich meine Mutter an.

Sie lacht. »Oder in den blauen.«

Das war jetzt nicht hilfreich.

»Bleib ruhig, Sunny, wir werden es ja gleich sehen.«

Stimmt, in ein paar Minuten weiß ich wenigstens, welches der beiden Eisstände mein Eis verteilt. Das würde ich unter hunderten, ach was tausenden, trilliomilliardsten Eisen erkennen!

Oskar räuspert sich laut ins Mikrofon und sieht auf die Uhr, die über der Tür zum Standesamt die Zeit zählt. »Die Eltern und anderen Gäste unseres wundervollen Festes dürfen selbstverständlich auch gern probieren, jedoch zählt Ihre Stimme nicht. Und bitte unterlassen Sie es, Ihre lieben Kleinen zu beeinflussen. Auch Sie, liebes Fräulein Sunny, keine Märchenstunde über verwunschene Prinzessinnen und deren Lieblingseis heute und auch du nicht, mein Freund Fritz, keine Gummibärchenbestechungsversuche!«

Die Menge lacht gutmütig bei Oskars Erwähnung meiner Märchenstunden und ich schiele zu Fritz Ludewig, wie der auf seine Gummibärchenbeschuldigung reagiert. Das ist doch bestimmt ein Scherz? Doch vielleicht steckt mehr dahinter, denn der alte Ludewig rempelt zwei seiner Adjutanten an, die daraufhin mit zwei prall gefüllten Rucksäcken zurück ins *Le Meilleur* eilen! Dieser alte Fuchs.

Oskar klatscht in die Hände. »Die Aktion dauert eine Stunde und beginnt in zehn Sekunden, neun, acht, sieben, sechs, fünf, vier, drei, zwei und los!«

Ab da gibt es kein Halten mehr und die Kinder drängeln sich um die beiden Stände. Nicht minder wenige Erwachsene folgen ihrem Beispiel und bald haben die ersten jeweils einen roten und einen blauen Becher in der Hand.

Die Spiele sind eröffnet.

Bei dem Andrang dauert es eine geraume Weile, ehe ich mich zu dem blauen Eisstand vorgeschoben habe. Da ich vermute, dass das Vanilleeis in den roten Bechern meines ist, fange ich mit dem blauen Stand an, denn in dem Fall, dass ich mich irre, ist das mein Eis.

Bingo! Das ist eindeutig mein Vanilleeis. Die helle, goldene Farbe, die glänzende Cremigkeit. Perfekt. Leider verweigert mir Oskar Sonthofen kopfschüttelnd eine Kostprobe. Aber die brauche ich auch gar nicht, ich erkenne doch mein Eis, wenn ich es sehe.

Ich drängele mich weiter zum roten Stand, um Ludewigs Molekulareis zu begutachten und mir von Frank ein Portiönchen zu erschleichen, denn er ist weniger streng als Oskar. Doch mir vergeht mit einem Schlag der Appetit.

Das kann doch nicht wahr sein! Das muss eine Verwechslung sein! Hier an dem roten Eisstand gibt es auch mein Vanilleeis!

Wir sehr muss ich Oskar und Frank am Herzen liegen, dass sie das Wettessen manipulieren und mir so zum Sieg verhelfen wollen. Aber das ist nicht richtig! Das ist Betrug und keine Flunkerei mehr!

Oder es ist ganz anders und leider keine meiner Geschichten und Fritz Ludewig senior hat ganz einfach mein Vanilleeisrezept benutzt, welches ich ihm gegeben habe.

Mit Knien weich wie geschmolzenes Vanilleeis schleppe ich mich zurück zum *Schneeflöckchen* und setze mich dort auf die Eingangsstufe. Jetzt liegt es in der Hand der Kinder, ob sie mein Eis wiedererkennen, in dem so viel von mir steckt, so viel Liebe und Hingabe. Oder ob ihnen die perfekte Kopie vom alten Ludewig zusagt, dem die Seele fehlt. Das weiß ich, ohne dass ich das Eis kosten muss.

»Sunnylein, hier versteckst du dich.« Ächzend lässt sich meine Mutter auf der niedrigen Stufe neben mir nieder. »Nun schau nicht so regnerisch, du gewinnst den Wettbewerb, daran habe ich gar keinen Zweifel.«

»Ich habe Fritz Ludewig mein Vanilleeisrezept gegeben.«

Sanft streicht meine Mutter mir über die Wange. »So etwas in der Art dachte ich mir schon, als ich gesehen habe, wie gleich das Eis aussieht. Und dann hast du dich offensichtlich heftig mit Alma gestritten, wenn sie heute noch nicht einmal hier ist. Aber ich vermute, du hattest einen guten Grund.«

Ich kräusele die Nase. »Den besten.«

»Du hast das Rezept gegen Christoph eingetauscht, richtig?«

»Ihr seid schon per Du?«, necke ich sie. »Das freut mich.«

Meine Mutter schlingt die Arme um mich und drückt mich fest. »Ach Sunny, was mache ich bloß mit dir.«

»Mama ...«

»Ja?«, flüstert sie in mein Ohr. »Noch mehr Geständnisse?«

»Ich ...«

»Fräulein Sunny?«, tönt es durch die Lautsprecher über den Platz. Meine Mutter und ich zucken zusammen und stoßen uns aneinander leicht die Köpfe. »Würden Sie sich bitte zu uns gesellen? Wir möchten gern, dass Sie bei der Gewinnerbekanntgabe dabei sind.«

Ich stehe auf und helfe meiner Mutter hoch. »Hast du es gekostet?«, frage ich sie.

Sie nickt. »Ja. Und sie schmecken beide gleich, doch eines schmeckt nach dir.«

Arm in Arm gehen wir zu den Eisständen, wo auf dem Podest bereits breitbeinig Fritz Ludewig senior neben Oskar und Frank steht. Nach einer Umarmung meiner Mutter geselle ich mich zu ihnen.

Vor den Eisständen stehen die beiden Kästen, die die Entscheidung in sich tragen. Das Rohr, durch das die Tischtennisbälle hineingeworfen wurden, ist mittlerweile entfernt.

Oskar pustet in das Mikrofon und ist zufrieden mit dem Laut, den er dadurch erzeugt. »Liebes Publikum, liebe Kinder. Die Verkostungsstunde ist vorbei und das köstliche Eis aufgefuttert. Dann wollen wir euch alle nicht länger auf die Folter spannen und enthüllen, in welchem Kasten sich mehr Bälle befinden.«

»Sunny, Sunny, ...« schallt es mehrstimmig über den Platz und trotz der Gefahr, den die folgende Enthüllung gleich für mich birgt, erfüllt mich Freude, als ich in die fröhlichen Gesichter um mich sehe, die mir zujubeln. Genau für diese Menschen mache ich jeden Tag genau das, was ich am liebsten mag: mein Bestes geben, um wundervolles Eis herzustellen.

Oskar und Frank stellen sich hinter jeweils eine Kiste und ziehen gleichzeitig und in quälend langsamer Zeitlupe die Umhüllung ab. Darunter verbirgt sich eine rote Plexiglaskiste und eine blaue. Die rote Kiste ist bis zum Rand mit Tischtennisbällen gefüllt, die blaue hingegen fast leer.

Das gibt es doch gar nicht! Was heute hier angeboten wurde, ist das gleiche Eisrezept. So unterschiedlich, wie das Urteil ausgefallen ist, kann es gar nicht schmecken, das hat auch meine Mutter bestätigt.

Jetzt ist nur noch die Frage offen, welche Farbe zu welchem Eis gehört.

»Das nenne ich mal ein eindeutiges Ergebnis! Wie haben Sie sich entschieden, liebe Erwachsene? Klatschen Sie bitte einmal für das blaue Eis.«

Einzelner Applaus ist zu hören.

Leo schiebt sich mit Julia im Arm neben meine Mutter und winkt mir mit gedrückten Daumen zu.

»Und nun bitte Applaus für das rote Eis.«

Dieses Mal wird mit voller Kraft geklatscht.

»Nun denn, lieber Frank, schreiten wir zur feierlichen Enthüllung«, wendet sich Oskar an ihn.

Jeder geht zu seinem Stand und legt die Hand um ein Band, welches von oben herunterhängt, sie nicken sich zu und ziehen daran. Damit enthüllen sie zwei Schilder über den Eisständen, auf denen jeweils ein Name steht.

Auf dem roten Eiswagen prangt meiner.

Kapitel 22

E wie Einsam

Espresso-Eis

Vollmundiger, sanfter Hawaiian Kona Espresso schenkt rahmiger, reiner Sahne seine Aromen von Zimt, Karamell, Brombeeren und dunkler Schokolade und lässt ein Eis entstehen, so golden und samtig wie seine perfekte Crema und so köstlich wie der erste Schluck am Morgen.

Auch nachdem Alma gegangen ist und ich noch ein paar Mischungen ausprobiere, komme ich nicht hinter das Geheimnis dieses merkwürdigen Eises. Schon längst geht es nicht mehr nur darum, das Vanilleeis-Wettessen zu gewinnen, vielmehr kratzt dieses Eis an meiner Berufsehre.

Ein weiteres Mal reihe ich meine diversen Zuckerschätze vor mir auf. Doch selbst meine Lieblinge – der köstliche Muscovado, der ohnehin zu dunkel ist, und der feine Staubzucker, der von der Farbe her passt, aber nicht vom Geschmack – wollen mir kein brauchbares Ergebnis liefern. Auch Mutter Natur lässt mich im

Stich mit ihrem Honig (zu klebrig), Dattelsirup (zu süß) und ihrem Kokosblütennektar (schmeckt komisch).

Ich wende mich meiner Sahnebande zu und schiebe die einzelnen Schüsseln hin und her, vielleicht versteckt sich irgendwo zwischendrin noch eine Sorte, die ich nicht bedacht habe. Nacheinander schlecke ich an der klassischen Alpenrahm-Schlagsahne, der cremigen Crème double, der frischen sauren Sahne, dem aromatischen Schmand und zur Sicherheit auch an einem säuerlichen Crème fraîche. Buttermilch, Dickmilch, Joghurt?

Kondensmilch? Nein ... aber zuzutrauen wäre es ihm.

Okay, einmal noch den Mascarpone als Basis. Und den Ricotta.

Bäh. So langsam beginnt sich mein Bauch doch überfordert zu fühlen und ich räume die Küche auf, ehe ich noch anfange, Harzer Käse auszuprobieren – die olfaktorische Zumutung schlechthin für mich.

Da es sowohl in meinem Bauch als auch Kopf rumpelt und pumpelt, beschließe ich auf dem Heimweg, einen Umweg zu Almas Wohnung einzulegen. In der Tat brennt noch Licht in ihrem Wohnzimmer und ich schlüpfe durch die Tür, als einer der Bewohner das Haus gerade verlässt. Mein Klopfen an der Wohnungstür fällt heftiger aus als geplant und ich schiebe es auf den Zucker, den ich heute wohl in zu großen Mengen konsumiert habe.

Alma öffnet die Tür einen Spalt und sieht mich überrascht an. »Sunny! Was machst du denn hier?«

»Dich besuchen«, strahle ich sie an.

Während Alma die Tür ein wenig weiter öffnet, aber nicht weit genug, damit ich hineingehen könnte, streckt sie sich ausgiebig und gähnt. »Eigentlich wollte ich gerade schlafen gehen.«

»Ach komm schon, sei kein Frosch, ein paar Minuten hast du doch wohl für deine Lieblingscousine. Ich bin so schrecklich aufgeregt. Allein zu Hause würde ich Löcher in den Boden laufen.«

Aus Almas Wohnzimmer ist ein Niesen zu hören und ich grinse sie zwinkernd an. »Dein Wohnzimmer niest.«

Sie lächelt schief und ihre Nase kräuselt sich dabei, es sieht zu niedlich aus, wie sie sich gerade windet.

»Dein geheimnisvoller Verehrer?«

Alma nickt und Röte überzieht ihre Wangen. »Irgendwie schon.«

Ich drücke meiner Cousine ein Küsschen auf die Wange. »Dann will ich selbstverständlich nicht weiter stören. Nighty night.«

Nach den ersten Stufen ruft mich Alma zurück. »Sunny, warte bitte kurz.«

Mit einem Hopser drehe ich mich zu ihr. Ich sollte in den nächsten Tagen wirklich auf Zucker verzichten.

»Magst du doch kurz reinkommen? Ich würde ihn dir gern vorstellen ...«

»Cool!« Drei Stufen auf einmal nehmend rase ich wieder nach oben, wo mich Alma am Arm festhält.

»Versprich mir bitte, nicht auszuflippen. Setz dich zu uns und lerne ihn erst einmal kennen, bevor du ihn verurteilst.«

Pikiert ziehe ich meinen Arm aus Almas Griff. »Na hör mal, als hätte ich je einen deiner Verehrer verurteilt. Ich bin der vorurteilsfreieste Mensch, den es gibt.«

Alma verzieht den Mund und reibt sich die Nase. »Dann denke bitte gleich daran, wenn ich euch vorstelle.«

»Jetzt machst du mich aber neugierig. Es ist doch nicht etwa der alte Stinker Karsten aus der fünften Klasse? Oder irgendein Sugardaddy? Ihh, mit Zigarre und Toupet auf dem speckigen Kopf, so einer wie Christian Bale in *American Hustle*?«

Entnervt atmet Alma hörbar aus. »Nein, es ist nicht Christian Bale und ich bin nicht Amy Adams und bevor du weiterspekulierst, es ist auch nicht Robert Pattinson.«

»Pfui, das war gemein. Edward würde hervorragend zu dir passen.«

»Das wird nichts mehr mit uns, meine Liebe.« Alma schließt die Wohnungstür hinter uns und schiebt mich Richtung Wohnzimmer.

»Oh, là, là, ist es vielleicht Damenbesuch?«, kichere ich über meine Schulter hinweg, während ich das Wohnzimmer betrete. Als ich mich jedoch umdrehe, bleibt mir das Lachen im Hals stecken. Jede, wirklich jede Dame, und sei es Helene Fischer, wäre mir im Augenblick willkommener.

Fritz Ludewig junior springt vom Sofa hoch wie ein Schachtelteufelchen. Und da gehört er meiner Meinung nach auch hin, in eine große, tiefe Schachtel.

»Was möchtest du trinken, Sunny?«, plappert Alma hinter mir und schiebt mich quer durch das Wohnzimmer zum Sofa, sodass ich mich direkt vor dem jungen Ludewig wiederfinde. »Ich habe hier noch einen vorzüglichen *Cabernet Sauvignon* für dich Leckermäulchen.«

Ich schüttele Almas Hand auf meinem Rücken ab. »Vielen Dank, aber mir ist gerade nicht nach vergorenem Traubensaft.«

»Na dann, lasst uns hinsetzen. Fritz, Sunny, ihr wurdet euch ja bereits einander vorgestellt.« Rechts und links neben sich klopfend plumpst Alma auf das Sofa.

Fritzi folgt ihr natürlich brav. Ich kann mich noch nicht so recht überwinden.

»Sunny, ich habe dich um etwas gebeten«, ermahnt mich Alma. »Und was Fritz mir heute Abend erzählt hat, wird dich ganz besonders interessieren.«

Unschlüssig bleibe ich weiter stehen, langsam wird es peinlich.

»Es geht um das Eis vom alten Ludewig von heute Nachmittag«, beendet Alma meinen inneren Fluchtkampf und ich platziere mich auf der äußersten Kante des Sessels ihnen gegenüber.

»Was mein Vater da zusammengerührt hat, war Eis mit flüssigem Stickstoff«, wendet sich Fritz an mich.

Da ich in meinem Sessel etwas höher sitze als er auf dem Sofa, bin ich die Prinzessin und er der Untertan, und so nicke ich höflich.

Doch in meinem Kopf zündet ein Feuerwerk. »Deshalb diese unglaubliche Cremigkeit! In diesem Eis gibt es durch das schnelle Herunterkühlen nur die allerfeinsten Eiskristalle und den Zucker und die Sahne kann er auch reduzieren, weil sich der Geschmack der Ingredienzien quasi selbst trägt. Dieser Fuchs! Ich wusste gar nicht, dass er sich in der Molekularküche auskennt.«

Alma pfeift leise durch die Zähne. »Und ich wusste nicht, dass du dich damit auskennst.«

»Während ich meinen Bachelor gemacht habe, hatte ich doch mal ein Praktikum in Barcelona im *Amorino* gemacht. Und einmal waren wir alle zusammen essen im *elBulli* von Ferran Adrià, dort gab es Molekularküche. Das war ein lustiger Abend!«

Fritz schnippt mit den Fingern. »Und genau der Ferran war letzte Woche zu Gast bei meinem Vater.«

Baff rutsche ich jetzt doch zurück auf dem Sessel und lehne mich hinten an. »Ganz schön gerissen von euch, mit dem Eis macht ihr Alma und mir echte Konkurrenz.«

»Ich habe damit nichts zu tun.« Abwehrend hebt Fritz die Hände.

»Schon klar, du arbeitest ja nur im Restaurant deines Vaters.« Selten klingt meine Stimme ätzend, aber gerade ist so ein Moment.

»Fritz hilft nur hin und wieder im *Le Meilleur* aus, wenn Not am Mann ist«, schaltet sich Alma dazwischen. Der Gute kann wohl nicht für sich selbst sprechen! »Er betreibt mit ein paar anderen Köchen ein Catering, welches Pop-up-Dinner anbietet.«

»Oh, wie nett, dass du mir bereits von diesen Pop-up-Dinnern erzählt hast, aber nicht von demjenigen, der sie kocht!« Ich kneife die Augen zusammen und nehme Alma ins Visier.

Diese blickt zu Fritz. »Ich glaube, ich sollte ein paar Dinge mit Sunny klären.«

Fritz nickt, schmatzt Alma einen Kuss auf die Wange und steht auf. »Ich lasse euch dann mal in Ruhe reden. Wir telefonieren morgen, okay?«

Alma erhebt sich ebenfalls. »Ich bringen dich noch raus.«

»Sunny, ich wünsche dir alles Gute für den Vanilleeis-Wettbewerb. Zeig meinem alten Herrn, wo der Eishammer hängt.« Fritz streckt mir die Hand hin und da ich mit Anstand und Sitte erzogen wurde, stupse ich sie kurz mit den Fingerspitzen an.

»Ich glaube nicht, dass wir uns wegen des Molekulareises Sorgen machen müssen«, nimmt Alma den Faden unseres Gespräches wieder auf, nachdem sie Fritz verabschiedet hat. Sie setzt sich an den gleichen Platz wie vorhin, mir gegenüber auf dem Sofa.

»Wie kommst du darauf? Das Eis ist hervorragend.«

Alma nimmt ihr halbvolles Weinglas auf und schnuppert daran. »Der alte Ludewig arbeitet bei diesem Eis mit weniger Zucker und Fett als wir in unserem Eis.«

»Das ist doch auch nicht schlecht.«

»Nicht für die Eltern, richtig. Aber den Kids war das Eis nicht süß genug. Und wer ist unsere Jury? Bingo, die Kinder. Darauf hatte der alte Ludewig ja extra bestanden.«

So recht kann ich ihren Optimismus nicht teilen. »Das kann er ja noch ändern und am Sonntag einfach mehr Rahm und Zucker benutzen.«

Alma prostet mir mit ihrem Glas zu. »Dann funktioniert der ganze Spaß aber leider nicht mehr, denn das Eis wird hart und klumpig. Hat mir Fritz verraten.«

Aufgeregt lehne ich mich nach vorn. »Das heißt, wir haben eine echte Chance, am Sonntag doch noch zu gewinnen und unser Vanilleeis zu behalten?«

»Wieso doch noch? Eigentlich war es doch schon immer klar, dass wir das bessere Eis haben. Gut, dass Fritz senior so ein modernes Eis raushaut, war nicht abzusehen. Aber Sunny, bitte! Dein Vanilleeis ist Weltklasse und wird es immer sein. Daran hast du jahrelang gearbeitet.«

Alma lächelt mich so lieb an, dass ich vor Schuldgefühlen regelrecht schmelze. Wenn sie wüsste, was ich getan habe. Das ist bei Weitem schlimmer als eine erfundene Hochzeit, wenn ich es mir recht überlege. Und was daraus geworden ist, habe ich ja schmerzvoll erst gestern mit Tom erlebt. Und dabei wusste er sogar die Wahrheit!

Was soll ich bloß machen?

»Alma?«

Almas Lächeln verzieht sich. »Oh, oh, diesen Blick kenne ich. Was hast du nun wieder angestellt?«

Mein Shirt wird mir zu warm und ich zuppele am Kragen herum. Ich hole tief Luft. »Ich habe Fritz Ludewig letzte Woche unser Vanilleeisrezept gegeben.«

»Du hast was?« Alma knallt ihr Rotweinglas so heftig auf den Tisch, dass der Stiel bricht. Der letzte Rest Wein ergießt sich über den Glastisch.

»Ich habe es eingetauscht gegen Christoph Kramer, wegen der Geburtstagsfeier, es war, es ist für unsere Mütter. Ich wollte so sehr, dass sie sich endlich wieder versöhnen.«

Alma springt auf und kurz befürchte ich, dass sie mir an die Gurgel geht. »Bist du noch bei Sinnen? Kein Promi auf der Welt ist unser Vanilleeisrezept wert! Dieses Rezept ist die Basis des *Schneeflöckchens*! Die Basis unserer Arbeit.«

»Schrei mich nicht so an«, schreie ich Alma an und stehe ebenfalls auf. »Als ob ich das nicht selbst wüsste. Aber ich war so ... so ... ich weiß es doch auch nicht, was da in mich gefahren war. Mir hat die ganze Geschichte so leidgetan.«

»Dir tut ziemlich oft etwas leid, meine Liebe.« Almas Worte ätzen sich in mein Herz. »Du hattest kein Recht unser Rezept rauszugeben und schon gar nicht kurz vor solch einer wichtigen Sache wie diesem dämlichen Wettessen. Schon da hast du einen Riesenfehler gemacht. Aber ich blöde Kuh habe wie immer geschwiegen. Ach, das wird schon, habe ich mir gesagt. Sunny kriegt immer alles so gebogen, wie es für sie passt. Dass ich nicht lache. Ich habe deine Alleingänge so satt!«

Tränen schießen mir in die Augen und trüben meinen Blick. Mir ist es so über, dass mich ständig alle verurteilen und als egoistisch hinstellen. »Und du bist wohl besser, was? Tändelst hinter meinem Rücken mit dem Sohn vom alten Ludewig, du solltest dich schämen. Wochenlang hast du es mir verschwiegen! Die zwei müssen sich ja in ihre überheblichen Fäuste lachen. Die eine rennt freiwillig mit dem Rezept zum Vater und die andere springt mit Anlauf in das Bett vom Sohn, weil sie für ihr Leben gern vögelt!«

Für einen Moment gefriert die Zeit um Alma und mich herum. Meine Worte erstarren in der Luft, zersplittern und fallen scharfkantig auf uns herab.

Alma zeigt mit ausgestrecktem Arm zur Tür. »Raus mit dir. Verlasse auf der Stelle meine Wohnung.«

»Nur zu gern. Und du verlasse mein *Schneeflöckchen*! Du bist gefeuert.« Hoch erhobenen Hauptes stolziere ich an Alma vorbei und reiße die Wohnungstür auf. Ich schaffe es die Treppen hinunter und vor das Haus, ehe der Schmerz, der mich durchzuckt, in die Knie zwingt. Alles in mir brennt und mein Herz schlägt viel zu heftig in der Brust.

Wo, an welcher Stelle, haben Alma und ich so dermaßen die Kontrolle verloren?

Ein paar Augenblicke kauere ich mich im Türeingang zusammen und lehne den Kopf gegen den kühlen Stein. Dann erhebe ich mich mühsam und schlurfe mit tränenverschwommenem Blick nach Hause.

Noch ehe ich das *Schneeflöckchen* aufschließe, steht eine Schlange von Gästen vor der Eisdiele, gegen die eine Python wie ein Zwergregenwurm wirkt. Und nicht nur alle Eisesser-to-go der ganzen Welt haben sich ausgerechnet heute vor meiner Eistruhe versammelt, sondern auch die Eisesser-to-stay, sodass sämtliche Tische durchweg mit fröhlichen Eisbecherlöfflern besetzt sind.

Alma fehlt mir schmerzlich. Nicht nur, weil ich mich mies fühle wegen unseres Streites und zugleich entsetzlich wütend bin, dass sie heimlich mit dem Feind anbandelt! Sondern auch, da mir zunehmend die Füße von der ganzen Hin- und Herrennerei schmerzen, die Finger vom Eiskugelschaben, der Rücken von allem und das rechte Knie, weil ich es mir kräftig an Hanni stoße, die sich mir irgendwie in den Weg gestellt hat. Und mein Kopf brummt von all den bösen Gedanken, die ungehindert ihr spitzes Werk treiben. Für solch eine negative Laune bin ich einfach nicht gemacht. Es ist, als würde ich verblassen, selbst mein Eis wirkt farblos.

Kurz nach meiner entfallenen Mittagspause stürmen drei fröhlich lachende Frauen ins *Schneeflöckchen.* »Hier drin ist leider auch kein Platz mehr frei.« Enttäuscht blickt sich die Kleinste um.

Da ich gerade mal keine Eiskugeln verteilen muss, gehe ich zu ihnen. Sie wirken so unglaublich heiter, dass sie mich magisch anziehen. »Was kann ich Gutes für Sie tun?«

»Wir wollten eigentlich mit einem großen Eisbecher auf Laras Scheidung anstoßen, aber leider sind alle Plätze belegt.« Die Frau mit den wilden roten Locken hakt sich bei der Kleinen unter. Das muss dann wohl die glücklich geschiedene Lara sein.

Das nenne ich mal einen Anlass für ein gutes Eis. Ich blicke mich in der Eisdiele und auch draußen um, aber erst einmal sieht es nicht so aus, als würde ein Tisch frei werden. Dann muss ich das *Schneeflöckchen* halt ein wenig erweitern. »Was halten Sie davon, wenn Sie es sich dort am Brunnen gemütlich machen? Links gibt es eine Art Bank, auf der es sich hervorragend sitzen lässt. Ich gebe Ihnen ein paar Polster mit und Sie genießen die Sonne, während ich Ihnen Ihr Eis richte.«

Scheidungslara klatscht begeistert in die Hände. »Und ich weiß auch schon, was es werden soll.«

»Und?« Aufgeregt wickele ich mir das Schürzenband um die Finger. Gibt es magischere Augenblicke als die, kurz bevor ein Gast einen ganz besonderen Eiswunsch äußert? Und hier wird es definitiv kein schnöder *Bananensplit* – wobei meine Eisbecher nie schnöde sind, schon gar nicht mein *Bananensplit.*

»Ich hätte gern einen Eisbecher wie eine Schwarzwälder Kirschtorte. Mit süßem, schokoladigem Kuchen, gefüllt mit betrunkenen Kirschen und Sahne bis obenhin und das alles als Eis.« Ihre Augen funkeln und vor mir entsteht ein üppiger Black-Forest-Cherry-Cake-Eisbecher mit allem Drum und Dran.

Selbstverständlich habe ich einen klassischen *Schwarzwälder-Kirsch-Eisbecher* auf der Karte, aber keinen Schwarzwälder-Kirsch-Torten-Eisbecher. »Alles klar. Hier sind die Polster für Ihren Spezialsitzplatz, machen Sie es sich gemütlich, ich zaubere Ihnen genau das, was Sie möchten.«

Es ist so herrlich, solch einer Aufgabe nachgehen zu dürfen.

Der schokoladige Biskuitboden ist allerdings ein Problem. Den habe ich natürlich nicht vorrätig und ein gekaufter aus dem Supermarkt scheidet aus. Im *MaMa* könnte Kuchen sein, aber dafür würde ich zu lange brauchen. Und das *Le Meilleur* geht gar nicht, auch wenn die Kuchen dort äußerst delikat sind. Da backe ich mir lieber selbst eine Schwarzwälder Kirschtorte, auch wenn ich nicht weiß, wie backen funktioniert, außer es handelt sich um köstliche Eiswaffeln oder Eiskuchen.

Ich hab's! Oskar Sonthofen labt sich nicht nur an meinen Eisspezialitäten, sondern auch am Kuchen des *Le Meilleurs*, bei ihm werde ich bestimmt fündig.

Flugs verdonnere ich die beiden geheimen Spion-Lehrlinge vom alten Ludewig dazu, ihre auffällig unauffällige Eisanalyse meines Eises zu unterbrechen und stattdessen in der Eisdiele die Stellung zu halten. Wenn sie für ihn gut genug sind, reicht mir die Expertise für die nächsten zehn Minuten.

Ich jogge über den Vierwaldplatz zum Standesamt und rase nach oben in Oskars Büro, welches leer ist. Aus dem Trauzimmer höre ich seine murmelnde Stimme. Und in mir murmelt eine Stimme, ganz schnell wieder zu gehen. Doch ein großartiges Eis zu zaubern ist alles, was ich jetzt noch habe! Ich reiße die Tür auf. Und platze mitten in die Hochzeit.

Gefühlte tausend Augenpaare sehen mich entsetzt an. Oskar Sonthofen zieht sich ein blütenweißes Einstecktuch aus dem Jackett und betupft sich die Stirn. »Fräulein Sunny, können wir Ihnen helfen?«

»Sorry«, wispere ich und winke ihn zu mir heran.

Hedwig bedeutet Oskar auf seinem Platz zu bleiben, kommt zu mir und schiebt mich nach draußen auf den Flur, ehe sie die Tür zum Trauzimmer schließt. »Sunny, was soll das denn bitte?«

»Ich brauche ein Stück Schokoladen-Biskuit.«

»Das ist kein Grund, eine Hochzeitszeremonie zu stören!« Mit gerunzelter Stirn betrachtet Hedwig mich und sieht mit ihren zusammengepressten Lippen ungewohnt sauer aus.

»Ich wusste ja nicht, dass gerade eine Hochzeit stattfindet, es steht schließlich kein Schild dran! Es hätte ja auch eine Übung sein können!«

»Sunny, dies ist ein Standesamt und das ist der Trauungsraum, mehr muss ich wohl nicht sagen. Und jetzt bitte ich dich, zu gehen.«

Ich kann es gar nicht glauben, dass mich Hedwig, die gute alte Hedwig, aus dem Standesamt wirft. Kopfschüttelnd wende ich mich um.

»Sunny?«, ruft sie mir hinterher. Ich bleibe nicht stehen, höre sie aber dennoch. »In letzter Zeit mache ich mir wirklich Sorgen um dich, Kind.«

Kapitel 24

S wie Selbst

Schoko-Eis

Schokolade macht glücklich.
Schokoladeneis macht glücklicher.
Sanfte, schmelzende, fein zermahlene Kakaobohnen gelöst in einem cremigen Bad aus purer Vollmilch, verrührt zu einer Sinnlichkeit, die unseren Mund verführt und unsere Seele streichelt.

Der Vierwaldplatz bebt unter dem Beifall der Besucher, doch der Brocken, der schwer auf mir drückt, will nicht von mir abfallen. Der Jubel verblasst für mich und ich sehe nur Tom, der auf seinem guten alten Charly vor das *Veloziped* geradelt kommt, absteigt und mir zunickt. Er hebt seinen Daumen in meine Richtung und verschwindet dann auch schon wieder durch den Torbogen neben dem Radladen in den Hinterhof zu unseren Geschäften.

Irgendjemand drückt mir ein Mikrofon in die Hand und die Menge vor mir klatscht rhythmisch. Oskar Sonthofen strahlt mich an, als habe er ein paar Sonnenstrahlen genascht, während er sich bedächtig mit seinem lila Einstecktuch die Stirn betupft.

Wochenlang habe ich von diesem Augenblick geträumt, mir wochenlang warme Worte des Dankes überlegt. Doch keines davon passt. Trotz meines Sieges fühle ich mich ausgelaugt und seltsam traurig. Das Spiel aus Licht und Schatten über dem Platz sticht mir grell in die Augen und der Lärm der aufgedrehten Kinder vor mir und deren fröhlichen Eltern hallt mir unangenehm im Ohr. Der süßlich-klebrige Geruch des blühenden Mandelbaumes, des Silber-Ahorns zusammen mit der Rosskastanie und der Zucker-Birke kriecht mir in die Nase und verursacht mir Kopfschmerzen.

Ziellos schweift mein Blick über die Menschen vor mir. Meine Mutter steht Arm und Arm mit Tante Marietta und umrahmt von meinem Vater und Onkel Ole ganz vorn. Alle vier sehen mich erwartungsvoll an. Sie sind eine Einheit, und auch wenn der vergangene Streit sie für einen Moment auseinandergetrieben hatte, so gehören sie doch fest zusammen. Sicher gehöre auch ich dazu, doch im innersten Kreis sind es die vier, die zusammenhalten. Und zweifellos bin ich in ihrer Mitte stets willkommen, aber nicht mehr und nicht weniger.

Ebenfalls weit vorn stehen eng aneinander geschmiegt Leo und Julia, in ihrer eigenen kleinen Welt untrennbar miteinander verbunden. Mir zugeneigt, das weiß ich, aber auch in diesem Kreis bin ich nur Gast. Leo schenkt mir eines seiner Leo-Lächeln, bei dem ich zur Königin der Welt werde, doch seine Königin bin ich schon längst nicht mehr. Vielleicht war ich das auch nie. Und er nicht mein König.

So sehr ich die Menschen da vor mir liebe, so sehr fehlen mir zwei Menschen hier und jetzt und heute, und ihre Abwesenheit schneidet mir in die Seele wie noch nie etwas zuvor. Und dieses Mal weiß ich nicht, wie ich es richten soll. Zum ersten Mal in meinem Leben glaube ich nicht mehr daran, dass es schon wird. Dass es nur eines guten Eises bedarf, um die Welt wieder ins Lot zu bringen. Dass ich mir lediglich eine Geschichte ausdenken muss, um meine Wahrheiten Wirklichkeiten werden zu lassen.

Das Gemurmel um mich herum wird lauter und Hedwig stupst mich in die Seite. »Alles in Ordnung?«

Ich nicke, doch innerlich schüttele ich den Kopf. Mein Kopf und mein Bauch passen nicht mehr zusammen.

Das Mikrofon liegt mir schwer in der Hand, als ich es mir vor den Mund halte. »Endlich verstehe ich, warum viele Schauspieler und Schauspielerinnen bei den Oscarverleihungen auf der Bühne stehen, ihren Goldjungen krampfhaft in den Händen halten und unzusammenhängende Sätze stammeln. Jedes Mal dachte ich, meine Güte, ihr seid Schauspieler und habt diese Ansprache doch längst vor jeglichen Spiegeln des Landes geübt. Und doch sehen wir in diesen Momenten den Menschen hinter dem Schauspieler, ein Stück seines wahren Ichs. Auch ich muss gestehen, dass ich mir diesen Augenblick hier heimlich ausgemalt und mir ein paar nette Sätze bereitgelegt habe. Spontan und leicht sollten sie klingen. Doch eigentlich möchte ich nur eines sagen: Danke. Danke, dass ihr da seid, danke, dass ich jeden Tag aufs Neue damit verbringen darf, das zu tun, was ich am meisten auf der Welt liebe. Danke, dass ihr mein Eis so mögt und es mir ermöglicht, jeden Tag mein Bestes zu geben. Wer mich kennt weiß, dass ich hin und wieder gern einmal über das Ziel hinausschieße ...«

Zustimmende Rufe, Gelächter und Klatschen unterbrechen meine Rede und ich muss selbst lächeln angesichts meiner Untertreibung, nur hin und wieder übers Ziel hinauszuhüpfen.

»Danke, dass meine Passion auch die eure ist.«

Beifall rauscht über den Platz wie die leichte Abendbrise in den Baumkronen. Ich hoffe darauf, dass Tom davon angelockt wird. Und Alma. Doch meine beiden Lieblingsmenschen lassen mich allein.

Ich will eben das Mikrofon an Oskar Sonthofen zurückreichen, als ich zögere und mitten in der Bewegung innehalte. Langsam wende ich mich wieder an die Besucher des Vierwaldplatzes, die beginnen, sich zu zerstreuen.

»Dass ihr mein Eis gewählt habt, ist eines der schönsten Komplimente für mich, und die Gratulationen, die ihr mir durch euren Beifall spendet, fühlen sich so wunderbar an, dass ich sie von Herzen gern annehme. Doch in letzter Zeit habe ich auch viele Glückwünsche bekommen, die ich ganz und gar nicht verdiene ...«

Gespannt sehen mich die Erwachsenen an und auch die Kinder halten in ihrem Toben inne. Meine Mutter runzelt die Stirn, während Tante Marietta ihr etwas ins Ohr flüstert. Leo und Julia unterbrechen ihren Kuss und kommen ein Stück näher.

»Tom und ich heiraten nicht und wir hatten auch nie vor zu heiraten. Es gibt keine Verlobung, keine Hochzeitsfeier und schon gar keine Flitterwochen in Frankreich. Tom und ich sind nicht einmal ein Paar. Lediglich mein Brautkleid ist echt an meiner Nichthochzeit mit Tom.«

Hedwigs undamenhafter Ausruf ist die einzige Unterbrechung der Stille um mich herum.

»Tom wurde wie so oft von mir damit überrumpelt, quasi an meiner Seite entlang zum Standesamt zu radeln. Meine Fantasie macht nicht nur vor mir selbst nicht Halt, sondern auch nicht vor dir, Leo, oder dir, Julia, und schon gar nicht vor Tom.« Ich sehe zu Leo und Julia und ziehe damit die Aufmerksamkeit der Umstehenden auf die beiden. Leo reibt sich verwirrt den

Nacken, während Julia mir wissend zunickt. »Es war eine winzige, wirklich klitzekleine, spontane Notlüge, die für Verwicklungen gesorgt hat, die ich nicht mehr bei einem Eisbecher auslöffeln kann. Dazu ist sie zu groß geworden. Es tut mir schrecklich leid, wie ich viele von euch hinters Licht geführt habe. Und es tut mir schrecklich leid, in welche Lage ich Tom gebracht habe.« Zittrig reiche ich das Mikrofon an Oskar Sonthofen zurück und steige von dem Podest hinunter.

Wie die Leute um mich herum aussehen, habe ich für das perfekte Abendunterhaltungsprogramm gesorgt, sogar die Kinder tuscheln miteinander und zeigen mit ihren klebrigen Fingerchen auf mich.

Julia sagt etwas zu Leo und läuft mir dann entgegen, aus ihrer Miene kann ich nicht ablesen, ob sie mich gleich in der Luft zerreißt oder – noch viel schlimmer – bemitleidet. »Du warst von Anfang an eine ausgesprochen spezielle Braut und jetzt verstehe ich auch deine merkwürdige Reaktion damals im *Coffee To Stay*, als du so entsetzt darüber warst, dass Leo und ich nicht verlobt sind. Damals, im Standesamt, als wir uns das erste Mal begegnet sind, musste ich mich blitzschnell entscheiden, ob ich der Eifersucht Raum gebe, die sich bei deinem Anblick in mir breit gemacht hat, oder ob ich dir vertraue.«

Ruhig sehe ich sie an, eine Frau wie Julia kann niemals eifersüchtig sein.

»Ich habe mich richtig entschieden, Sunny.« Julia umarmt mich, ihre seidigen Haare streifen dabei meine Wange. »Und weißt du was, ich an deiner Stelle hätte das Gleiche getan.«

»Niemals.« Lächelnd löse ich mich aus ihrer Umarmung.

»Na gut, vielleicht nicht so konsequent wie du, aber in meiner Fantasie bestimmt. Du bist ein wunderbarer Mensch, Sunny, und ich bin fast schon ein bisschen stolz, in eine deiner Geschichten hineingeraten zu sein. Auch wenn wir jetzt ein paar gewaltigen Brocken aus deiner nicht mehr benötigten Hochzeitssuppe auslöffeln müssen.«

Unangenehm berührt von diesen Konsequenzen, die ich bisher so wunderbar ausblenden konnte, seufze ich abgrundtief.

Tröstend drückt Julia meine Hand. »Das kriegen wir hin. In meiner Karriere als Hochzeitsplanerin gab es schon skurrilere Probleme zu lösen als eine Nichthochzeit. Dafür liebe ich meinen Job. Und wer weiß, vielleicht heißt es in Toms und deinem Fall ja eher: aufgeschoben ist nicht aufgehoben.«

Mein Herz klopft mir schmerzhaft in der Brust, als ich zum Radladen hinübersehe. Dunkel und abweisend liegt er vor mir.

Julia folgt meinem Blick. »Lass nicht zu, dass die Geschichte eure Freundschaft erdrückt. Ich wünsche dir sehr, dass du in ein paar Jahren zusammen mit Tom darüber lachen kannst. Aber vermutlich ist das jetzt nicht mehr nur deine Entscheidung.«

Trocken schlucke ich gegen die Traurigkeit an. »Danke Julia, ich bin sehr froh, dass du Leo damals beim Tauchen vor die Nase geschwommen bist. Hätte ich das nur schon vor vier Wochen erkannt.«

»Dann wären wir heute gewiss so nicht hier. Und wer weiß, wo es dich noch hinführt.« Julia küsst mich auf die Wange und schlendert dann zurück zu Leo, der lachend mit Fritz Ludewig senior und junior zusammensteht. Voller Hoffnung sehe ich mich nach Alma um, doch ich entdecke sie weiterhin nicht.

Ich mache einen großen Bogen um meine Familie, die wild gestikulierend beieinandersteht, und um die sonstigen Anwohner des Vierwaldplatzes, denen ich die Fragen von der Stirn lesen kann. Nur fehlen mir selbst die Antworten, um das ertragen zu können.

»Sunny!«

Ich blicke aus meiner dunkelgrauen Wolke auf und zu dem Mädchen vor mir, welches vorhin nach den Streuseln gefragt hat. Ich gehe in die Knie und hocke mich vor es. »Du heißt Sophia, richtig?«

Die Kleine nickt eifrig und entblößt beim Lachen zwei Zahnlücken, wie sie schöner bei keiner Erstklässlerin sein könnten. »Warum bist du so traurig? Du hast doch gewonnen. Dein Eis ist das leckerste.«

»Danke, das ist lieb von dir. Ich freue mich auch sehr, dass euch mein Eis so gut schmeckt. Aber ich bin traurig, weil ich gelogen habe, und ein Freund von mir ist mittlerweile deswegen ziemlich sauer auf mich.« Nachdenklich verknote ich die beiden langen, geflochtenen Zöpfe des Mädchens vor dessen Brust.

Dieses kichert fröhlich. »Dann entschuldige dich doch einfach und bringe ihm dein Eis mit.«

»So einfach ist das leider nicht.«

»Warum nicht?«

Ich zucke mit den Schultern. »Ich weiß nicht.«

Die Kleine zieht eine Schnute, winkt mir zu und saust davon.

»Sophia!«, rufe ich ihr hinterher und stehe mit knacksenden Knien auf.

Beschwingt hopst sie zu mir zurück.

»Was hat dir denn bei meinem Eis besser geschmeckt als bei dem anderen? Sie sind doch beide gleich.«

»Dein Vanilleeis schmeckt so schön nach Himbeerstreuseln.«

Oh! Ich habe viele Antworten erwartet, aber diese entlockt mir ein Lächeln. Ausgerechnet meine geliebten Himbeerstreusel waren das Zünglein an der Eiswaage.

Eigentlich will ich zurück ins *Schneeflöckchen* gehen, doch biege ich vorher ab, gehe am *Veloziped* vorbei und durch den Torbogen in den Hinterhof.

Tom hockt dort vor seinem Fahrrad, eine geöffnete Werkzeugkiste neben sich und ein nicht mehr ganz blütenweißes Tuch in der Hand. Nur kurz blickt er zu mir auf, nickt mir zu und konzentriert sich wieder auf sein Rad.

»Ich habe gerade unsere Nichthochzeit abgesagt.« Mein Ton soll leicht klingen, ich kann nur nicht verhindern, dass meine Stimme zittert. Genau wie meine Knie, als ich mich ein Stück abseits von Tom auf die Gänseblümchenwiese im Hof setze.

»Gut.«

Ich warte darauf, dass er noch mehr sagt. Doch mein Warten wird nicht belohnt. »Gut? Das ist alles, was dir dazu einfällt?«

»Was möchtest du denn von mir hören?« Noch immer spricht Tom mehr mit seinem Fahrrad als mit mir.

»Ich habe mich gerade in aller Öffentlichkeit entschuldigt und zugegeben, was ich mir alles so ausgedacht habe! Das wolltest du doch!«

Endlich habe ich seine Aufmerksamkeit. Er schmeißt den Lappen in die Werkzeugkiste und dreht sich zu mir um. »Du glaubst allen Ernstes, was du da sagst!«

Seine Feststellung triggert einen Punkt in mir, den ich schlecht bis gar nicht kontrollieren kann, und ich flehe mich selbst an, den Mund zu halten. »Ich glaube immer, was ich sage!«

Tom hebt die Arme und wenn er nicht so verkniffen schauen würde, könnte ich fast meinen, er würde mich zum Tanzen auffordern. Eigentlich wäre es so einfach: Ich stehe auf, gehe zu ihm und kuschele mich in seine Arme. Worte werden total überbewertet, Gesten sind es, die zählen.

Ehe ich den Mut verliere, erhebe ich mich und knie mich vor Tom. Vorsichtig nehme ich seine Hände in meine. »Tom, es tut mir leid, wirklich. Ich weiß, dass die ganze Hochzeitsgeschichte aus dem Ruder gelaufen ist und ich sie viel eher hätte stoppen müssen. Aber das habe ich nun mal nicht. Und eigentlich ist doch auch gar nichts passiert. Gut, ich habe ein Brautkleid gekauft, dass ich nicht brauche, aber das kann ich bestimmt zurückgeben.«

Tom streicht mir mit dem Daumen über den Handrücken, während er mich mustert. Es zeigt sich noch immer so gar kein Lächeln in seinem Gesicht und mein Herz klopft mittlerweile schmerzhaft vor Angst, nicht die richtigen Worte zu finden und ihn zu verlieren. »Tom, bitte. Ich habe doch alles getan, was du wolltest.«

Sanft legt mir Tom meine Hände zurück in den Schoß und steht auf. »Sunny, es ging nie darum, dass du tun sollst, was ich will. Es geht darum, dass du das Richtige für dich tust.«

»Deswegen bin ich doch hier! Ich möchte mich mit dir versöhnen.« Mühsam rappele ich mich ebenfalls auf. Mir ist kalt von dem Boden, auf dem ich gekniet habe, und die letzten schlaflosen Nächte holen mich mit einem Donnerschlag ein. Die Anspannung, die mich durch den ganzen langen Tag getrieben hat, zerfließt.

Ich will nichts sehnlicher in diesem Moment, als Tom zu küssen, ihn zu boxen, mich von ihm halten zu lassen, ihn anzuschreien. Warum nur macht er es mir so schwer?

»Warum bist du so stur?« Meine Stimme hallt im Hof wider, doch ich habe keine Lust, das liebe Mädchen zu sein, und es ist mir egal, wer uns hören kann. »Du hättest nicht wochenlang meinen Verlobten spielen müssen! Ein Wort von dir und die ganze Sache wäre aufgeklärt gewesen. Aber dir hat es durchaus Spaß gemacht, vor allem die Stellen, an denen du mich geküsst hast! Du bist doch ein moralinsaurer Moralapostel, wie er im Buche steht!«

Treffer. Toms Pokerface überzieht sich mit einer Röte, wie ich sie noch nie bei ihm gesehen habe, seine Hände ballen sich zu Fäusten und er fixiert mich aus zusammengekniffenen Augen.

In den Liebesfilmen ist das jetzt die Stelle, in der es wie aus Schläuchen zu regnen beginnt, der Held die Heldin an seine breite Brust reißt, sie sich noch einmal wild anfunkeln und dann küssen, mit aller Leidenschaft, die sie füreinander hegen.

Doch wir sind in keinem Film. Die Sonne scheint weiterhin in den Hof, Tom zieht mich keineswegs an seine Brust, im Gegenteil, er wendet sich von mir ab und rammt seine Werkzeugkiste zu. Den erlösenden Kuss gibt es nicht. Und ich will ihn auch gar nicht mehr. Stattdessen verlasse ich schnellen Schrittes den Hof.

Kapitel 25

E wie Echt

Eukalyptus-Eis

Ein Hauch des herrlich frischen Eukalyptus veredelt ein mildes Sahneeis zu einer zartschmelzenden Sommerköstlichkeit, die uns sanft kühlt.

Auch in der kommenden Nacht wälze ich mich in meinem Bett hin und her, anstatt sanft zu schlummern wie sonst.

Froh, als es endlich hell wird, stehe ich auf und bin kurz darauf schon im *Schneeflöckchen*. Von dem Fest gestern auf dem Vierwaldplatz ist nichts mehr zu sehen, nur ein Berg Abwasch wartet im Eislabor auf mich. Diesen Tag nach dem Vanilleeis-Wettessen habe ich mir definitiv anders vorgestellt. Aber egal, es ist, wie es ist.

Ich lege den Soundtrack des *Greatest Showman* ein und zusammen mit Keala Settle in Endlosschleife singe ich *This Is Me*. Und jedes Mal ein wenig lauter und trotziger. Und bald tanze ich auch dazu und fühle mich intensiv verbunden mit Zendaya, kann ich doch mindestens genauso ausdrucksstark aufstampfen wie sie.

So gehen mir der Abwasch und die Putzerei wie von selbst von der Hand und auch das Eis, welches ich für heute benötige, ist schneller fertig als sonst. Eigentlich bin ich mir kaum bewusst, was ich für Eissorten rühre, so sehr bin ich in meinem Flow. Einzig, dass mir kein Eis des Tages einfallen will, beunruhigt mich für eine Weile. Doch je mehr ich darüber nachgrübele, desto weniger Eissorten fallen mir ein. Und irgendwie lande ich immer wieder bei Vanilleeis. Und bei Tom.

Okay! Lasse ich es halt heute sein. Es muss ja nicht immer ein spezielles Eis sein. Nicht umsonst sind Vanille, Schoko und Erdbeer die Dauerbrenner.

Ein wenig fad sieht die Eistruhe dann doch aus, irgendwie unbunt. Ich arrangiere die Eissorten um und habe bald ein Muster gefunden, welches ganz appetitlich aussieht: hellrosa, cremegelb, schokobraun und kiwigrün.

Während ich Gäste an den Tischen bediene und Eiskugeln in Waffeln stapele, sehe ich immer wieder zur Tür der Eisdiele, doch keine Alma steht plötzlich da und ruft *Überraschung*, ehe sie sich über die Belege beugt und mich mit mahnend erhobenem Zeigefinger daran erinnert, beim Papierkram ordentlicher zu arbeiten. Dabei habe ich die Unterlagen extra unordentlich hingelegt, damit wir darüber lachen können. Und uns versöhnen.

Auch mein Handy bleibt stumm. Da kann ich noch so oft durch die unterschiedlichen Messenger-Dienste scrollen. Nur hin und wieder steht im Status *Alma schreibt*, doch es kommt nichts bei mir an. So wie auch ich immer wieder die Nachrichten lösche, die ich an sie tippe.

Der Tag schleppt sich öde dahin, es ist wenig los im *Schneeflöckchen*. Aus Verzweiflung habe ich sogar die großen Scheiben geputzt, nur um mich zu beschäftigen. Dabei war der Fensterputzer erst letzte Woche hier. Alles muss man nacharbeiten!

Als Tom am Nachmittag am *Schneeflöckchen* vorbeiradelt, kracht mein Herz schmerzhaft gegen die Brust. Hektisch beginne ich, die Eisbehälter in der Eistruhe neu zu sortieren. Besser, das Kiwigrün neben dem Schokobraun stört mich schon den ganzen Tag. Nun ist es da, wo es hingehört, zwischen dem Cremegelb und dem Hellrosa.

»Frau Spatz! Das geht aber nun wirklich nicht!«

Blinzelnd sehe ich von der Eistruhe auf. Vor mir steht eine Frau, die an der linken Hand einen Jungen hält und in der rechten ein Wassereis am Stiel von mir. »Aber Sie haben das Wassereis doch vorhin selbst bestellt, als ich bei Ihnen am Tisch war.«

»Das ist ja auch alles richtig, aber seit wann nehmen Sie das Wort Wassereis so wörtlich?« Sie reicht mir das Eis und ich sehe es mir näher an.

In der Tat sieht es ungewöhnlich blass aus, regelrecht durchsichtig. Ich zucke zusammen, ich werde doch nicht etwa ...?

»Einen Moment, bitte.« Hektisch öffne ich den Eisschrank unter der Eistruhe und sehe in die Behälter mit dem Wassereis. Sowohl das Erdbeer-Wassereis als auch das Kiwi-Wassereis und natürlich auch das Zitronen-Wassereis sehen gleich aus. Das ist sonst nicht so. Alle drei Sorten schmecken auch gleich, nämlich nach nichts. Obwohl nichts nicht ganz korrekt ist, sie schmecken nach schnödem Wasser.

Trotz der Kälte aus dem Eisschrank ist mir ziemlich heiß, als ich wieder nach oben komme und meine Kundin ansehe. »Da ist mir heute wirklich ein exzellentes Wassereis gelungen, würde ich mal sagen.

Aber ich verstehe, dass das nicht unbedingt der Geschmack Ihres Sohnes ist. Unser gutes, frisches Wasser wissen ja die meisten Erwachsenen oft nicht zu schätzen.« Das Lachen, dass ich hervorpresse, klingt selbst in meinen Ohren quietschig und ich schnappe mir schnell die größte Spatula, derer ich habhaft werden kann.

»Wie wäre es stattdessen mit einer schönen, cremigen Kugel Erdbeereis?«, wende ich mich an den Jungen, der in der Zwischenzeit als Ersatz für sein Wasser-Wassereis an seinem Daumen nuckelt.

Die Mutter zieht ihm den selbigen mit einem genervten Seitenblick aus dem Mund. »Ich habe extra ein Wassereis bestellt, weil Theo kein Milcheis verträgt.«

»Oh! Dann vielleicht ein Kiwieis?« Ich lasse die Spatula über dem grünen Eis schweben und kneife vor Ärger über mich selbst die Lippen aufeinander, denn sonst habe ich eine Million verschiedener Eissorten ohne Milchbasis im Angebot und auch solche Sorten, die Kinder mögen und sich nicht nur nach Obst- und Gemüsegarten anhören.

»Haben Sie Ihr Eis heute eigentlich schon einmal probiert, Frau Spatz?«

Ich weiß nicht, worauf sie hinauswill, und lege die Spatula aus der Hand, um meine zittrigen Hände auf dem Tresen abzustützen. »Ich koste immer mein Eis, jede einzelne Sorte.« Außer heute.

Sie sieht mich mit hochgezogenen Augenbrauen an und legt mir einen Zehn-Euro-Schein in die Geldschale auf dem Tresen. »Dann soll es wohl heute so schmecken und Sie haben einen ganz kreativen Tag. Nur, Theo und mir schmeckt Ihr sonstiges Eis besser. Und wenn ich mir die Eisbecher der anderen Gäste so ansehe, dann sind wir nicht allein mit unserer Meinung. Auf Wiedersehen, Frau Spatz.«

Ich sehe ihr hinterher, wie sie mit ihrem Sohn das *Schneeflöckchen* verlässt, und nur langsam dringen ihre Worte in mein Bewusstsein.

Sie hat recht. Nicht nur sind heute weniger Gäste in der Eisdiele, sondern auch die Eisbecher auf den Tischen stehen lieblos zur Seite geschoben herum und bei den meisten fehlen nur ein paar Löffel Eis. Auch vermisse ich das übliche zufriedene Gemurmel und Lachen der Gäste, stattdessen starren die meisten irgendwohin oder diskutieren in ernsten Tönen.

Nacheinander koste ich die vier Eissorten und werde mit jedem Bissen unleidiger. Das Erdbeereis schmeckt noch am ehesten nach einem Eis, das von mir kreiert worden sein könnte, wenn ich mal über die Tatsache hinwegsehe, dass ich statt Erdbeeren Himbeeren verwendet habe. Was an sich genommen kein Drama ist, doch die cremige süße Sahne, die als Basis des ganzen Kunstwerkes dient, entpuppt sich beim Geschmackstest als saure Sahne. Wo der karamellisierte Zucker abgeblieben sein könnte, ist mir selbst ein Rätsel.

Ich entlasse meine Gäste mit dem Hinweis, dass ihr Eis aufs Haus geht. Es wird gemunkelt, ich sei verliebt und gewitzelt, dass ich deswegen den Zucker mit dem Salz beim Kiwieis verwechselt hätte. Dass ich unter die Kiwis aus Versehen auch Avocados gemischt habe, brauchen sie ja nicht zu wissen. Die Kombination hätte ja auch eine ganz großartige, neue Geschmacksexplosion ergeben können. Leider explodiert bei dieser grünen Pampe nicht der Geschmack im Mund, sondern die Geschmacksknospen selbst, und das ziemlich schmerzhaft.

Ich atme tief durch und lehne mich mit dem Rücken an die geschlossene Tür des *Schneeflöckchens.* Für heute reicht es. Ganz und völlig und total. Ich will nichts und niemanden mehr sehen.

Da klopft es hinter mir an die Scheibe der Tür. Ich drehe mich um. Schon gar nicht will ich Fritz Ludewig senior sehen. Leider haben Scheiben nun mal die Eigenschaft, durchsichtig zu sein. Zumal blitzblank geputzte Scheiben.

Ich könnte so tun, als würde ich ihn nicht sehen, quasi durch ihn hindurchsehen.

Oder ich könnte einfach die Tür öffnen, seine Häme über mich ergehen lassen und ihn dann hocherhobenen Hauptes wieder wegschicken. Irgendwann würde es ohnehin zu unserem Showdown kommen.

Also öffne ich die Tür.

»Ach du liebes bisschen, wie sehen Sie denn aus?« Der alte Ludewig mustert mich von oben bis unten und wieder hinauf, und so wie er aussieht, gefällt ihm nicht, was er sieht.

»Ach du liebes bisschen, wo bleibt denn Ihr Berliner Akzent?«

»Den brauche ich heute nicht, wir sind ja unter uns.«

»Was mich ehrlich gesagt wundert, denn so ganz ohne Publikum macht es Ihnen doch eigentlich keinen Spaß, mich rund zu machen.« Ich verschränke die Arme vor der Brust und er zieht sogleich nach.

»Ich bin ja auch nur zum Gratulieren hier, liebes Fräulein Eisspatz. Dafür brauche ich keine Zeugen. Aber als fairer Verlierer des Vanilleeis-Wettbewerbes zeige ich natürlich Anstand und Ehre.«

»Aber nur, wenn keiner hinsieht«, stichele ich und mache keinerlei Anstalten, ihn in die Eisdiele zu bitten.

Vermutlich will er das auch gar nicht, denn er tritt einen Schritt zurück und bringt seine Lippen in Lächelposition. »Ach, und wenn ich schon mal hier bin, will ich natürlich auch zu Ihrer Nichthochzeit gratulieren. Was für ein Knall gestern Abend. Sie haben mit Ihrer Ansage nochmal richtig Schwung in das Fest gebracht.

Die Leute werden sich in drei Wochen noch über Sie amüsieren.«

Der Schlag, obwohl ich etwas aus der Richtung erwartet habe, kommt ungesehen und trifft mich voll in den Magen – und in mein Herz. Tränen schießen mir in die Augen und ich kämpfe mit jedem Muskel meines Körpers dagegen an. Ich werde nicht vor Fritz Ludewig senior losheulen!

Mit Schwung knalle ich die Tür zu, das Geschlossen-Schild daran fällt scheppernd zu Boden. Und der alte Ludewig macht etwas, was ich nun gar nicht mehr einordnen kann.

Er öffnet vorsichtig die Tür wieder, schließt sie leise hinter sich, hebt das Schild auf, legt es auf den Tisch neben sich und zieht mich fest in seine kugeligen Arme.

Es dauert eine Weile, bis ich wieder klar denken kann. Meine Wangen fühlen sich heiß an und ich schäme mich in Grund und Boden. Was ist nur los mit mir? Ich bin eigentlich ein fröhlicher, ausgeglichener, bunter Mensch. Ich liebe das Leben jeden Tag aufs Neue und doch sitze ich hier an meinem kornblumenblauen Lieblingstisch in meinem geliebten *Schneeflöckchen* wie ein Häufchen Elend, und das nicht zum ersten Mal in den vergangenen Tagen. Ich weiß vor Scham gar nicht, wo ich hinsehen soll.

Fritz Ludewig schiebt mir den Serviettenständer mit den gelb-rosa karierten Servietten hin. »Keine Sorge, das bleibt unter uns. Ich habe schließlich einen Ruf zu verlieren.«

Ich nehme eine Serviette vom Ständer, breite sie über meine Hände und lege mein Gesicht hinein. »Warum tun Sie das? Sie mögen mich doch gar nicht.«

Fritz Ludewig lacht dröhnend, sodass sein kugeliger Bauch dabei vibriert. »Das sieht so aus, nicht wahr?

Aber soll ich Ihnen mal was verraten? Ich mag Sie, Frau Spatz, und zwar genau so, wie Sie sind.«

Ungläubig ziehe ich mir die Serviette vom Gesicht und starre ihn an. Eigentlich sollte ich es besser wissen und lieber irgendwo in Deckung gehen.

»Sie sind ein grundehrlicher Mensch, mit Herz und Verstand ...«

Jetzt lache ich auf, doch nicht fröhlich, sondern so bitter, wie mein Kummer in mir wütet. »Weil ich so ein grundehrlicher Mensch bin, musste ich gestern auch so eine grundverlogene Lüge gestehen.«

Der alte Ludewig winkt ab. »Flunkereien. Das passiert kreativen Menschen. Viel wichtiger ist, wie Sie Ihr Leben angehen und unser Leben bereichern. Ihnen kann keiner hier das Wasser reichen, was glauben Sie wohl, warum ich mich ausgerechnet mit Ihnen so gern kabbele.«

»Weil Sie mich blöd finden?«

»Weil ich mich auf Augenhöhe mit Ihnen messen kann, weil Sie meine Routine unterbrechen und mich herausfordern. Und das mag ich!« Mit einer Seelenruhe faltet er die Hände über seinem Kugelbauch und sieht so zufrieden aus, wie ich mich fühle, wenn ich einen Eisbecher voll mit dem herrlichsten Vanilleeis leergelöffelt habe.

Ich zerknülle die Serviette und werfe sie nach ihm. »Sie sind unglaublich.«

»Ich weiß.« Seine intensivblauen Augen strahlen und er hebt mahnend einen Zeigefinger. »Und damit Ihnen das alles nicht zu Kopf steigt, duellieren wir uns als Nächstes mit Himbeerstreuseln! Ich habe mir sagen lassen, dass Ihre kleinen, rosa Dinger den Unterschied ausgemacht haben zwischen meinem famosen Meister-Vanilleeis und Ihrem Glückstreffer.«

»Haben Sie beide Eissorten gekostet?«

»Selbstverständlich!«

»Und? Welchen Unterschied haben Sie geschmeckt?« Neugierig beuge ich mich vor, denn in der ganzen Aufregung gestern um meinen Gewinn des Wettbewerbes und dem anschließenden Streit mit Tom habe ich total vergessen, Fritz Ludewigs Vanilleeis zu kosten.

Er hüstelt umständlich und brummt dann etwas, woraus ich das Wörtchen *Keinen* entnehme.

Merkwürdig. Aber gut merkwürdig, geheimnisvoll merkwürdig. Genauso wie ich es mag. Gibt es etwas Magischeres als Geheimnisse? »Mein Eis ist halt das bessere.« Mein Grinsen wird umso breiter, je mehr der alte Ludewig die Backen aufbläst.

»Ihr Vanilleeis vielleicht, aber alle anderen wären noch zu überprüfen.«

»Mein Schokoeis ist auch besser. Das wissen Sie, dafür brauchen Sie keine Prüfung.«

»Ha!«

Ich zucke zusammen, als sich Fritz Ludewig herzhaft auf den Oberschenkel klopft.

»Aber eine gute Nicecream gibt es bei Ihnen nicht!«

Will er mich jetzt bei meiner Ehre packen oder was? »Selbstverständlich habe ich schon Nicecream hergestellt und angeboten und das in echt leckeren Varianten, mit Erdbeeren, Mango, Himbeeren und so weiter. Aber viele meiner Gäste mögen den Bananengeschmack nicht.«

Fritz erhebt sich und bietet mir seinen Arm an. »Dann kommen Se ma mit, Sie Eisspatz Sie, und lernen Se wat vom Meister dazu.«

Zehn Minuten später betrete ich das Allerheiligste des *Le Meilleur*, die Sterneschmiede, das Herz des Restaurants – Fritz Ludewig seniors Küche.

Ein wenig abseits der Küchenbetriebsamkeit, die gleichsam eines Uhrwerkes funktioniert, sitze ich an einer Kochinsel, während der alte Fritz neben mir steht und verschiedene Zutaten vor mir aufreiht.

Ich schnuppere an einer Schüssel mit einer karamellfarbenen Creme, die neben einer Karaffe mit goldenem Ahornsirup steht.

»Erdnussbutter!«, stelle ich fest und widme mich der Milch, die Fritz dazustellt. Er reicht mir einen Löffel und ich probiere sie. »Mandelmilch.« Das wird ja immer interessanter hier.

Dazu kommt noch eine Schale mit dunklem, braunem, herrlich duftendem Kakaopulver. »Und nun? Das sind Zutaten für ein normales Eis. Wenn auch die Kombination aus Mandelmilch und Erdnussbutter recht ungewöhnlich ist. Aber spannend auf jeden Fall.«

»Dann sehen Sie sich meine Geheimzutat an und staunen Sie!« Mit großer Geste holt Fritz Ludewig eine Schüssel aus dem Gefrierschrank und reicht sie mir.

Ich reiße sie ihm regelrecht aus der Hand. Es ist nicht zu glauben, dass ich mir gerade von dem alten Fritz eine Lektion in Eismachen erteilen lasse. Noch vor einer Stunde hätte ich herzhaft darüber gelacht.

Aber egal. Bei gutem Eis gibt es keine Grenzen.

Ich nehme den Deckel von der Schüssel und spähe hinein. Darin befinden sich akkurat geschnittene orange Würfel von ... ich weiß nicht genau, von Möhren? Nein, die Dinger in der Schüssel haben eine andere Struktur als Möhren, es sieht irgendwie nach Kartoffeln aus. Aber so knallorange? Er wird doch nicht etwa Kartoffeln gefärbt haben? Nein! Und mir geht ein Licht auf, groß wie ein Vollmond. »Sie nutzen als Basis gekochte Süßkartoffeln! Wie genial ist das denn! Die schmecken viel neutraler als Bananen, haben die passende Süße und Konsistenz und tragen jegliche anderen Aromen, und dann noch in Kombination mit der cremigen Mandelmilch und der saftigen Erdnussbutter ...«

Begeistert springe ich vom Hocker und möchte jetzt und gleich und sofort loslegen, diese Leckerei herzustellen.

Fritz Ludewig ist so clever, mich nicht zu bremsen, und reicht mir einen *Carrera* Stabmixer, mit dem ich feierlich zur Tat schreite.

Keine zehn Minuten später will ich direkt aus der Mixschale probieren, doch der Sternekoch hält mich mit einem missbilligenden Schnalzen der Zunge zurück, reicht mir zwei Glasschälchen und Löffel. »In dieser Küche achten wir stets auf das korrekte Werkzeug, mein liebes Fräulein Spatz!«

»Jawohl, Sir.« Ich salutiere und entnehme uns zwei Portionen. Meine probiere ich gleich im Stehen, während sich der alte Ludewig erst umständlich auf einem Hocker platziert.

»Für das erste Mal ganz annehmbar.« Genießerisch schleckt er an seiner Nicecream.

»Annehmbar! Das ist die Untertreibung des Tages. Es schmeckt grandios.« In Windeseile verdrücke ich meine Portion und werde erst beim Nachschlag wieder ruhiger.

Schließlich habe ich auch die Mixschüssel leergekratzt und lege zufrieden meinen Löffel vor mir ab. »Danke für das Rezept. Es ist toll!«

»Quid pro quo.«

»Ah, ich verstehe. Mein Vanilleeisrezept gegen Ihr Nicecream-Rezept.«

Fritz Ludewig blickt in sein leeres Schälchen, als könne er darin Eis nachwachsen lassen. »Ohne Ihre Hilfe wäre ich gestern völlig unter die Räder gekommen. Ich hätte nicht einen einzigen Tischtennisball abbekommen.«

»Aber mit Ihrem Molekulareis waren Sie doch auf dem richtigen Weg. Ich habe das Eis selbst probiert und fand es ausgezeichnet. Wieso haben Sie eigentlich doch noch mein Rezept genommen?«

Er stupst sein Glasschälchen an, sodass es zur Seite rutscht. »Die allerwenigsten Versuche waren genießbar und nur die haben wir rausgegeben. Ich wollte Sie ein wenig ins Schwitzen bringen und habe gehofft, dass Sie nervös werden und Fehler machen.«

Ich ziehe eine Schnute und erinnere mich daran, warum ich seit Jahren mit dem alten Ludewig im Dauerclinch liege. »Na toll.«

»Wie auch immer. Die meisten Portionen waren steinhart und nicht zu löffeln, andere wieder zu wenig süß, und je mehr Zucker wir benutzten, desto härter wurde das Eis. Na, das übliche Spiel halt.«

Oh ja, dieses Spiel kenne ich gut. Gerade als ich anfing, mit meinem ersten eigenen Eis zu experimentieren, gab es Ergebnisse, die weit, weit unter die Eistruhe gekehrt gehörten.

Eine Weile sehen wir den Köchen zu, wie sie präzise ihrer Arbeit nachgehen, bis ein saftiger Fluch das gleichförmige Gesumme und Gebrumme unterbricht.

»Herr Ludewig, kommen Sie mal bitte?« Ein Jüngling schleicht sich an seinen Chef heran. Dieser nickt und sieht den Jungen drohend an, der sich sogleich wieder aus dem Staub macht.

Fritz Ludewig steht auf und reicht mir die Hand. »Ich muss dann mal wieder an meine Arbeit.«

»Seien Sie nicht zu streng mit Ihren Jungs.«

»Und Sie sollten nicht so streng mit sich selbst sein, mein liebes Fräulein Eisspatz.«

Ich rolle demonstrativ mit den Augen. »Nennen Sie mich doch bitte Sunny.«

Zu meiner Verblüffung schüttelt er den Kopf. »So weit sind wir noch lange nicht!«

Na gut, dann halt nicht. Ohne ein weiteres Wort wende ich mich zum Gehen.

»Ach, Fräulein Eisspatz, wie wäre es zur Sommersonnenwende mit unserem kleinen Himbeerstreusel-Duell?«, ruft mir der alte Ludewig hinterher.

Ich drehe mich um und strecke die Daumen hoch. Das wird ein Spaß, zumal ich jetzt die Hintergründe kenne. Und bei diesem Thema sowieso unschlagbar bin.

Besser gelaunt als seit Tagen komme ich an diesem Abend nach Hause und schlafe seit langem wieder ruhig durch. Ich habe einen Entschluss gefasst und werde ihn gleich morgen in die Tat umsetzen.

Kapitel 26

L wie Liebe

Liebesperlen-Eis

Sinnliche Vanille für die Liebe, zarte Sahne für die Liebe, süßer Honig für die Liebe. Besprenkelt mit Liebesperlen, die in allen Regenbogenfarben funkeln. Es lebe die Liebe.

Das *Schneeflöckchen* bleibt heute geschlossen. Nach all den Jahren, in denen ich stets die Tür offen gehalten habe, bleibt sie heute zu. Heute geht es nur um mich und die Menschen, die ich liebe. Heute mache ich Eis nur für sie.

Mir fehlt Alma, nicht nur in der Eisdiele, sondern auch als Freundin. Wir haben uns des Öfteren schon gestritten, aber noch nie haben wir uns ernsthaft verkracht. Und ich will nicht, dass es so bleibt.

Nachdem ich mich heute Morgen bei einem Bummel über *Die dicke Linda* mit all den herrlichen, frischen Produkten eingedeckt habe, die ich brauche, fange ich konzentriert an, Eis für Alma zu komponieren.

Mir schwebt ein fruchtiges Mango-Sorbet aus der aromatischen Alphonso-Mango vor, in Verbindung mit herbsüßem Granatapfel-Parfait, umschlossen von cremigem Vanille-Granny-Smith-Eis.

Es dauert eine Weile, bis ich alle drei Eissorten zu meiner Zufriedenheit abgeschmeckt, gerührt und gefroren habe. Dieses Mal reicht es mir nicht, einfach nur cremiges Eis herzustellen, welches auf der Zunge zergeht, dieses Mal muss es auch in einer ganz bestimmten Art und Weise formbar sein und sich dann in dieser Form halten.

Endlich stehen drei Eisbehälter mit perfektem Eis vor mir, während daneben frischgebackene Eiswaffeltüten verführerisch duften. Vorsichtig nehme ich eine goldbraune Waffel in die Hand und entnehme dem sonnengelben Mangoeis eine flache Schicht mit einer speziell gebogenen Spatula. Zuerst verschließe ich mit einer Eisschicht die Öffnung der Waffel, damit mir das Kunstwerk, welches gleich aus dem Eis entstehen wird, nicht in die Waffeltüte hineinrutscht. Mit der nächsten Scheibe Eis beginne ich eine Rosenknospe zu formen. Für jedes einzelne Blütenblatt nehme ich Eis auf die Spatula und lege es Schicht um Schicht wie Blütenblätter umeinander.

Nach der gelben Mitte wechsele ich zum tiefroten Granatapfeleis und umschließe die gelbe Blütenknospe mit roten Rosenblättern. Geduldig forme ich jedes einzelne Blatt, bis eine Eisrose erblüht. Als äußere Blattschicht forme ich das saftiggrüne Apfeleis als Kelchblätter um die Rose herum.

Die seidige Eisrose in meiner Hand duftet süß und frisch und glänzt mit ihren Farben. Sie sieht wunderschön aus und ist ein ganz besonderes Geschenk für meine ganz besondere Alma. Bedächtig stecke ich die Rose in einen Eiswaffelhalter in die Kühlbox neben mir und schließe den Deckel. Noch zwei weitere Eisrosen entstehen auf diese Weise, und in jedes einzelne Blatt lege ich all meine Liebe und Leidenschaft.

Als ich alle drei Eisrosen sicher in der Kühlbox verstaut habe, stehe ich auf und strecke mich ausgiebig. Mein Nacken fühlt sich steif an und ich schüttele meine verkrampften Hände aus. Doch jedes einzelne Blütenblatt ist es wert!

Äußerst behutsam trage ich die Kühlbox aus dem Eislabor und durch die leere Eisdiele nach draußen. Dort sind alle Tische besetzt, wenngleich auch ohne Eisbecher darauf.

»Sunny! Da bist du ja endlich.« Beatrice winkt mir zu und die Skatgruppe an ihrem Tisch taucht aus ihrem Kartenland auf.

Das schlechte Gewissen darüber, dass ich das *Schneeflöckchen* heute einfach geschlossen habe, schlängelt sich aus den Tiefen weit nach oben. »Eigentlich hat die Eisdiele heute nicht so richtig geöffnet.«

Hedwig, die neben Oskar Sonthofen die Sonne genießt, verscheucht eine Hummel, die ihr vor der Nase herum brummt. »Das ist mittwochs und abends auch so und trotzdem bekommen wir unser Eis.«

»Aber heute ...« Ich halte inne, als ich all die entspannten Gesichter vor mir sehe. Ach, was soll's. »Ich bin gleich wieder da.«

Die Kühlbox mit den Eisrosen stelle ich vorsichtig beiseite und eile ins Eislabor, um meinen Kakigōri Eisschaber hervorzukramen. Ich hieve das Metallgestell auf einen Servierwagen und stelle noch je eine Flasche Erdbeersirup, Melonensirup und zur Feier des Tages Blue Curaçao dazu, den Rest der geschnittenen Mangos von vorhin, Granatapfelkerne und Granny-Smith-Scheiben. Und als Highlight ein Schälchen Adzukibohnenpaste, die ich immer vorrätig habe, seit ich sie das erste Mal vor Jahren auf der *Grünen Woche* kosten durfte. Aus einer der Eistruhen nehme ich einen Block

Wassereis – dieses Mal soll es wirklich reines, pures Wasser sein – und spanne den Block in den Eisschaber.

Auf dem Weg ins *Schneeflöckchen* sammele ich noch Schälchen und Löffel auf den Servierwagen. Da ich aber vorhin vergessen habe, die Tür hinter mir zu schließen, haben es sich nun auch in der Eisdiele Gäste gemütlich gemacht. Ich werde mit freundlichem Hallo und überraschten Ausrufen angesichts des blauen Gestells auf dem Servierwagen begrüßt. Ich bedeute ihnen, mir nach draußen zu folgen, und schnell scharen sich sämtliche Gäste um mich. Der eine oder andere unter ihnen kennt bereits mein Kakigōri-Eis und reibt sich erfreut die Hände.

»Okay ihr Lieben, wer möchte heute Kakigōri-Meister sein und das Eis schaben? Ich muss nämlich dringend etwas Wichtiges erledigen.« Ich sehe meine Gäste an und Beatrice tritt vor.

»Ich übernehme das, beim letzten Mal hatte ich schon Lust, es selbst zu versuchen.« Beatrice nimmt sich eine der glänzenden, kobaltblauen Porzellanschalen, die mir ein japanischer Gast aus seiner Heimat mitgebracht hat, und stellt sie unten in den Eisschaber. Gefühlvoll dreht sie am Rad an der Seite und dadurch beginnt ein Messer über den Eisblock zu schaben. Schon bald rieseln Schneeflocken herunter und landen als fluffiger Schnee in der Schale. Anschließend gießt sie etwas Erdbeersirup darüber, der sich magisch mit den zarten Eisflocken verbindet und diese glänzend rot färbt. Beatrice reicht mir den Becher und ich koste ein Löffelchen der Leckerei.

Unglaublich weich schmilzt das Schneeflockeneis auf meiner Zunge und macht mich glücklich, genießerisch lecke ich mir die Erdbeersirup-Lippen. »Arigato. Du hast die Kakigōri-Meisterinnen-Prüfung mit yūtō bestanden.«

Unter Applaus verbeugt sich Beatrice und genau in diesem Moment spüre ich wieder, wie sehr ich mein *Schneeflöckchen* mit all seinen Gästen liebe. Denn gibt es magischere Momente als diesen?

Ich überlasse meine Gäste ihren Eisspielen und hole die Kühlbox mit den Eisrosen, um endlich zu Alma zu gehen. Fröhlich summe ich dabei die Melodie von *Frozen* und sehe sicherheitshalber noch einmal in meiner Handtasche nach, ob ich die Blu-Ray der Eiskönigin auch wirklich eingepackt habe. Alma und ich sind zwar keine Schwestern, aber dem Sinn nach die Zwillingscousinen von Elsa und Anna.

Vor der Eisdiele hat Beatrice alle Hände voll zu tun und sieht schon selbst ein wenig aus wie eine Eiskönigin, mit all den geschabten Schneeflöckchen, die um sie herum zu Boden rieseln. »Gutes Gelingen! Und wenn du noch einen Eisblock brauchst, in der lila Truhe im Eislabor liegt noch einer. Ich gehe zu Alma.«

Beatrice nickt und pustet sich eine graue Haarsträhne aus dem Gesicht. Sie blickt zu mir auf und zieht die Augenbrauen in die Höhe. »Oder nicht.«

»Wie bitte?«

»Oder ich komme zu dir.«

Die Kühlbox fest an mich gedrückt wirbele ich herum und stehe Alma gegenüber. Vorsichtig stelle ich die Box ab und Alma und ich fallen uns in die Arme.

Ein wenig abseits sitzen Alma und ich auf dem Mäuerchen zwischen dem *Schneeflöckchen* und dem *Veloziped*. Erst haben wir ein bisschen geweint und dann gelacht. Nun trocknen wir uns gerade wieder ein paar Tränchen, die irgendwo zwischen Weinen und Lachen liegen.

Entspannt lehne ich mich an meine Lieblingscousine. »Es tut mir so schrecklich leid, dass ich so blöd reagiert habe, als ich von Fritz junior und dir erfahren habe. Du magst ihn ziemlich gern, nicht wahr?«

»Ich bin unfassbar verliebt, manchmal kann ich es selbst nicht glauben. Mein Arm ist schon ganz rot, weil ich mich immer wieder kneife.« Alma hebt den Arm vor mein Gesicht.

»Die roten Tupfen auf der Bluse stehen dir ausgezeichnet.«

»Ich kann sie dir ja bei Gelegenheit ausleihen.«

»Alma?« Ich setze mich aufrecht hin, sodass ich sie ansehen kann.

»Mmh«, murmelt sie mit geschlossenen Augen, das Gesicht der Sonne entgegengestreckt.

»Ich will nicht, dass du nicht im *Schneeflöckchen* arbeitest. Außerdem kann ich dich gar nicht feuern, also darfst du der Arbeit auch nicht länger fernbleiben.«

Alma stupst mich an und lacht leise. »Na hast du ein Glück, dass ich der Arbeit nicht ferngeblieben bin. Ich habe die letzten beiden Tage genutzt und Papierkram gemacht, sodass wir uns beide frohgemut wieder zusammen im Tagesgeschäft tummeln können.« Sie atmet tief durch und öffnet die Augen, um mich ernst anzusehen. »Und ich habe ein wenig Abstand gebraucht, unser Streit war ziemlich krass für mich. So fies waren wir noch nie zueinander.«

Wehmütig greife ich nach Almas Hand. »Für mich war es auch schrecklich und dennoch bin ich froh über den Freiraum danach, denn sonst hätte ich vermutlich noch immer nicht die Dinge in die Hand genommen, um sie zu richten. Beim Vanilleeis-Wettbewerb habe ich dich fürchterlich vermisst.«

»Ich war kurz am Abend da und wollte mich eigentlich mit dir versöhnen, aber dann warst du auf einmal verschwunden.«

Ich verziehe mein Gesicht zu einer Grimasse. »Zu dem Zeitpunkt habe ich es vorgezogen, mit Tom zu streiten. Obwohl ich genau das Gegenteil erreichen wollte.«

»Hey, ihr kriegt das wieder hin. Tom liebt dich bis zu deiner Nasenspitze.«

»Und ich ihn.« In diesem Moment, als ich das zum ersten Mal ausspreche, wird mir bewusst, dass ich keine Minute länger warten möchte. Ich will Tom, mit allem, was ihn ausmacht. Mit seinen ölverschmierten Fingern und seinem Fahrradfimmel, mit seinen frechen Sprüchen und seinem schalkhaften Grinsen. Ich liebe diesen Kerl und ich bin mir sicher, dass auch er mich liebt. Ich springe auf.

»Oh Sunny, du siehst aus, als hättest du etwas vor.«

Lachend ziehe ich Alma vom Mäuerchen hoch. »Und wie ich etwas vorhabe. Ich will endlich mit dem Mann meiner Träume zusammen sein, ihn küssen und mich von ihm küssen lassen.« Ich gehe zum Radladen, drehe aber gleich wieder um. »Zuerst hole ich Toms Lieblingseis. Damit kann ich den alten Brummbären bestimmt schneller umstimmen, nicht mehr zu schmollen.«

Alma hakt sich bei mir unter und läuft mit mir an der Kakigōri-Meute vorbei. »Hast du eigentlich beim Wettessen das Vanilleeis von mir und dem alten Ludewig probiert?«

»Ja und beide waren hervorragend. Er hat dein Rezept wirklich exzellent umgesetzt.« Alma nimmt sich im Vorbeigehen ein Schälchen mit dem Schneeflockeneis und nascht davon.

»Ein Mädchen erzählte mir, es wäre ganz eindeutig gewesen und es hätte an meinen Himbeerstreuseln gelegen, die mein Vanilleeis zu etwas Besonderem gemacht haben.«

Alma bleibt abrupt stehen. »Die Kleine hat recht. Bei einem Eis war irgendwie so etwas Warmes, Vertrautes dabei. Ich hätte mich auch dafür entschieden. Und dich umgibt ständig dieser Hauch von Himbeeren und Vanille! Wer hätte das gedacht.«

Unauffällig schnuppere ich an mir und finde, ich rieche exakt nach mir, nicht besonders himbeerig oder vanillig, einfach sunnyig.

Da Beatrice mehr als alle Hände voll mit den Eisbestellungen zu tun hat, will ich ihr erst helfen, ehe ich zu Tom gehe. Doch Alma mischt sich ein. »Nix da, ich helfe Beatrice und du versöhnst dich mit Tom und siehst zu, dass ihr endlich ein echtes Paar werdet.« Sie zwinkert mir grinsend zu. »Und dann wird es vielleicht doch noch etwas mit einer echten Hochzeit.«

Ich fasse mir theatralisch ins Gesicht. »Ein erster echter Kuss als echte Nicht-Verlobte würde mir fürs Erste vollauf reichen.« Lachend gehe ich ins Eislabor und bastele aus Vanilleeis eine Herzkugel, die ich mit ganz besonderen Himbeerstreuseln bestreue, nämlich mit denen in Herzform. Kitschiger geht es nicht und Tom wird vor Entsetzen die dunklen Augenbrauen bis zum Haaransatz hochziehen, doch er wird es lieben.

Mit Vorfreude, die wild in meinem Körper Samba tanzt, gehe ich hinüber ins *Veloziped*. Jan ist gerade dabei, die Tür abzuschließen. »Warum schließt du Tom denn ein? Arbeitet er sonst nicht fleißig genug?«

»Der Chef arbeitet heute gar nicht. Tom ist bei seiner Tante in Falkensee, um dort bei der Renovierung mitzuhelfen.«

Ich könnte nicht enttäuschter sein, wenn Jan mir erzählt hätte, Tom wäre auf Langzeitmission zum Mars geflogen. »Wann kommt er denn wieder?«

»Mittwoch.«

»Nein!« Das kann er doch nicht machen! Es ist quasi der wichtigste Tag in unserem gemeinsamen Leben. Unser Augenblick, von dem wir in Jahren und Jahren unseren Urenkeln erzählen werden. Unser erster Kuss als Paar, unser erster Schritt in unsere gemeinsame Zukunft!

Jan sieht demonstrativ auf seine Armbanduhr. »Kann ich dir weiterhelfen?«

Nur wenn du mich küsst und mir deine ewige Liebe gestehst. Aber leider bist du dafür der Falsche! »Nein, danke«, knurre ich.

Jan wuschelt mir durch die Haare, steigt auf sein Fahrrad und radelt quer über den Vierwaldplatz davon.

Das ist es! Ich radele einfach hin zu Tom! Die Strecke sind wir gemeinsam vor zwei Wochen bei unserem Ausflug gefahren und das hat riesigen Spaß gemacht. Und wenn ich mit dem Rad bei Tom auftauche, ist das doch die beste Liebeserklärung ever. Wie romantisch.

Die gänzlich unromantische Frage ist nur, wo steht mein Fahrrad? Als ich es vor Jahren gekauft habe, habe ich es im Keller meiner Wohnung deponiert und irgendwann mal Tom davon erzählt. Der hat nur den Kopf geschüttelt und gesagt, ich solle es ganz schnell ins *Veloziped* bringen, damit er es durchsehen und an mich anpassen kann. Doch da ist es nie angekommen.

Ich klatsche in die Hände. Weil ich es hinten im Hof in den Schuppen geschoben habe, der zum *Schneeflöckchen* gehört!

Dort steht es auch in der Tat. Aber das arme Rad scheint es mir tüchtig übel genommen zu haben, dass ich es quasi vergessen habe. Nachtragendes kleines Ding!

Ich ziehe es hinter alten Kartons und zwei ausrangierten Stühlen hervor und stelle es in die Sonne mitten im Hof auf den krummen Ständer, der entrüstet quietscht, als ich ihn mit dem Fuß runterdrücke. Der rosa Rahmen hatte mir damals besonders gut gefallen und wenn ich ihn tüchtig putze, wäre von der Farbe bestimmt wieder mehr zu sehen.

Aber egal. Nicht immer soll es nur um Optik gehen, Hauptsache es fährt. Bis zum Regionalbahnhof ist es schließlich nicht weit und das Stück in Falkensee durch den Wald schaffe ich zur Not auch mit einem Dreirad.

Praktischerweise hat mein Rad vorne ein Körbchen, in das ich Toms Eis stellen kann. Ich sause zurück ins *Schneeflöckchen*, hole eine Kühltasche und stelle diese samt Eis in das Körbchen am Rad.

Gut, dann los. Obwohl, die Reifen sehen definitiv platter aus als bei dem Rad, welches Tom mir geliehen hatte. Aber das war auch schwarz. Ich könnte es einfach ignorieren. Doch Toms mahnende Worte pochen mir gegen die Stirn *Dein Fahrkomfort ist vermindert!* Und: *Kanten schlagen durch!* Und: *Die Felgen bekommen einen Schlag und gehen kaputt!* Und: *Je schwerer das Rad beladen und je schlechter die Straße und je schneller du bist, desto mehr muss der Reifen mit Luft gefüllt sein!*

Okay, mein Eis und ich, wir sind nicht schwer, ich fahre eine glatte Straße entlang – den Waldweg ignoriere ich einfach – und ich fahre nicht schnell. Zumindest was Tom unter nicht schnell versteht, ich finde mich durchaus flott unterwegs.

Zähneknirschend suche ich im Schuppen nach einer Luftpumpe. Doch bis auf einen ausgedienten Ventilator finde ich nichts, was in Richtung Luft geht.

Ich sehe mich im Hof um. Toms Schuppen ist natürlich ordnungsgemäß verschlossen und das *Veloziped* verlassen.

Zurück am Fahrrad fällt mir endlich ein Etwas auf, dass an der Querstange angeklemmt ist. Dieses Etwas sieht verdächtig nach einer Luftpumpe aus, einer Mini-Version einer Luftpumpe. Und genauso pumpt dieses faule Ding nur Miniportionen an Luft in die platten Reifen. Ich fluche, schwitze mit jedem Hub um die Wette und belasse es schließlich bei mittelweichen Reifen. Das fährt sich bestimmt auch viel weicher. Toms siebentausend Bar oder was auch immer sind ohnehin nur für Perfektionisten. Und steinerne Radfahrerpopos.

Endlich kann es losgehen. Ich platziere mich auf dem Sattel, der mir ein wenig niedrig vorkommt, und sitze irgendwie merkwürdig aufrecht. Der Lenker ist aber auch dermaßen komisch nach innen gebogen.

Habe ich damals beim Kauf des Rades eigentlich eine Probefahrt gemacht?

Das Tretlager scheint auch nicht das beste zu sein, denn das Radungetüm lässt sich nur schwer vorwärts treten. Ich suche den Ganghebel, während ich schnaufend wie eine Dampflok über den Vierwaldplatz schlingere. Doch bis auf eine entzückende Klingel in Form eines Marienkäfers und einen Bremshebel, der so weit hinten am Lenker sitzt, dass ich nur mit den Fingerspitzen daran komme, ist da nichts.

Egal! Nicht den Mut verlieren und weiter treten.

Und das mache ich auch. Jeden einzelnen Meter hin zum Potsdamer Platz. Von dem fliegenden Gefühl, das ich von Toms Rad kenne, ist hier nichts zu spüren. Aber ich werde den Teufel tun und das vor ihm zugeben! Dazu habe ich mich wohl oder übel einmal zu viel über ihn und seine Akkuratesse bezüglich seiner Fahrräder lustig gemacht.

Verschwitzt komme ich endlich am Regionalbahnhof an. Schon von Weitem lassen die aufgestellten Schilder ein ungutes Gefühl in meinem Bauch rumoren. Und es ist auch viel zu ruhig hier für einen Montagnachmittag!

Ein Schild verrät mir mit deutlichen Worten, was ich nicht wissen will: Sperrung aufgrund von Baumaßnahmen. Bitte benutzen Sie zur Umfahrung den Bus-Ersatzverkehr. Fahrradmitnahme verboten!

In diesem Moment kann ich verstehen, was Rumpelstilzchen dazu getrieben hat, sich selbst in der Mitte entzwei zu reißen. Zwar will ich so weit nicht gehen, denn ich mag keine Schmerzen, da sie mir wehtun, aber das Prinzip bleibt das gleiche. Das dämliche Schild gegen die nächste Wand zu schmeißen wäre auch ein Ventil für meine Wut! Nur leider fährt dann noch immer keine Bahn nach Falkensee.

Doch wenn die ganze Welt um mich herum meint, mich aufhalten zu können, dann irrt sie sich gewaltig!

Ich bekomme heute noch mein Happy End!

Genervt angele ich mein Handy aus dem Fahrradkorb und rufe Maps auf. Mich würde es nicht wundern, wenn mein Datenvolumen genau jetzt und hier aufgebraucht ist. Aber das ist es nicht. Na also, geht doch. Und den Rest schaffe ich auch noch.

Sechsundzwanzig Kilometer! Sechsundzwanzig Komma drei Kilometer, um genau zu sein!

Das kann ich nicht.

Doch ich kann!

Ich verschwende keine Zeit, mit mir selbst zu lamentieren, und trete in die Pedalen. Meter um Meter kämpfe ich mich vorwärts. Unterwegs halte ich nur kurz mehrmals an. Einmal, um mir eine Flasche Wasser zu kaufen und einmal, um mir ein halbes Dutzend Bananen zu genehmigen. Nun hocke ich am Wegesrand auf einem alten Baumstumpf und bemitleide mich selbst, nachdem mich ein Sommerregenguss in Sekundenschnelle durchnässt hat.

Mittlerweile zittern meine Beine mit meinen Armen um die Wette und mein Nacken schmerzt in Eintracht mit meinem Rücken. Mein gequälter Popo hat sich längst mit diesem dämlichen Fahrradsitz zerstritten. Ich glaube, ich werde den Rest des Jahres stehend verbringen.

Bitte wer wollte gleich noch einmal seine Flitterwochen radelnd in Frankreich verbringen?

Noch immer liegen zehn Kilometer vor mir und ich bin den Tränen näher als meinem Ziel. Hätte ich nicht einfach auf Tom warten können? Am Mittwoch ist er doch wieder da!

Trotzig stehe ich auf und es knacksen Stellen in meinem Körper, die sich noch nie zu Wort gemeldet haben.

Ein Eichhörnchen hält auf halbem Weg den Baum hinauf inne und betrachte mich mit geneigtem Köpfchen aus Knopfaugen. Ja, grinse nur, du Kletterakrobat! Und wenn du jetzt darauf wartest, dass ich dir ein Liedchen trällere wie Schneewittchen den Tieren im Wald, kannst du lange warten! Ich bin kein Prinzesschen, das auf seinen Prinzen wartet, ich bin eine Räuberbraut, die sich ihren Bräutigam schnappt! Zwar eine müde und verschwitzte Räuberbaut, aber sei es drum.

Singen ist dennoch nicht die schlechteste Idee. So schwinge ich mich wieder auf das rosa Ungetüm und trete los. Eins, zwei, drei, eins, zwei, drei. Immer schön im Takt, und dazu summe ich jegliche Lieder, die mir einfallen, von A wie *Advent, Advent* bis Z wie *Zeigt her eure Füßchen*.

Endlich, endlich biege ich auf den Weg ein, der zum Haus von Toms Tante führt. Die Sonne steht schon tief und blendet mich. Am Himmel findet ein blau-oranges Farbspektakel statt und es duftet süß nach dem dunkellila Flieder, der sich verschwenderisch rechts und links des Weges ergießt.

Tom sitzt mit ausgestreckten Beinen auf einer Holzbank vor dem Haus, als er mich sieht. Er steht auf und läuft mir über die Wiese entgegen.

Seine Mimik ist ein Wechselspiel aus Ungläubigkeit und Lächeln. Er hält mir die Hand hin, um mir beim

Absteigen zu helfen. »Was tust du denn hier? Und wie du aussiehst.«

Super! Das sind genau die Worte, die ich mir seit sechsundzwanzig Komma drei Kilometern gewünscht habe. Aber sie klingen nett und besorgt, so wie mich Tom von oben bis unten mustert.

Ich öffne die Kühltasche vorn im Fahrradkörbchen und hebe die Schale mit dem Herz-Vanilleeis heraus. Von einem Herz ist jedoch nichts mehr zu sehen, nicht einmal mehr von einer Eiskugel. Zerbeult und zermatscht klebt das ehemalige Eis, gesprenkelt mit zerflossenen Himbeerstreuseln, in der Schale. Ich reiche sie ihm trotzdem. Schließlich habe ich mich nicht den ganzen Weg hierher gequält, um jetzt aufzuhören. »Hier. Dein Lieblingseis.«

»Du bist den ganzen Weg vom Vierwaldplatz mit diesem Monsterfahrrad hierher geradelt, um mir ein Eis zu bringen? Du weißt schon, dass die Regionalbahn nicht fährt?«

»Und dass der Bus-Ersatzverkehr keine Fahrräder mitnimmt. Ja, das weiß ich jetzt auch.«

Kopfschüttelnd steht Tom vor mir und sieht abwechselnd zwischen mir, meinem Rad und dem Eis in meiner Hand hin und her.

Dies ist mein Augenblick. Ich stelle das Eis auf den Boden und trete ganz nah an Tom heran. Mir ist bewusst, wie zerrupft ich aussehe, aber mir ist auch bewusst, wie egal Tom das ist, denn sein Blick sinkt in meinen und die Liebe, die mein Herz höherschlagen lässt, berührt auch seines. »Ich liebe dich, Tom, und ich möchte mit dir zusammen sein. Ich möchte mit dir einschlafen und mit dir aufwachen und mit dir schon zum Frühstück Eis essen. Ich möchte ...«

Doch Tom legt mir einen Finger auf die Lippen und lässt mich nicht weitersprechen. Er beugt sich nach unten, hebt das Schälchen mit der Traurigkeit von

Vanilleeis auf und nimmt etwas davon auf die Waffel, die verbeult im Eis schwimmt. Er hält sie mir hin und ich koste von der verführerischen Süßigkeit, anschließend kostet Tom. Dabei sehen wir uns ununterbrochen in die Augen. Schließlich überbrücke ich den letzten Schritt zwischen uns, schlinge meine Arme um Toms Nacken und küsse ihn.

Und er küsst mich und noch nie hat mir mein Vanilleeis mit Himbeerstreuseln so gut geschmeckt.

Rezepte

So, Sunnys Eis ist nun aufgeschleckt. Zeit für uns, ein paar eigene Rezepte zu versuchen. Gutes Gelingen.

Eiscremekuchen

Zutaten

400 Gramm köstlichstes Vanilleeis oder schokoladiges Schokoeis oder cremiges Sahneeis (oder ein köstliches Eis eurer Wahl, jedoch bitte in Form eines Milch- oder Sahneeises)
200 Gramm Mehl
1 Teelöffel Backpulver
1 Prise Salz

Zubereitung

- ♥ Zuerst wird das Eis cremig geschmolzen. Währenddessen könnt ihr ein wenig vor euch hinträumen oder für einen großartigen Kaffee das Coffee To Stay besuchen.
- ♥ Siebt nun das Mehl zusammen mit dem Backpulver und der Prise Salz über die Eismasse

und rührt es cremig. Mmh, wie das schon duftet ...

- Füllt die Köstlichkeit in eine gefettete und eventuell mit Gries ausgestreute Form. Wie wäre es mit einer Gugelhupfform, gern auch einer hübschen Kastenform?
- Und schon darf der auf 180 Grad Celsius vorgeheizte Backofen sein Wunder vollbringen. Lasst ihm dafür etwa 35 Minuten Zeit.
- Wenn ihr es lang genug aushaltet: den wunderbaren Eiscremekuchen abkühlen lassen und erst dann voller Genuss hineinbeißen ... Bon appétit.

Eine Köstlichkeit, ganz ohne Eismaschine und im Handumdrehen gezaubert, ist folgende:

Frozen-Joghurt-Eis

mit Blaubeeren oder Himbeeren oder Brombeeren …

Zutaten

200 Gramm griechischer Joghurt
300 Gramm tiefgekühlte, saftige Blaubeeren oder süße Himbeeren oder aromatische Brombeeren oder alle drei zusammen
1 Esslöffel Honig

Zubereitung

- Den herrlichen griechischen Joghurt cremig rühren und zusammen mit den tiefgekühlten Beeren und dem Honig fein pürieren.
- Mmh … Löffelchen für Löffelchen genießen.

Was wären wir Eislöffler ohne ein wundervolles, cremiges, süßes Vanilleeis:

Vanilleeis

ohne Ei und ohne Eismaschine

Zutaten

150 Gramm eiskalte Vollmilch
250 Gramm eiskalte Sahne
100 bis 150 Gramm Zucker (Gute Nachricht für alle Süßmäulchen: Je mehr Zucker, desto cremiger das Eis.)
1 wundervolle Vanilleschote

Zubereitung

- In einer eisgekühlten Schüssel den Zucker so lange mit der Milch verrühren, bis er sich aufgelöst hat. Anschließend das süße Mark der Vanilleschote in die Milch rühren.
- Die Sahne anschlagen und mit Luft und Liebe mit der Vanillemilch vermengen.
- Das Vanilleeis-to-be für eine Stunde in das Gefrierfach stellen und im Anschluss gut durchrühren, sodass viel Luft in die Masse gelangt.
- Dies nun alle halbe Stunde wiederholen, bis ihr ein wundervolles, cremiges, süßes Vanilleeis gezaubert habt.
- Köstlich!

Und hier noch ein Eis-Leckerli ohne Milch und Co. Aus dem Grundrezept können tausende Varianten gezaubert werden. Lasst eure Fantasie spielen! Ich sage nur Kakao, Kokos, Mango, Mandeln, Walnüsse, Himbeeren, Vanille, Zimt ...

Nicecream

Zutaten

1 sehr reife Banane
1 Esslöffel Mandelmilch (oder Haselnussmilch, Kokosmilch, Sojamilch ...)
1 Prise Salz

Zubereitung

- Die Banane in Scheiben schneiden und einfrieren. (Auch hier empfehle ich während der Wartezeit ein kuscheliges Sweet Romance Buch.)
- Die gefrorenen Bananenstücke zusammen mit dem Salz und der Milch pürieren.
- Genießen ...

Nun fehlt nur noch eine wunderbare Tasse Eiskaffee oder Eistee oder ein Glas fruchtiger Milchshake. Mixt und matcht nach Lust und Laune und probiert, was ihr liebt.
Mmh ... wie das duftet und schmeckt ...

Herzlichst eure Nadin

P.S.: Macht ihr euer Eis selbst? Vielleicht ein köstliches Vanilleeis? Avocado-Schokoeis? Habt ihr eine Lieblingseissorte?
Schreibt mir, wenn ihr mögt, und schickt mir Fotos eurer Köstlichkeiten: Sweet-Romance@web.de

P.P.S.: Ich würde mich freuen, wenn wir uns bald wiedersehen. Im Sommer zu einer Tasse Hawaii Kona Kaffee bei Claire im Coffee To Stay und im Winter zu herrlichen Marzipan-Trüffeln bei Julie in der Schokofee und Weihnachtstee bei Miela im Teetässchen.

Danksagung

Von der Idee, einen Eisdielenroman zu schreiben, bis zu dieser Stelle im Buch war es ein hin und wieder eisiger Weg. Ich sage euch, Eismachen ist nicht so einfach, wie es aussieht. Dazu kommt, dass ich, anders als Sunny, für Kuchen jedes Eis stehen lasse.
Doch zum Glück lässt mein Sohn für Eis alles andere stehen.
Danke, du wunderbarer Eisgenießer, ohne dich wäre mir viel zu kalt für dieses Thema gewesen – und mir wäre so manch köstliches Eis durch die Finger geronnen.
Und ja, ich habe Eis vom Einkaufen mitgebracht und nein, keine Sorge, ich habe es nicht selbst gemacht.

Danke, liebe Leserinnen und Leser, dass ihr mir bis hierher gefolgt seid. Wir lesen uns! Und wenn ihr mögt, schreibt mir: Sweet-Romance@web.de